下駄ばき ICU PART Ⅲ

カマチグループ50年の軌跡――病院再生と東京進出

渋田哲也

論創社

この物語は、カマチ・グループと医師・蒲池眞澄の周辺に現実に起こった出来事に基づいた記録であり、九九％の事実に一％の虚構を加えて、小説という形式によって再構成されたものである。登場人物はすべて実在する人物であり実名のまま記されているが、差し障りのある一部に限り仮名という方式をとった。

目次

序章

1　五十周年記念ビデオ

中倉美枝子が二〇二三年（令和五年）四月、福岡市東部にある福岡和白《わじろ》病院を訪れたのは、十五年ぶりのことであった。

病院が位置する街の風景は以前とほぼ変わっていなかったが、そこにあらたに令和健康科学大学の真新しい校舎ビルが加わっているのが、この十五年間のカマチグループの変貌ぶりを物語っていた。九階建ての大学ビルは、隣の病院ビルより濃いめのレンガ色である。新型コロナの非常事態体制も三年ぶりに緩和されたのでマイカーでなく久しぶりに市内バスで来た。国道から「金印」で有名な志賀島へ向かって左折するとすぐに「令和健康科学大学前」のバス停だ。天神からバスに乗って東区に入り都市高速を降りるとすぐに「福岡女子大前」「九州産業大学前」とつづき、新しい大学が一つ加わっただけでちょっとした学園都市の感じがする。国道を左折せずそのまま北東に走れば、すぐに福岡工業大学がある。街の雰囲気も心なしか随分若やいだ気分になる。

美枝子は今でもテレビ番組制作会社のディレクターをしている。当時はカマチグループのトップ蒲池眞澄から「お嬢さん」と呼ばれた美枝子も、今では四十二歳のシングルマザーだ。当時のジーパンにスニーカー姿も今では黒っぽいスーツにローヒール姿に変わっている。美枝子は令健大前でバスを降り、そのまま大学キャンパスを横切り福岡和白病院まで歩いた。三分とはかからない。横を男女の大学生たちが急ぎ足で通りすぎていく。

令健大ビルと大学の体育館の間を志賀島へ向うバスが走る道路で両断されていたので、最近、両方の建物を結ぶ空中廊下ができた。交通量の多い道路を跨ぐ、単なる陸橋ではなく屋根付き壁付きエレベーター付きだ。三億円もかかった費用は、カマチグループが負担した。近くにスーパーや保育園があるので、主婦や園児たちもエレベーターを気軽に利用できるように開放している。雨風の強いときは、地域住民にとってこれほど有難い廊下はない。空中廊下の開通式には地域の区長や保育園児たちも招待されて渡り初めをした。福岡和白病院はすっかり地域に根をおろしている。

十階建て福岡和白病院ビル三階の隅の奥まった陽の当たらない場所にある会長室の乱雑さは昔のままだ。廊下一つ隔てた総務課の事務室のドアと会長室のドアは開きっぱなしで遮るものがない。いつでも仮眠できるように置いてある簡易ベッドも相変わらずだ。会長室の壁には蒲池が出会った人と一緒に撮った人物との複数のスナップ写真が無造作にベタベタ貼ってあるのも相変わらずだが、美枝子の見知らぬ人との写真が随分増えた。なかには林芳正外務大臣（当時）と一緒の写真やアフガニスタンで亡くなった中村哲医師と会長室で一緒に撮った写真もある。この十五年間でカマチグループが急激に変容している証拠だ。

そのカマチグループが来年（二〇二四年）四月に、創設五十周年を迎える。そのため五十周年の記念ビデオを作って欲しいという依頼が、美枝子の会社にあった。美枝子はその打合せのためにやって来たのである。

「よおう、お嬢さん、よく来たね。何年ぶりになりますかな」

開けっ放しの会長室にノックもせずに入ると、蒲池がいきなり軽く片手を挙げて笑顔で出迎えた。ぶっきらぼうながら妙に愛嬌のある笑顔は相変わらずだ。

いまだに全身に精気がみなぎっているのも昔のままだ。

「もう十五年になります。でもお嬢さんはいやですよ。もう中年のシングルマザーですから。中倉とでも呼んでください」

「では中倉さん、もとの姓はなんといいましたかな」

「あらいやですわ、むかしの姓も中倉です。私、シングルマザーですから」

「これは失礼しました。ではあらためて中倉さん、最後にウチの関係で撮られた番組はなんでしたかな」

「たしか『市民病院をめぐるリコール選挙』だったと思います。オタクの新武雄病院ができる前のゴタゴタしていた事件でした。東京のテレビ局まで出張ってきて大騒ぎでしたわね。全国で最年少の市長さんと医師会の対決、絵になりましたね。でもテレビはあくまで絶対中立の立場ですから、私なりに随分苦労しました。もちろん蒲池さんはアンチ医師会側。あの市長さん、名前はなんて仰ってましたか」

「樋渡《ひわたし》啓祐。いまウチの令和健康科学大学の顧問をしてもらっています」

「お元気でいらっしゃいますか」

「元気も元気、元気すぎて困ってるくらいです。令健大の顧問は肩書のごく一部で、ワン・オブ・ゼム。彼は彼で『樋渡社中』だか坂本龍馬もどきの『亀山社中』だかなんだか知らんが、自分で勝手にグループをつくって全国を飛び回っていますわ。そのうち何かしでかすか知らんが、私の知ったことじゃない」

「あのころは蒲池さんが大カマチなら、樋渡さんが小カマチだといって随分騒がれましたね。悪い意味でも、いい意味でも」

「おそらく悪い意味がほとんどでしょう。なにか騒動があると全部ぼくが悪役になる。こっちはいつも正論を言ってるのにね。口下手のせいかな」

「そうそうあの武雄騒動のとき東京のキー局のニュース番組に引っ張り出されたことがありましたね、樋渡市長側の黒幕ということで」

「別に黒幕ではないけれど、医師会にとって本当に憎いのは樋渡市長じゃなく蒲池本人だったからね。東京のテレビ局はそのことを知ってぼくを引っ張り出した。ぼくは受けて立った。医師会にとってぼくは不倶戴天の敵だからね」

「でもテレビに映ったスタイルがいけなかった」

「なんでいけない。ぼくはぼくで最高のおしゃれをしていたつもりなんだがね。年末で寒かったからマフラーをしていたのがいけなかったのかな」

「あのマフラーをラフにひっかけてデンとふんぞり返って『市長も市民も市民病院のことはすべて私にまかせとけばいいんじゃ』では、まるでどこかの暴力団の親分じゃありませんか。それが全国ニュースで流れた。東京の友人から『なによあれ、まるでヤクザの親分じゃないの』とわざわざ電話してきたくらいです。あれで市長側の票が三千票減ったという人もいましたよ」

「おれの顔は『顔だけで傷害罪が成立する』と言った人もいるくらいだからな。でもこの顔だけはどうしようもない。でも『あのテレビの顔は病院経営に臨む決意がみえて男らしく頼もしい』といってくれた人もいたよ。樋渡さんなど『あれで千五百票は増えた』と言ってくれた」

「それはお世辞ですよ。樋渡さん、内心ヒヤヒヤしてたんじゃないんですか」

「ところで中倉さん、昼食はおすみですか」

分が悪くなったとみて蒲池は急に話題を変えた。美枝子が「まだです」とこたえると蒲池は、開けっ放しのドアを隔てて廊下ごしに「おうぃカレーライス二つ」と大声で叫んだ。和白病院の月曜日の昼飯のメニューはカレーライスと決まっている。それも入院患者、医師、看護師、職員みな同じものなのも、昔のままだ。蒲池にいわせるとカレーライスは刑務所と病院のが一番旨いそうだ。なぜなら一度に大勢の分を大鍋で時間をかけグツグツと煮込むからだ。数食分の家庭やレストランのカレーとはわけが違う。カレーが来た。味は十五年前と少しも変わらない。和白病院の飯は玄米を毎日精米して炊く。その方が精米して売っている市販の米を買ってくるより数段旨い。回復期患者の楽しみは飯を食うことくらいしかないから、旨い飯を提供することが最高の患者サービスになる。市販の精米機など最新鋭の医療機器に比べたらただみたいなものだ。たいした金をかけないでも病院の評判が上がる。蒲池は徹底した合理主義者でもある。

蒲池は美枝子と一緒にカレーを旨そうにガツガツ食べる。若者みたいな食べ方である。「いったいこの人はいくつになるのかしら。あのときから十五年経っているから、たしか八十歳は超えているはずだが」と美枝子は思っている。毎日座椅子に座ってテレビばかり観ているウチの両親とは大違いだ。

「蒲池さんは十五年前と少しもお変わりになられない。お幾つになられます」

「今年で八十三になる。昭和十五年四月生まれだから、来年四月の創立五十周年には八十四になる。同じ年生まれには元総理の麻生太郎、野球の王貞治、俳優の津川雅彦がいます。色男の津川は先に死んでしまったが、『憎まれっ子世にはばかる』というところですかな。特に麻生太郎とぼくはね」

そう言って蒲池は大きく笑った。

「ぼくと最初に会ったころは、あなたはGパンとTシャツ姿でカメラを担ぎ、飛び回っていましたね」

「ええあのころは私も若かった。カンボジアのアンコール小児病院をテーマにした『医の心は国境を越えて』、新臨床研修医がテーマの『研修医たちはいま』、そして『市民病院をめぐるリコール選挙』と矢継ぎ早に三本も撮りました。いずれも社会性の高いものばかりでやり甲斐がありました。それにあの頃は楽しかった。『医の心は国境を越えて』のときはカンボジアで大変お世話になりました。向こうの焼酎は沖縄の泡盛にそっくりでしたね」

「ところが今回は一民間病院グループの創立五十周年の記念ビデオ。やり甲斐度はかなり落ちるというわけですな」

「けっしてそういう意味で言ったんじゃありません。私のところも深刻な社会性のある作品はスポンサーがつかなくなって、テレビ局からの制作依頼がガタ減りです。今では会社や学校のビデオ制作がメインの有様です。なにしろ会社が食べていかなくちゃなりませんから」

「ぼくは五十周年記念ビデオなど、どうでもいいんだがね。五十年は大きな節目だからぜひつくるべきだと、グループのみんなが黙っていません。ウチのグループも病院だけで二十六、看護師やリハビリのセラピスト養成の学校が七つ、それに大学も新たにつくりました。全従業員一万六千人、年収一千五百億円の大所帯になりました。ぼくはどうでもいいから、ぜひグループ全員のためのビデオをつくってください。ところで中倉さん、今でも昔のように日経新聞を読んでますか」

「いえ最近は子育てと仕事で手一杯で、日本経済のことなど、すっかりご無沙汰になりました。トシのせいなんですね。急に世の中が狭くなったような気がしますワ」

「それで結構。ぼくも経済評論家や経営コンサルタントは好かん。彼らの御託宣や屁理屈は信用せん。新聞は一般紙だけで十分だ。これまで自分の頭と経験と勘だけに頼って生きてきた。ときには理不尽な喧嘩もしたが、絶対に負けたことはない。それで全病院、全学校すべての事業体がそれぞれ全部黒字経営です。赤字のところは一つもありません。なにしろ一万六千人が食っていかねばなりませんからね」

2　カマチイズムとはなにか

「あっそうそう。あなたが十五年前と言ったので思い出したんだけと、十五年前にあなたと一緒にいた元新聞記者の相棒はどうしてますか。なんていう名前でしたかな。たしか瀬川なんとかとかいったな」

カレーライスを食べ終わると蒲池がせわしげにいった。元新聞記者とは美枝子のテレビ番組制作会社の上司のことだ。初めて美枝子が蒲池に会ったのも瀬川の紹介であった。

「瀬川広平。もうとっくにリタイアしてますよ。彼は戦後のベビーブームの団塊の世代ですから、立派な後期高齢者。いまではすっかり足腰も弱くなって自宅でソファーに寝転がって本ばかり読んでます。多分若い頃に読んだ本の読み返しがほとんどでしょうけど。年金だけではとても食って行けんとぼやきながらね。時々電話で話をするんですけど、仕事で蒲池さんにお会いするといったら、よろしく伝えてくれと言ってましたよ」

「団塊の世代といえばウチの鶴﨑や富永や山永らと一緒だな。彼らはまだまだ現役で元気にやってますよ。特に鶴崎とは五十年来一緒にやってきたが未だに使いべりがしない」

鶴崎とはカマチグループのナンバーツーの鶴崎直邦のことで、これまでグループの各医療法人の理事長を歴任してきた。山永義之はグループが北九州市から福岡市に進出し、和白病院が開設してからの三十余年来の仲間で、福岡和白総合健診クリニックの院長を二十年近く務めている。富永隆治は鶴崎と山永の九州大学医学部時代の同級生で永い間九州大学医学部の教授をしていたが、いまは福岡和白病院の院長になって久しい。専門は心臓血管外科で九州大学名誉教授。いずれも現役バリバリだ。

「あらっ鶴崎さんらは特別で、団塊の世代では瀬川さんたちの方が普通じゃないですか。カマチグループの人たちの方が異常ですよ」

「そういえばいい齢にしてはちょっと元気すぎるところがあるかな。この三月の日食のときも鶴さんと富永クンは休みをとって、わざわざオーストラリアまで行ってました。日食をよく見えるところまではオーストラリアの砂漠を千何百キロも車でとばさなければならない。だれが運転するかでもめてましたな。結局同行した同窓生四人で交代で運転したらしいけど」

「まあ後期高齢者の同級生ばかり四人で。山永先生も行かれたんですか」

「いえ、山ちゃんは行きません。彼は文学青年だから日食なんて興味はないようだ。ぼくも暇がないので行きません。だいいち日食なんて地球が太陽の周りを回っている限りときどき起こるもんだ。わざわざオーストラリアくんだりまで見に行こうとは思わんね」

「相変わらずお忙しそうですね。瀬川さんに先生たちの爪の垢でも煎じて飲ましてやりたいくらいだワ。瀬川さんがこう言ってました。『あの人たちは多動性症候群でいつまでたっても落ち着きがない、常に新しいなにかをやっているって』自分は腰が痛いとソファーに寝転んで本ばかり読んでるくせに」

「そうですかぼくたちは多動性老人群ですか。でも瀬川さんも若い頃は随分元気があった。ぼくが下関から小倉に進出するときに起こした裁判事件や、新粕屋病院の偽医者事件や看護婦の二重帳簿事件で県警の捜査を受けたときなど、猛烈な勢いで突っかかって来た。夜討ち朝駆けでね。ぼくらは何も悪いことはしていないので、最後はわかってくれたがね。結構彼も多動性青年だった」

「私が瀬川さんと一緒に和白病院で蒲池さんにお会いした十五年前、彼はこう言ってました。『ぼくは久しぶりに会うのだが、事件のあと池友会はてっきり潰れるか小さく身を縮めてひっそりと生きているかと思っていたら、立ち直るどころか六十億円もかけて新しい病院を建ててるなんて。まったく大した人だよ蒲池さんという人は。打たれ強いというか、立ち直り方が早いというか、しばらく会わないとすっかり変わった人間になっている。まさに男子三日会わざれば刮目して見よ、を地で行ってる』と。私もまったく同感です」

「それは褒め言葉と受け取ってもいいですか」

「もちろん褒め言葉です。今回の五十周年記念ビデオはオタクの費用でつくらせて頂くのですから。私のギャラのためにも。瀬川さんなら『おれたちもとうとう提灯記事を書く身に落ちぶれたか』と自嘲的に嘆くかしれませんがね。しかし私はあくまでビジネスライクな女です」

「現金な人だな、あなたは」

「そうそう瀬川さんはこんなことも言ってましたよ。『蒲池さんの病院は会うたびに大きくなっている。しかも蒲池さんを蛇蝎のように嫌ってる敵がいるのに、手がけた病院の経営に失敗したことがない。その成功の秘訣はなんだろう』ってね」

「そりゃあ敵も多いかも知れないが、心強い味方や仲間がいるからだよ。自分ひとりでは、とてもここまでは来れはしない。みなさんのお陰ですよ」

美枝子は蒲池の社交辞令的なおざなりの言葉を無視して話をつづけた。

「そこで瀬川さんは老後に『池友会、成功の秘訣』という本を書こうと思って周りをいろいろ取材して回ったら、返って来た答えは『あそこのスタッフはカマチイズムが行き渡っている』に集約されるという結論に達したそうです。そこで本のタイトルを『池友会、成功の秘密―カマチイズム』にしたんですって。そしていくら『カマチイズムとは何か』と周りに訊いて回っても、答えはまちまちでさっぱり要領を得ない。私が今度カマチグループの五十周年記念ビデオを依頼されていると知って、仕事の合間に『カマチイズム』とはなにかぜひ探ってきてくれ。特に蒲池さんは女性に弱いからな、ですって。いったい『カマチイズム』ってなんですか、蒲池さん」

「本人に訊かれてもわかるはずはない。だいいちぼく自身の口から『カマチイズム』といった覚えはない。『患者さん至上主義』とか『手には技術、頭には知識、患者さんには愛を』などとはスタッフには口が酸っぱくなるほど言ってきましたがね。……それにしても女性に弱いは余分ですな」

「そうですよね。永い間蒲池さんを取材していた瀬川さんも、答えがまとまらなかったんですからね。でも瀬川さんが言っていた、女性に弱いは当たっていると思うんですけど」

ここで抽象的な長いだらだらした話をいくらしても埒が明かないと思い、美枝子は話題を換えた。

「蒲池さんとはこの十五年間、一度もお会いする機会がなかったけれど、六年前に東京・品川の東芝病院をカマチグループが二百八十五億円で買ったというショッキングな新聞記事を読んだときは、本当にびっくりしましたよ。まさか蒲池さんが東京まで手を伸ばすなんて、思いもしませんでしたからね。相変わらず健在だと安心もしましたけれど、あの赤字だった東京の病院は立ち直りましたか。蒲池さんのことだから、武雄市民病院みたいに立派に再生できたとは思いますけれど」

「ええ立派にね。今では東京品川病院といって、福岡和白病院がグループの九州の拠点なら、品川病院は関東の拠点になっている。お陰でぼくは毎月、福岡と東京を行ったり来たりです。今は埼玉の所沢に新しい病院をつくってるところで、この十一月には完成オープンの予定です」

「それも蒲池さんが指揮をとっていらっしゃるんですか」

「もちろんですともお嬢さん。今度の病院はちょっと面白い趣向の病院なので、ぼくが総指揮をとらなければならないのです。おそらくこれがぼくの最後の仕事になるでしょうけどね」

そう言ってから蒲池の目が急に生き生きと輝いてきた。

3　壁に貼ってある写真

美枝子はぶしつけに抽象的な「カマチイズムとは何ぞや」などと野暮な質問をしたことをちょっと後悔した。蒲池は昔から抽象的な議論はあまり好まず、「おれに相談をもって来るときは、具体的に示した数字をもって来い。そしたらおれは明確な数字で答えてやる。感情論でやると判断を誤る。おれは数字人間だからな」と部下を叱りつけていたことを思い出したからだ。

バツが悪い思いがした美枝子は会長室の壁に乱雑に貼られている蒲池のスナップ写真に目をやった。十五年前からのものもあれば、初めて見る写真も多い。

プロ野球の松井秀喜とニューヨークのレストランで一緒に撮った写真は昔のままだ。まだ松井がヤンキースの現役のころで、偶然レストランで出会ったという。もちろん二人は初対面だったが、蒲池の物怖じしない性格が幸いして二人はすぐに打ち解けた。蒲池はこの写真がよほど気に入ったのか、二十年来そこに貼ってある。美枝子はカマチイズムから話題をそらそうと、話のきっかけを掴むために新しい写真に目を移した。突然立ち上がって、美枝子が頓狂な声をあげた。

「あっこれ、中村哲さんじゃないですか。この前、アフガニスタンでタリバンの武装テロに殺された。あの中村哲さんですよね」

「中村哲にあのもそのものもない。れっきとした本物の中村哲だよ」

「どうしてお知り合いなんですか。あっ一緒に鶴崎さんや山永さんも写っている。それに富永院長も」

「哲は、ぼくの九大医学部時代の後輩でね。鶴崎や山永や富永と哲は同期生の仲だよ。ウチのグループ病院には、哲の同級生は多いときで十人近くいた。いまは四、五人かな。この写真は死ぬ三か月前に帰国したときの写真だ。もう三年半くらい前になるかな。ここで帰国の報告を聞いて、そのあとは席を替えてみんなで一緒に飲んで、ワイワイガヤガヤやったよ」

「ああそうですか、鶴崎さんたちと中村哲さんは同級生なんですか。卒業のあとは全然違った道を歩かれたのにね」

「このあいだまで九大の総長をやっていた久保千春も同期だよ。もっとも彼らが学生のときは、九大医学部でも大学闘争があって、それぞれの思惑があって卒業年度は別々のようだがね。ぼくは医学部闘争のときは学部を卒業して医局にいたが、それで医局を飛び出すハメになった。が、久保君などは大学の教授への道を歩きつづけて、医学部長どころか、とうとう大学総長までなってしまった」

「それでどうして中村哲さんは忙しいなか、わさわざここまでいらしたんですか」

「ぼくはね、どうも哲は自分の死を予感していたような気がしてならないんだ。それでなきゃ、わざわざ来るわけはない」

「どうして殺されることを予感していたとわかるんですか」

「だってそうだろう。たとえばこっちの地域の灌漑用水を掘って豊かになって、あっちの地域は昔のまんまだったらどうだ。当然、あっちの貧しい地域の人間はこっちの地域の人間を嫉妬し、殺してやりたいほど憎む。それに哲はアフガン政府から勲章をもらっている。これはテロ集団側の格好の標的になる。たとえ哲がやっていることが正しいことだとわかっていてもだ。全体を豊かにするのが政治家の役目じゃないかね。哲はそのことがわかっていてやった。哲はぼくたちに手土産として出版したばかりの『アフガン緑の大地計画』という本を持ってきて、『これでこれからのアフガニスタンは困らない』と言っていた。へんな理屈を捏ね回さずにアフガニスタンに合った灌漑技術を中心に書いたのは立派だ。わしは土木技術的なことはわからんから、読まなかったがな。それでアフガニスタンで一応の仕事をし終えたので、おれたちに最後のお別れに来た。これ以上仕事をつづければどうなるかわかっていたんだよ。わしゃあそう思う」

蒲池流の屁理屈だと美枝子にはわかっていたので、あえて反駁した。天邪鬼気取りなのは蒲池の悪い癖だ。会話の中で自分のことを「ぼく」と「おれ」と「わし」を使い分けるときはテレている証拠だ。蒲池は中村哲の生き方を本当は好きなのだと美枝子は思った。

「だけど、中村哲さんは政治家じゃありませんよ。政治家がやれないから、やったんではないですか。テレビの中村哲さんの番組『理屈やなかろうもん』のタイトル通り、九州男児らしく自分で考えて正しいと思ったことを実行に移した。蒲池さんだって『アンコール小児病院』をつくられたとき、『飢えた人々に魚を与えるより、漁網や釣り針の作り方を教える方に回りたい。病院で貧しい人々を治療するより、そこで治療する医師を育てたい』と言って研修施設を備えた病院をシェムリアップに建てられた。当時は病院の医師たちの共通語は英語だったのが、今ではカンボジア語が共通語になっているそうじゃありませんか。それと中村哲さんの考え方は同じですよ。たとえ蒲池さんが言われることが本当だとしても、死を賭してまでやるということは、男として立派だと思われませんか」

「うん、あいつは川筋男の血を引いてるからな。任侠道の玉井金五郎と作家の火野葦平とバプテストのクリスチャンの血を混ぜ合わせてチャンポンにすれば、ああいう人間ができる。吉田茂の外孫が麻生太郎なら、玉井金五郎の外孫は中村哲。吉田茂と麻生太郎と比べるとどちらが偉大か、だれが見ても答はわかっとる。おれは玉井金五郎は石原裕次郎の映画『花と竜』でしか知らんが、石炭の積み出し港のゴンゾウたちをまとめ上げた親分と、アフガニスタンで窮民を救うために灌漑水路をつくった男。さてどちらが偉いかとなると、さてな。答はわかりきっていると言う人の方が圧倒的に多いかな」

と蒲池は妙な言葉で話を胡麻化した。美枝子は十五年前、樋渡武雄市長が蒲池を評して「権力に対して牙をむき、強きを挫き弱きを助ける任侠の人」と言っていたことを思い出していた。話が面倒なことになったので、美枝子は横の笹月健彦と蒲池のツーショットの写真に目を移し話題を変えた。

「笹月先生もお亡くなりになりましたね」

笹月健彦は九州大学医学部の名誉教授で、蒲池の高校時代からの親友で一緒に九大医学部へ進んだ仲である。卒業して蒲池が臨床医、笹月が基礎医学と別々の道を歩んできたが、二〇二三年二月、八十二歳で死去した。笹月は免疫学の権威で九州大学生体防御医学研究所長、国立国際医療センター総長などを歴任し、日本学士院会員でパリ市功労賞、紫綬褒章、瑞宝重光章などを受章している国際的な学者だ。二〇〇九年には、九州大学でノーベル賞級の高い業績を挙げた定年退職後の研究者を支援するための学内組織の九州大学高等研究院の特別主幹教授にも就任している。赫々たる経歴を持つ学者である。

「惜しい人を亡くされましたね。葬儀には出られましたか」

「もちろん出た。おれが友人代表で弔辞を読んだよ」

壁に貼ってあるツーショットの写真は二種類あった。高校時代に撮ったものと最近撮ったやつと。高校時代の写真は色褪せたモノクロ写真だ。和白病院が出来たころからずっと貼ってある。

「笹月さんには生前にノーベル賞をとってほしかったですね。もちろん中村哲さんもですけど」

「あのね、中倉さん、ノーベル賞をとるのも金がかかるんだよ。関係者に根回しするために何回も大きなゴマすりパーティーを開いたりして。金がある大きな団体や支援組織がないと、なかなか順番が回ってこない。本人がその気がなくてもね。二人とも、まったくその気がなかったからね」

蒲池にかかると世界で一番権威ある賞もかたなしにしてしまう。口が悪いのも蒲池の悪いクセのひとつだ。笹月が紫綬褒章をもらっているように、中村哲も旭日小綬章やアフガニスタン国家勲章を受章しているし、笹月と同じく九州大学高等研究学院の特別主幹教授でもある。美枝子は「それにしても同じ九大医学部ＯＢで二人のお友達と同じくその道では大きな功労があるのに、これといった勲章一つないのはおかしいですね」と軽口でも言ってやろうと思ったが、また話がややこしくなるのでやめにした。

「あっ、これお孫さんですか」

壁に貼ってある十五、六歳の少年とのツーショットの写真を見ながら美枝子が言った。二人とも肩を組んで口を開けて大きく笑っている。背丈はすでに蒲池より高い。

「いや、わしの六番目の子供だ。名前は眞吾。眞澄の一字をとって付けた。まさか六十六歳で子供が生まれるとは思わなかったがね」

人の出入りの激しい会長室の壁の写真で二人は肩を組んでなんの屈託もなく笑い合っている。

「これができる子でね。いま高校二年生で中学時代から灘校に行っている。これからが楽しみだ」

灘校とは神戸市にある中高一貫校で、日本でも有数の秀才を集めた名門進学校のことである。

なんでも中学へ進むとき東京の開成、神戸の灘、鹿児島のラサールと三名門校を受験して三校とも合格したそうだ。スポーツも達者で中学時代から野球部に属し、そのバッティングの写真が蒲池が林芳正外務大臣（当時）と一緒に撮った写真の横に何の臆面もなく堂々と貼ってある。「これからが楽しみ」だと言うが、この子が大学を卒業する頃は、蒲池はすでに米寿（八十八歳）を超えている。逞しい生命力ともいえるが親バカぶりも子煩悩ぶりもここまで来れば立派というか、美枝子も開いた口が塞がらない。痛快というのか、人間のスケールが大きいというのか、蒲池という人間がますますわからなくなってきた。そして蒲池という人間への興味が以前より増してきたことは否めない。「カマチイズム」の追求より前に、「人間蒲池眞澄」を理解することが先だと思えた。

ふと机の横の違い棚の上を見ると可愛い子豚の人形が置いてある。蒲池らしくもない物であること甚だしい。

「これ、なんですか」と美枝子が笑いながら訊いた。「可愛い子豚ちゃんですけど、蒲池さんらしくもない」

「これかね」と言って蒲池はソファーから立ち上がると、子豚の鼻をポンと押した。するとたちまちラジオ体操第一の音楽が鳴り出した。

「つい最近までは毎日プールで泳いでいたんだがね。さすがに八十の坂を越してからは毎日はしんどい。これが一番手頃だ。君も一緒にやらんかね」

そう言って勝手に音楽に合わせてラジオ体操をやりだした。大真面目である。こういうとき無下に拒否したら蒲池の機嫌が悪くなることを美枝子は知っている。そういうところは昔とちっとも変わらない。しかたなく笑顔をつくってご相伴しなくてはいけない。美枝子は誰かと一緒にラジオ体操をやるのは中学生以来のことだ。不思議なことに体操の手順は忘れていない。この程度の体操が今の自分の歳にもぴったりな身体の動きだと思った。

前もってアポでとった約束の時間はとっくに過ぎている。そろそろ引き揚げようと美枝子が腰を上げようとしたとき蒲池が言った。

「ところでお嬢さん、少々時間がありますかな」

「ええ少しなら」

「ぼくもきょうは、ひさしぶりに自分の時間がある。明日から東京行きで忙しくなるけど、お嬢さんと一緒にいたら、グループのこれまで五十年間にやってきたことを話したくなった。それにお嬢さんが知らない新しい病院のこともあるしね。ぼくは話したくなることがあると、どうにも止まらなくなる癖があって困る。この話、聞きたくないですか、お嬢さん」

「ええとっても」

美枝子は今度は、「お嬢さん」と呼ばれたことに敢えて抵抗はしなかった。十五年前の若い頃の自分に戻ったような気がしたからだ。前にも「この話聞きたくないですか、お嬢さん」「ええとっても」という会話のやりとりが何度もあったことを思いだした。蒲池は立ち上がってドアを開けっぴろげの総務課の事務室に向かって大声で叫んだ。

「おおい、お嬢さんにコーヒー一つお替わり。おれにはお茶と梅干し。急がなくてもいいぞ」

第一章　病院再生

1　全国最年少市長の難題

二〇〇六年（平成十八年）四月十六日。

佐賀県武雄市で全国最年少の市長が誕生した。弱冠三十六歳のキャリア官僚あがりの新人候補樋渡啓祐が現職市長に八千票以上の差をつけたダブルスコアに近い圧勝だった。投票率は地方首長選挙では異例の八〇％もあった。それだけ人口五万足らずの山間のまちの市民の期待は大きかった。

新市長樋渡啓祐は初登庁の日、「わたしも公務員だったからよくわかるのですが、公務員はともすれば『できない理由』を考えるものです。しかしまちづくりは『できる理由』を考えないと必ず失敗します。これからは『できる理由』を一緒に考えていきましょう」と職員の前で意気揚々と訓示した。当時全国最年少の市長ということで、テレビ中継車四台をはじめマスコミも大勢押しかけていた。初日はともかく市長室は一人で執務するには立派すぎて広すぎるので、副市長も一緒に同室することにした。同居することで市政のベテランの意見をつぶさに聞くというメリットもある。また市民と直接接触するために市長のブログも立ち上げた。自分の考えをブログで発表すれば、いろいろの人からの反応をコメントやメールでダイレクトに受け取ることができる。これほど市民とストレートにつながるメディアはいまだかつてなかった最新メディアを使いこなしてこそ全国最年少市長の名に恥じないものだ。

贅沢すぎるということで、市長の公用車をはじめ市の所有するセンチュリーやクラウンなどの高級車をオークションにかけて売り払い、窮乏している市財政の足しにすることにした。まずすぐできることから手をつけることだ。マスコミも大きくとりあげ期待される若くて腰の軽い行動力のある「改革派市長」としてのスタートは順調に推移したかにみえた。しかし、いきなり樋渡が予想もしなかった大きな難問が待ち構えていた。

新人市長に対して初登庁から三日間、部長クラスの幹部職員から市に関する諸問題についてのレクチャーがある。「ほかの諸問題はともかく、この問題を解決しなければどうにもなりません。市民病院の財政を立て直さなければ武雄市の未来はありません。このままいけば市の財政破綻は目に見えています。市民病院はまさに武雄市のガンです。早く治療しないととんでもないことになります」と企画部長はいきなり厳しい顔で言った。まさに青天の霹靂だった。だいいち病院問題など選挙戦の争点にもならなかったし、周りの関係者からもいっさい知らされていなかった。

企画部長が差し出したのは、市民病院のここ数年の財政状況、診療報酬の推移、医師が減少しつづけている現状などをこと細かに記した報告書だった。累積赤字は六億円超。しかも単年度赤字は毎年増え続けている。だれが見ても大変な状況だということが分かった。

「なぜこんな重大な問題が、選挙の争点にならなかったの」

樋渡は当然すぎるほど当然な質問をした。

「最重要課題だからこそ前の市長は市民病院問題を、選挙の争点にしなかったんですよ。明らかに前市長の失策ですからね。わざわざ自分の不利になることを言うわけないでしょう」

当然すぎる言葉が返って来た。

「これまで市議会では問題にならなかったんですか。病院の経営悪化を、臭いものには蓋とばかりに、ただ手をこまぬいて見ていただけですか」

「遅蒔きながら、もちろん問題になっています。昨年の市議会で市民病院の経営悪化が議題に取り上げられました。審議の結果、病院の状況を正確につかむため経営手段が必要ということになり、診断を依頼するコンサルティング会社への業務委託費が予算化されました。コンサルティング会社の結果はまだ出ていませんが」

コンサルティング会社の結果を待つまでもなく、市民病院が窮地に追い込まれていることは誰が見ても自ずと明らかだった。当初は十六人いた医師の数も十一人まで減っている。今後も増える見通しはないという。百三十五床ある病床も空いたままのベッドの方が多い。企画部長の説明では、この病院は六年前までは国立の結核療養所が主体の病院だった。結核患者の減少とともに経営が立ち行かなくなった国が病院閉鎖を打ち出したとき、「待った」をかけたのが前市長だった。武雄市には中核になる市立病院がない。国立病院をそのまま引き継いで市立病院にして市民の命と健康を守ろうというのが前市長の主旨だった。主旨としては立派だったが、「国でうまくいかなかったものが、人口五万足らずの市でうまくいくはずがない」と反対する市会議員もいたし、医師会も反対した。医師会が当初反対した理由は、内科や小児科まで開設されては、自分たち開業医の経営まで影響するというものだった。しかし前市長は「武雄市民のため」と独断で強引に市民病院の開設に踏み切った。建前としては立派だったので市民総意の反発を受けることもなかった。当初から赤字経営のスタートだった。四年前の市長選挙では病院の市立化に反対する対立候補を「いずれ時間が来れば黒字化する」と言い張って振り切った。そのうち医師会との病診連携もなんとなくうまくいき、夜間の急患も市民病院へ送り込めばすむので問題はなく、医師会としてはとり立てて反対する理由もなくなった。慣れというのは恐ろしい。その間、病院の赤字化はどんどん進んで行く。前市長としても敢えて市長選挙で市民病院問題に触れない方が、触らぬ神に祟りなしというわけである。そして、そのすべてのツケが樋渡啓祐に回ってきたわけだ。

「で、この病院経営の責任者はだれになるんです。いったい病院のオーナーはだれですか」と樋渡は尋ねなくてもわかっていることを、敢えて企画部長に訊いた。「あなたです。あなたがこの病院のオーナーです。あなたがこの病院の問題を解決しなければいけないのです。またあなただけが、この問題を解決できる立場でもあるわけです」と企画部長は冷静に念を押した。

これは自分だけの力ではどうにもできないと、樋渡は泣きたくなった。さすがの改革派市長も初登庁訓示をくつがえして、「できる理由」より「できない理由」を優先して考えたくなってしまった。市長レクでこの企画部長の説明を受けた夜、なにごとにも前向きで楽天家であるはずの樋渡は一睡もできなかった。

2　苦境に立つ自治体病院

樋渡啓祐は次の日、あらためて企画部長の説明を聞くと、市民病院は抜き差しならない事態になっているのがわかった。病院の要である医師の絶対数が足りなくなっているのだ。

もともと国の結核療養病院を一般市民のための総合病院にするのも無理があったが、それに次々に打ち出される国の医療政策が逆風となった。一九九八年以降四回におよぶ診療改定、患者自己負担の増、それに追い打ちをかけるように二〇〇四年から実施された新医師臨床研修制度。なかでもこの新医師臨床研修制度が決定的なダメージとなった。

新医師臨床研修制度は、建前として①医師としての人格の涵養②プライマリーケアの理解を高め、患者を全人的に診ることができる基本的な診療能力を修得③アルバイトせずに研修に専念できる—の三点を基本的な考え方としたものである。①はともかく、②のプライマリーケアとは内科、外科、小児科、産婦人科、救急医療などの医療全科の基本的総合的臨床を国家試験合格後二年間でマスターし総合診療医になることを義務付けたものである。それまでは医学部を卒業するとほとんどが卒業した大学病院の医局に残るのが普通だった。九州大学病院だけでも医局の研修医が三百二十人いた。日本で一番多い慶応大学病院には千二百人近くもいた。当然、医局の上級医だけではろくな指導もできない。ところが新制度になると研修医は自由に自分が好きな民間の大病院や公的病院を選べるようになった。当然、研修生は都会の症例数の多い大病院に集中し、地方の中小規模病院は敬遠される。新制度は研修医には三十万円から四十万円程度の月給を義務付けている。それまでは無給医局員同然に使われていた研修医はアルバイトをしないですむが、逆に月給を払う側の大学病院にとっては痛い。それに研修医が少なくなると、それまで医局員を派遣していた田舎の中小規模病院への派遣はままならなくなってくる。

この新医師臨床研修制度の影響をもろに被ったのは、なにも医師の派遣を佐賀大学医学部に頼っていた武雄市民病院だけではない。新研修医制度がスタートして二年目の二〇〇六年四月ごろから、医師派遣停止の全国的なニュースが相次いだ。

「愛知県東部の新城市民病院（二七一床）では歯科を除く十一診療科で二十七人いる医師のうち、四大学から派遣を受けていた五科十人が三月末までに退職したが、その後任の派遣はない。外科だけは別の大学から四人を確保したが、その他は見通しが立たない」「千葉県内の七市町村が運営する国保成東病院では、七人が三月で退職したが、千葉大からの補充はなく、四月から内科病棟のほぼ半数が閉鎖した」「栃木県真岡市の芳賀赤十字病院では、昨年、獨協医大が引き揚げるなどして内科医が十一人減って二人になり、一時、入院患者三十人まで制限した」などなど、数え上げたらきりがない。

佐賀県の隣の医師の数が比較的多い福岡県でも、例外ではない。

九州大学は飯塚市立頴田《かいた》病院（当時）に内科医四人を派遣していたが、二〇〇六年限りで打ち切る方針を固めた。二〇〇七年度以降の医師確保のめどは立っていない。頴田病院は内科、外科、整形外科、小児科、泌尿器科、眼科、耳鼻咽喉科の七診療科目があり、ベッド数は九六床。内科の四人と整形外科の一人が常勤医で、ほかに二十一人の非常勤医がいた。だが医師が確保できず、二〇〇六年には泌尿器科、小児科が休診した。飯塚市では「市立病院での存続は将来的に厳しい」として、民間移譲の検討も始めざるを得なくなった。頴田病院は戦後、頴田村立診療所として発足した小さな病院だったが、頴田村が飯塚市に吸収合併されてからも、市立病院として存続していた。このように過疎地の小規模病院が新研修医制度の影響を大きく被っていた。

要するに新制度が発足して、大学病院にプールしていた医師の絶対数が半減したのである。これまで大学病院の研修医は、実地医療を学ぶ研修医であると同時に、大学病院の医局を下支えする貴重な労働力でもあった。大きな医局なら毎年十人から十五人の入局者があった。それが新制度で五割から七割の卒業生が一般の総合病院に流れていく。それだけの労働力がいきなり姿を消すことになったのだから、中堅クラスの医師にかかる負担は増し、人不足になった大学医局は派遣していた医師を呼び戻さざるを得なくなった。初期研修は一般病院に流れても、後期の専門研修では医師が戻ってくるとみていたが、大学医局に戻らずそのまま一般病院に残るケースがでてきた。当然、大学の医師不足は解消せず、関連病院への医師派遣停止のニュースが相次ぐようになった。

この事態を重くみた日本医師会は二〇〇八年四月、「新医師臨床研修制度と医師偏在化・医師不足に関する緊急アンケート調査」を行っている。日本医師会が、大学医学部の教授や医局に対して全国一律のアンケート調査を行うのは初めてのことだった。

その調査結果によると、有効回答千二十四教室(医局)のうち二〇〇六年四月以降、関連医療機関への医師派遣を中止・休止したことがある教室は、七百八十四教室(七六・六%)に及んでいることがわかった。このうち新制度が主な原因であると回答した教室は六百九教室(七七・七%)であった。これらの結果から、新制度が引き金になって医師不足が顕在化し、大学医学部の初期・後期研修医が減少し、医師派遣機能が弱体化した可能性が高い。さらに医師派遣の中止・休止があった医療機関のうち、診療の制限(診療時間の短縮など)が起きた医療機関が四四・六%、診療科自体の閉鎖が起きた医療機関は一六・五%であった。一方、地域別に派遣医師数の変化動向を見ると、もともと医療が手薄な地域で派遣医師数が最も減少しており、地域間格差が広がっていた。

佐賀大学医学部だけから医師を派遣してもらっている武雄市民病院の場合、新研修医制度前の二〇〇四年にいた医師十六人の数も、新制度後の二〇〇六年には十一人にまで減っていた。今後増える見通しは立っていない。医師の数が減れば患者の数も減るのは当然の話だ。だいいち新研修医制度が実施されることは前からわかっていたことだ、それを五年間で黒字経営に立て直すなどだい無理なことはわかり切っていた。

3　独立行政法人か民間移譲か

「いったい市民病院の問題はどうなっているんです。あなたは前々から知っていたんでしょう」

武雄市民病院の現状を知って、樋渡啓祐は翌日、さっそく有力支援者の一人である当時県会議員の稲富正敏に電話をかけた。稲富は有力支援者というより、先の市長選挙に自分が立候補しようとしていたのだが次期市長には樋渡の方が適任だと決断して自分は降りて樋渡を強力に推したという関係にある。いわば市政のパートナーであり参謀であり同志と言ったほうがいい。

「もちろん知っていたよ。知ってるどころか、前々回の市長選挙でおれが立候補したのは、市民病院をなんとかするためだったんだから。いつか話そうと思っていたが、そうか企画部長から話を聞いたか」

稲富は別にあわてるふうもなく答えた。そしてあとをつづけた。

「まあ聞け。平成十二年に前市長が国立療養所を引き継いだとき、おれは反対派にまわった。国がやってもだめな病院を市が引き継いでもうまくいくわけはないんだから。前の市長は五年後には黒字にする目算だったんだろうが、なに、机上の空論にすぎん。現に赤字つづきだ」

「なぜ今回は争点にならなかったんですか」

「そりゃ臭いものには蓋さ。向こうがわざわざ赤字の病院問題を持ち出すはずはない。それにあんたはキャリア官僚から急遽の立候補だから、市民病院問題の対策を練る時間もなし、ブレーンもいない。持ち出せば不利になることは分かりきっている。それで話さなかったのさ。だいいち医師会を敵に回すことになる」

「どうして医師会と対決することになるんですか。企画部長の話では、もともと最初は医師会は市営化には反対していたんでしょう」

「そりゃあ最初は、市民病院になると困ると思ったんだろう。自分たちの仕事に影響するからね。特に内科と小児科をもってくるのは、絶対にだめだと言ってたからね。しまいには外科もだめだとほざいていた」

「開業医とかぶるからですね。それが今はどうして反対ではないんですか」

「なあなあで連携がうまくいってるからさ。病診連携というやつかな。患者の病態が悪くなって自分たちの手に負えなくなったら、市民病院に行ってもらう。良くなったら自分たちの病院に戻ってきてもらう。持ちつ持たれつというわけさ」

医師会は市民病院のスタート当初こそ反対していたが、市民病院の診療内容が固まり、医師会との利益相反の起こる心配がないとわかると、一転して協力関係が固まっていった。開業医が最初に受けた患者のなかで、より専門的な医療が必要な場合は、市民病院が引き受ける。一次医療と二次医療の関係である。市民病院には病床が百三十五床あり、看護師の数も百人近くそろっているから入院対応も安心して任せることができる。回復した患者が自宅に戻れば、再び開業医の世話になればいい。また、市民病院は医師会が経営する看護学校の研修先になるなど、地域医療体制の中で開業医と市民病院は、持ちつ持たれつの関係が出来上がっていた。しかし今、その頼りになるはずの二次医療機関の市民病院自体が医師不足のうえ赤字つづきで危機に瀕している。これを問題にしない方がおかしい。この問題を解決しなければ武雄市の明日はない。

さっそく樋渡は総務省の元同僚に連絡を取り、いわゆる市民病院問題が全国でどうなっているか情報を集め始めた。すでに総務省は公立病院改革の検討に入っていた。改革手法については、地方公営企業法を全面適用した再編や地方独立行政法人化、民間移譲などの選択肢があるが、民間移譲の例はいまだに全国的にみて前例がない。いずれかのやり方で経営を見直し、きちんと期限を設定して実現可能なプランを早急に策定しなければならない。武雄市民病院の場合、どうすれば医師を確保できるかの一点に尽きる。その結果によって独立法人化か民間移譲かを決めるべきだ。大学に医師を派遣してもらえるかどうかがポイントになるが、その前に医師会に協力を願い出て、医師を派遣してもらうという方法がある。医師会の医師もれっきとした武雄市民だ、市民のことは市民で解決できるはずだ。

「問題は医師の確保ですよね。医師会の先生方に交代で市民病院の診療を受け持ってもらうことは出来ないでしょうか」

後日、改めて稲富県議に相談を持ち掛けてみた。

「そんなことは、おれもとっくに思いついたさ。実際に医師会にお願いに行ったら、『できまっせん』とケンもほろろに断られたよ。医師会がそんなめんどうなことは引き受けるわけはなか」

と稲富県議の答えはニべもない。

「無理ですか。たしかにそうでしょうね。開業医はみんな一国一城の主なんだから」

「自分ひとりで好き勝手にやれているのに、だれがきついばっかりの勤務医なんかやるもんか。仮にその話が出来たとしても、夜間はどうなる。夜中の救急医療を好き好んで引き受ける医者なんていわけはなか。市民病院は、あの地区ただ一つの救急指定病院なんだぞ。それに市議会でも救急車の急患患者の『たらい回し』が問題になってきているというのに。市民病院がのうなってしまったら大問題になるばい」

「これまでに市民病院をどこかに引き受けてもらう話はなかったんですか。つまり民間移譲」

「ひとつあった。前市長のとき、ある病院から話を持ち掛けられたことがある。でもそのときも医師会が猛反対して話はつぶれた」

「どうしてだろう」

「反対するのは当然だろう。せっかく市民病院と持ちつ持たれつの関係があるのに、民間病院が入ってきて壊されるのが嫌だっていうわけたい」

「大学からの医師派遣は絶望的だし、八方塞がりですね」

「うん、八方塞がりだ。でもこうなれば医師会と正面から対決する覚悟を決めて、民間移譲の線で解決する以外に方法はなかと、わしゃあ思うとる。市長は市長で元キャリア官僚らしく地方公営企業法に則った病院の再編成なり、独立行政法人化なり、それなりに考えておいてくれ」

「なにか心当たりの病院でもあるんですか」

「うん、なかこともなか」

そう言い残すと稲富は引き揚げて行った。

それから稲富は稲富なりに、心当たりの比較的人的に余裕のありそうな有力民間病院を訪ねて歩いた。隣の福岡県の久留米市にある聖マリア病院、飯塚市の麻生飯塚病院など研修医に人気のある病院がターゲットだった。民間中小病院を吸収して拡大路線をとっている大川市を拠点にする高木病院グループまで足を伸ばした。

その間、樋渡は公約通り黒塗りの高級公用車をネットオークションにかけて売りと飛ばし市の歳入にしたり、当時の人気小説「佐賀のがばいばあちゃん」のテレビ化のロケ地を武雄市に誘致するために市役所内に「がばいばあちゃん課」を設けるなどマスコミ受けするアイディアを次々に打ち出していった。それが実際にテレビで放映され全国に武雄市の名前が知られるようになった。しかし次々に軽快なヒットを打ちつづける樋渡の頭からは、重苦しい市民病院の問題が離れることはなかった。その重圧感は日増しに重くなっていく。そんなとき稲富から電話があった。

稲富の声は弾んでいる。

「わしの武雄高校の同級生の鶴﨑直邦という男が、池友会病院グループの新行橋病院の院長をしている。池友会は福岡和白病院を拠点に四つの病院を経営している優秀な病院らしい。なんでも新しい研修医にも人気のある病院ということだ。鶴崎はいま医療法人池友会の理事長をしているが、本当のボスは蒲池眞澄という男だ。なんでも相当のやり手という評判だ。鶴崎に事情を説明して話はつけておいたから、一度会ってみてくれないか。鶴崎はあんたの武雄高校の先輩でもあるからな。よろしく」

4　ヘリポートのある病院

翌二〇〇七年になってから樋渡啓祐は自ら、福岡市東区にある福岡和白病院を訪れることにした。稲富正敏から蒲池眞澄と鶴崎直邦に武雄市民病院の実情を打ち明け、民間移譲の相談を持ち掛けたら「まあ理屈はともかく、一度ウチの病院を見にいらっしゃい。百聞は一見にしかず。話はそれからだ」と言われたからだ。

淡いレンガ色の十階建ての病院ビルには救急ヘリコプターの離発着のためのヘリポートがあることに、まず驚かされた。当時、ヘリポートのある民間病院などほかになかった。すっかり地域のランドマークになっているビルそのものもまだ真新しいものだった。池友会が和白に進出してきてから二十年以上になるのに随分新しい病院ビルだなと想ったら三年前に新しいビルに建て替えたそうだ。樋渡に改めて池友会グループの年収が四百億円以上だということを思い起こさせた。

病院の案内は蒲池眞澄自身が買って出ることになっていた。

まだ樋渡が受付にいるとき救急車の鳴らすピーポピーポというサイレンの音が聞こえてきた。その音を聞きつけて医師はじめスタッフがどこからともなく、どんどん出てくる。やがて到着したときは看護師から事務職員まで十人くらいのスタッフが救急車を待ち受けていた。救急車が到着するとストレッチャーの患者を一階のＥＲ救急センターから三階にあるＩＣＵ（集中治療室）へエレベーターで救急搬送するか、ＣＴ（コンピュータ断層撮影装置）やＭＲＩ（磁気共鳴画像装置）の緊急検査が必要かどうか、または一般の処置だけでいいかどうかテキパキと判別して、それぞれの処置をする。それぞれの処置を終えると救急スタッフは、いつ来るかわからない次の救急患者に備えるためにスタンバイする。幸い樋渡が遭遇したのは駅の階段から落ちた軽傷患者で、頭部のＣＴ検査だけで済んだが、その救急対応の速さや的確さには目を見張らざるを得なかった。

会長室までの廊下を総務課の女性職員に案内されて歩いて行くうちに、これは市民病院とすべてが違うぞ、と樋渡は思った。受付をはじめとする病院の明るさ、患者に対する接し方、これまで見てきた大学病院や大規模民間病院ともまったく違う。廊下で何人かの患者に声をかけてみんな明るくニコニコしている。看護師も職員も元気で明るい。けっして美人をそろえたわけではないが、みんな街の八百屋や魚屋のおばちゃんやお姉ちゃんみたいに活発で軽快な動きをしている。武雄市民病院には見られない明るさに満ちている。思わず「こんな病院なら入院してもいいな」という気になってしまいそうだ。

やがて会長室に来た。正式にいうと医療法人財団池友会にも、福岡和白病院にも法的には会長職というものはない。医療法人の理事長は鶴﨑直邦であり、和白病院の院長は佐賀大学医学部教授から就任してきたばかりの、蒲池の九州大学の三年後輩で親友でもある伊藤翼《つよし》である。でも蒲池が池友会の創設者でありＣＥＯ（最高経営責任者）であることは間違いない。院内のみんなが、ほかに適当な呼称がないので「会長」と呼んでいる。まさか「ヒラ理事」と呼ぶわけにはいかないから「会長」と呼んでいる。だからここは「会長室」というわけだ。会長室といっても廊下ひとつ隔てた総務課の事務室との間のドアは、行き来しやすいように普段は開けっ放しだ。事務員が会長室を覗いて会長がそこにいなければ、病院内のどこかを巡回していると思った方がいい。

「いきなり救急車で搬送されて来た患者に出くわしましてね。救急車で運ばれてくる患者を間近に見るなんて、初めてなんでびっくりしました」

樋渡が通された会長室でまだ興奮覚めやらぬ弾んだ声で蒲池に言うと、蒲池が冷静に答えた。

「いきなりで驚かれたでしょうが、ウチは救急患者なんて日常茶飯事ですからね。というよりそれが一番重要な仕事です。なにしろ年間約四千二百件、一日当たり十一・五人が救急車で運ばれて来る。ほかにタクシーやマイカーで来る救急患者を入れるとその四、五倍になる。それらを全部、二十四時間、三百六十五日受け入れなければいけない。救急患者を絶対に断らないのがウチの理念であり存在理由です」

会長室の隅っこには仮眠用の簡易ベッドが置いてある。ベッドといっても木の台の上に一畳のタタミが敷いてあるだけの粗末なものだ。一見してどこかの物置部屋と間違えたかと思ったくらいだ。そのタタミ台ベッドを樋渡が不思議そうに見ていると、蒲池が頭を掻きながら説明した。

「これはぼくが十九床の小さな医院の院長だったころからの習慣でね。院長といっても当直医や雑役夫と兼任で、なにしろ常勤医といったらぼく一人という時代でね。居間寝室兼医局兼院長室が病院の中に一部屋あるような有様で。その習慣がいまだに治らない。今でも十分間なら十分間、二十分間なら二十分間眠れといわれたら、すぐ眠れますよ。そして目覚まし時計なしでピタリと起きられます。特技といえば、これほど便利で重宝な特技はありませんな。えっ、柔らかいベッドでなくてタタミである理由ですか。少々腰を悪くしてますので、柔らかいのは苦手なんです」

これほどざっくばらんな院長や理事長はいない。ふつう年間収益四百億円のトップならもっと豪華な部屋のソファーにふんぞり返り、もっと立派なトップ用の仮眠室を院内に設けることもできるのに。

院内を案内するために廊下を歩きながら二人の会話はつづく。

「それにしても築十八年で新しい病院ビルに建て替えるなんてどういう理由ですか」

「この二十年間の医療機器の技術開発のスピードは凄まじいものがありますからね。古い病院ではテクノロジーの進歩に対応できない。新しい医療機器を入れるためにリニューアルするより、いっそのこと新しい器具にあわせて新しい建物に建て替えた方が手っ取り早い。それに外来の患者さんの数も増えてきた。一日に千人からの患者さんが来るようになると、待合室で立って待たねばならない人もでてくる始末でね。患者さんのアメニティーに対する要求も年々高くなり、いまやホテルなみのサービスが必要になってきますしね。また現在は三百十七床のベッド数も、将来は三百六十床以上まで増やす予定ですし」

「古い病院ビル、いやまだ築十八年なのでけっして古いとはいえないが、そのビルはどうされるんですか。売り払うんですか」

「いやウチの総合健診クリニックにしています。ＰＥＴを使ったがん健診や人間ドックに対するニーズも高くなる一方ですからね。急性期医療や回復期医療だけでなく、これからは予防医療にも力をいれて行こうと思っています。それでこそ本当の意味の総合病院ですからね」

「それにしても新しい病院に思い切った投資をなさったものですね。いったいいくらかかったんですか」

「そうですね大雑把にいって土地代が二十億円、建物と医療備品で四十億円、ＰＥＴセンターが十億円でざっと七十億円といったところですかな。仮にこれとおなじ規模の国公立病院をつくるとなると、たぶんウチの三倍以上の費用がかかるでしょう」

「えっ、三倍。三倍といえば二百十億円ですよ。それをどうしてあなたは三分の一で。その根拠はあるんですか」

もと政府のキャリア官僚で現職の市長である樋渡啓祐は、蒲池の言葉にたまげた。まさに魂がどこかへ消えていくかと思うほどびっくりした。だが蒲池はこともなげに答えた。

「いやたぶん三倍ではつくれないでしょう。その理由は国公立病院には経営者がいないからです。借金返済の心配をする責任者がだれもいない。病院を建てるのも税金だから、土地代も建築費も、定価がないも同然の医療機器も、すべて業者の言い値になってしまう。議会を通った予算の枠内ならいくらでも出す。ひと口で言えば役人は値切らない。だがぼくは値切る」

今度は蒲池の言葉に樋渡は度肝を抜かれた。まさに肝臓を抉られた感じだ。

しばらくは言葉を返すこともできなかったが、それを見て蒲池はにやりと笑ってから平然として言った。

「あっ失礼しました。あなたも元は役人、今は武雄市の行政機関のトップでしたね。果たして業者が手にした三分の二の金がどこに消えるか、ぼくは知りません。あなた方がどこに消えるか知っているとまでは言いません。ただあなた方は税金で病院をつくる。ぼくらは銀行からお金を借りて病院をつくる。いま池友会グループの銀行からの借入金が三百億円以上あります。だがグループの年間収益は四百億円あるから、けっして過剰債務ではありませんよ。きちんと返済していく計画は十分に立てていますし、確実に返済をしています。二十年前は地元の銀行はぼくに見向きもしてくれなかったが、今では向こうから頭を下げて来る始末です。これが信用というもので、経営者としてはいちばん大切な財産になるんですよ」

樋渡はしばらく沈黙し、蒲池の言葉を頭の中で反芻していた。ざっくばらんで大雑把な男だと思っていたが、少々初印象とは違ってきた。二人は黙って歩きつづけ、やがてエレベーターの前に来た。
「さあ、三階から見て行きましょう。三階にはＩＣＵ（集中治療室）や手術室やナースセンターがあります。ここは一階のＥＲ救急センターと一般の外来には見えないエレベーターでつながっていて、ＣＴやＭＲＩなどの緊急時の検査にも迅速に対応できる最適な経路も確保されてます。総合病院は機能性とチームワークがいちばん大切ですからね。四階から上は病室ですから、きょうは省略しましょう」

ということで樋渡は蒲池に案内されて、集中治療室、手術室、内視鏡室、マンモグラフィ乳腺超音波室、高気圧酸素治療室、血管造影室、人工透析センター、ガンマナイフ室、一般治療室、救急センターなど、三階から一階まで隈なく見て回った。蒲池の専門的な説明では、よくわからないところがあったが、いずれの治療室でも最新鋭の医療機器を備えていることだけはよくわかった。特に蒲池はガンマナイフ室と別棟の旧病院にあるＰＥＴセンターに来ると、急に力を入れて説明した。よほど自慢の医療機器らしく、子供のように無邪気な笑顔を見せながら、「新しい医療機器で予算至上主義の大学病院や公立病院より先行できるのも民間病院の良さの一つかな。ウチには予め立てる予算というものはない。医療というものは生きものですからな。その変化に合わせて理事会を開いて対応していく。ウチが十年先の医療を先取りできるのもそのためです」と言う。まるで自分で作った模型飛行機を訪れてきた大人のお客さんに披露する少年のように屈託がない。

確かに池友会グループは病院が大きくなるに従って、他の病院に先駆けて次から次に新しい医療機器を導入している。

一九九五年には九州・中国地区では初めてガンマナイフを導入している。ガンマナイフとはガンマ線を脳深部の小さな病巣に集中的に当てて患部だけを治療し、それまで治療困難とされていた脳深部の小腫瘍などメスを入れにくい微小な病変に効果的な装置だ。一九九〇年に東京大学が治験機として日本で初めて導入したが、九州・中国地方で導入している病院は一つもなかった。もちろん導入当初は保険も利かなかったが、九州大学や熊本大学などの協力を得て九州各地から患者が集まり、初年度の和白病院のガンマナイフ治療例は百三例であったが、保険が利くようになった十年後には治療累積症例数は四千二百症例を超え、ガンマナイフセンターは和白病院の「目玉商品」になった。

「病院で利益が出たらその分、患者のために還元するというのが私の主義だ。たとえ最初は保険が利かなくても、導入して症例の実績を出せば厚生労働省は保険医療として認めてくれる」というのが蒲池の考え方だ。

二〇〇四年には福岡市で初めてＰＥＴ（陽電子放射断層撮影法）を導入した。ＰＥＴとは微量な放射線を出すブドウ糖を体内に注射して画像撮影機にかけ、がんなどの患部を見つけるシステムである。この装置も九州大学病院や国立がんセンター、九州厚生年金病院などと連携して稼働率を高め、導入二年目には和白病院の横に「福岡和白ＰＥＴ画像診断クリニック」を開設し、年間診断件数が七千件を超えている。これは画像撮影機が二台あるので一日に四十件は診断できるからで、全国で一、二位の稼働率を誇っている。

蒲池に言わせれば「PETには十二億円投資したが年間の収益が七億円あるので、五年間でペイすることになる。医療機器の減価償却率は三〇パーセントと高いのでね。ガンマナイフも七億円かかったが、もうとうにモトはとった。今度、新しいガンマナイフに買い換えようと思っている」ということだ。このように利益はすべて患者のために還元するというのが基本的な考え方だ。だから池友会グループの病院には常に最新鋭の医療機器が備わっている。

医療機器だけでなく医療スタッフも他の総合病院や大学病院と比べても見劣りしない腕の立つ専門医がそろっている。かつては九州大学系列のエリート医師を引き抜いてくるなど考えられないことであったが、池友会グループの規模が大きくなるに従ってそういうエリート医師たちをリクルートすることが可能になってきた。

蒲池が新しい和白病院をつくる際に最も力を入れたのは「脳神経センター」「ハートセンター」「ER救急センター」の三部門だった。

三部門の手術の件数も年々増えている。読売新聞が発行している「『病院の実力』(二〇〇七年二月版)によると福岡県内で「脳外科手術を年間五十件以上行った医療機関」部門では八番目にランクされている。一位は県済生会八幡病院、以下、九州大学、国立九州医療センター、久留米大学、福岡大学、聖マリア、済生会福岡総合、福岡和白の順だ。同じく「心臓外科手術の多い医療機関」部門では、六番目にランクされている。一位は小倉記念病院で以下、九州厚生年金、九州大学、国立九州医療センター、福岡大学、そして福岡和白の順だ。福岡和白より上位の病院は、すべて国公立か、それに準じる名門病院か大学病院ばかりである。もちろんベストテンに入っている病院で、個人病院からスタートした病院は一つもない。十九床の小さな医院からわずか三十余年で、伝統ある大病院と肩を並べるまでになった。

驚いたことには、研修医の数が地方の大学病院なみにいることだ。二〇〇六年の池友会グループの初期研修医の数は三十五人、佐賀大学の三十六人、宮崎大学の三十四人とほぼ変わらない。これでは地方大学が窮地に追い込まれて地方の病院に医師の派遣を制限せざるを得なくなるはずだ。グループでも和白病院に限っていえば二〇〇六年の初期研修医十四人のうち五人が女性だ。当時の研修医のうち約三割が女性だが、それを上回っている。和白病院は一年目から女性でも夜間当直があるが、女性でもそれを少しも嫌がっていない。

研修医が志望したがる病院はなにも都会にあるだけではない。真面目な研修医ほど「症例の多さと最新医療機器の多さ、指導医の質の高さ」にこだわる。できるだけ早く一人前の医師になりたいからだ。和白病院はその研修医の希望条件をすべて満たしている。

もっと驚いたのは蒲池と一緒に病院の廊下を歩いていたときだ。病室から医師が「痛いかもしれないけれど、がまんしてください」と言う声が聞こえてきた。医師が患者にかけるごくごく普通の言葉である。ところがその言葉を聞きつけるや否や病室にすっ飛んでいき、蒲池は後ろからその医師の白衣の襟をひっつかみ自分のほうを向かせると怒鳴りつけた。

「きさん。患者さんにがまんしろとは何ごとか」

病院で一番権威を持ってるはずの医師をつかまえて、いきなり粗野な方言でキサマ呼ばわりである。若い医師はなんのことかわからずポカンとしている。その医師にとってはまさに青天の霹靂である。

「患者さんの痛みを取ってやるのがおまえの仕事だろうが。患者さんの不安を少しでも抑えることが、おまえの任務じゃないか。それをがまんしろとは、いったいどういう了見をしているんだ。何を考えているんだ。バカものが」

雷でも落ちたかのような大声である。烈火のごとく本気で怒っている。

蒲池に言わせればこうだ。

患者は痛みや苦しみを訴え、それから解放されたいために病院に来る。その痛さや苦しさを取り除いてやるのが医者の務めだ。医者のなかには、患者が痛みを訴えるのは患者の生体から出されるシグナルで、それを安易に鎮痛剤を打って消してしまうと正確な診断ができない、という医者がいる。大学でもそんなことを教える教授がいる。そんな医者は「ヤブ医者だ」と蒲池は言う。シグナルが消えても正しい診断や治療ができるのが本当の医者だ。そんなことは世界的な内科医の権威ハリソンの著作「ハリソン内科学」にも書いてある。痛みが消えれば患者にとっていいことばかりだ。痛みや苦しみが抑制されれば、食欲も睡眠も安定して病気と闘う気持ちも高まる。

これは歯医者でも同じことだ。まず痛みを取り除いて貰いたいために歯科医に行く。だれも虫歯の原因を追究して貰いたいためには行かない。だから和白病院の広報誌のタイトルは「いのち、痛みに全力」なのだ。患者の命を救うために全力を尽くす。痛みを取り除くために全力を尽くす。これが病院の使命だ。病院はあくまで患者のためのもので、けっして医者のためにあるのではない。これが蒲池の言う「患者至上主義」である。

樋渡は「この人の哲学はすごい」と感銘を受けた。医師の権威さえまったく眼中にない人間が、大学医学部や医師会の権威など認めるはずがない。仮にそうした旧態依然とした権威が、患者至上主義と相容れない場合、蒲池は徹底的に闘うだろう。ましてや自分たちの既得権や保身だけしか考えていない医師会を敵に回しても一歩も怯むことはないだろう、と樋渡は思った。そして仮に民間移譲するなら蒲池眞澄以外にないと、このとき決めた。そして―

「もし、仮にですよ。ぼくが市民病院の民間移譲に踏み切ったとしたら、池友会グループに病院の経営を引き受けてもらえるでしょうか」

樋渡は思い切って言ってみた。

「うん、ぼくはやってもいいんだけどね。鶴崎ら理事はみんなが反対するんじゃないかな。うちのグループはなにごとも理事会で決める。わずか人口五万人の街のわずか百三十床程度の中小病院じゃとても採算がとれないといってね。それにあんな山の中の病院じゃあ理事会がリスクが大きいといってきかないだろう」

樋渡の顔色が落胆の表情に変わっていった。それを見て蒲池がつぶやくように言った。

「でもぼくは天邪鬼だからね。みんなが反対すればするほどやってみたくなる。ガンマナイフを導入するときも、保険も利かないし七億円は高すぎると理事たちみんなが反対しましたがね。ぼくは導入に踏み切った。九州大学と熊本大学の協力を取り付ける自信はあったが、随分苦労しましたよ」

樋渡はその言葉を聞き逃さなかった。

5 「七人の侍」の復活

「今回の武雄市の市民病院の件は、どうも新医師臨床研修制度の煽りを食らった結果らしいな。新制度の副作用が効きすぎたといったところか。しかたがないといえばそれまでだが」

池友会病院の新医師臨床研修制度の導入はグループのいずれの病院も順調にスタートしている。初期臨床研修医の数も地方大学病院並みになった。ということは地方大学並みの実力とブランド力をつけてきたということだ。地方の他大学や地方中小病院が苦境に陥っているのを黙って見ているのは、「義を見てせざるは勇なきなり」とでも蒲池眞澄は言いたいらしい。

「鶴さん、どうやらおれたちの出番らしいぞ。もし武雄市長から病院移譲の話があったら、引き受けてみようと思うんだが、どうだろう。反対かね」と蒲池は鶴崎直邦に切り出してみた。

「樋渡市長は鶴さんの武雄高校の後輩ということじゃないか」

「先輩後輩の私情は関係ありませんよ。地元だけにあの辺の事情はよく知ってるつもりだが、人口五万のまちで百三十五床の中小病院ではとても採算がとれません。百三十床程度の病院が一番難しい。二百床から二百五十床あれば楽なんだけれど。それに山麓にある元結核療養所じゃイメージが悪い。どうしてもと言われても、反対ですな」と鶴﨑はにべもなく言葉を返した。

「でも鶴さん、武雄市を空から見てみろよ、わずか人口五万といっても周りの町と合わせると人口十五万の立派な中核都市になるよ。武雄は山の中とはいってもあの辺の交通の要衝で、駅前には商業施設の『ゆめタウン』もあるし買い物客が周辺から集まってきてる。日に三万五千人の集客力は見過ごせないよ」

「でも市民病院は駅の反対側の山麓にあるんですよ」

「うん今はね。もちろん今のままの位置では将来性はないよ。今の市民病院を立ち直らせたら、場所を駅の表側の商業地に移すつもりだ。そこに今の和白病院クラスのヘリポートのある新しい病院を建てる。同じ場所でショッピングと病院通いが一緒にできるって寸法さ。これはたんなる病院再生だけでなくて、新しいまちづくりにもなる話さ」

「そんなに簡単に土地が手に入るのですか。なにか心当たりでも」

「うん目ぼしを付けている土地がないではない。だが市民のための市民病院だ。市民のために便利な土地の手当てをしてやるのが政治家、つまり市長の仕事ではないのかね。もし民間移譲が決まったら、病院の建て替えをひとつの条件にするつもりだ。新しいまちづくりに樋渡さんが反対するはずがない」

そこまで言われたら、鶴崎は反対賛成はとにかく、黙って蒲池の言い分を聞くしかない。

「十年前のことを思い出せよ鶴さん。行橋で活気のない老人病院を再生させて、新しい和白病院クラスの病院を建てたじゃないか。あのときは鶴さんが先頭に立って行橋へ乗り込んで行ったよな」

いま鶴崎はその新行橋病院の院長をしている。話はこのときから十三年前にさかのぼる。一九九六年十二月、行橋市の市民グループ「こうなったらいいね行橋の会」の三十人が小倉の小文字《こもんじ》病院へ請願に訪れたことから、すべてが始まった。

行橋市は福岡県の北九州市と大分県中津市の中間に位置する人口七万人の京築地域の中核都市だが、京築地域全体だと二十万人の人口になる。しかしその二十万人の住民にとって医療的には過疎地で夜間の救急診療は北九州市の病院に頼るしかなかった。市民グループの一人が池友会が運営する小倉の小文字病院に緊急入院して助かった経験があり、ぜひ行橋市にも小文字病院クラスの中核病院をと請願に来たのである。これまで池友会が地域に進出するとき、地元の医師会の猛反対に遭った事こそあれ、地元の住民側から積極的な誘致運動を受けることは初めてのことであった。

行橋はもともと池友会が目をつけていた地区だった。和白に進出する前から医療過疎地としてターゲットにしていたが、同地区は県が定めているベッド数が満床で、新たにベッド数を確保するめどがたたずに進出を断念していた地区であった。ベッド数が満床なのに医療過疎地ということは、既存の病院はほとんどが老人病棟化しており、新たに急性期病院が進出する余地がなかったのである。同じころ徳洲会グループも同地区に目をつけていたが、同じ理由で進出を断念している。

市民グループだけでなく医師会の方も二十四時間・三百六十五日体制の病院の進出には好意的であった。少なくとも反対の動きはなかった。

池友会は一九九七年七月に、すっかり老人病棟化している病院の経営権を譲ってもらった。院長が蒲池の九州大学医学部の先輩だったので、「二十四時間三百六十五日体制の救急病院なら」ということで話はスムーズについた。その病院は内科、消化器科、循環器科、呼吸器科、リハビリテーション科、放射線科からなる百四十九床の一般病院だった。しかし事実上は老人の入院患者がほとんどで、百四十九床全部が老人特例許可のベッドだった。つまり老人慢性疾患患者を収容するための病院だった。もちろん救急病院に不可欠な外科も整形外科も脳神経外科もない。老朽化した二階建ての病院を外装を塗り替えリニューアルし、その隣接地に手術室、CT（コンピュータ断層撮影装置）、MRI（磁気共鳴画像装置）、血管造影室、内視鏡室などが入る救急救命室を急いで建てた。改めて外科、整形外科や脳神経外科も新設した。この老人病院を短期間で、市民グループから要請のあった急性期病院につくり変えなければならない。

一九九七年十二月、新行橋病院の新院長になった鶴崎は、池友会から選りすぐった七人の中堅医師を引き連れて行橋に乗り込んでいった。池友会ではこの七人の医師を「七人の侍」と呼んだ。優秀な医師集団だったが、それぞれの個性も強烈だった。さしずめ鶴崎の役回りは黒澤明の映画でいう志村喬が演ずる侍のリーダー島田勘兵衛というところか。七人の侍は鶴崎をはじめ酒豪ぞろいだったので、飲むときは率先して地元の飲み屋で飲んだ。概して開業医は人目がうるさい地元では飲みたがらないものだが、鶴崎たちは早く地元に溶け込むために積極的に地元の飲み屋を利用した。みな若かったので酒の量も半端ではなかった。「今度できた新しい病院の先生たちは少しも偉ぶったところがない」と地元の評判をとった。この鶴崎たちの泥臭い作戦が、特に排他性が強いと言われた行橋地区では功を奏した。

あえて新病院の開院の日を正月休みが始まる十二月二十七日にした。鶴崎ら七人の侍たちは正月休みを返上して、病院に泊まり込みでスタンバイした。これが成功した。年末年始は外来患者が引きもきらなかった。それまでの行橋や京築地区は医師会の輪番制度はあったが、本格的な救急医療の中核病院がなかっただけに、当然、患者は新行橋病院に集中せざるを得ない。地元医師会との仲もうまくいき京都《みやこ》医師会の入会もすぐ認められた。こんなことはアンチ医師会を標榜してスタートした池友会にとって、開設いらい初めてのことだった。

こうして地域市民の信頼を得た新行橋病院は、翌年五月から九十九床の老人特例ベッドを廃止して、百四十九床全部を一般病棟にした。もちろん初年度から黒字経営だった。二年目には早くも新病院ビルの建設計画を立てた。八階建てで、二百四十床の和白病院クラスのビルだ。当時の厚生労働省は医療法を見直し、ベッド数を減らす施策を打ち出していたが、市民グループ「こうなったらいいね行橋の会」が署名運動で集めた七万五千人の署名のお陰で二〇〇三年一月には新たに百床の増床が認められた。七万五千人の署名は行橋市の人口より多い。こうして医師七人、職員八十人でスタートした病院が、六年後には医師三十七人、職員五百人の病院になっていた。この年、池友会グループ全体の総ベッド数は大台の一千床を突破した。救急病院としての機能も十分に発揮している。なかには県内だけでなく遠く大分県宇佐町から救急車で搬送されてきた大動脈瘤破裂の患者の命を救った実績もある。

「あのときは市民グループという心強い支持があったし、医師会のこれといった反発もなかった。すべて順風が吹いていたからな。ぼくたちはいけいけドンドンでよかった。しかし今回の武雄の場合は地元医師会も市民病院は手放したくないだろうし、民間移譲となると猛反対攻勢に出てくることは目に見えてますよ」

いつもは強気の鶴崎も、今回ばかりは慎重な構えを崩さない。

「医師会の反発に遭うのはいつものことだ。おれは医師会が相手となると憤りを感じてファイトが湧いて来るんだ」

「医師会だけならいいんですがね、同級生の稲富県議の話だと市役所内部もどうも一枚岩ではないようですな。樋渡市長を快く思わない管理職のベテランが、市長のやり方にはついていけないと三人も辞表を出したそうですよ」

「その話はおれも聞いてる。なんでも幹部職員三人は辞表をちらつかせれば若僧の市長が折れるとみていたが、ところがどっこい市長は『あっそうですか』と辞表をすんなりと受け取ったそうではないか。アワを食ったのはその三人のベテラン幹部の方だと。もともと本気で辞める気なんてなかったのだから。締まらない話さ。樋渡さんも齢は若いが大した度胸だ。あの市長なら一緒にやってもうまくいきそうな気がするんだ」

蒲池は何事にも緻密な計算ができてクールな男だが、妙に情に動かされるところがある。痛快な男や毛色が変わった男に出会うとすぐに惚れ込んでしまう。これは少々なことでは蒲池は止まらないぞ、と鶴﨑が思っていると、蒲池が追い打ちをかけるように言った。

「行橋のときは鶴さんが斬り込み隊長の役回りだったが、鶴さんがいやなら今度はおれが『七人の侍』を連れて武雄に乗り込んで行ってもいいぞ」

6　民間移譲に踏み切る

二〇〇七年五月、コンサルティング会社に託していた武雄市民病院の経営診断の報告書が出た。報告書の内容は最悪で、可能な限り早いうちに何らかの処置を取らないと、市民病院は確実に抜き差しならないならない事態になると警告していた。市民病院の赤字は今後ふくらむことはあっても、減ることはないと結論づけていた。

深刻な診断結果を受け、樋渡市長は庁内に市民病院の経営検討委員会を設置した。今後の市民病院のあり方として、どのような経営形態が望ましいのかを議論する場である。委員会では、独立行政法人化か、それとも民間移譲なのかで激論が交わされた。どちらのやり方にも、一長一短がある。ただし、いずれの場合でも医師を確保することだが大前提となる。医師を確保できるかどうかは派遣元となる大学病院との関係に加えて、病院の立地が重要なポイントになる。立地に関していえば、元国立結核療養所だった武雄市民病院は最悪な条件下にある。できれば、病院をもっと市街地に建て替える余力のある大きな病院が望ましい。独立行政法人化では、市の財政では新しい病院の建て替えまではとても無理だ。

同年十一月、経営検討委員会で半年をかけた議論の結果、民間移譲がベターだという結論が出た。そこで樋渡市長は民間移譲を基本方針とする「武雄市民病院経営改革基本方針」をまとめて同年十二月、市民病院で開催された説明会に臨んだ。説明会場には市民病院で治療に当たっている医師、看護師、職員あわせて二百人ほどのスタッフが集まっていた。医療スタッフだけでなくテレビ局の中継クルーや新聞記者たちも集まっていた。

樋渡が会場に入ると、待ってましたとばかり、いきなり非難の声の集中砲火を浴びた。「もっと早く説明に来なさいよ。いままで何してたのよ」「市長だったら、厚生労働省にもっと働きかけて、医師をたくさん引っ張ってきてよ」「おれたちは公務員だぞ。民間病院で働くつもりはないんだからな」「あんた議会で、武雄市は医療の空白地帯だと言っただろう。よくもそんなことが言えるものだ。撤回しろ」「あなたなんかに民間売却なんてできるわけがない。市民はバカじゃないわよ」「わたしたちが何か悪いことでもしたのでも言うの、いまでも患者さんたちから十分感謝されているわよ」

樋渡は一通り「改革基本方針」を説明したあと医師や職員たちとの意見交換会に移った。樋渡は医療スタッフの仕事ぶりを批判するような発言はいっさいしなかったが、しかし自分たちの属する組織が存続できないとなれば、自分たちの存在が全否定されたと受け止めるのが人情というものだ。いくら民間移譲に合理性があると言ってても、感情的になっている現場のスタッフがそう簡単に納得するはずはない。結果的に説明会は物別れに終わった。

そして翌年三月、最も恐れていた事態が現実のものとなった。

佐賀大学医学部から派遣されていた医師が相次いで辞職し、残されていた医師が七人にまで減ってしまったのである。医療体制の大幅な見直しを余儀なくされ、四月から救急医療もやめざるを得なくなった。午後の外来診療も休止、病院として大幅な機能低下で、市民病院の体をなしていない。実際、市民生活に実質的なダメージが出始めた。救急車を呼んで救急車が来ても、搬送先の病院がなかなか見付からないケースが相次いだ。そんななか、樋渡にとって最悪の事態が起こった。

樋渡の小学校時代からの親友の女性が、市民病院で亡くなったのだ。急な脳内出血で倒れ、救急車で市民病院に搬送されたのはよかったが、脳外科の専門医がいないので二時間も放置されたままだった。形式的には専門医はいることになっていたが、それは福岡からの通勤医だった。とうてい救急病院の体をなしていない。それでも彼女は意識不明のまま生きつづけ、数日後に息を引き取った。享年三十六。その間、樋渡は友人と毎晩、病院に見舞いに通い、目を覚ましてくれと願いながら女性の足を懸命にさすった。もし適切な救急救命医療を受けていたら助かったのは明らかだった。彼女が脳内出血で倒れる四日前、街で出会って一緒に飯を食べようと約束したばかりだっただけに、彼女の突然の死を信じられなかった。市民病院の機能不全が、彼女を死に追いやったとしたら、おれは今までいったい何をやっていたんだ、と樋渡は自責の念にかられた。もはや独立行政法人か民間移譲か、なんて言ってる場合ではない。こと一刻の躊躇もあってはいけない事態に来ている。

そんなとき、また一つ由々しき事件が起こった。

市民病院の副院長から呼び出しの電話がかかってきた。副院長は佐賀大学医学部からの派遣医で、市民病院に残っている医師たちのリーダー格であった。樋渡は、自分を呼びつけておいていろいろ文句を言いたいのだろう、医師には医師で病院に対する不満を抱いているのだろう。それならそれで適当なガス抜きになるのなら何を言われても甘んじて受け入れよう。そういう覚悟で病院に出かけた。

病院の会議室に入るなり、白衣を着た医師たちに取り囲まれ、いきなり副院長が「今日、院長を除く医師全員の辞表を取りまとめました。市長、あなたはわたしたちの真意がわかりますか」

と叩きつけるように言った。テーブルの真ん中に重ねられた束になった辞表が置いてある。こんなに束になった辞表を見るのは初めてのことだった。彼らは真剣である。重苦しい空気に包まれた。樋渡はパニックになるというより、全身の力が抜けてしまった。脱力しきってしまうと人は意外に冷静になるものだ。

「まあ、一度でいいから、わたしの話もちゃんと聞いてくださいよ。辞表を出す出さないは、それから判断されてもいいでしょう。いい機会だから少しだけ時間をください」

そして樋渡は、公立病院が三重苦すなわち、医師が不足する、その結果、予算が減る、さらには救急医療ができなくなることに直面していること、確かにいますぐ市民病院がつぶれることはないけれども、改革というものは人間と同じで、体力があるうちにハンドルを切るのが大切であること、決断することが市長の仕事であることを諄々と語った。

だが医師たちは樋渡の話には耳を貸さなかった。

「市長、あなたは何か勘違いしていませんか。まさか我々を説得しようとしているんじゃないでしょうね」

「説得とは言いませんが、少しは話を聞いてもらえるかと」

「あなたの話など、聞く耳は持ちませんよ」

「辞表の件については院長には相談されたのですか」

「相談するはずないでしょう」

「それでは筋が通らないでしょう」

「あなたに言われたくないね。そもそも院長は市長派じゃないか」

「市長派とか、そんな言い方はやめませんか」

「市長に取り込まれている院長とは話をするだけ無駄です」

「どうしても辞表は撤回してもらえないのでしょうか」

「交渉するつもりはありません。さっさと辞表を持って帰ってください」

樋渡は、これまで腹を割って話をすればたいていのことはなんとかなると思っていたが、この場ではその考え方を否定せざるを得なかった。プロの医師たちから全員辞表提出というダメを出されては、黙って身をすくめて引き下がるしかなかった。病院問題に関しては、樋渡の支持者の間でも独立行政法人化か民間移譲かで意見が分かれていた。だがどちらを選ぶかはあくまで市長の判断で決まる。またそれが市長の仕事でもある。こうなれば一日でも早く民間移譲を骨子とする「武雄市民病院経営改革基本方針」を一般に公開するしかない。市議会に根回しをしたり、だらだらとまとまらない議論を無駄な時間を費やすような余裕はない。すでに同級生を市民病院で失い、病院の医師全員が辞意を表明しているのだ。

二〇〇八年五月二十日、樋渡は記者会見を開き、市民病院の今後についてのビジョンを発表した。

民間移譲までの日程は、まず六月上旬に引受先となる事業者を公募する。応募者が病院の運営方針などを公開でプレゼンテーションをして、市の医療関係者、経済関係者などで結成された武雄市市民病院移譲先選考委員会にかけ六月下旬までに移譲先を決める。移譲先に決まった病院からは一定の医師を可能な限り早急に市民病院に派遣してもらう。移譲を受けた病院は遅くとも八月までに市民病院としての機能を回復させる。しかる後に平成二十二年（二〇一〇年）二月一日に売却する。

この日程に正式売却まで二年近くあるのは、武雄市が国立病院を引き受けるときに厚生労働省と結んだ契約が平成二十二年一月三十一日だったからである。だからそれまでは武雄市が責任を持って運営し、期間満了後に民間に移譲することになる。実現すれば佐賀県内での公立病院の民間移譲第一号、しかも全国でもまれにみる大規模な民間移譲となる。

記者会見では、「なぜ独立行政法人化ではダメなのか」の一点に質問は集中した。樋渡は、独法化では医師派遣が大学頼みであることに変わりなく、医師不足という根本的な問題を解決できないことを説明した。そして「自分は市民病院問題解決に政治生命を賭けて取り組んでいる」ということも力説した。

また樋渡は武雄杵島地区医師会にも意見を求めた。ところが医師会側は意見ではなく、一週間後にいきなり抗議書を突きつけてきた。抗議書では「市民病院民営化は極めて重大案件であるのにもかかわらず、議論が足りず、市長の進め方が一方的だ」と非難していた。樋渡はこれまで医師会に対し何度も議論の場へ参加を呼びかけてきたのに、医師会の方が一方的にこれを無視してきたというのが実情だった。

医師会の抗議書を受けた二日後、五月二十日、樋渡は市議会を招集した。「民間移譲に関する特別措置条例案」を審議するためだ。市議会では議会が始まる前から、傍聴者の列ができていた。傍聴者の数は二百人を超え、武雄市議会史上最高を記録した。

市議会では、「市民に説明がないまま、なぜ民間移譲を急ぐのか」「そう言われても、このまま放置しておくことはできない。そんなことをすれば市の財政は間違いなく破綻する」「そうなったとき、あなたは責任をとれますか」「あまりにもことを急いで運びすぎないか」「一刻の猶予も許されない状況にあることがわからないのですか」「市民病院で頑張って医師たちが一斉に辞めたことをどう考えているのか」「医師の派遣を大学医学部だけに頼っていては、どうしようもないでしょう」

議論は侃々諤々、傍聴席を巻き込んだヤジの応酬も加わり、激烈な口論が延々と繰り返される。午前十時から始まった会議は、賛成、反対の意見が入り乱れ、開始から十時間たった午後八時すぎても、いっこうに収まる気配はない。

午後八時過ぎに採決が行われた。結果は賛成十九、反対九、退席一。民間移譲に関する特別措置条例が圧倒的多数で可決した。反対に回ったのは共産党、社民党、それに自民党の一部議員だった。

この議決を受けて医師会は翌日、新聞に「これほど重要な問題が一日で決まるのは疑問。これでは市民病院を放棄したのと同じだ」というコメントを出して抗議してきた。

樋渡は、このままでは医師会と全面戦争になると考えた。なんとか医師会の協力を得て市民病院の民間移譲の話を進めたい。樋渡はまだ医師会との関係はどこかで修復可能だと楽観視していた。そして医師会に頭を下げにいこうと決めた。梅雨入り間近の六月七日、樋渡は武雄杵島地区医師会館を訪れた。市民病院の民間移譲を巡り、医師会と不要な対立を招いていることを、まず詫びた。そして「市議会で民間移譲も議決されこれから移譲先を決める選考委員会を開くので、この委員会にぜひ医師会からも参加いただけないか」と頭を下げて懇請した。

「まず先に我々と議論すべきだった。民間移譲ありきの現状では、そうした委員会を我々は否定する方向で考えています。そもそもなんで早く説明に来なかったんだ。いまさら選考委員会だけ参加してくれと言うのは、あまりにも虫のいい話じゃないか」

医師会の答は最初から否定的でにべもなかった。樋渡は「議論に参加してくださいと、なんどもお願いしたじゃないですか。聞いてくれなかったのは、そっちじゃないか」と何度言いたかったか知れない。そのたびにぐっと唇を噛んでキレるのをこらえて頭を下げ続けた。

「重ねてお願いします。どうか選考委員会のテーブルについて共に議論をしていただきませんか。かりに審議が長引くなら民間移譲の決定を先延ばししてもかまいませんから」

「選考委員会に委員を派遣すれば、民間移譲という市の決定を追認することになります。そんなことは医師会として絶対に認めるわけにはいきません」

これで樋渡と医師会は真っ向から対立することになる。

7　市民病院民間移譲先選考委員会

「民間移譲に関する特別措置条例」が市議会を通過したので、樋渡啓祐は市長として武雄市民病院の民営化を粛々と進めることにした。

二〇〇八年（平成二十年）六月二日、武雄市は武雄市民病院の移譲先の公募を公表した。移譲先の選定にあたっては競争性、透明性、公正性、客観性による公募型プロポーザル方式であった。

六月十六日までに、北九州市に本拠を置く医療法人財団池友会（鶴崎直邦理事長）と佐賀市の医療法人社団敬愛会（内田康文理事長）の二医療法人から公募の申し込みがあった。同月二十五日、武雄市文化会館で両医療法人のどちらを選ぶか公開市民説明会が開かれた。公開市民説明会に先立ち第二回武雄市民病院移譲先選考委員会が開かれた。出席したのは、両医療法人と医療・福祉関係者四人、経済関係者三人による選考委員会の七人であった。

第二回選考委員会は両医療法人のプレゼンテーションのあと両法人の代表と各委員の質疑応答に移った。同委員会の議事録は市政記者クラブにも公表され、その記録も残されているので、ここにそのやり取りを詳細を記しておく。当時のカマチグループや病院医療の現状をつぶさに覗《うかが》える。

◎池友会に対する質疑

委　員　（医療法人を）財団にされた経過についてお尋ねします。増床されていますが、医師会の反応についてはどうだったのでしょうか。

池友会　医師会の方々が反対されていることは聞いております。医師会の反対はあちこちであります。現在は保険点数の制度が変わってきていて、（開業医と）競合しなくなってきているんです。我々の病院は、入院し、手術をし、早く治します。外来は診ないということになり、競合しないということになっています。新行橋病院の場合は、医師会に十名ばかり入っています。開業医の先生方とはバッティングしないんです。昭和五十三年に財団になりました。公共性が高いと考えています。

委員長　十年間の（新しい病院の）財政計画では市からの補助金は無いということになっていますが。

池友会　補助金の要請はしません。

委員長　医療の単価はいくらぐらいですか。

池友会　入院は五万四千円、回復期が二万四千円程度です。

委員長　借入金が多いですが、金利はどれくらいですか。

池友会　一パーセント弱です。ここに書いているのは二パーセントで想定しています。資金面では心配していません。銀行が借りてくれといってきます。
委員長　十年はやるとして、その後はどうされますか。
池友会　十年でやめることは考えていません。医療の継続性、非営利性は一番大事だと思っています。そのためにも利益が出るということは大事だと思っています。
委員長　収益計画の数字は、フリーハンドの数字ですか。
池友会　過去の数字の中で一番甘目の数字を並べました。
委員長　甘目でなかったらどうなりますか。
池友会　利益が出ない、赤字になるということはありません。
委員長　利益が出ない診療科はやめるのですか。
池友会　診療科については、必要であればいろいろ作ろうと思っています。小児科の要望は強いですが、国とか大学は、小児科は一人か二人、五人以下はつぶしてきています。五人以上小児科医がいる病院をその地区の中核病院にする方向でしてきています。和白病院も二人いましたが引き上げました。市民が困っているかというと、ある程度うまくいっている。産婦人科とかは非常に大きな問題だと思います。
委員長　地域に責任を持つことは大事といわれてますが。
池友会　武雄に対するプロポーザルの目的の一つは、同じような問題が日本全国にある。福岡県は県立病院をみんな廃止する。他にも苦労しているところがある。地方自治体が病院を運営するのは不可能だと思いますね。利益性と医者を確保することは非常に難しくなっています。広い範囲で中核病院を配置する、それがこの地域では必要ですね。診療範囲は広がります。

委　員　移譲までの医師の派遣についてですが、市民病院で一番困っているのは医師の問題ですが、移譲される間、そういうことができますか。

池友会　できると思います。ただし、我々がやっている医療が少し違うんですね。夜中でもレントゲンがとれるし、CTもとれるし、血液検査もできる。そういうところで働いている医師ですから、そこのところを整備しないで医師だけを派遣してもうまくいかない部分もあるんですね。新しい病院を立ち上げてから送り込みたいと思っていたが、今の状況ではそういうわけにはいかないので、最大限にサポートしたい。赤字を減らす努力をしたい。

委　員　三点お聞きしたいのですが、十年計画を見ますと、平成二十二年度入院が二十五億円、外来が四億円、平成十八年度と比較しますと入院収入が二倍半になっていますが、どういう積算になっているのか、二点目は、百三十五床を前提とされていますが、結核二十床はどうされるかという点、三点目は、看護専門学校一学年四十名とされていますが、採算性、効率性の面から大丈夫ですか。

池友会　新行橋病院が百三十床で一日当たり五万円となっています。七対一看護で平成二十二年度の七月の目標を積み上げています。在院日数は、十二日から十四日ぐらいです。病床利用率は一〇〇パーセントですね。結核は、佐賀県の医療計画でなくなるという計画になっているので、百三十五床としました。看護師の資格は価値があります。看護学校授業料を高くし、必ず看護師にするという考え方で看護師の質を高めたい。まだ計画の段階ですが、准看護学校を作るつもりはありません。

委　員　大きい病院が来るのは緊急体制が壊れているので市民はうれしいのだが、地元の医師会は困惑していると思う。地元の医師会とは連携は自信がありますか。

池友会　医師会と我々は対立してきましたが、最近になりますと、国の施策が行き詰っていて、その部分に関して助け合っていかなければならなくなってきたと思います。これがうまくいけば日本のモデルになると考えています。福岡和白病院もまったく医師会とは対立していない。うまくやれると思います。

委　員　収益構造が効率的に若干悪くなった。財務状況も大きな設備投資をされている。新小文字病院の件ですね。特殊要因ということですね。

池友会　そうです。

委員長　退職金がゼロ円なんですが。労務管理で特有のマネージメントをしていますか。

池友会　想定できるものについてはあげていきました。予定外のものについては想定していませんでした。

委員長　退職引当金はしないんですか。

池友会　保険を退職金積立に当てています。百三十五床は運営が難しい。運用しやすいのは二百床から二百五十床くらいです。買収がうまくいけば、もう少し増やしていけば運営は楽になります。

委員長　医師の派遣ですが、池友会は今後どのようにされますか。

池友会　（池友会は）大学の役割も果たしています。行橋の周辺には大学から派遣を受けている病院がいくつもある。そこにうちからも医師を派遣してます。市民病院のような役割を果たしています。研修医、一学年三十人で、残る人が四割います。研修医は一年間国内留学させています。大学と協力関係があります。

委員長　医師が二十一年度まで派遣されれば、市民病院の給与とのギャップはどうされますか。

池友会　うちのほうがだいぶ高いと思います。新武雄病院ができれば、先進医療をやりたい。研修を終えて、近隣の医療機関への当直援助、診療援助に出したりしたい。

委員長　研修医レベルで救急医療を担わせようというのですか。

池友会　若い人だけで当直することはできない。研修医では主治医になれない。若い人だけで当直することはありません。

委員長　心配しているのは、二十一年度までの市民病院の救急体制の派遣はどうなるんでしょうか。
池友会　中堅の医師を派遣したい。我々の力で若い医師を派遣するのは難しい。新しい病院を作って、症例がたくさんあるところでないと研修医の派遣は難しい。
委　員　地域連携の範囲ですが、地元の業者がたくさんいますが。
池友会　できれば地元を利用したい。

◎敬愛会に対する質疑
委　員　経営点検表に過去に重加算税を課せられたことがあるとのことだが、その状況について聞きます。
敬愛会　治験業務をしていたのです。私のミスで、個人でやっていたものと病院でやっていたものが一緒になっておりました。病院のほうから税金を支払っているものと思っていました。たまたま調べたところ支払っていないとのことでした。税務署からいわれまして、支払いました。
委　員　移譲前に数名の派遣とされているが、佐賀大学からの派遣に担保はありますか。収支計画について裏付けがある計画ですか。数値の裏付けがないので。
敬愛会　佐賀大学からローテーションで七人の医師に来ていただいてます。地域医療をやっていく場合は、断らない医療が必要だと思います。数さえ増やせばいいというものではないと思います。佐賀の人が担うことが大切だと思います。四か月ほど前佐賀大学の先生と話したとき、多久と武雄はその地域の医療を守らなければならない。大事なところだといわれました。たまたま、佐賀大学の医師が減ったから引き上げざるを得なかったとのことでありました。できるだけ時間を割いて、頭を下げて医師の派遣をお願いしたい。自信はあります。医業収入に関しましては、外来数一日二百五十人、単価が五千円、三百六十日、四億六千万円。入院は二対一看護、十三億四千万円の収入、百五十五床のままで、十八億円の収入を見込んでいます。有料老人ホームは月十二万円、六十五人入所で九千三百六十万円、介護収入デイサービス三十人で六千万円、総収入は武雄記念病院で十八億九千万円、有料老人ホームで一億五千三百万円を見込んでいます。支出は、人件費として百五十五床を確保した場合、医師十六人、年俸千三百万円で計算しています。看護婦等九十五人で、七億二千四百万円、経費としては佐賀記念病院の経費を計上させていただいております。有料老人ホームはシルバーケアの経費で計上しております。

委員長　自治医大の医師はＯＢで何人いるんですか。

敬愛会　県内には六人います。

委員長　入院の単価はいくらですか。

敬愛会　二万五千円です。

委員長　算出の根拠は。
敬愛会　佐賀記念病院の実績です。入院単価は二万五千円、一日の外来は五千円くらいです。
委員長　赤字を黒字にできますか？　赤字は入院単価が低いからじゃないですか。
敬愛会　ベッド数の回転率だと思います。ベッド稼働率は、年間を通じて一床空いているか二床空いているかです。ほとんど満床です。
委　員　経営点検表で医療機能評価を取られてないのは理由がありますか。経営提案表では百五十五床とされていますが、結核を一般病床に転換するということですか。また診察日が月曜から日曜となっていますが、日曜日も外来をやるということですか。時間が佐賀記念より早く八時半からとなっているのはなぜですか。
敬愛会　機能評価については、病院内部でできていませんでした。今、準備をしています。認めていただければ、百五十五床ということです。百三十五床の場合はマイナス一億八千万円になります。診療時間は日曜も外来を行っています。標榜している全ての診療科でなく内科、外科など主要な科を行っています。時間については、明確な理由はありません。便利だと思って早めました。日曜日は時間外料金を取らない方針です。
委員会　収支計画についてはメインバンクのコメントはあるんですか。
敬愛会　メインバンクは福岡銀行ですが、信用組合からも借りていません。猛スピードで返済しています。十年以内に銀行の借入をゼロにしようと思っています。

委員長　資金調達、運用の資料がないものですから。

敬愛会　驚かれるか知りませんが、佐賀記念病院を全室個室でものすごく高く見えますが、延べ床面積七千六百平方メートル、竹中工務店でつくってもらいましたが十二億七千万円でできております。建築資材が高くなっていますが、だいたい十五億円くらいでできると考えています。普通は三十億から四十億くらいかかるんですが、企業努力をすれば立派なものができると考えています。最初から二百五十人外来が来るかといえばそれは違う、しかしそうもっていきたいと考えています。二百五十人というのは土曜日曜を外した数値ではなく、三十日、三十一日で計算した数字です。自信を持って言えるのは、五年で一日外来数を二百五十人にもっていくということです。佐賀記念病院の黒字ですが、減価償却が九千万円なので二億四千万円ぐらいの黒字があります。武雄市が一億円ぐらいの赤字を補填していると新聞で聞いていますが、仮に赤字が出ても一億円ぐらいは補填できると考えています。

委員長　地域連携パスはありますか。ないしは院内パスは。

敬愛会　一つもありません。ＩＴに関しては、非常に精通したものがおりまして、小児科のドクターですが、全国の小児科ドクターと連携して電子カルテを作成しました。これを活用しています。一番の強みは、経費がかかりません。使いたいように増やしていくことができます。非常に使いやすいものです。初期投資としても、市民病院でも便利と考えています。開業医の先生方とも共有していいと考えていて、地域連携に活用できると思います。

委員会の終わりはこう結ばれている。

委員長　今回は審査できる状況になったかどうか審議していただきたい。各委員の評価シートは次回以降に採決願いたい。

事務局　もう少し意見交換が必要と思われますので、三回目は意見交換のみをしていただいて、四回目に決定ということを考えているのですが。

委員長　そのくらいのスピードでいいと思います。

事務局　次回は七月二日水曜日、第四回を七月四日金曜日にお願いします。今日これから公開市民説明会を行いますが、そこで（市民の）アンケートを行います。これを皆様の審査の参考にされるかということですが。

委員長　参考意見として採用するかしないかですね。パブリックコメントということではないですね。だったら、我々は聞く必要ないですね。

事務局　私どもの参考にさせていただきたいと思います。

委員長　追加資料の要求はありますか。

委　員　二つの（医療法人の）将来計画ですが、片方はとても高い単価と、一方は今より低いということで。
委員長　業態の違いですね。理由を聞きたいですね。
委　員　持ち味だと思うんですね。急性期と療養型の違いがでたと思いますね。救急はやっても、できる範囲だという感じですね。
委員長　断らない救急ということで、一・五次ですね。割り食ってしまう病院が出てきますね。市民病院を守るのか地域を守るのか、思想の違いですね。
委員長　そもそも理念が違うのですが、こんなに違うとは思いませんでしたね。福岡県では全てに根拠を求めてましたね。
委　員　佐賀記念病院は、ちゃんとマーケティングしたのかなと思いましたね。武雄市役所の周辺に病院をとおっしゃっていましたが、そんな場所はないんですよね。
委員長　これで終わります。

七月四日の四回目の譲渡先選考委員会で市民病院の移譲先は医療法人財団池友会という決定がなされた。同月七日、信友浩一委員長から樋渡啓祐市長へその答申書が手渡された。
七月二十八日、池友会と武雄市は、①移譲年月日を平成二十二年二月一日とすること　②移譲日以前における医師の派遣に関すること　③病院の新築移転に関すること—を主な項目とする基本協定を締結した。この基本協定書にサインした鶴崎直邦は「この基本協定の締結に基づき、池友会は八月一日から二人、八月中に五人の医師を派遣し、八月十一日から救急車を受け入れます」と約束した。こうして市民病院の救急医療は再開した。

池友会にとっては、新しい「七人の侍」が誕生したことになる。

8　医療統括監

市民病院の民間移譲に関する基本協定の締結後、記者会見が行われた。全国初の公立病院の民間移譲ということで多くのテレビ局も中継している。

記者会見には池友会のリーダーである蒲池眞澄が自ら応じた。記者たちの質問は、本格的な医療法人池友会への移譲までの一年七か月間、池友会がどういう病院運営をするかに集中した。いちばんの問題は医師をどこから派遣して来るかだった。佐賀大学系の医師が全員辞表を出し閉院状況になっている事態をどう脱却していくか。

「医師をどう派遣していかれますか」

まず口火を切ったのは記者たちのリーダー格の朝日新聞佐賀支局長だった。医師を派遣するには二つの方法しかない。池友会グループから派遣するか佐賀大学に頭を下げて医師派遣を懇請するか。蒲池はもとより佐賀大学に頼る気はない。したがって最初から佐賀大学に頭を下げて挨拶にいこうとは思っていない。池友会には佐賀大学の医師より腕のいい医師がいくらでもいる。だが朝日の記者の質問には「いつ佐賀大に挨拶にいくか」というニュアンスが含まれている。それよりも「派遣」という言葉に蒲池はカチンときた。

「この際『派遣』という言葉は不的確です。もともと大学が医師を派遣するということは違法行為であります」

この蒲池の怒気を含んだ答に会場は一瞬シーンと静まり返り、やがて小さなどよめきが会場を包んだ。

「ご存じのように、労働者派遣法では医師の派遣は禁じられています。厚生労働省の認可を得た医師紹介所だけが病院に医師を紹介できるのですが、これもあくまで紹介であって派遣ではありません。あなた方は気安く派遣、派遣と口にされるが、医師の世界には派遣という言葉はありません。よく大学の医局が配下の医師に本人の意思にかかわらず赴任命令を出すことがありますが、これは赴任であって派遣ではありません」

派遣というのは、天変地異などの大災害があった際、その被災地に医師なり救援隊を差し向けるときに使う言葉であって、大学医局が配下の医師を息のかかった傘下の病院に赴任させるときに使う言葉ではない。武雄市民病院は被災地でも大学医局の植民地でもない。あくまでも武雄市民のものだ。その武雄市民が私に病院を任せるといってくれたのだから、病院の立て直しは私のやり方でやらせてもらう——蒲池は四十年前に大学医局のヒエラルキーに反発して医局を飛び出したころを振り返るようにして一気にまくし立てた。大学医局を飛び出し「一匹狼」として、わずか十九床の小さな老朽医院から、今や地方大学病院に匹敵するまでの実力をつけてきた。大学医局の「恩恵」にはいっさい頼らなかった。自分達の足で医師を探し勧誘し病院を大きくしてきた。これまでの苦労や努力が、新聞記者ふぜいにわかってたまるものか。悪いのは武雄市民病院や佐賀大学ではなくて、日本の医療制度やそれを作り上げた医療政策なのだ。今更、のこのこ佐賀大学に頭を下げて配下の医師を派遣して下さいなどと言えたものか。

「では医師が派遣されない市民病院はどうなるのですか」

「わたしは武雄市民病院に赴任することをわたしのところの医師本人に説明して、本人が納得し本人が本当にやる気があるとわかった医師だけを連れて行きます。本当にやる気がある医師でないと病院は立ち直りません」

「いま連れて行くとおっしゃいましたが」

「もちろん、わたしが先頭に立って赴任し、陣頭指揮をとるつもりです」

会場は、もう一度水を打ったように静かになった。蒲池の気迫に圧倒されたのである。

八月十一日から市民病院が二十四時間三百六十五日体制の救急救命病院として再スタートすると決まってから、蒲池は多忙な毎日がつづいた。救急病院としての機能を発揮するために、ICU（集中治療室）の機材を運び込んだり、武雄に連れて行く医師や医療スタッフを選んだり、することは山のようにある。蒲池は地元で、医師会が音頭をとり自民党の一部、社民党、共産党の超党派で「武雄市民病院を存続させる会」が結成されたことも知っている。「池友会は金になる治療しかやらない病院」とか「意味もなく医師会と対立する病院」とかいう間違った悪評が飛び交っていることも知っている。だがそんなことにかまけていられない。池友会が本物の救急病院である証拠を、一日でも早く市民の前に見せてやれば、すべてのことが解消する。

それに樋渡市長が八月に入ってから夜中に祐子夫人と二人で「八月十一日が救急病院再開」のビラを一軒一軒ポストに配って歩いていることも知っている。週末には公務がない限り、一日中ビラのポスティングに出歩き回っている。一八五センチの長身の樋渡と小柄な夫人の街灯に映し出されたシルエットに共感したのか、最近は市民病院民間移譲を支持する市会議員の中にも、樋渡を手助けするものも出てきた。蒲池は「あいつは単なるキャリア官僚出身の口先だけのアイディア市長ではない。樋渡さんは本気だ」と改めて実感し「おれも樋渡さんに負けんくらい本気でやらなければ」という思いを強くした。

八月十一日がやって来た。四か月ぶりの救急医療再開だ。病院の前にはテレビカメラが待ちかまえている。救急車がサイレンを鳴らして第一号の患者を運んで来た。幸い第一号患者は命に別条なく半日後には帰って行くことができた。テレビのレポーターが診療に来た患者の声を聞いて回っている。インタビューへの応答は「今日診療してもらったけど、医師会のチラシに書いてあることと随分違うな」「チラシには暴利をむさぼる、金持ちの患者しか診ないなど池友会のことを化け物みたいに書いてあったけど、みんなデタラメ。来てみりゃわかるよ」「お医者さんは親切だし、受付の人は感じかいいし。一度来て診察を受けてみればよくわかるよ」。おおむね、そんな受け答えが圧倒的に多かった。

救急医療再開一か月後、一か月間に受け入れた救急車搬送の数は百十二台。これは、前年八月の受け入れが一か月五十六台だったから二倍に増えたことになる。しかもそのうち七十二台は時間外搬送であり、受け入れを拒否した件数は一件もない。こうして市民の間に新病院への理解が徐々に深まっていった。

蒲池の役職は院長でなく、市の「医療統括監」だ。聞きなれない役職だが、れっきとした市から給料を貰う公務員である。法定伝染病などが蔓延するなど自治体に医療の異常事態が発生したときに医療体制を全体的に統括するために設置される特別職である。樋渡は市民病院の経営改革が市の異常事態だとみなして、蒲池を医療統括監に指名して、市民病院の全権を委任した。なにしろ前例がないことなので、年俸をどれくらいにするか判断する資料がない。冗談半分に蒲池自身に「医療統括監の年俸がいくらくらいか、さっぱり見当がつかない。蒲池さん自身は、いくらくらい欲しいですか」と訊いてみた。「そうさね。二億円くらいいただこうか」とこれまた冗談で返した。が樋渡は軽い冗談だと思ったが市長室に戻り、もしかしたら本音かもしれないと考え直し改めて幹部職員に相談した。

その幹部職員はいろんな資料をひっくり返し「蒲池さんの年収は確かにそれくらいはある」と

真顔で答えた。さて困った、冗談にしろ二億円も払ったんでは市の財政はそれだけで破綻する。

「とてもその額は払えない。最初は、ぼくの給料の二倍くらいで持ちかけてみようか」と樋渡。

「そうですね。普通あの程度の民間病院の院長で二千万円くらいが相場だから、そのへんから切り出してみたらどうです」と幹部職員は言う。そこで翌日、「蒲池さん、医療統括監の年俸は二千万円でどうでしょうか」とおそるおそる提示すると、蒲池は樋渡が拍子抜けするほどあっさりと「ああ、いいですよ」と頷いた。それで医療統括監の年俸は決まった。

　医療統括監・蒲池の当面の重要な仕事は、旧市民病院の医療スタッフと池友会から来た医療スタッフとの融和だ。医療スタッフのチームワークがなければいい医療は望めない。医療スタッフ同士がお互いに反目し合っていては、治る患者も治らない。医師はほぼ全員池友会から赴任してきた新「七人の侍」でチームワークは問題なかったが、看護師のチームワークには問題があった。池友会グループから応援に駆けつけてきた看護師と旧市民病院の看護師の間には明らかに技術的な差があった。技術レベルだけでなく、やる気や熱意の差の方が問題だった。とくに市職労（佐賀県職員労働組合杵藤支部）をバックに民間移譲に反対してきた看護師たちの、公務員のプライドを傷つけられたという失望感は大きい。彼女たちにとって蒲池たちは、あくまで「侵略者」である。労働組合に守られた職員たちの身分は保証されている。病院の掃除婦のおばちゃんでも、中学卒で勤務年数が長いというだけで退職金が千五百万円も受け取ることができる。やる気があってもなくても月給は同じだ。権利意識が強く、自分の権利を守ることが全てに優先する。これは

「患者至上主義」の池友会の理念になじまない。ここに公務員から民間への移譲の難しさがある。

事務職員のなかにも優秀な者もいればダメな者もいる。蒲池は下関で開院したときから、事務員を重要視してきた。池友会病院の歴代の事務長は常に副院長格だった。ところが旧市民病院の事務長は箸にも棒にもかからないお役人だった。市役所で使い物にならないロートルを病院の窓際に追いやったという感じは否めない。これでは赤字病院になるはずだ。蒲池は若い事務員を抜擢し常に自分の傍に置き一緒に仕事をした。市職員のなかにも優秀な人材はいるものだ。それが十年、二十年と市役所の色に染まるに従って事なかれ主義の凡庸な職員になってしまう。その若い事務員は市では樋渡派で、以前から病院の改革を考えていた。蒲池はその事務員と一緒にいることで、病院の現状をつぶさに知ることができた。それまでは外部から数字を見るだけだったが、内部の人間関係や外部業者との取引状況までリアルに知ることができ、そのつど改善策を講じていった。夜は一緒に酒を飲むことも忘れなかった。

蒲池のスタート時の小さな下関カマチ病院時代からの信条は、徹底した看護師教育にあった。だから朝礼のときに、ちょっとした医学基礎のミニ講座を行った。専門知識でないから十分程度の短時間ですむ。たとえば誤嚥性肺炎について何故起こるか、日ごろどういう予防的処置をすべきか、発症した場合はどういう治療をすべきか、などを的確に短くまとめる。その十分程度のミニ講座も三百六十五日つづければ膨大なものになる。これを医療統括監が自ら毎日やるのだ。これは池友会グループのどの病院でも毎日行っている。

蒲池は一年半後に病院を建て替える計画だったので、辞めたい職員がいればいつ辞めてもいいという覚悟でいた。だから引き留め策や懐柔策で努力するよりも、二十四時間三百六十五日体制の病院の厳しさを強調する方が早道だと決めた。ついて来れなければ辞めればいい。幸い看護師は売り手市場の時代、辞めても、看護師の免許を持ってる限り即路頭に迷うこともないだろう。「君はこの病院には向かないと思うから辞めたほうがいいと思う」と切り出すと、大半の看護師が自ら辞めていった。

居残った看護師たちには融和策を積極的に進めた。大分の湯布院温泉に四十人は収容できる池友会の研修所があるので、そこで幹部看護師を招いて研修会を兼ねて宴会を開いた。宴会で一緒に酒を飲んでカラオケで騒いでいると親池友会派かアンチ池友会派かがわかる。そこで蒲池は、最も組合運動に熱心な看護師のリーダー格の女性の肩を抱くようにして石原裕次郎の「銀座の恋の物語」をデュエットで歌った。蒲池の十八番は裕次郎の「嵐を呼ぶ男」と決まっていたが、まさか女性と一緒に歌うわけにはいかない。このうっとりと肩を抱き合うようにして歌う二人の写真が、のちに五、六十枚も市役所や病院でバラ撒かれた。けっして蒲池が仕組んだことではない。もちろん意図的にやったことでもない。最後までだれがやったかわからなかった。女性同士の嫉みかも知れないし、労働組合の嫌がらせかも知れない。しかしアンチ池友会で組合活動家の彼女は蒲池に懐柔されたという噂に耐えきれず辞表を出して辞めていった。

蒲池の懐柔策は失敗したが、新病院開設までに看護師を総入れ替えするという蒲池の当初からの目論見は結果的に成功した。このようにして一年余で旧市民病院の看護師百人はすべて辞めていった。

辞めていく看護師の補充は、福岡の池友会グループの看護師たちで補った。長期滞在組もいれば、短期滞在組もいる。なかにはマイカーを飛ばして応援に駆け付ける日帰り助っ人もいる。これら車でやって来る助っ人組は、いわばピクニックでも行くような活気に満ちた若やいだグループで、明らかに国立病院時代からいた看護師たちとは周囲に及ぼす雰囲気が違っていた。応援医師団のなかには蒲池の長男で池友会グループ病院で初期臨床研修医を終えたばかりの健一もいた。まだ医師三年目の新米医師だが若いということは強い。「三日に一度の当直というハードスケジュールだったが、先輩たちも若かったので少しも辛いとは思わなかった」と当時を述懐する。このようにして市民病院のベッドはたちまち満床になり黒字の見通しも立った。

9　西の武雄と東の銚子

新武雄市民病院が着々と軌道に乗り始めたころ、そのタイミングを見計らったように厚生労働省の担当課長から樋渡市長に直接電話がかかってきた。

「池友会が仮に武雄から去った場合でも、今後、佐賀大学医学部からの医師派遣は絶対にしないし、そもそも不可能である。佐賀大学としても医師が足りないうえに、今回の経緯もある。したがって、もし池友会が去った場合には、医師の派遣を佐賀大学から受けることはできない。すなわち廃院かよくて診療所になる。市長としては、そのような事態にならないでほしい」

電話では、はっきり厚生労働省担当課長と名乗り、これは「電話による通達」だという。樋渡も元官僚なのでわかるが、電話による通達などあり得ない。文書による通達だとあとに証拠が残るので電話による通達だというのだろうが、その稚拙さに樋渡はあきれてしまった。それに電話の内容もおかしい。こちらは佐賀大学の医師派遣は絶望的だと判断して、民間移譲に踏み切ったのに今更なんだ。脅したつもりだろうが脅しにもならない。案の定、あとで厚生労働省に電話をしたら、そんな名前の担当課長はいなかった。おそらく医師会が裏で手を回した脅しの電話に違いない。

市民病院の民間移譲先に池友会が応募した段階から民間移譲への反対運動は急に高まり出した。六月十日には自民党の一部、共産党、社民党など超党派市議団でつくる「武雄市民病院を存続させる会」が結成された。決起大会には三百人が集まり、そのなかには医師会の十二人の医師が参加した。厚生労働省にいる樋渡の知人は、「お前は頭がおかしくなったんじゃないか。医師会と正面からぶつかるなんて、正気の沙汰じゃないぞ。絶対にやめておけ。つぶされるぞ」と忠告してくれた。市民の反対運動は、市の民間移譲先選考委員会で移譲先が池友会に決定するとピークに達した。

二〇〇八年七月十五日、武雄杵島地区医師会は「緊急声明」を発表した。声明文は新聞発表だけでなく、各紙の折り込みチラシとしても配達され全市民の知るところとなった。緊急声明文は次の通りである。

〈緊急声明　平成二十年七月十五日。私たち医師会は、今日まで、武雄市民病院を中核病院として互いに医療連携し共に補完し合って市民の生命と健康を預かり地域の医療を支えてきました。しかし、今回武雄市は地元医師会との正式な話し合いすら無視し、一方的に民間移譲を決定し、特定の民間病院に市民の病院を売却しようとしているのです。樋渡啓祐武雄市長は予定された移譲先の病院に『武雄市民病院の機能を引きついでもらう』と云っているが、それは公立病院の役割と機能を無視したほど遠い内容である。もし、このまま民間への譲渡が一方的に推し進められるなら、これまで長年、武雄市との間で築かれて来た信頼関係は大きく崩れ、医師会の協力してきた医療保健事業のすべての分野で根本的な見直しを含め重大な決意をせざるを得ないことを強く表明する。　武雄杵島地区医師会〉

緊急声明の「特定の民間病院」とはもちろん池友会のことだ。「重大な決意」とは公立小中学校の予防注射や保健業務だけでなく、夜間の小児救急医療に派遣していた医師を引き上げることも辞せずという意味だ。市長としては抜き差しならぬ状態になった。

さらに医師会は八月二日には「武雄市民病院問題対策室」を立ち上げ、九月二十八日には市民病院民間移譲反対集会を開いた。医師会の市長への要求は「民間移譲の白紙撤回」である。この集会で医師会側は最悪の場合は市長のリコール（解職請求）も辞せずという警告も匂わせた。リコールとは首長を解職する法的な手段である。有権者総数の三分の一以上の署名が集まれば、首長の解職請求の住民投票を行い、解職に賛成の票が過半数なら首長は解職される。武雄市の場合、有権者総数は四万一千人、その三分の一は一万四千人弱の署名があれば住民投票になる。「武雄市民病院問題対策室」はその後も集会をつづけリコールの準備を進めていく。すでに署名収集人が千人集まったという情報もある。リコールが始まりこの千人が一人当たり十五人の署名を集めれば、小さな市だけに一万五千人くらいそんなに難しい話ではない。リコール成立の可能性が出てきた。樋渡にしてみれば絶体絶命のピンチである。

ちょうど時期を同じくして千葉県銚子市で中核病院を巡って、同じような事件が起こっていた。「銚子市立総合病院」は、診療科目十六科、病床三百九十三床と武雄市民病院の約二・五倍規模の病院で、千葉県保健医療計画の銚子地区の中核病院の役割を担っていた。医師は主に千葉大学医学部からの派遣に頼っていた。

病院開設者の岡野俊昭市長は「市財政逼迫」を理由に二〇〇八年七月七日、突然、記者会見で千葉県の支援を受けられないことを理由に「銚子市立総合病院を二〇〇八年九月三十日で休止し、百八十九人の職員を分限免職にする」と発表した。これに対し「公的医療を守る市民の集い」は「病院休止を撤回を求める署名」運動を実施、短期間で五万人（銚子市の有権者は六万人）の署名を集め八月五日、市長に提出した。

これを受けた岡野市長は九月の定例議会を前に急遽、臨時会議を招集し、市立病院の定数条例の変更、病院にかかる減額補正予算案を提出した。本会議で採決の結果、賛成十三、反対十二、棄権一でわずか一票差で市長案が採決された。「市財政逼迫」の回避策を地域医療切り捨てで乗り切ろうとする市長と半数の議員の判断に、地域住民の反発は強く、マスコミも批判的であったが、総合病院の九月末日の休止が決まった。九月三十日、病院が休止されると、市民グループは『何とかしよう銚子市政』市民の会」を結成し、岡野市長のリコール（解職請求）運動を開始した。手続きに必要な有権者三分の一の署名数は二万二百二十九であった。

「銚子市政・市民の会」は同年十一月下旬から署名運動を展開、有効署名二万三千四百五人で、手続きに必要な有権者数の三分の一を超えた。

このように市立病院を巡って病院休止と民間移譲の違いはあったが、同じ時期の同じリコール運動ということで、マスコミは「西の武雄、東の銚子」と騒ぎ立てた。

「銚子総合病院の方は、どうも市長側の雲行きが悪くなって来ているようだな」

武雄市民病院の医療統括監室で、新聞を見ながら蒲池が鶴﨑に言った。

「いきなり病院を休止するというんじゃ、市民が反発するのは目に見えてますよ。どうしても市長のやり方では無理がある」

「でも市民運動側が勝ったにしろ、この問題は長引くぞ。市民運動だけでは病院は運営できない。医療というものは正義感や感情論だけではうまくいかないもんだ。行橋の場合は市民グループだけでなく、鶴さんやおれたちがいたからできたんだ」

「樋渡さんみたいに、スパっと思い切った判断が出来れば言う事はないんですがね。で銚子の市民グループ側が勝って、ウチに助けを求めて来たらどうします」

「バカ。いまのウチにそんな余裕があるか。武雄だけで精一杯だ。今の銚子の状況を見ていると最悪だ。徳洲会だって手を出さんだろう」

「こっちの話ですが、もし樋渡さんがリコールで負けたらどうなりますかね」

「負けはしない。民間移譲は議会の議決をきちんと得たもので、譲渡先選考委員会も正当な手順を踏んだもので、だいいち病院の運営自体がうまくいっている。白紙撤回は不可能だ。負ける要素はない」

「でも万が一、負けたら。白紙撤回は必至ですよ」

「そのときはおれたちの考えることではない。市民が白紙撤回を望むんなら仕方がない。おれたちは違約金をもらって、さっさと引き上げるまでだ。ウチは慈善事業でやってるんじゃない。医師会が医師会病院をつくるとか言ってるらしいが、やれるものならやったらいい。ゆっくり見物させてもらいましょう」

10　起死回生の「リコール選挙」

二〇〇八年（平成二十年）十一月十四日、武雄杵島地区医師会と樋渡武雄市長のトップ会談が設けられた。これは医師会が七月に出した「医師会の協力してきた医療保健事業のすべての分野での根本的な見直しを含め重大な決意をせざるを得ない」という緊急声明を受けてのものだった。

樋渡にとって市民病院の民間移譲は最優先事項だが、それかといって市民や学童の予防接種や休日の急患対応など医師会の協力なしには市民の支持を得ることはできない。どこまで医師会との妥協点を取っていくかが行政マンとしての手腕である。幸い市民病院の運営はうまくいき市民の評判がいい。医師会がどこまで折れてくれるかという期待もあった。医師会は民間移譲問題が解決しない限り医療保健事業をボイコットするという脅しをかけてきたが、これまでの強硬姿勢から協調路線に転じて来るのではないかという期待だ。事実、医師会は冒頭から「来年度に市が予定している医療保健事業については、医師会が責任を持って実施する」ことに合意してくれた。医師会としては市民を敵に回すことを避けたのだ。しかしその後がいけなかった。

医師会トップと樋渡ががっちりと握手をし、新聞社のカメラマンがそれを写真に収め、樋渡が引き上げたあと、医師会トップはひとり会談場に残り、単独で記者会見を行ったのだ。「民営化の経緯は、不明確で、佐賀大学医学部と培ってきた関係を壊された。民営化の白紙撤回を求める考えは変わらない」「市民グループ『市民病院問題対策室』が準備している樋渡市長の解職請求（リコール）の動きについては、実施された場合には、医師会として全面的に協力する」と強硬姿勢を改めて強調した。

この発言は翌十五日の朝刊各紙に「リコールに協力　地元医師会長　市長と会談後」の見出しが踊っていた。さっそく地元の記者が樋渡にコメントを求めてきた。樋渡は改めて「ぼくは今さら民間移譲を撤回する可能性はゼロ」であることを宣言した。これでリコールの火蓋がきられたのだ。

樋渡は市民病院の民営化反対の市民グループがリコールの準備を始めようとした段階から考えていたことがある。市民グループに主導権を取らせないで、徹底的に自分の土俵で相撲を取ろうということだ。自分の土俵ということは市長の持つ特権を生かすということだ。市民グループのリコールが始まってしまっては、市長は何も手出しができない。黙って署名運動の推移を見ているだけだ。公の選挙ではないから街頭演説や選挙カーで自分の主張を訴えることもできない。自分の主張を訴えるには選挙に持ち込むしかない。選挙に持ち込むには、自分が辞表を出せばよい。市長が辞表を出せば自動的に五十日以内に市長選挙を行わねばならない。もちろん樋渡は立候補して、出直し選挙を買って出る。これが行政マンとして自分の土俵で相撲を取るということだ。

もし仮に市民グループが有権者の三分の一の署名を集め、解職請求（リコール）の住民投票に持ち込めば過半数で市長は解職されてしまう。リコールに持ち込んだ段階で勢いに乗った市民グループ側に有利に展開されることは火を見るよりも明らかだ。

樋渡がリコールの署名運動が始まれば、直ちに辞表を提出し出直し選挙に踏み切ろうという決意をしたのは、三年前の小泉純一郎が意表を突く解散に打って出て圧勝した「郵政総選挙」がヒントになっている。樋渡は総務省の官僚だったため郵政民営化には特に関心があったので、つぶさに民営化までの経緯を知っている。あのときの小泉首相が打った手法をパクらない手はない。あのときの争点が郵政民営化なら、今度は市民病院民営化が争点だ。

二〇〇五年八月、小泉首相は参議院で郵政民営化法案が否決されると、ただちに衆議院を解散した。参議院で法案が否決されたからといって、衆議院を解散するという前例はない。だれもが予想できない意表を突く解散だった。解散総選挙に臨む小泉は解散直後の「ガリレオ演説」で郵政民営化に反対する自民党の造反議員を非公認にして、造反選挙区に「刺客候補」を擁立するなど様々な手を打ち郵政民営化に挑む非情な政治劇の脚本を書き主役を演じた。テレビは連日この政治ドラマを放映し、有権者の郵政民営化に対する関心度は高まった。前回の総選挙で比例区で自民党に投票した人では、郵政民営化に関心を持つ人が一七％だったのが八三％まで高まっていた。総選挙の結果は自民党が衆議院の三分の二を超える二百九十六議席を獲得するという圧勝だった。もし郵政民営化法案が参議院で否決されることなく成立していたら、総選挙の圧勝もなく小泉政権はレームダック化していただろうと見る人は多い。小泉は窮地に立ちながら自分の土俵で相撲を取って勝ったのだ。

小泉は衆議院を解散して郵政民営化という政治信念を貫き窮地を脱した。そして樋渡は市長を辞職して窮地を脱しようとしている。樋渡はそのことを誰にも相談せず一人で決め、辞職届けを提出するまで、そのことを誰にも言わなかった。自宅の机で辞職届を書いた十一月十八日は樋渡の三十九回目の誕生日だった。市長就任後二年七か月が経っていた。

十一月十九日朝、樋渡は待ち構えていた報道陣にもみくちゃにされながら市議会議場に入り、市議会議長に辞職届を提出した。市長辞任は翌日の朝刊のトップ記事になった。誰もが驚いた。両親にも知らせてなかったので、まず両親が驚いた。つづいて新聞を見て腰を抜かして驚いた親戚や友人たち、大阪や東京の知人たちからひっきりなしに電話がかかってきた。医師会幹部も驚いたし、市民グループも驚いた。誰もが予想しなかったことで、武雄市内は蜂の巣をつついたような騒ぎになった。市議会の前に集まっていた市民グループの中から「この卑怯者。辞めんで正々堂々とリコールを受けろ」と悔しまぎれの怒号が飛んだ。リコール開始直後の辞任は全国でも前代未聞のことだった。

辞職届提出二日後の十一月二十一日、市議会で正式に辞職が決まったあとの記者会見で、樋渡は「全国最年少の市長となって以来、ひたすら突っ走って来た。あまりに先を急ぎ過ぎたために、周りが見えなかったこともあっただろう。そのために市長就任一年目には、多くの職員が市役所を去っていった。しかし時間が経つにつれて、僕の考えを理解してくれる職員が増えていった。

理解するどころか、僕の先を行く職員も出てきたほどだ。市役所の空気も確実に変わった」というような主旨のことを語った。小泉首相の「ガリレオ演説」みたいに郵政民営化一本に政治信念と情熱を絞ったものではなく、ごく一般的に市政改革が実りつつあることを強調した。

一方、市長辞職を受け市民団体「武雄市長リコール推進対策室」も記者会見を行い「リコールで市長を退陣させるのが目的だったのに残念だ」「しかし、出直し選挙まで樋渡氏を追い込んだのは市民の力の結晶の成果だ」などと述べた。市長が辞職した限り、同推進対策室は解散せざるを得ない。敗北宣言か勝利宣言かはっきりしない。だが最後に共産党の議員が「選挙で民意を反映させるために、出直し選挙で早急に候補を擁立したい。候補者に求められる要件は次の三つ。市民病院を守ること、地域医療を守ること、民主的な市政運営に努めること。これが候補者の条件だ」と次期選挙には対立候補を立てて「市民病院民営化反対」が争点であることを明言した。

樋渡は辞職届を出した段階で出直し選挙はあるまいと踏んでいた。池友会が運営する市民病院はうまくいき、市民の間でも評判は悪くない。医師会の開業医のなかにも池友会と積極的に病診連携の話を進めるところも出てきていること。いくら医師会幹部が「民営化の白紙撤回」を叫んでも現状では無理なこと。また医師会と共産党がタッグを組み、そこに自民党まで加わった混成部隊では、三者の合意に達する候補者を見付けるのは至難のワザだ。それに選挙日は暮も押し迫った十二月二十八日に決まっている。とても新たに対立候補を立てるのは時間的に無理で、樋渡の無投票当選と読んでもおかしくはない。

ところがこの読みは甘かった。十二月十二日、医師会側と市民団体側は元市長の古庄《ふるしょう》健介を対立候補に立ててきた。古庄は武雄市長を二期務め、前回の選挙で樋渡と戦った相手で、市民病院問題を引き起こした張本人でもある。医師会、共産党、自民党の一部で結成された混成部隊も必死である。混成部隊を束ねるものは「市民病院の民営化白紙撤回」の一本。これで争点がはっきりした。三年前の郵政民営化総選挙と同じ様相を呈してきた。武雄のまちは「市民病院民営化賛成」「市民病院民営化反対」の両意見に分かれ真っ二つに割れたまま出直し選挙に突入した。

選挙戦はテレビの恰好な「餌食」になった。白衣を着た開業医たちが後ろに白衣を着た看護師をずらりと並べて街頭に立ち、白衣を着た集団がマイクを握って口々に「市民病院民間移譲反対」を叫ぶ異様な光景は、まさにテレビ向きだ。こんな選挙戦が過去に日本で見られただろうか。まるで市長一派がどこかの悪徳病院に公的な病院を売り払ったように映りかねない。それに医師会の開業医の奥さんたちが、外車に乗って選挙応援に市内中を駆け巡る。外車を降りて街頭に立つと白い割烹着姿だ。おまけに医師会側は「市民病院を残すためには、医師会が輪番制を取ってでも守る」と街頭演説で叫んで回る。医師会に市民病院を任せる案は、病院問題が表面化する前に樋渡市長側が医師会に打診したのに、ケンもホロロに断られた提案だ。見事な手のひら返しだ。

いちばん手に負えなかったのが、市中に飛び交った怪文書だ。怪文書には、ある事ないこと樋渡と池友会の悪口が書いてある。いちいち反駁していては藪蛇になる。かといって反論しなければ怪文書を黙認したことになる。主に樋渡市政が「ワンマン体制」だという悪口の出どころは、樋渡の方針に合わずつい近年、定年前に市役所を辞めていった者たちによるものだということがわかる。だが池友会の「金権体質」という悪口は二十年以上前からに遡る。下関から小倉進出の際の裁判事件のいざこざが克明にある事ないこと書いてある。どうみても地元医師会内部の者でないと知りえないことまで列記してある。

「鶴さん、どうやら今回の市長選挙戦は医師会対樋渡ではなくて、医師会対カマチグループといったところになりそうだな」

市民病院の医療統括監室で蒲池真澄が鶴崎直邦に言った。

「そうですね。どうやら武雄の街では今、蒲池さんのことを『大カマチ』、樋渡さんのことを『小カマチ』と言ってるそうですよ。相手の医師会も地元の医師会だけではなく、医師会全体を敵に回した恰好ですな」

「おれは医師会全体を敵に回しても、ケンカには慣れてるから相手にとっては不足はないが、それにしても樋渡さんはようやるな。政治家にとって医師会を敵に回すとは命とりになりかねないのにね。彼もやるよな。歳は若いが、大した男だ。おれたちは医療当事者だから、いまは黙って成り行きを見ているしかないが、おれはこの勝負は樋渡さんの勝ちと読んでいる」

「どういう理由でそう言えるんですか。当初はともかく、いまは逆風が吹いているんですよ」

とにかく鶴崎は理屈っぽい男で、理詰めでないと話に乗ってこない。

「相手が勢いに乗る前に、機先を制して自ら市長を辞任したからさ。おれが激励の意味で電話を入れて『よく辞職届を思いついたな』と言うと、彼はなんと答えたと思う。『なあに、パクリですよ。パクリ。三年前に小泉首相が打った解散総選挙のパクリ。世の中に新しい思いつきはありません。いかにパクリの材料を頭の中に入れているかですよ』と平然と答えおった。それも一国の総理大臣と自分が置かれた立場を同じレベルで考えて、即実行に移すなんぞは大した男だと思わんかね、鶴さん。これは『度胸千両』の世界だよ」

「それはあなたの直感にすぎず、感情の世界です。いつもの数字人間はどこに行ったんです」

「たしかにおれの勘だけかも知れん。だがおれたちは着々と数字を重ねている。この四か月近く、おれたちは赤字の市民病院を月々、瞬間風速では黒字を出しつづけている。救急車の受け入れ台数だけでなく、病院で受診した市民はそのことを肌で感じている。これがおれの答だ。それに鶴さんの言う逆風とは怪文書のことか。怪文書など出した方が分が悪いとは昔から相場が決まっている。それだけ窮地に立っている証拠だからな。これが怪文書でなく、正式な質問事項ならおれはいつでも正々堂々と受けて立つ覚悟でいるがね。怪文書の中には市長と池友会病院は『出来レース』という風聞があるらしいが、おれは市長にビタ一文贈ったことはないし、また市長から一銭も貰った覚えはない。おれが医療以外には一円も無駄遣いする男でないことを君がいちばん知っているはずじゃないか。『出来レース』といっても樋渡さんが勝手に池友会病院に惚れ込み、俺たちが樋渡さんの男気を意気に感じたということを『出来レース』というのなら、それはそれでいい意味の『出来レース』だからしかたがない。ま、黙って成り行きを見ていることにしようや、鶴さん」

十二月二十八日、投票日が来た。投票所では続々と女性看護師を詰め込んだミニバンが到着するという異様な光景も見られたが、年の瀬も押し迫った二十八日というにもかかわらず投票率は七〇・八四パーセントという高投票率だった。樋渡啓祐自身にも最後まで票が読めなかった。勝つにしろ負けるにしろ、票差は五百票前後の僅差になるだろうと予想していた。マスコミ各社もほぼ同じ見方をしていた。だが深夜に及んだ結果は、樋渡啓祐一万五七三九票、古庄健介一万二九四五票、二八〇〇票差で樋渡の辛勝だった。

このように樋渡市長の英断で全国に先駆け公営病院の民営化に成功した武雄市だったが、一方、同じ問題を抱えていた銚子市の場合はどうなったのか。

解職請求を受けた岡野俊昭銚子市長は、二〇〇九年三月の住民投票の結果、大差で失職。五月の出直し市長選挙では、前職、元職、市民団体代表など六人が乱立し元職の野平匡邦が当選した。野平は選挙中から「公設民営の市民病院の再生」を掲げて当選したが、市長就任後その「数千人の医師を抱えて全国の公立病院の再建を請け負っている実績のある団体」との交渉をつづけたが数か月でその団体との交渉が不調に終わり、病院再生を断念した。その間、銚子市立総合病院は休止のままで、解雇された従業員の地位保全の訴訟がつづいている。すったもんだの末、やっと二年半後の二〇一〇年五月、銚子市立総合病院は銚子市から指導管理者として委託を受けた医療法人財団銚子市立病院機構が名前も銚子市立病院として再スタートした。しかし市立病院とは名ばかりで診療科目は内科外来だけで病床はなく、常勤医師は一人（非常勤医師九人）、看護師三人、薬剤師一人、検査技師一人体制で診療所に毛が生えた程度の規模で、休止前の診療科目十六科、ベッド数二百二十三床の市立総合病院とは比べようもなかった。一日の平均患者数は五月が一〇・九人、六月が一三・四人、七月が二三・四人と市中の開業医並みだ。これではなんのための病院再生かわからない。

二〇一一年当時、地方公営企業法を適用している自治体病院の数は八百六十三病院あるが、そのうち半数近くが赤字病院である。全体の累積欠損金は二〇〇一年度は一兆三八八二億円だったのが、二〇〇九年度は二兆一五七一億円にまで増えている。自治体病院の数は地方独立法人化、診療所化、民間移譲などにより減少傾向にあるが、銚子市立総合病院の診療所化の例はともかく、地方独立法人化の成功例はあまり聞かない。累積赤字の増加には多少歯止めがかかったようにみえるが、これは二〇〇八年に発行が認められた「公立病院特例債」の影響で、特例債が借金であることには変わりはない。

民間移譲の成功例は寡聞にして聞いたことがない。武雄市の成功例は、その歴史上異例中の異例のことであった。

11　病院のあるまちづくり

バケツの底を引っ掻き回したように騒がしかった出直し選挙も終わり、再び山間のまち武雄にも静かさが戻って来たが、樋渡啓祐はデキモノの瘡蓋のようにどうにも気になってしかたがないことがあった。この瘡蓋がとれない限りデキモノが治ったのか治っていないのかわからない。

池友会は正式に民間移譲が完了する二〇一〇年二月一日までに新しい病院を建設する計画を立てていた。武雄市と池友会が結んだ民間移譲の基本協定書にも「市は新病院の敷地取得に協力、斡旋する」と一文が記してある。その用地の第一候補として競輪場の駐車場として市が借りている土地があり、池友会側も「新病院には最適地」と了承していたが、その用地の買収もしくは貸与が難航しているのだ。競輪場の駐車場より二十四時間、三百六十五日体制の病院が進出してくる方が市民のためになると思われるのだが、実際に土地の買収・貸与を地権者たちに打診してみると周辺住民たちから反対の声が起こって来た。近くの開業医は当然のように反対するのはわからないでもないが、近くに小学校や保育園があるので教育環境が悪くなる、ヘリポートがあったりクルマの往来が増えたりするのは困る、もし新病院が新型インフルエンザの隔離場所になったら大迷惑、などなど地域エゴ丸出しの難癖をつけたクレームばかりだ。そのうち誰が音頭をとったのか、新病院予定地の地区総会が開かれ病院移転反対の決議案が通ってしまった。

こうなれば第一候補の用地をあきらめ樋渡は別の用地を探し始めたが、なかなか話がまとまらない。これがギャンブル施設や遊興施設や工場用地なら、反対運動もわからないでもないが、公共施設の最たるものであるはずの病院の反対運動なんて聞いたことがない。裏になにかあるなと樋渡は思ったら、やはりあった。依然として何がなんでも池友会の武雄進出だけは絶対に阻止しようとする勢力が根強く生きていたのだ。リコール運動や選挙などの法律に則った公明正大な「反対運動」でないだけに、陰湿で手に負えない。

なかなか用地買収が進まないので樋渡が焦り始めたころ、しびれを切らした蒲池眞澄と鶴﨑直邦の池友会のナンバー1とナンバー2が揃って樋渡のもとにやって来るという知らせがあった。「リコール選挙」以来、久しぶりに三人で会食できる時間がもてるということで、慰労の意味をこめ奥さんの料理の腕がとびきり素晴らしいと評判の営業部長の前田敏美（前企画部長のち副市長）の自宅で一席設けることにした。そこでゆっくりと用地探しがうまくいかない現状を話し、謝ろうと思っていた。ところが蒲池は部屋に入って来るなり挨拶もそこそこに、開口一番、

「おまえたち、いったいなにをもたもたしているのだ。リコール選挙までやったくせに、新病院の話がまったく進んでいない。このていたらくはなんだ」

いきなり市長を「おまえ」呼ばわりだ。樋渡は民間移譲反対の集会でも「おまえ」呼ばわりされたことがない。会話もなにもあったもんじゃない。あとは蒲池が一方的にしゃべりまくった。

「おれたちは『ホワイトナイト』でやってきているのに、なんでおれたちの新病院が批判を受

けなければならないのだ。おまえが言った通りに進んでいないのは、おまえの能力が足りないからじゃないのか。東大出のキャリア官僚あがりかなんか知らんが、頭を使っているのか頭を。武雄市はどうしてこんな頼りない、ぼーっとした市長に任せっきりにしてるんだ。おれが出ていってもいいが、おれが出ていったら、まとまる話もまとまらん。だからおまえに任せているんだ。このままでは違約金を払ってもいいから、もう武雄で病院を引き受ける話はやめだ」

激情にまかせて一方的に怒鳴りまくる蒲池のいいなりにまかせて、樋渡はこの光景はどこかで見た思いがした。そうだ和白病院で若い医師をつかまえて蒲池が「きさん、患者さんに向って痛いのは我慢しろとは何ごとか」と烈火のごとく怒りまくっていた光景だ。あのときの若い医師は口答えすることが出来ずにいた。いまの樋渡も、まったくあのときの若い医師と同じ状態だった。あのときのように「きさん」でなく「おまえ」と呼ばれるだけましだと思っていたら、ついに「きさん」がきた。

「きさん、口答えせんのか。なんとか言えんのか」

樋渡が黙っていると、嵐が通り過ぎたように静かになった。言いたいことを言いたいだけ言うと二人は立ち上がった。

「とにかく土地を一刻も早くなんとかしてくれ」

イタチの最後っ屁のように捨て台詞を残して二人は去っていった。料理に手をつけるどころか、お茶ひと口飲むことさえしなかった。横にいた前田部長はポカンと開いた口が塞がらないようなふうをしていたが、ポツリと言った。

「いやぁ驚きました。市長の権威かたなしですな。これからゆっくり食事でもしながら用地獲得作戦の相談でもしようと思っていたのに」

「いや、あれだけ言われると、むしろすっきりしたよ」

樋渡にすれば、蒲池のやり方がむしろ爽やかで鮮やかに映った。

どうして六十半ばを過ぎてもあれだけ怒りをぶちまけるエネルギーがあるのだろう。傍若無人とはまさにこのことだ。それも職場ではなく、人様の家に客として招かれたところで。これまで人前で激しく叱責されたことがない樋渡にとって初めての経験であった。父親にもあれほど叱責されたことはない。いったん激情を発散させたあとはケロリとして食事にも手をつけず去っていく後姿を見ていると、あっぱれという感じがどうしても拭えなかった。

後日、鶴﨑が一人で樋渡に会いに来た。

「この前は驚いたでしょう。とにかくあれが蒲池さん流のやり方です。人目をはばからず、本気で癇癪をぶちまける。あなたに言いたかったことは、ただ一言『とにかく土地を一刻も早くなんとかしろ』だけです。四人で飯を食いながら無い知恵を絞ってあれやこれやと用地獲得の相談をしても時間の無駄だと思ったからでしょう。要するにあなたに本気でやる気になってもらいたいためのハッパをかけた。蒲池さんは新病院の建設費だけで三十億円以上の投資になるプロジェクトだから気合が入っている。あなたも思いつきだけでなく本腰を入れてほしい。医療を中心としたまちづくりは市と池友会の協働作業でなくては絶対に成功しないよ」

それから鶴崎は池友会の新武雄病院設立構想をつぶさに語った。諄々と話す鶴崎には蒲池みたいな激しい情熱は見せなかったが、高校の後輩に諭すような落ち着きがあった。この対照的な性格の二人の見事な使い分けは、絶妙な名コンビの新しい活用法だと思うと、何ごとにも新しがりやでパクリやの樋渡にとっては心地よく受け取ることができた。

鶴崎の説明はこうだ。新病院のベッド数は現在の百三十五床から最終的には二百床前後にする予定だ。新病院の八階建てで屋上には救急ヘリが離発着出来るヘリポートを作る。新病院で働く職員の数も五百人を超える。新病院で働く看護師を育成するための看護専門学校も併設する。医療スタッフや看護学生たちの寮も作る。医療機関の新設が地域に与えるインパクトは、同規模の企業を誘致する場合の五倍以上になる。だから池友会の新病院が生み出す経済効果は堅く見積もっても三千人クラスの企業誘致と同規模の経済効果がある。しかも病院での業務は職員だけでまかないきれるものではなく、クリーニング業など各種サービスから物販まで様々な付随業務が生まれる。それが武雄市民にとっての新たな職場となる。必然的に新しい雇用を生み、市の税収にも貢献する。これは池友会だけの拡張プロジェクトだけではなく、市全体の一大まちおこしプロジェクトでもあるのだ。

「でも先輩、あなたは最初、赤字の市民病院を引き受けることは反対じゃなかったんですか」

樋渡はこの構想を聞いてから、ちょぴり嫌味ったらしく訊いてみた。

「うん最初はなぁ。山間の人口五万の百三十五床の中途半端な病院ではな。でも途中で考え方を変えた。ぼくの高校時代にはなかったが、駅の表側にある佐賀県最大級のショッピングセンターの『ゆめタウン』は一日に三万五千人の集客能力がある。さすがゆめタウンのマーケティング能力は的確だった。出店してるところはことごとく成功している」

「それじゃあ『ゆめタウン』のパクリじゃないですか」

「うんパクリかも知れない。でもパクリはあんたの専門じゃなかったのかね。それにあんたは蒲池さんのあだ名を知ってるかな」

「『瞬間湯沸かし器』か、なんかですか」

「違う。看護師たちは『朝令暮改』と呼んでるよ。なかには『朝令昼改』、いやなかには『朝令朝改』と言うやつもいる。言うことがちょいちょい変わる。困った看護師たちが文句を言うと、『これでいいんだ、医療は生きものだから、現象の変化によって処置方法も変わるもんだ』と平然としている。これが正しいとわかったら、すぐにやり方を変えることができるのが彼のいいところだ。『君子豹変す』とでも言っとくか。ぼくも彼と永い間一緒に仕事をしてると、彼の性格が移ってきたのかも知れんね。で、ともかく一度、鳥の眼で武雄市を見てみるといい。武雄市を含む杵藤広域圏は三市四町、人口は十六万人を超える。ぼくたちはこれだけの住人をターゲットと考えているんだよ。それに近く新幹線も武雄を通ることになるからな」

この池友会の構想を聞いていて樋渡は財政的お荷物だった市民病院を切り離す単なる民間移譲

の問題ではなく、市全体が一丸となって取り組む仕事だと考え直した。こうして二〇〇九年十月に国道三四号線沿いの用地にようやく新病院の建設地が決まった。長崎自動車道の武雄北方インターから約二キロという近距離である。そのすぐ近くに看護リハビリテーション学校の用地も見付けることもできた。これは新病院建設推進派の市会議員たちの積極的な協力があったからである。市会議員や市幹部職員のなかにも新病院推進派の数が増していった。

こうして二〇一〇年二月一日、旧武雄市民病院は新たに社団法人巨樹の会「新武雄病院」としてスタートした。病院運営が池友会でなく一般社団法人巨樹の会にしたのは新規事業の際に金融機関などからの借入金の規制に縛られなくてすむからである。以後、池友会グループの大規模な新規事業は社団法人巨樹の会の名義で行うようにした。巨樹の会の理事長には池友会の「斬り込み隊長」鶴﨑直邦が就任した。新武雄病院の院長には鶴﨑と九州大学医学部の同期生阿部雅光が就任した。この二人は旧市民病院時代からの現場コンビだった。

スタート時の新病院の病床構成はＩＣＵ（集中治療室）八床、一般病棟八十五床、回復期病棟四十二床、合計百三十五床で、看護スタッフは看護助手を含めて百四十六人。旧国立病院時代からの看護スタッフは全員入れ替わっていた。なかでも新病院の特色は回復期病棟の強化で理学療法士二十六人、作業療法士十七人、言語聴覚士二人でリハビリテーション科のセラピスト合計四十五人と充実している。急性期病棟と回復期病棟の融合というのもカマチグループ病院の特色だ。結核病棟が主だった旧国立病院時代のイメージを完全に一掃している。もちろん将来的には増床計画もある。

このころになると池友会が旧市民病院の運営をまかされてから一年半になるので救急車の搬入台数も倍増し、地域の病診連携・病病連携もうまくいき地域の協力医療機関の数も三十一機関に増えていた。年間紹介患者数も逆紹介患者数も、それぞれ年間累計二千七百件を超えていた。

新武雄病院は丘陵地にある三階建ての旧市民病院の建物のままでスタートしたが、駅の表玄関である市中央部の国道沿いでは八階建ての新病院の建設が進められた。同年三月二十七日に起工式を行い二〇一一年三月の開院を目指した。近くには職員寮をはじめ看護リハビリテーション学校、歯科などを併設する。

こうして屋上にヘリポートがある八階建ての新病院は二〇一一年五月に完成し同月二十二日、新病院と隣の看護リハビリテーション学校を会場にして新武雄病院開院式を行った。式典には樋渡武雄市長、中尾佐賀新聞社長ら多くの来賓から祝辞を受けた。二年半前までは市民病院民営化反対の嵐が吹きまくっていた武雄の街も今や新武雄病院歓迎ムード一色であった。

民間移譲後も武雄市は武雄市市民病院移譲先評価委員会を設置し、評価委員には医師会も加わり、きわめて客観的な評価がなされている。医療サービスに関する項目など二十八項目を評価し、結果を公表、官民一体となった医療環境に努めている。

民間移譲は雇用と税収にも効果を表した。移譲後の職員数は百余人から関連職員を含め五百人に増え、税収はゼロ円、清算時十五億円の赤字を抱えていた武雄市民病院は、毎年八千五百万円の税収を市にもたらす民間病院に変貌した。医療面では、「たらい回し」がなくなり、救急車の受け入れが二・四倍、紹介率一・三倍という、真に市民の命と健康を守る病院に再生された。

その後も新武雄病院は黒字経営をつづけ、二〇二三年度まで十三年間の累積利益は四十二億円に達しているカマチグループのなかでも優良病院の一つである。

これは余禄的な後日談になる。

市民病院の民間移譲の際、カマチグループはいったい幾ら武雄市に支払ったのか。蒲池は笑いながら言う。「普通ならあの程度の病院なら権利金の相場は十億円程度だが、赤字病院だからナシにしようと言うと、樋渡市長は不服そうな顔をする。では二億円で手を打とうと言って、権利金として市に四億円を払ったよ」。これは裏金でもキックバックでもなんでもない。正式なルートで武雄市の収入になった現金である。

新武雄病院の民営化成功後、樋渡は池友会に全幅の信頼を寄せるようになり、なにかといっては電話をかけてきた。

二〇一二年のある日、新武雄病院理事長の鶴﨑のもとに樋渡から突然電話があった。「今度パキスタンに『武雄村』をつくるため、地元企業と一緒に視察に行くことになった。それで、向こうの有力者が今からそちらに行くから、よろしく」と言って一方的に電話が切れた。鶴﨑は話の内容がよくつかめない。いつものせっかちな樋渡のことだからと放っておいた。ところがその十五分後、インド人系の立派な紳士たちの一行が現れ、「病院を案内してくれ」。一通り病院を案内し終わると、「感激した。ぜひわが国にもこんな病院をつくってほしい。資金なら幾らでも出す。自分たちは大金持ちで、政府も動かせる。ついては、今度わが国に視察に来てほしい」と言い残して帰っていった。鶴﨑は話半分、というより信憑性は十分の一程度だと思い聞き流していた。

ところがこの話のパキスタン行きの視察団が現実のものになった。「武雄村」の話はともかく、鶴﨑はパキスタンのガンダーラ地方は仏教遺跡の中心地で一度は行ってみたいと思っていたので、即諾した。外務省の海外安全情報では、パキスタンはペシャワールはじめ「真っ赤ゾーン」で「退避勧告」が出されている地域で、何があっても保険の下りない地域だ。問い合わせたら「大丈夫、警察に警護させるし、必要なら軍隊も動員させる」ということなので、おっかなびっくり行くことにした。モンゴル、インドなど古い歴史をもった地域への旅行が趣味の鶴﨑はいつも海外旅行には妻を同伴させるが、今回だけはさすがに妻の方から辞退した。パキスタン視察団の主賓はあくまで樋渡市長で、鶴﨑は随行員の一人にすぎない。視察旅行中は自動小銃の引き金に手をかけっぱなしの警備兵に囲まれた政府の要人なみの扱いだった。樋渡は州知事や地域の有力者の応対に忙しかったが、鶴﨑はその他大勢の一人だったのでゆっくりとヒンズー遺跡、イスラム寺院や念願のガンダーラ遺跡に出会うことが出来て旅行そのものには大満足だった。肝心の「武雄村」や病院建設の話がその後どうなったか、鶴﨑は知らない。鶴﨑も樋渡にそのことを聞いたこともないし、樋渡もその話をしたことはない。少なくとも池友会にパキスタンから病院建設の話は未だにない。

このように樋渡はよいと思ったらどんな話にも乗った。幸い池友会が被害を被ったことはなかったが、一度、鶴﨑が迷惑したことがある。東日本大震災の原発事故による汚染土をどうするか問題になっていたとき、鶴﨑が軽い気持ちで「いっそのこと武雄市が引き受けたらどうか。土地だけはふんだんに余っていることだし」と樋渡に言ったことがある。各自治体が汚染土問題に及び腰になってるころの話である。これに樋渡が飛びつき、市民の了承も得ずにマスコミに「武雄市が引き受ける」と公言し大騒ぎになったことがある。いらい鶴﨑はグッドアイディアと思っても、樋渡の前ではめったなことでは口にしないことにしている。

樋渡はその後も行動派の「改革市長」ぶりを発揮しつづけ、二〇一三年四月にはレンタルショップ「ツタヤ」などを展開するCCCと手を組み武雄市図書館をリニューアルした。費用は武雄市が四億五千万円、CCCが三億五千万円を負担した。市民図書館はCCCが委託運営し午前九時から午後九時まで年中無休、館内にはカフェダイニング「スターバックス」を併設し、図書館で新刊書が買えるコーナーもある。公立図書館の暗いイメージを一掃したということで人気を呼び、開館三か月で二十六万人の来館者を記録し、一年間で百万人を記録した。「病院によるまちづくり」に次ぐ「図書館によるまちづくり」である。もちろん新聞や全国テレビネットも飛びついた。これなどは市民病院民営化とならんでホームラン性の大当たりだろう。

市民病院民営化後も樋渡と蒲池、鶴﨑らの交流はつづいたが、二〇一五年、樋渡が佐賀県知事戦に落選するとすぐ社団法人巨樹の会の理事に就任した。二〇二二年に令和健康科学大学が開設されると同大学の顧問になった。樋渡がかつての同志蒲池を語るとき「あの人ほど肝の座った人は政治家でもいない」と相変わらず蒲池への憧憬の念を隠してはいない。

第二章　首都圏進出

1　永田寿康という起爆剤

人生に踊り場的な小休止の時期があるように、拡大路線をたどる一方に見えたカマチグループにも小休止の時期があった。

一九七四年（昭和四十九年）、下関市でわずか十九床の小さな医院からスタートした医療法人財団池友会はその後増床をつづけ、やがて北九州市小倉の小文字病院、福岡市の福岡和白病院、行橋市の新行橋病院と矢継ぎ早に拡大をつづけていくが、それから二〇〇三年に福岡新水巻病院をつくるまで六年間、ちょっと小休止した感じの時期があった。というよりも、福岡県内にはすでに医療空白地帯はなく、新しい病院をつくろうにもつくる余地がなかった。

蒲池眞澄はすでに六十歳近くになり、少々疲れが見えたように思えなくもない。蒲池も鶴崎直邦に「鶴さん、四つの病院もうまくいってるし、そろそろ孫もできる齢だし、おれたちもここらで人並みに落ち着かねばいけない時期じゃないかね」と口にすることもあった。常にエネルギッシュな蒲池らしくもない口ぶりだなと鶴崎は思った。そういうときに突然現れたのが、蒲池と先妻の間に生まれた実子永田寿康《ひさやす》の存在だった。新しくつくった新行橋病院が軌道に乗り、池友会の四つの病院がもっとも安定していた時期だった。

永田寿康は一九六九年九月生まれで名古屋市出身となっているが、生まれたのは名古屋ではない。名古屋市は蒲池が離婚した先妻の嫁ぎ先で生まれたのはまだ蒲池が下関で独立して病院を開業する五年も前のことで、蒲池はまだ二十九歳、各地の病院や大学を転々としていた時代だ。寿康には姉がおり、これも蒲池の実娘で蒲池にとっては第一子にあたる。第一子も寿康と同じく子どもの時代から頭が良く医大に進み、のちに東京・銀座で皮膚科のクリニックを開いている。

永田寿康は名古屋で育ち、慶応義塾志木高校を経て東京大学工学部物理学科を卒業して一九九三年、大蔵省（当時）に入省した。在省時にカリフォルニア・ロサンゼルス校のＭＢＡ課程に留学するというエリート官僚だったが一九九九年、どうしても政治家の道を進みたいということで大蔵省を退職して民主党の代議士の公設秘書になった。代議士の古川元久は名古屋出身で東大、大蔵省の先輩にあたる。永田の母親で蒲池の先妻は女医であったが、政治家を目指すとなると自分では面倒みきれないということで、息子の行動を蒲池に託した。

蒲池は病院内では先妻の医師が名古屋にいて、その息子がキャリア官僚であることなどプライベートはことはいっさい公に口にしたことはない。しかし鶴﨑はときどき病院に、蒲池の先妻から電話がかかってきて蒲池に取り次いだことがあったので、薄々事情はわかっていた。だが二〇〇〇年に予想されている次の衆議院議員総選挙に、「落下傘候補」として千葉二区から民主党の公認候補として出馬すると聞いて鶴﨑は驚いた。

蒲池は根は政治好きで十年前に自ら県会議員選挙に立候補して落選したことがある。その選挙期間中、病院経営はすっかりお留守になり、新しく手がけた病院で看護師の二重帳簿事件や偽医師事件を起こし世間を騒がせた結果、その病院を手放さなければいけないハメになった。それに懲りて二度と選挙には手を出さないと鶴崎らに約束していた。蒲池も今更選挙でもあるまいという年になっていたが、実の息子が国政選挙に打って出るとなれば話は違ってくる。永田自身から今度の選挙に出るので力になってくれと依頼があると、二つ返事で了承した。鶴崎も直接病院経営に影響する事案でなくプライベートな問題なので、あえて反対はしなかった。むしろ人的な支援ならカマチグループ全体の士気を高める効果があるとして、私的な「応援部隊」を千葉二区に派遣にすることに同意した。

永田は民主党で正式に千葉二区（習志野市、八千代市、千葉市花見川区）から立候補することが決まると、二〇〇〇年一月に選挙区に行き下調べや準備活動を始めると同時に、福岡を訪れて蒲池に選挙活動の相談をした。民主党は次期選挙では政権交代を掲げており党の勢いがあったが、千葉二区の前回の選挙では民主党は敗北している。永田にとっては落下傘候補の上に、まったくのゼロからのスタートであった。蒲池は同年四月に小文字病院の事務長で腹心の部下である浅田裕二を連れて八千代市の永田の選挙事務所の様子を見に行った。

浅田は警視庁に勤めていたが、家庭の事情で郷里の福岡に帰ることを余儀なくされ小倉の小文字病院に再就職していた。警視庁では十年間公安畑を歩いており、選挙に関してはセミプロであった。もし永田の選挙事務所に弱点があれば浅田を永田の傍に残して、それをカバーさせるつもりでいた。浅田は三十七歳で正義感が強く、身長一八〇センチ余りで体力もあり押し出しもきく。

いざとなれば永田のボディーガードにも適役である。

「これじゃ、だめですな」

事務所内をひと通り見渡してから浅田が蒲池に言った。

八千代市にある永田の選挙事務所で働いているのは、民主党の依頼で民主党系の労働組合から派遣されている運動員ばかりである。民主党から直接指揮をとるため派遣された選挙参謀はいない。後に永田の公設秘書になる永田の高校時代からの友人が側近として一人いたが、永田は一人孤立している感じだった。もちろん選挙の老練なプロは一人もいない。

「組合から来ている連中は動きませんよ。金になるから来ているだけで、永田を本気になって通そうという気はさらさらない。民主党の幹部と組合の幹部の関係は知りませんが、この連中と永田の間には恩も義理もいっさいありませんからね。今度来た候補の親は九州で病院を幾つも持ってる資産家だそうだから金づるにはなる、くらいの気持ちでしょう。おそらく前の選挙で民主党が負けたのはこの連中がいたからでしょう。いや、この連中しかいなかったからです」

浅田が言うことは辛辣だが、的を射ている。

「おれもそう思う。責任を持って積極的に動いてくれる者が一人もいないんじゃ選挙にならん。どうする浅田、時間はないぞ」

「どうするって言われても、そのために私を連れて来たんでしょう。すぐ福岡に引き返して応援部隊を選んで連れて来なければ間にあいません」

即、浅田は福岡に引き返し、小文字病院が五人、和白病院から五人、計十人の元気のいい事務員を選んで八千代市に戻って来た。この十人にカマチグループの病院に出入りしている製薬会社や建設業などの福岡や関東の従業員の応援部隊を加えると三十人にはなった。特に「カマチ組」の十人は元警視庁公安部の浅田をはじめ、前歴はさまざまで多様性に富んでいるうえによく動き有能だった。前からいた労組員たちは事務所に残した。こと選挙となるとポスター貼り、動員要員など運動員は一人でも多い方がいい。労組員だといえども命令があれば動く。蒲池が応援部隊の「隊長」に浅田を選んだのは浅田の行動力や統率力だけではなかった。警視庁の公安出身だけに「若い連中は暴走しやすいから、選挙違反だけはやってくれるな」というブレーキ役を託したのだ。浅田は行動力だけでなく、元警察官だけに順法精神や抑制力も持ち合わせており、その点を蒲池は買っていた。

浅田ら応援部隊が永田事務所にやって来たのは四月上旬。森喜朗首相が解散をすることは予想されていたが、はたしていつ解散するかは予想できなかった。選挙事務所としては、いつ解散してもいいように選挙の準備をしていなくてはならない。そういう時、五月十五日に例の森首相の「神の国発言」があった。森首相が神道政治連盟国会議員懇談会の挨拶で、「日本の国、まさに天皇を中心としたいわゆる神の国である。ということも国民の皆さんにしっかりと承知して戴く、そのために我々（神政連議員）が頑張ってきた」と述べた。この発言がマスコミで流され問題になった。この発言で窮地に追い込まれた森首相は、いつ解散してもおかしくないようになり、ついに十七日後の六月二日、衆議院解散、投票日は六月二十五日に決まった。いわゆる「神の国解散」である。

この「神の国解散選挙」で落下傘候補の新人が奇跡的に勝ったのである。

永田寿康が千葉二区の民主党候補に決まり選挙区に乗り込んできたのが、この年の一月、新人のうえに準備期間不足である。それも浅田ら応援部隊がやってきたのが四月、その間の三か月、選挙事務所の民主党傘下の労組員たちは準備らしい準備はしていなかったから、実質二か月足らずの運動期間で新人が勝てたというのは、蒲池に言わせれば「まさに奇跡的というほかにない」ということになる。

翌朝の新聞各紙には三十一歳の永田を真ん中にして右横に蒲池、左横に浅田の三人が大きく両手を挙げて万歳を叫んでいる写真が掲載された。永田にとってはまさに人生絶頂のときであるが、蒲池や浅田にとっても同じ気持ちであった。

このときの総選挙で自民党は現職閣僚二人が落選し、選挙前の衆議院議員数二百七十一から二百三十三に減らし単独過半数を割り込んだ。逆に民主党は九十五から百二十七に伸ばした。特に都市部での躍進が著しかった。やはり「神の国発言」は都市部での票を大きく減らした。それと民主党が政権交代を狙える党であることへの国民の期待と、若手官僚が次々に入党し民主党の勢いになったことが勝因になった。永田寿康に限っていえば、永田の新鮮さの魅力はもちろんだが、

「カマチ部隊」の獅子奮迅の働きも見逃すことはできない。福岡の病院関係者の間では「カマチグループの成功の秘訣は事務員の力が大きい」という評判があったが、この選挙で首都圏で縦横な働きをした「カマチ組の十人」がさらに自信をつけたことは間違いない。

蒲池自身が後日「永田寿康の存在がなかったら関東進出は絶対にあり得なかった」というように、この選挙を契機にカマチグループの関東進出が始まるのだが、永田寿康の選挙がその起爆剤になったことは確かである。

この「神の国解散選挙」には後日談がある。

第一章で書いた樋渡啓祐の話に再び戻る。そもそも樋渡が二〇〇六年の武雄市長選挙に出るきっかけになったのは、この森喜朗の「神の国発言」にあった。この森発言の直後、樋渡が防衛庁に務める高校時代の友人の結婚式で武雄に帰郷したときの話だ。新郎は防衛庁の将来を担うことを期待される若手官僚だ。式には仲人を務める県会議員の稲富正敏ほか、地元の有力議員が勢ぞろいしている。樋渡の肩書は内閣官房主査。そこで祝辞の挨拶を依頼された樋渡は、次のようなスピーチをした。

「新郎とぼくの共通の上司といえば、内閣総理大臣になります。その総理がこのたび、あろうことか『神の国』を作るなどと言い出しました。『神の国』とはいったいなんでしょうか。ぼくにはさっぱりわかりません。おそらく新郎も同じ思いをしてることでしょう。ぼくたちは社長にさからうことはできません。社長が目指すという以上は、いくらわけのわからない『神の国』とはいえ、一生懸命頑張るしかありません。これが官僚の務めです。バカな上司を持つと苦労するとはよく言われる話ですが、本当にその通りで、ぼくも新郎もひたすら苦労しています。ただしここでの頑張りが、後々必ず生きてくると信じています。ぜひ新郎の輝ける未来に大いにご注目ください。ついでにわたくし、不肖樋渡のこれからにも、少しだけご注目いただけると幸いです」

スピーチが終わると、式場は一瞬シーンと静まりかえった。天下の総理大臣を「バカな上司」呼ばわりする若僧はいったい何者なんだ。でもなかには武雄にもこんな若者がいたのかと思った者もいたらしい。樋渡にすれば、いつもの軽い乗りで大向こう受けする冗談をワサビを利かせて言ったつもりなのに、地元の有力議員たちには樋渡がよほどの大物に映ったに違いない。一瞬の静寂の後、拍手が巻き起こった。そのうち武雄の改革を真剣に考えている議員たちの間で、「次の武雄の市長選挙にはこの若僧を立てよう」という話が巻き起こった。なかでも前回の武雄市長選挙で敗れた稲富県議が強く樋渡を推したらしい。人生の一大転機になる出来事は、思いもかけぬひょんなことから起こることがある。まさに「瓢箪から駒」ならぬ「冗談から駒」で、自称パクリ屋樋渡の面目躍如たる逸話である。

このとき樋渡は三十二歳。「神の国解散選挙」で代議士になった永田寿康とは東大と霞が関時代を通して友人関係にある。樋渡は四年後に武雄市長になり、まさか永田の父親とタッグを組んで市民病院民営化を押し進めようとは夢にも思わなかった。

2 ミニ徳洲会にはあらず

地盤・看板・鞄が皆無のないない尽くしの「落下傘候補」の永田寿康が勢いだけで奇跡的に当選した次なる目標は、千葉二区での永田の地盤づくりである。だがこの土地には無縁の浅田裕二には、その手がかりはまったくなかった。ゼロからのスタートであった。

選挙期間中、選挙区を隈なく走り回っていた浅田は妙なことが気になっていた。それは街で一台のデイサービスの車も見かけなかったことだ。朝夕、高齢者をデイサービスセンターに送迎する車は、誰にでも目につくようにできている。福岡市や北九州市なら、すぐに一台や二台の送迎車に出会うのが普通だ。ということは八千代市や習志野市や千葉市花見川区にはデイサービスセンターが一つもないのかもしれない。そのことを蒲池眞澄に報告すると「すぐに調べてみろ」ということで、調べてみると同地区にはデイサービスセンターが一か所もないことがわかった。

それに八千代市には理学療法士、作業療法士の数が三十人程度しかいない。小倉の小文字病院で働いているリハビリスタッフ六十人にも満たない。人口五百二十万人の福岡県は、人口十万人あたりのリハビリスタッフ数は全国二位なのに、人口五百八十万人の千葉県の十万人あたりのリハビリスタッフ数は全国で下から二番目というリハビリの空白地域だった。報告を受けた蒲池は、ただちに八千代市にデイサービスセンターをつくることを指示した。デイサービスづくりが地盤づくりの第一歩だと判断したからだ。

まずデイサービスセンターをつくる土地探しから始まった。永田事務所のある八千代市と同じく選挙区の習志野市、千葉市花見川区の土地探しも同時に始めた。デイサービスセンターづくりと同時に理学療法士、作業療法士を養成するリハビリテーション専門学校づくりの作業も進めた。学校の次はリハビリテーション病院というように構想は大きくなっていた。これらの計画は永田が当選したその日から着実に実行に移されていく。浅田ら八千代市に居残ったカマチチームの合言葉は「永田寿康議員にプラスになることをしよう」だった。病院拡張というより、関東進出はその前提には永田寿康という存在があった。このように、すべて二〇〇〇年（平成十二年）六月二十五日、永田の選挙当選直後から始まった。

二〇〇〇年に介護保険法が施行され、民間会社に介護事業参入の道が開かれるようになると、下関時代からの蒲池の十五歳年下の盟友山崎喜忠が株式会社「シダー」を設立した。シダーはカマチグループから独立した会社だが、強い絆のある協力会社である。シダーはすでに全国二十三か所にデイサービスセンターを展開させる計画を立てていたが、その計画に八千代市、習志野市、千葉市花見川区の三か所も加えられた。

デイサービスセンターといっても半端なものではない。一般的な通所介護事業所の三倍以上のスペースで、三階建て利用定員は百人以上だ。室内には各種筋力トレーニングマシンを設置し、理学療法士、作業療法士が機能訓練を指導する。さらにカラオケや映画鑑賞、マージャン用の個室や喫茶コーナーまである。

デイサービスセンターは山崎との協同作業になるため山崎も現地に来たが、雑多な事務手続きは時間がかかるので浅田が行った。リハビリ学院の開設は看護学校の学校法人の仕事になる。当時カマチグループは福岡と小倉と八千代の三か所の同時開校を計画していたので、その準備に忙しく当然千葉県での準備事務手続きは浅田の仕事になってくる。学校設立の申請に行くと当局に、「なんで福岡の学校法人が千葉県八千代市に学校をつくるのか」という質問をされたときは困った。まさか永田代議士の地盤づくりとも言えないし、千葉県のリハビリスタッフの数が全国ワースト2だからと説明しても県の面子を潰し気分を損ねるので言えない。のらりくらりとリハビリの有効性や必要性を概念的に説明して、足繁く何回でも通うほかはない。何回も通ううちに、やっと三年後に「おたくも本気で学校をつくりたいんですね」と許可が出た。とにかく学校づくりとは腰を低くして根気がいる仕事だ、と元警視庁公安担当の浅田は思った。

こうして永田代議士当選一年半後の二〇〇一年十二月、八千代市高津にシダーのデイサービスセンターが開設した。当選直後からの土地探しから始めたにしては異例のスピードだった。つづいて二〇〇三年三月には習志野市に、同年十月には千葉市花見川区にデイサービスセンターが完成し、選挙区に三か所の拠点ができた。センターのスタッフや職員は選挙の際に強力な助っ人になるし、週一回センターで永田代議士と一緒に食事をする利用者も心強い支援者だし、利用者の家族や関係者も味方に付けることができる。

二〇〇三年十二月の総選挙には、永田は二期目の当選を果たした。

二〇〇四年四月、カマチグループの学校法人福岡保健学院の八千代リハビリテーション学院が開校した。福岡と小倉と同時開校になった。学院の横の敷地にプレハブで「永田事務所」を建て永田の選挙の拠点とした。

この前年の六月にカマチグループは福岡県水巻町に福岡新水巻病院を新設しているし、この年の八月に福岡市香椎の大腸肛門科専門の病院（一二〇床）を買収し香椎丘リハビリテーション病院を新設している。翌二〇〇四年四月には福岡市で初めてＰＥＴを導入し福岡和白ＰＥＴ画像診断クリニックを新設している。新行橋病院を開設して以来これといった動きがなかったカマチグループが急に活発に動きだした時期だ。これには永田寿康の存在が大きな起動力になったといっても言い過ぎではないだろう。

一方、永田寿康は当選してから衆議院本会議において原稿なしで質疑を行い注目されるなど順調なスタートを切った。ふつう本議会では質問する側も答弁する側も原稿の朗読に終始し形式的なやりとりに終わるのが常だか、若手の新たな試みとしてマスコミなどで取り上げられた。以後、田中真紀子の公設秘書の給与流用疑惑など国会における発言の過激さから「平成の爆弾男」として名をなしていく。二〇〇四年には千葉マリンスタジアムで結婚式を行い、列席者全員で「寿」の人文字を作り航空写真を撮らせるなど派手な行動がメディアの話題になって知名度が高まっていった。

二〇〇六年四月、蒲池は地元の病院を買収して八千代リハビリテーション病院を開設した。この病院がカマチグループの関東進出の橋頭堡となる。

蒲池が浅田に永田の選挙と地盤づくりを任せたのは、浅田の実直な性格を買ったからだった。だから浅田に指示したのは「なにがなんでも寿康を当選させろ」でなく、「絶対に選挙違反だけはするな」であった。浅田に永田の運動員のブレーキ役を命じたのである。

蒲池の頭のなかには、かつては「盟友」として畏敬していた徳田虎雄の変わり果てた姿があった。五十代にして七十近くの病院を配下に収め、どうしたことか国会議員をめざし「金まみれの選挙」の結果代議士になった。だが徳田は念願の代議士になって何をしたのか。何もしていない。たった一度、九〇年六月、衆議院法務委員会で「生体肝臓移植」について質問に立ち、「大学だけでなく、あらゆる分野の超学閥的な倫理委員会を設ける必要がある。文部省の見解はどうか」と問い、文部省側の「各大学が審議をする際にも、各学会の意見を踏まえつつ、また他大学との情報交換をやりながら行っている」と軽くあしらわれ徳田は「ありがとうございます」で引き下がったきりだ。これ以降、徳田は国会で発言らしい発言をしていない。いったい何のために国会議員になったのか。以後、徳田の振る舞いを見ているとどうやら政策より政局重視に転じたらしい。目的は総理大臣なのか。

蒲池が問題にしているのは、そのことではない。代議士になるための「金まみれ選挙」のことだ。徳田はかつて一九八三年と八六年の総選挙で奄美群島区から二度立候補し二度落選した。二度とも買収資金が飛び交う泥沼選挙だったらしい。「金打ち」という運動員が百万円の札束を抱えて走り回った。対立候補の保岡興治派は三十億円、徳田虎雄派は十億円使ったといわれている。二十億円の差で負けた。それならばと、一九九〇年の三回目の総選挙に臨んだ。今度は三十億円を投じて念願の代議士になった。選挙後、多数の両派の運動員が選挙違反で逮捕された。全員が買収容疑だった。

でも、いったいそのお金はどうして捻出したのだろう。メインバンクの第一勧銀（当時）は徳田の選挙狂いに不安を感じ、三和銀行に代わっていたが行員を徳田グループに派遣して債務管理を監視している。徳田グループの資金繰りは苦しく不渡りを出す寸前まで追い込まれている状況下である。それに徳洲会内では各病院の経営データがオープンにされている。病院ごとの入院、外来の患者数、一日当たりの診療報酬点数と医業収入、細かい経費まで開示され、税引き前利益も一目瞭然になっている。このことはカマチグループも同じだ。だが徳洲会の場合、現実は徳田の「ツルの一声」で裏金はどうにでもなる。

一般には徳田派の選挙資金は、医療機器を購入した代理店や病院の建設工事を発注したゼネコンからのキックバックが充てられたとされている。だがそれだけでは三十億円は無理だ。徳田は側近にも相談せず「トラスト・インターナショナル」という株取引のノンバンクを極秘で立ち上げていた。そこに徳田の妻秀子が社長をしている徳洲会の薬剤、医療機器などいっさいを取り扱う関連会社「ＩＨＳ」が六十九億円を貸し付けた。表向きは株取引の資金だが、そのなかの三十億円が選挙資金に回されたという仕掛けだ。このことはのちに徳洲会を離脱した側近により暴露されたが、それくらいのことは関係者でなくとも推理することができた。

蒲池は徳田と直に会って話し合ったことがある。蒲池が下関で開業して三年目の一九七六年（昭和五十一年）夏、蒲池と同じ九大医学部出身で後に福岡徳洲会福岡病院長になる植田英彦の紹介で大阪市内のホテルだった。別に目的があって顔を合わせたわけではなかったが、「どうしても一度は会っておかねばならない人物」と蒲池が日頃から思っていたからだ。

同じ三十三歳で独立開業したが、蒲池より二歳年上の徳田はすでに三つの病院の院長でさらに拡大をつづけ「目標は国内に百病院をつくること」と豪語していた。徳田は蒲池の前でとうとうとお得意の「医の理念」をまくしたて蒲池を圧倒し、「自分よりも優秀な技術を持つ医師を徳洲会に引き抜いて使っていくのが私の仕事なのだ。誇り高い医師たちをどう使いこなしていくかが私の病院経営哲学です」という言葉には蒲池も共感した。別れるとき握手をしたが蒲池は、「妊娠させられるのではないか」と感動したくらい、その握手はエネルギッシュだった。蒲池はその経営哲学を守ってきたつもりだが、今の徳田はなんだ。「おれより優れた者はいない。みな黙っておれに従え」ではないか。

蒲池は二番目の病院である小文字病院を小倉に進出させてから、徳田ら若き改革派医師たちの原稿をよく掲載する季刊医療雑誌「田園都市」に「私的病院における地域医療開発のノウハウ」

という一文を投稿している。

そのなかの「地域の医療秩序の挑戦的変革」という小テーマでは「同業者である既存医師との競争的共存の秩序を速やかにつくり出すために努力しなければならない。自らのセールスポイントを明確にしつつ、働きかけを行い、協力者（ないしは敵対者でない人）を増やす努力をする。病院経営は孤立・独善であってはならない」と書いている。

また「病院の段階的発展の必要性」については「よりよい設備の働きやすい病院で、患者によりよい医療を行おうとしても、私的経営体としての私的病院は、一挙に、規模の拡大、設備の高度化を行うことは危険である。紙の上で数量的な計算はできたにしても、私の経験に照らしていえば、具体的ディテールにわたってイメージできる規模の倍の規模までである。病院が教育された人間集団によって担われていることを思えば、当然のことと思われるその範囲を大幅に超えた規模拡大、設備の高度化は、具体的には過剰投資や医局、看護婦・パラメディカル・事務員など人的な面での混乱、ないしはそれに伴う医療水準の低下などという反作用を引きおこすこととなる」と書いている。

金融機関との関係については、「借入金による開業という出発をした私であるが、その後の過程で常に金融機関との関係改善に努めてきたつもりである。より安い資金を使うことは病院経営に限らず、経営一般に当然なことではあるが、痛感しているので強調しておく。この際にも、以上の様な病院の段階的発展という条件があったからこそ、金融機関とのつきあいを改善して、比較的安い資金を調達できたのである」と書いている。

その小文を書いてから三十年後の今も、蒲池の基本的考え方は変わらない。一つ目の地域の既存医療機関との共存関係も地元医師会と喧嘩ばかりしてきたが、喧嘩の後はお互いの妥協点を見出し連携を図ってきたつもりだ。そうでなくては病院の永続性は維持できない。二つ目の段階的拡大は愚直にも守って来た。下関の次は小倉、小倉の次は福岡和白、行橋、水巻と地域の地盤づくりをして段階的に拡大してきたつもりである。例えていえば、ウサギが徳洲会ならカメが池友会。三つ目の金融機関の関係も蒲池は、常に安い資金を得るために金融機関とはべったりにならずある程度距離をおいて付き合ってきたつもりだ。でないとより有利な融資は得られない。ところが徳田は最初に「生命保険金を担保に金を貸してくれ。成功しなければビルから身を投げてつぐなう」と大向こうを唸らせるようなセリフで第一勧銀の信用を受け、以後勧銀べったり。一九八〇年代になって徳田が選挙に熱中しだすと、勧銀は徳洲会からあっさりと手を引いた。勧銀に代わった三和銀行も、徳洲会や関係会社に自分の行員を送り込み、その監視下においた。

かつて畏敬していた徳田がなぜこのように変貌したのか、蒲池はどうしてもわからない。でも、功成り名を遂げた徳田が、残りの人生を総理大臣に賭けた夢もわからないではない。そうしないと、息子に総理大臣の夢を賭ける自分の「親バカ」ぶりを否定することになる。息子の可能性を少しでも助けてやるのが親の務めだ。幸い寿康はまだ三十歳、未来は前途洋々。エリートの道を真っすぐに進んでほしい。一回や二回の落選は気にしない、それでも汚い選挙だけはダメだ。ましてや親が九州で病院を四つも五つも持っている資産家の息子で資金は潤沢、などとメディアで騒がれている。もし金がらみの汚い選挙でもやれば、待ってましたとばかりにメディアの餌食になってしまう。権謀術策や金権政治でなくクリーンで地道な道を歩くことが、一番の「方策」だ。それに今の蒲池に徳田の真似をしろといっても、「大目付」の鶴﨑直邦がいる限りやろうと思ってもどだい無理な話だ。

そういう意味を込めて浅田を寿康の傍に置いたのである。その蒲池の期待に浅田は着実に応えていく。

3　試練を乗り越える

「好事魔多し」という言葉があるが、蒲池眞澄にとって二〇〇〇年（平成十二年）から二〇〇九年にかけての十年間は、まさにこの言葉がぴったりする。関東進出をめざす蒲池にとっていは試練の時期でもあった。

実子の永田寿康が弱冠三十歳で衆議院議員となり「平成の爆弾男」と異名をとり国会で活躍し、蒲池自身は経営的に苦境に立った武雄市民病院を見事に再生させその名を高め、さらに関東には八千代市にリハビリテーション学院と病院を立ち上げて順風満帆なスタートを切ったと思われた矢先、思わぬ不幸が待っていた。ひとつは実娘の不祥事件であり、もうひとつは永田寿康を自殺まで追い込んだ「偽メール事件」である。前者の方は週刊誌沙汰になったけれども心の病という極めてプライベートな問題なのでここでは詳細に記述することは避けるが、「偽メール事件」は国会でも問題になった事件なので触れないわけにはいかない。

「偽メール事件」とは別名「堀江メール問題」「永田メール問題」ともいわれ、二〇〇六年の通常国会で民主党の永田が、「ライブドア事件」に絡んで堀江貴文と自民党幹事長の武部勤の間に不当な金銭の授受があったと追及した政治騒動である。当時、粉飾決算事件の渦中にあったライブドア社長の堀江が、二〇〇五年の衆議院選出馬に関連して武部にコンサルタントという名目で多額の金銭を贈ったというものであったが、疑惑の証拠とされた堀江による電子メールが捏造であったことが判明し、永田は議員辞職し、前原誠司代表ら民主党執行部は総退陣に追い込まれた。

当時の政治状況は、二〇〇五年の郵政解散に伴う総選挙において自民党が大勝し、高い支持率を持っていた小泉内閣であったが、年末には耐震偽装問題、米国産牛肉問題、ライブドア事件のいわゆる「三点セット」によって内閣支持率は急落した。さらに通常国会で防衛施設庁談合事件が発覚し、政府は「四点セット」と呼ばれる危機に陥っていた。一方、最大野党の民主党は郵政解散の大敗を受けて、新たに党首となった前原誠司の下で党の立て直しを図っており、永田の追及質問は絶好の機会であった。

永田は衆院予算委員会で「堀江は電子メールで、自らの衆院選出馬に関して武部幹事長の次男に対し、選挙コンサルタント費用として三千万円の振り込みを指示した」と自民党の責任を追及した。武部は堀江との事実関係を一切否定、自民党は小泉首相が会見で「メールはガセネタ」と明言し完全否定した。国会外でもメールの真偽の攻防が繰り広げられたが、結果は、証拠とされたメールは、送受信が同一のメールアドレスだったと判明した。つまり自作自演のガセネタということになった。永田は会見で「信頼性が不十分なメールを提示して国会審議を混乱させ、関係者に迷惑をかけた」と謝罪した。しかし「疑惑はまだ消えていない」としたため、「なんのための謝罪かわからない」と再び混乱。永田は一転して「メールは誤りだった」と述べたが、メールの仲介者の実名は公表しなかった。

メール問題は衆議院の懲罰委員会に移った。永田自身も、この仲介者に騙された被害者という立場をとれる余地があるにも関わらず拒否したことに、永田と仲介者との間で金銭のやりとりがあったのでないかと疑惑が提示された。永田は、電子メールの仲介者が雑誌発行会社社長の西澤孝であることを公表し、自分も彼に騙されたと述べた。懲罰委員会は西澤の証人喚問を求めたが、西澤はこれを拒否。永田は委員会の処分が決定する前に衆議院議長の河野洋平に辞職願を提出し、衆議院本会議で許可され辞職した。

結局、永田の議員辞職に伴い西澤の証人喚問は実行されなかった。民主党代表の前原誠司も幹事長の鳩山由紀夫もメール問題の責任をとって辞任した。このため永田に対する懲戒動議審議も途中で打ち切りとなり、仲介者である西澤の証人喚問も中止になった。

小泉首相および自民党は「四点セット」による支持率下落に歯止めがかかり、安定した政権運営を維持することができた。だが永田の辞職により、だれが何のために偽メールを作成して永田に渡したのか未解決のまま終わった。西澤は後に別件の詐欺容疑で逮捕された。西澤は偽メールの件での刑罰はなかった。

このメール仲介者の西澤と永田は元々知人ではなく、民主党内の議員または議員秘書の紹介により知り合いになったと永田自身が語っている。このことにより永田がメールを信用したのは、西澤を単純に信用したのではなく、紹介を受けた議員と議員秘書を信用していたからメールも疑わなかったのではないか、永田一人の問題でなく、紹介した議員秘書並びに民主党自体にも問題があったとの考え方がメディアから生まれていった。その後、民主党からの議員秘書および議員の氏名は公開されずに終わった。

ただし永田が軽率であった感は拭えない。なぜなら同じ電子メールは永田と同時期に自民党の平沢勝栄議員も入手しており、この電子メールが複数出回っていることに疑問を抱き、西澤の身元を徹底的に調べ当初から信頼性が薄いと結論づけていたからだ。平沢は警察官僚出身だけに慎重というより、何事も甘い話には疑ってかかる性分がそうさせたのである。

この点が浅田裕二にとっては悔やまれてならない。なぜ警視庁出身の自分が傍《そば》にいてやらなかったのか。だが浅田の本当の身分はあくまで和白病院の事務長であり、小文字病院の事務長である。永田の二期、三期の選挙には応援部隊の隊長として応援に来たが、政治向きのことは一切ノータッチだった。二期目からは選挙自体も民主党が取り仕切っていたし、蒲池からの指示も実働部隊として選挙違反だけは阻止せよだけだった。無論、浅田自身も政治向きの仕事にはかかわろうとは思っていなかったが、仮に永田から相談があったら兄貴分としていつでもアドバイスしてやれたのにと思うと残念でならない。政治家の世界は所詮騙し合い、民主党のホープとして持ち上げられても梯子を外そうと常に機を覗っている奴もいる。すべて「後の祭り」だが、これで永田の政治生命が終わったわけではない。時期が来ればカムバックできると信じていた。

永田は議員辞職後、次期総選挙で同じ千葉二区からの出馬を模索するが民主党から拒否され断念、蒲池の拠点・福岡からの出馬を画策するが民主党内の調整に失敗した。新しい会社の役員の仕事もうまくいかず、再起を期すための療養を兼ねて福岡の蒲池の元に身を委ねた。

永田の身元を引き受けた蒲池には、永田を再起させる思惑があった。その好例として地元福岡の衆議院議員楢崎弥之助の例がある。「昭和の爆弾男」と異名をとった楢崎は、一九八三年の衆議院予算委員会で自衛隊クーデター計画で自民党を追及したが、この自衛隊クーデター計画自体が存在しなかったことが判明した。楢崎に情報提供した自称自衛官が自衛官ではなく、詐欺で全国に指名手配されていた人物であることが判明し、楢崎は同年の総選挙で落選した。だが三年後の総選挙で当選し、社民連の国会対策委員長に復帰した。おまけに一九九三年には社会党出身には珍しく勲一等旭日大綬章を受けている。偽メール事件は、きわめてこの事件に似ている。永田は楢崎ほど海千山千のシブトサはないが、蒲地はカムバックまで五年くらいだろうと考え、それまではオーストラリアにでも行ってほとぼりが冷めるのを待てばいいと考えていた。

だが永田の立ち直りは順調ではなかった。民主党には拒絶され、夫人からの離婚調停も起こった。これまで順風満帆で来た人生で初めての挫折を、酒でまぎらわせた。そのうち酒が手放せなくなり重度のアルコール依存症で入院せざるを得なかった。病院を抜け出し自ら手首を切って、街を徘徊しているところを警察に保護されたこともある。病院を変えた。その都度、兄貴分役の浅田は見舞いに行き、失意の永田を励ました。

蒲池は浅田に独立した会社を開設させた。永田がしばらく選挙から遠ざかるとみたからだ。選挙事務所を立ち上げるときから、病院以外の業務で永田に付き添ってきてくれた功績に酬いるという意味ではなく、もともと蒲池には独立心旺盛なこれと見込んだ男を独立させる傾向が強い。これまでにも上場企業にまで育てた介護施設チェーン「シダー」の社長山崎喜忠をはじめ、医療機器・医薬品の「メディックスジャパン」の拝崎誠司、大野繁樹は小さな薬局として独立し中堅企業にまで成長させている。浅田はこれまでだれも手を出さなかった義肢製作会社を選んだ。カマチグループの病院が拡大していくと、義足やその関連装具の需要も増えていく一方だ。これまですべて出入りの外注会社に任せていたが、これを身内の会社だけに絞るとすれば経営は十分に成り立つ。

二〇〇八年暮、新しい会社開設に専念していた浅田は「株式会社日本義肢製作所」の設営の目途が立ったので八幡西区の九州厚生年金病院（当時）の永田を見舞いに行った。見舞いというより事業報告と言った方がいい。

「寿康君、おれもいよいよ義肢会社の社長として独立するよ。元警察官が義足メーカーの社長になるとは思わなかったがね」

「独立おめでとう。浅田さんなら、なにをやっても成功するよ」

「会社が軌道に乗るまで、一緒に仕事をしてくれないか」

「いいですね。浅田さんと一緒に仕事をしたいと思ってたんだ」

カラ元気の社交辞令と浅田にはわかっていたが、永田はしっかりした口調ではっきりした声だった。一瞬、もしかしたら本音かも知れないと思ってみたが、すぐにそんなことはないと否定した。それが浅田が聞いた永田の最後の声だった。

翌二〇〇九年一月三日、北九州市八幡西区のマンション駐車場で死亡している永田が発見された。警察はマンションから飛び降りたとして自殺と断定した。

現場から遺書とみられるノートが発見され、傍に空になった焼酎の一・八リットルの紙パックも残されていた。遺書の宛名はほとんどが家族あてのものだった。享年三十九。

一月五日の葬儀で蒲池は「寿康は五年で立ち直る。それにはあと三、四年だと思っていました。まさか死ぬとは全然考えていませんでした。それほど精神的な打撃が強かったのでしょうが、一時的な挫折は四十代、五十代になったときの知恵と経験として花開くと信じていました」と挨拶した。予期せぬ突然の死で、ほかに言うべき言葉も見つからなかった。

永田寿康の遺骨は、八女市黒木町にある蒲池家の墓に納められた。

二か月後、前民主党代表前原誠司が墓参に訪れた。墓には父親の蒲池眞澄が案内した。二人は一時間近く話し合ったが、ほとんどが寿康の思い出話で何のわだかまりもなかった。前原は盟友と思っていた永田をかばい切れなかった悔いを語りたかっただろうし、蒲池もそのことを話したかったのだろうけれども一切口にしなかった。別れるとき蒲池は前原に「これから寿康の分まで頑張ってください」とだけ言った。前原は公の席で永田の死について一切口にすることはなかったが、その年の八月、京都市の講演で初めて永田の死について触れ、「政治は結果責任。（自分は）一生の十字架を背負うことになる」と涙ながらに語ったという。翌八月十三日の朝日新聞は「民主前原氏『一生十字架』永田氏自殺で涙の反省」と報じた。その後、前原は九州に来るたびに永田の墓を訪れる。その都度、蒲池がいなければ浅田が同行した。

蒲池は寿康の死後、鬱々とした日々を送るしかなかった。二〇〇九年一月といえば、前年暮の新武雄市民病院をめぐる「リコール選挙」で樋渡現市長が勝利したばかりで、カマチグループは新武雄病院の建設準備で一番忙しい時期である。グループ全体が勢いづき、さあこれからやるぞという活気が漲っていた。そのときに予期せぬ不幸に突然襲われたら、リーダーとしてはいったいどういう態度をすべきなのか。リーダーとして先頭に立って指揮をとらねばいけないことはわかっているが、どうしてもその気にならないし、身体も動かない。これから何をしていいかわからない。新武雄病院の仕事は鶴崎たちに任せっきりにしていた。

家に閉じこもって欝々としている蒲池を心配した妻の昭子は、「このままでは落ち込むばかりだ。なんとかしてくれ」と鶴崎に電話をした。鶴崎は小倉時代からのマージャン仲間を連れて蒲池の自宅を訪れた。楽しくて何の屈託なかったかった昔を思い出させたかったからだ。蒲池のマージャンの打ち方は実に堅実で、どんなに凹んでいても起死回生の一発を狙わない。焦らずジリジリと挽回していく粘り強い打ち方だ。ところがその日は違った。最初からどんな小さな手に振り込んでもイライラしていた。打ち方も荒れている。鶴崎の役満に振り込んだときそのイライラがピークに達した。日頃は国士無双など見え見えの手に振り込む蒲池ではない。「はいヤクマーン、国士無双」とおどけて鶴崎が叫ぶと、突然蒲池がいきなり牌を鶴崎に投げつけ飛び掛かっていった。鶴崎の胸グラをつかむと「貴様らなんで来た。オレを慰めに来たんではないのか。それならそれで、もっと手加減してオレに花を持たせろ。それがお前らの役目だろうが」と喚き散らす。気まずい雰囲気になった。「さっさと帰ってくれ」と言われた三人は帰るしかない。

翌日、旧武雄病院にぶらりと蒲池が現れた。久しぶりのことだ。「ゆうべは鶴崎と殴り合いの大喧嘩をしてな。それできょうは謝りに来た」と周りに笑顔でお愛想を言っている。きのうのことは忘れたようにケロリとしている。つかつかと鶴崎の前に来ると「おい、鶴さん新しい病院の土地は見付かったのか」といきなり尋ねた。鶴崎がまだだと答えると「あのボケナスの市長はいったい何をモタモタしているんだ。ひとつあの薄ノロ市長にハッパをかけてやろう。おい鶴さん、何をしているんだ。あんたも来るんだ」と言ってスタスタと玄関に待たしていた車に向かって歩いていった。鶴崎は蒲池の変わり身の早さに驚くと同時に、逆境にあってもその打たれ強さに舌を巻いた。

その日を境にして蒲池は人が変わったように行動的になった。新しい武雄病院づくりに専念するより東京へ行く頻度が多くなった。新しい目標を関東、さらに東京に絞ったからだ。現にこの時期、埼玉県と栃木県の二つの赤字病院の買収の話が蒲池に持ち込まれていた。

浅田は「日本義肢製作所」の社長として独立した。本社は小倉だが、東京にも営業所がある。浅田も東京と福岡を往復する回数が多くなった。カマチグループ病院の事務長をしていた頃と違って、地道で堅実な義肢製作会社の社長となれば勝手に動き回れる自由がある。もちろんカマチグループを離れたわけではない。社団法人巨樹の会の理事という新しい肩書がある。義肢会社の社長と関東進出の母体となる巨樹の会の理事とは一見関係ないように見えるが、それだけ自由な行動ができる。当然、蒲池の「特命」を受けた仕事が多くなり、前以上に蒲池との関係が深くなっていった。

浅田はのちに、永田のことを訊かれると「純粋だからね。ああいう純粋な人は政治家に向かんよ」とだけ答えることにしている。二〇二〇年七月、黒木町の永田の墓の前で、墓参に訪れた前原誠司や永田の志《こころざし》の後を継ぎ福岡二区から選出された稲富修二と一緒に撮った写真がある。その写真を見るたびに「これが稲富でなく永田であれば」と妙な事を思うことがあるが、それが本音であるのかも知れない。

永田寿康がいなくなっても、八千代リハビリテーション学院の横にある「永田事務所」はそのままにしてある。宿泊施設が整っているので、カマチグループ病院が関東に進出する際、看護師や事務員の応援部隊の一時的な宿泊所になった。永田事務所という看板は外してあるが、彼らは関東進出のシンボル的意味を込めて二〇二一年に正式に閉鎖されるまで「永田事務所」と呼称した。一時は上京して「永田事務所」に宿泊することは、グループ内で一種のステータス的役割を果たすまでになった。

4　奇妙なふたつの赤字病院

永田寿康の死から二〇一七年（平成二十九年）までの僅か八年間で、カマチグループは関東地域に十四の病院を驚異的なスピードで再建もしくは新しい病院を開設していく。そのうちほとんどが回復期リハビリテーション病院だが、M&Aにより再建させた急性期病院が三つある。

その一つが栃木県の上三川《かみのかわ》病院であり、二つ目は埼玉県の所沢明生病院で三つ目が同じ埼玉県の新久喜総合病院である。この三病院とも赤字病院だったが、その赤字に至った原因はそろいもそろって経営者の無能もしくは経営者不在によるものであった。久喜総合病院のことは後で詳しく述べることにして、まず二〇〇九年にカマチグループが買収した上三川病院と所沢明生病院のことから説明したい。上三川町は栃木県中央の鬼怒川流域の人口三万程度の田園都市だが、県庁所在他の宇都宮市の通勤圏にあり上三川病院は他に競合する病院もなく立地条件には恵まれていた。所沢市は近くにプロ野球の西武ライオンズの本拠地西武球場がある完全に東京通勤圏であり人口三十二万人、所沢明生病院も近くに競合病院はなく立地条件は申し分なかった。

上三川病院は一九七三年に開設された自治医科大学の関連病院である。関連病院とは医師の人事を大学の医局の医師の派遣によって行う医療機関のことで、上三川病院の開設者も自治医大の教授であった。関連病院のことをドイツ語で「ジッツ」ともいう。ジッツとは椅子のことで、文字通り医師の一時的な腰掛を意味する。フルタイム勤務の医師のほか、大学病院で勤務しながら週に一度出張するなどのパートタイム勤務の医師を受け入れることもある。つまり自治医大の医師たちの体のいいアルバイト先である。上三川病院の場合、院長も勿論自治医大ＯＢの医師である。

自治医科大学は一九七二年、僻地医療と地域医療の充実を目的に栃木県下野市に設立された。栃木県は国立または公立大学の医学部を持たない県であり、自治医大がその役割を担っている。名目上は学校法人自治医科大学が設置する私立大学となっているが、実際は総務省自治行政局が主導して設置された事実上の公設民営大学の私立大学である。元総務事務次官が理事長を務め、総務省の自治系職員が出向し事務局を統括、栃木県からも職員が出向している。同様な形態を取る大学として、厚生労働省労働基準局が支援する産業医科大学、厚生労働省社会援護局が支援する日本社会事業大学がある。要するに自治医大は事務職員に関する限りは総務省にとって「ジッツ大学」といったところだ。学生の合格枠は各県あたり二人から三人に限られている。全寮制で真面目で勤勉な学生が多く、過去十年間の医師国家試験では合格率全国順位第一位（二〇二三年は二位）を維持している。

上三川病院は創業者が同病院を手放してから経営者が転々と変わり病院コンサルタントの「食い物」になった様相を呈していた。買収して新しいオーナーになった経営者もやる気がなく月に一度顔を出す程度で、病院の建物のメンテナンスも儘《まま》ならない状態であった。ある経営者は、事務員が職員のボーナスのために金庫に入れておいた現金を、ぶらりとやって来て鞄に入れて持ち帰ったという嘘のような逸話もある。だが、医師や看護師や事務員たちはそこそこに勤勉で、また周辺住民や利用者たちの評判も悪くなく赤字とはいっても、取り返しのつかない大赤字というわけではなく、表面的には良好な病院運営を維持していた。しかし、銀行筋から見ると危なっかしいことこの上ない病院であることには違いなく一日も早く堅実な経営者に病院運営を託したいという状況にあった。

一方、埼玉県所沢市の所沢明生病院は一風変わったユニークな経営者が二十数年間取り仕切っている赤字病院だった。一九八九年に所沢市のニュータウンの一画に百六十一床の急性期病院としてスタートしたが、開業当初から大学病院にもない最新鋭のＭＲＩ（磁気共鳴画像装置）やアンギオグラフィー（血管造影装置）など分不相応な医療機器を導入するなど過剰投資気味の病院だった。アンギオグラフィーに至っては担当医師が退職していらい放置されたままだった。院長兼任の創設者オーナー酒井規光は関西医科大学から東大医学部の医局に進んだ。まだ五十代になったばかりで、なんで縁もゆかりもない所沢市に病院を建てたのかと首を傾げる人もいた。本人は酒と音楽を愛する趣味の人で、病院を作るのが大好きだが、患者を診るのは苦手という一風変わった医師だった。だから新しい病院構想を語る時は滔滔《とうとう》と語るが、患者に対する医療の話となると一転して口をつぐむという奇妙な医師だった。だからリハビリ病棟の患者を廊下の窓から覗き見してカルテを書いた話や、夜勤のアルバイトに来ていた若い医師が十三年間一度も院長の姿を見たことがいう話など、この種の逸話には事欠かない。だが人間はすこぶる良い。だから手に負えない。

どだい病院の名前の付け方から変わっている。普通は下関カマチとか福岡和白とか上三川とか固有名詞か地名がほとんどだが、所沢明生病院の明生は地名でも固有名詞でもなく人生訓からきている。「明生」と書いて「生をあきらめる」と読ませる。「あきらめる」は「諦める」と書くのが普通だが、彼の場合は「明究める」と書かせる。「明きらめる」は作家の五木寛之や酒井流に言わせると「明きらかに究める」という意味で、人の生も死もリアルに受け止めて現実をありのままに受け入れ勇気を持って生きていこうというのが「明生」というのだそうだ。だから、けっして地名や相撲取りの名前ではない。

このオーナー院長の部下に、酒井と性格がまったく正反対の医師がいた。腕が立つ防衛医科大学校出身の外科医で、名前を鈴木昭一郎といった。鈴木は研修医時代から同じ所沢市にある明生病院にアルバイト医としてやっかいになっていた関係で、自衛隊医官を途中で退官後もこの病院に居ついてしまった。よほどこの病院が気に入ったのか三十八歳でオーナー院長に現場を任され院長になった。一説によると理屈っぽくて個性の強い酒井が医師会に嫌われ、竹を割ったような実直な性格の鈴木ならば医師会員として適格というわけで院長になったという話もある。病院を運営する医療法人の理事長は酒井で、オーナーはあくまで酒井のままだった。時々、酒場で口論し挙句の果てに殴り合い喧嘩になり警察のお世話になった病院オーナーを、院長が身元引受人になり迎えに行ったこともある。二人のそんな関係がつづいていた。

病院は相変わらず赤字がつづいていたが、生来の仕事好きで責任感の強い鈴木は、病院の借金を少しずつ返済していった。途中でこの赤字病院を見捨てて他の病院に移るチャンスが幾度もあったが、一度与えられた任務は絶対に放棄しない精神は、愚直で屈強な関東武者の血を受け継いだというよりも防衛医大で培ったものであったのかも知れない。とにかく生一本な性格で「おれがいなくなったら、従業員たちが路頭に迷ってしまうので辞めるわけにはいかない」という自負心もある。

鈴木の出身である防衛医科大学校は一九七三年に、医師である幹部自衛官の養成や自衛隊の医官（旧軍隊の軍医に相当）の教育訓練を目的に所沢市に開設された大学で、行政機関の分類上は防衛省の施設等機関に分類され文部科学省が所管する大学とは異なるが、医科大学に準じた取り扱いがなされている。入学試験も一般の大学と同等で、大学でのカリキュラムも一般の大学医学部と同じ。大学校には外科、内科、精神科など十五の診療科があり、特定機能病院の防衛医科大学校病院、医学研究科（大学院相当）がある。卒業生には学士（医学）、医学研究科修了生には博士（医学）が授与される。学費は国が負担し、毎月十万円程度の学生手当てがあり年二回の期末手当ても支給される。

開設当初は男子のみの大学校だったが、一九八五年から女子の入学も認められた。男女共学化は防衛大学校より七年早い。アメリカの陸軍士官学校では学生結婚は認められていないが、防衛医大では認められている。クラブ活動も運動部を中心に活発で、女子学生のためのチアダンス部もある。

学生は大学敷地内の学生舎（学生寮）での集団生活が義務付けられており、集団行動と規則正しい生活により自衛官としての礼儀作法を身につける。防衛医大だけの特異なものは学生全員で編成される「学生隊」だろう。学生隊は二個大隊からなり、第一大隊は一―四年生、第二大隊は五―六年生で編成される。第一大隊は四個中隊、第二大隊は二個中隊で編成、中隊は二個小隊で編成、各小隊は二十人で組織されている。それぞれに学生長が置かれている。中隊のうちほとんどが男子だけの中隊だが、女子だけの中隊が一個中隊あり男女混合の中隊が二個中隊ある。午前六時半起床、朝礼・国旗掲揚から午後十二時の消灯まで規則漬けの生活である。

卒業後は医科幹部候補生として陸上・海上・航空の各幹部候補生学校で約六週間の、教育訓練を受け、医師国家試験後、幹部自衛官（二等陸・海・空尉）に任官する。二年間の実務研修は防衛医科大病院、自衛隊中央病院で臨床研修を受けるが、大学の医学部で実施されているマッチングは行われていない。つまり一般の病院での臨床研修医生活は送れない。卒業後九年間は自衛官であることが義務付けられている。

所沢明生病院の鈴木が「特技手術、趣味手術」と働きづくめで、やっと借金も返し終え経営的にもトントンの状態まで漕ぎつけた矢先、オーナーの酒井が事務長に知恵をつけられ事業修正に乗り出し見事に失敗した。百五十一床の所沢明生病院を二つに分けて一つを急性期の所沢明生病院（五〇床）とし、車で十分の距離に新しく建てた病院（一一一床）を「小手指天望病院」と名付けケアミックスの老人専門病院にした。これからは老人病院の時代と読んだわけである。読みは間違っていなかったが、経営能力がついていかなかった。この病院名「天望」は普通、「限られた空間から天（空）を見ること」さらには「天下取りまでの見通し」の意味に使われるが、老人に希望を与える意図で、酒井流の解釈もあるけれども話が面倒になるので、ここでは割愛する。とにかく一階をデイケア、二階を療養型病棟、三階をショートケアに分けた。さらにすぐ近くにサービス付き老人住宅を建てた。この老人住宅が命取りになった。

再び赤字は大きく膨らんだ。素人が事務長の甘言に乗り不動産屋もどきの事業に手を出しうまくいくはずがない。ニッチモサッチモいかなくなり銀行に泣きついた。相談を受けたのは三井住友銀行。以前から酒井には手を焼いていた三井住友銀行は渡りに船とばかりに、さっそく買収先探しに乗り出した。

5　買収そして「円満再建」

カマチグループは武雄市民病院の再生民営化にも成功し、関係者の間には蒲池眞澄の名はすでに知れ渡っていた。蒲池は知り合いの三井住友系の証券会社から所沢明生病院のことを知らされ、三井住友銀行はその証券会社を通じて蒲池の再建手腕のことを知らされた。

福岡と埼玉と距離は離れていたが、お互いに渡りに船ということで買収話はトントンと何ら難航することなく進み売買契約にまで漕ぎつけた。普通、創設者オーナーは自分が育てた病院には未練が残りいろいろと条件を付けてくるものだが、酒井規光はさばさばした表情で金銭的な話にも淡々と応じた。最低条件は基本的に所沢明生と小手指天望の両病院のスタッフ・職員の身分は保証する、つまり全員「居残り」ということだった。蒲池は快く応じた。ただし酒井は「明生」という病院名は残したい、自分も老人専門病院に院長として残りたいという条件を付けてきた。さすがに「天望」の名前まで残してくれとは言わなかったが、蒲池は、ちょっと不思議に思った。酒井のさばさばした表情から、あっさりと病院経営を放棄するものと思っていたが、よほど「明生」という言葉と老人医療に思い入れがあるのだろう。チャランポランな人間と思っていたが、意外と妙に人間味のある男だと思い直した。蒲池はその酒井の願いも快く受けた。

病院の正式譲渡の四日前、酒井は蒲池を所沢の料亭に招待し一席設けた。そこで酒井は初めて鈴木昭一郎を蒲池に紹介した。

「君も知っているだろう、これがいま話題になっている蒲池さんだ。これからお世話になるんだから、ひとつよろしくたのむよ」

「ぼくが知ってるわけないでしょう」と鈴木は憮然たる表情で言った。「きょう初めて会ったばかりなんだから」

そう言った切り、鈴木はプイと横を向いたまま酒宴の席の最後まで蒲池とは口もきかず目も合わせなかった。病院売却という重大な話に、病院のナンバー2の自分がまったく「つんぼ桟敷」におかれた腹立たしさと、どこの馬の骨だかわからない買主の男に頭を下げる必要はないという矜持がそうさせた。鈴木と蒲池のそういう関係は半年以上つづいた。二人とも頑固である。お互い理屈に合わない妥協には頑として応じない性格がそうさせた。

二つの病院の院長を買収後もそのまま残すという蒲池の方針は変わらなかった。だが元天望病院の方は、療養型病棟、デイケアセンター、ショートステイのケアミックスは全廃し、百十一病床を全部回復期リハビリテーション病棟にするという抜本策に切り替えた。もちろんサービス付き老人住宅は切り捨てた。ケアミックス病院などと「戦力」を分散させたのが赤字の原因と読んだ。短期間で黒字転換を図るために、戦力は集中しなければならない。車で十分の距離にある急性期の所沢明生病院から回復期の患者をできるだけ早くリハビリテーション病院に移すことで病床の回転率を高める。もちろんそれだけでは十分でないので、回復期病院から他の急性期病院に

「営業活動」に出るという策を立てた。急性期病院の関東進出は所沢明生が初めてなので、あまりコネがない。というより絶無に近い。

もちろん急性期病院とのコネづくりは蒲池の重要な役目だが、現場とのコネづくりにうってつけの助っ人を連れて来ていた。遠賀川沿いにある新水巻病院のリハビリテーション科課長を務めていた宇田菜穂だ。理学療法士としての腕も一流だが、それよりも蒲池は彼女の「営業」の才能を買っていた。利発で滑舌もスムーズだが「小倉生まれで玄海育ち」で気っぷがいい。少々出しゃばりだか積極性があり、男勝りの物怖じしないところが「営業マン」として適役だ。課長クラスのセラピストはもう一人、香椎丘《かしいがおか》リハビリテーション病院から連れて来ていたが、そちらは菜穂に「内勤」専門の仕事を任せて、菜穂には「外勤」を任せた。外回りを任せるに当たって蒲池は菜穂に「副院長」の役職を与えた。もちろんセラピストの副院長も初めてなら、女性の副院長もカマチグループでは初めてだった。それもまだ三十代で副院長は異例のことである。外回りにとって名刺に副院長の肩書があるのとないのでは大違いだ。それほど蒲池の彼女への期待は大きかった。

初任地が小倉の小文字病院で次の任地が新水巻病院という菜穂にとって、首都圏は初めての任地だった。独身で身軽だったので、最初は八千代市の「永田事務所」に寝泊まりした。「永田事務所」は永田寿康の亡きあとも九州からの上京する者の宿泊所として、そのまま残されていた。関東進出を旗印に掲げるカマチグループにとって「永田事務所に泊まる」ということは、一つの象徴的な合言葉になっていた。近くにグループのリハビリテーション学院やリハビリテーション病院があったので、九州時代の同僚や先輩が間近にいることが心強く関東という地への馴染みも早くなる。関東では内向的でなよなよした女性を嫌う。そんなこともあり菜穂は水を得た魚のように最初から活発に動き出した。

唯一のグループ病院の所沢明生病院の医師は鈴木院長をはじめ防衛医大出身者が多かったので、それらをツテに手始めに同じ所沢市にある防衛医大附属病院から回った。本人が理学療法士なだけに急性期病院の現場で患者の容態を診てリハビリテーションのプランを立て相談に応じることができる有利さがある。従来はそれらの仕事は看護師かソーシャルワーカーの仕事でわざわざ理学療法士が出掛けていく仕事ではない。特にソーシャルワーカーが不足している防衛医大病院では菜穂の存在は重宝がられた。そのうち東京都内の病院にも足を伸ばすようになった。ツテを求めては東京都内の病院を飛び回った。東京都内のリハビリテーション病院の絶対数が少なく、急性期病院と回復期病院のバランスが取れていないと聞いたからだ。ツテがなくとも副院長の肩書がモノを言う。ただのリハビリテーション科課長ではこうはいかない。そうするうちに東京からのリハ患者が徐々に増え、やがて短期間で明生リハビリテーション病院の百十一床は満床になった。

もちろん菜穂は外回りだけをやっていたわけではない。本来の業務であるリハビリテーション科課長としての仕事もこなしていた。当初十人程度で福岡、下関から入れ替わり立ち替わりして来ていた応援部隊のセラピストの数も次第に増えて定着していた。新しく現地で採用するセラピストたちの面接もやらなければならなかったし、回復期患者たちの治療の陣頭指揮もとらねばならなかった。最初は三か月の約束で所沢に来たが、あっと言う間に一年が過ぎていた。そのことに自分では気が付かないほど忙しかった。

所沢の二つの病院の黒字化の目途がついても、蒲池の悩みはほかにあった。買収以後も蒲池は二週間に一度は所沢を訪れることにしていたが、酒井院長とは酒を酌み交わすことはあっても鈴木院長の方は相変わらずだ。一緒に酒を飲むどころか、ときには挑戦的な態度で応じてくる。目の上のタンコブのような存在の男だ。それかといって病院運営をなおざりにしているわけでもない。それどころかむしろ前にもまして積極的に仕事をしている。年に三千件以上の救急車搬送患者を受け入れ、自らメスを取って年に二百件の手術をこなしている。こんな救急病院は日本全国探してもほかにないし、こんなタフな院長もほかにいない。それもわずか五十床程度の小病院でだ。

文句のつけようがないどころか、鈴木は五十代になっても院長自らローテーションに入って当直をしていると聞いて、蒲池は脱帽した。それも鈴木が当直する日は救急車が殺到するという。救急隊員も事前に週のどの日が鈴木の当直日を知っていて、そうするのだという。救急隊員が医師の当直日を知っているという域に達すれば、一種の名医といってもいいだろう。蒲池も三十代の若い頃は当直も厭わなかったが、そこまでには至らなかった。こうなると脱帽どころか、尊敬に価する男だと思うようになった。でもあの自分に打ち解けてくれない態度はなんとかならないものか。十五歳以上も歳下の男に打ち解けてもらいたいとは大人気ないとは思いながらも、それが蒲池の秘かな悩みであった。

いろいろと手をまわして聞いてみると、鈴木がカネに困っているという情報を得た。二人の子供を私立の医大に入れて医師にした。予想以上にカネがかかる。そのためバブル末期に不動産屋の口車に乗って、利殖のために二つのマンションを買わされ五千万円以上の借金が残っていた。たとえ悪質な不動産屋に騙されたとわかっても、借金を返さなければどうにもならない。医術の腕はたしかだが経済観念はないに等しい男とは聞いてはいたが、なんとかしてやれないものかと経済観念では人並み以上の蒲池は思った。これを病院のなかでの経理上のやりくりでなんとかならないものかと考えた。

なんでも所沢明生病院では手術の際には必ず麻酔医を付けるのが常態化していた。概して麻酔医は九州より関東の方が勢力が強くて、どんな手術にも必ず麻酔医を付けなければいけないという暗黙のルールをつくっている。だがそんな規則はない。麻酔医をつけずに手術を行っても法に触れることはない。だいいちアメリカではその種の免許をとれば看護師でも麻酔をかけているし、韓国でもそうだ。

蒲池は独立する以前に福岡大学で麻酔学の講師をしていたから、麻酔に関する知識は専門医の域だ。独立した下関の病院では、全身麻酔の手術でも麻酔医の手を借りず全部自分で行っていた。

鈴木の腕なら自分で麻酔をかけながらの手術は十分可能と蒲池は判断した。そうすれば一回の手術で十万円は浮く。そのカネを鈴木に回す。鈴木は年間二百件近くの手術をしているから、そのうち全身麻酔が何件か知らないが、五千万円くらい四、五年で取り返すことができる。そうすれば病院側の負担も生じない。これで経理上の処理問題は解決できた。

さてどうやって五千万円を鈴木に手渡すかだ。直接、鈴木に手渡すのはまずい。実直な鈴木のことだから、こんな訳のわからんカネは受け取れん」といきなり拒絶されるおそれがある。まず蒲池は自分で用立てた五千万円を明生リハ病院の酒井院長に手渡した。

「いいですか酒井先生、このカネはあくまで鈴木先生への退職金ですよ」

「えっ、鈴木はクビですか」と酒井は驚いた。「鈴木と蒲池先生はウマが合わないとは聞いていましたが、いきなりクビとはあんまりじゃないですか」

「いえこの退職金は酒井先生の元の医療法人からの退職金で、新しく変わった医療法人からのものではありません。病院の経営権が変わったのだから、元いた医療法人から退職金を出すのは当然の話ですよ。彼の働きぶりからみても妥当な額だと思いますが」

「なるほど、旨く考えたものですな。法人が変われば退職金を出すのは理にかなっている。彼はいま喉から手が出るほどまとまったカネを欲しがっていますからね」

こうして鈴木はその現金を受け取り、借金をきれいに返済することが出来た。退職金の方はビタ一文返済する必要はない。なぜなら麻酔医をつけずに浮かした金額が病院経営の経費となって戻ってくるから、病院側の負担もなくてすむ。蒲池のフトコロも痛まない。「三方一両損」ならぬ「三方一両得」というわけだ。蒲池が退職金という手段を選んだのは他に理由がある。たとえば鈴木の働きぶりに対するボーナスとして五千万円を出す手も考えたが、これでは鈴木に拒絶される恐れもあるし、だいいち退職金とボーナスとでは納める税金に雲泥の差がある。そんな細かいことまで蒲池は配慮していた。

このことがあってからも、蒲池は鈴木に恩着せがましい態度をとったことは一度もないし、鈴木も蒲池にへつらうような素振りをみせたことはない。しかし、この件いらい二人の関係は急速に和らいでいった。

「所沢明生病院は鈴木昭一郎という情熱と義務感の塊のような医師一人が支えている病院である」と蒲池は所沢明生病院を定義づけた。「だからワンマンの鈴木一人にすべてまかせていても、しばらくは大丈夫だろう」と判断し、病院の人事には敢えて手を付けなかった。だが看護師の扱い方に対しては多少不満が残っていた。例えば胃がんの手術の際、鈴木は患者の患部のがんを切除すればそれで手術は終了だが、蒲池は下関カマチ病院の院長時代から、自ら手術後切除した患部のがんをナースステーションに持ち帰り家族にも看護師にも「これが切除したがんです」とつぶさに見せて手術の概要を説明した。これで家族は納得し、看護師は以後の勉強になる。そうしないと看護師は単なる医療機器を手渡すだけの助手にすぎない。蒲池は看護師を一緒に患者を治療するパートナーとして扱っているからだ。このようにして蒲池は看護師を実地に教育していった。そのことを鈴木に奨めたが、当初、鈴木は「私はそんなことはやらない。私の腕を信頼してもらえればそれでいい」とニベもなかったが、そのうち次第に切除した患部を家族や看護師に見せて説明するようになった。

というのは、蒲池は所沢明生病院の看護師の人事はいじらなかったが、視察と称して木下とし子看護局長や下関時代からの子飼いのベテランの矢野昌子看護師長を長期出張で送り込んで看護師の指導をさせていた。福岡から来るベテラン看護師の指導で所沢明生病院の看護技術のスキルも目に見えて上がっていく。当初は「算盤勘定が上手な金儲け医者」と見ていた鈴木の蒲池観も徐々に変わっていった。そのうち所沢明生病院でも手術で切除した患部を家族や看護師に見せて説明することも常態化していった。

蒲池と鈴木の関係が完全に修復するのに約半年かかった。病院の人事には出来るだけいじらない方針だった蒲池も、医学的知識に無関心だった事務長の首をすげかえ、院長、事務長、看護部長の三人による「三役会議」の月一回の定例化も義務づけた。三役会議の定例化はカマチグループ病院の必要最低条件であった。鈴木はその期待に見違えるように応えていった。当初なにかといえば蒲池に反発していた鈴木も、蒲池のアドバイスに進んで耳を傾けるようになった。もともと医療に対する考え方は根っこでは同じものだったので、一年後には二人の関係は十年来の知己のような関係になった。そのようにして二人の間の信頼関係はグループのなかでも特別に深まっていった。鈴木から要求があれば蒲池はおしげもなく最新鋭のＭＲＩやアンギオグラフィーを導入した。使わないままになっていた酒井が購入した旧式のＭＲＩやアンギオグラフィーは物置で埃を被ったままである。

当初は三か月の約束で関東に来た理学療法士の宇田菜穂は、関東でカマチグループの新しいリハビリテーション病院が開設される度に各病院の副院長として渡り歩き、急性期病院と回復期病院の橋渡しの役割を任じている。特に回復期病院の数が多い関東地区にあっては欠かせぬ存在である。以後十四年間関東を離れることはなかった。いまはグループの関東統括医療連携局長である。

一方、鈴木昭一郎は以後十四年間、わずか五十床の病院の院長として自らメスを執って黙々と働きつづけてきた。鈴木は蒲池の信望もあつく、後の章で述べる「ＭＧＨ構想」のキーパーソンになる男でもある。ＭＧＨ（美原総合病院）は蒲池と鈴木という二人の男の長年の夢を賭けた仕事になる。

6　ふたりの看護局長

もう一つの奇妙な赤字病院、上三川病院も同じような銀行ルートで順調に買収話が進み、買収契約が成立した。こちらは所沢明生病院より五か月後の二〇〇九年（平成二十一年）十月のことだった。

上三川病院はもともと整形外科では地元では評判の高い病院で、経営状態も悪くなかった。医師や看護師など医療スタッフの評判も悪くない。いわゆる地域に親しまれた病院だった。ところが創設者の自治医大の元教授が経営から手を引いてから急速に経営が悪化し、医療経営コンサルタントのいい食い物になった。経営者の「たらい回し」で、ボーナス期になると金庫に入っていた現金を持ち去った経営者もいたという嘘のような逸話もある。まともな経営者がいれば病院は立ち直るとみた銀行は、蒲池眞澄に白羽の矢を立てたという経緯がある。銀行側の蒲池への期待度は当然高い。ところが買収された側の病院の医療スタッフはそうはいかない。オーナーが代わる度に煮え湯を飲まされてきたので、新しいオーナーに反感すら抱いている。

上三川病院に長年勤めている看護部長の仙波多美子など、その代表だった。カマチグループの数人が初めて上三川に乗り込んで来たとき、リーダーらしき男が派手なグリーンのジャケットを着ていた。これはてっきりヤクザもどきの悪質業者だと思った。少なくとも北関東には緑色の上着を着る医師なんていない。蒲池は日頃からあまりダークスーツを着る習慣がない。蒲池は服装で人を判断することもしないし、人が自分の服装を見てどう判断しようが無頓着だ。だから自分が気に入ったものを着る。仙波が最初一見して蒲池をグループのリーダーだと見たのは正しいが、悪質業者と見立ててたのは早とちりだ。

とにかく多美子は悪質業者が乗り込んできたと直感した。気丈な北関東女の多美子は、事務長をせかして病院の金庫に走った。そして金庫の中の現金を、すっかり別の場所に移し変えた。頭の中には金庫の中の現金をごっそりと自分の鞄の中に移し変える先の経営者の姿がちらついたからだ。とにかく病院を守らなければという思いが先に立った。後日、酒の席などで蒲池と大笑いでこのときの話をするが、このときはまったく真剣だったと多美子はいう。

蒲池が上三川に乗り込んで来たときの基本方針は、所沢明生病院と同じく出来るだけ元の病院形態のままで、あまり手を加えないというものだった。だが北関東地区に回復期リハビリテーション病院が少ないと知ると、新上三川病院の回復期病床を大幅に増やすことにした。その比率は一般病床三十八床に対して回復期病床百七十一床と圧倒的に回復期病床を多くした。それと病院の建物は築三十五年と老朽化まではいかなかったが、長い間メンテナンスが不十分だったので、あちらこちらの傷みが目についた。そこで思い切って大改修工事を行うことにした。経営者が変わり、いきなり大幅な改修工事が行われたことにより仙波多美子たちの考え方が「今度の経営者は本当にやる気らしい」に変わっていった。この医療スタッフのやる気を引き出すということが病院を立て直すには一番大切なことになる。

だから院長も元のままにして代えなかった。院長の大上仁志は自治医大出身で自治医大の整形外科の講師と上三川病院勤務を繰り返し院長になって六年目で、地元の評判もよく、代える必要はまったくなかった。蒲池は地元の評判だけでなく病院買収により新しく経営を始めるときは、現職の院長に任せるかどうか徹底的に調査すると同時に、最後は自分の勘によって決める。最後は感性に頼るわけだが、この「蒲池評価」が正しいかどうかは、結果を見ればわかる。鈴木も大上も以後現在まで十四年間院長をつづけ、いずれも黒字病院だ。新三川病院に至ってはこの十三年間の累積利益は百二十一億円だ。回復期病床の大幅増床と院長続投の評価がいかに正しかったかがわかる。

看護部長にも同じことがいえる。蒲池を一見して悪質業者とみて慌てて金庫の現金を移し変える行動に走った仙波多美子への評価も高かった。というより蒲池と一緒に福岡から同行した和白病院の看護統括部長の木下とし子の仙波に対する評価が高かった。この場合、評価というより「期待」という言葉の方がより的確かも知れない。

木下とし子は当時、福岡和白病院の看護師たちを統括する看護部長でありながら同時に、九州の七病院の看護師たちを統括する看護統括部長（やがて看護統括局長）でもあった。ただでさえ一人では忙しい身でありながら、カマチグループが関東にまで足を伸ばしてきたんではとても全体の動きを見極めることはできない。せめて関東、この段階では四病院の看護師を束ねることができる人物が欲しかった。できれば九州から進出してくる看護師長でなく、関東生え抜きの看護師の方が理想的だ。それを仙波に期待したわけである。

木下は一九九一年（平成三年）、福岡和白病院の看護部長として入職した。いきなり看護部長という要職だった理由は、すでに国立病院で二十六年のキャリアを積んだベテラン看護師で最終職歴は福岡の国立がんセンターの副看護部長の要職にあったからだった。同じく国立病院出身で和白病院の看護部長を務めていた諫山水絵の強い推薦による入職だった。諫山はすでに六十歳を過ぎていたので木下のために看護部長の職を辞し自らは顧問となって、木下が民間病院の水に馴染むまで看護部長の職務の指導をした。

木下が福岡和白病院に来て一番驚いたのは、蒲池眞澄という院長の個性の特異さだった。とにかく国立病院と違ってすべてのテンポが早い。テンポが早いだけならいいが、院長の言う事がコロコロ変わる。きのう言ったこととさょう言ったことが違うことはざらで、話をしていても急に一から十に跳ぶ。国立病院なら一度決裁された事柄は絶対に変更されることはないが、和白病院では決まった翌日にひっくり返されるとは日常茶飯事だ。朝令暮改もいいところで、いったいこの院長の頭の中はどうなっているんだと訝った。

「きのうはＯＫだったのに、なぜ今日になったらダメなんですか」と思い切って蒲池に尋ねたことがある。

「きのうはあれで良かったが、考え直してみたら、きょうはこっちの方が良いと判断したからだ」と蒲池は平然として答えた。「これは患者を診るのと同じことで、物事は流れに順応していかねばならない。患者の症状と同じで、時代の流れも常に変わっている。病院も同じ生きものだからね。君も看護師ならそのくらいのことはわかるだろう。朝令暮改でなんで悪い」

早い話が、一方的な見方をすると自分勝手なワンマンなのである。ワンマンといえばそれまでだが、木下がもといた国立病院の院長と違い、蒲池は自分の経験と勘と判断力で、時代の流れを読み行動していかねばならない。病院経営がうまくいかなくても国立病院の院長は責任を転嫁することができるが、民間病院の場合はそうはいかない。福岡和白病院の場合は、病院運営がうまくいかなければ全責任を院長が負わなければならないので、必然的にワンマンにならざるを得ないのだ。そう理解すると木下は腹も立たなかったが、本当に理解するには三年はかかった。

朝令暮改はふつう悪い意味でしか使われないが、カマチ用語ではいい意味でしか使わない。いい意味で使うならほかに臨機応変という言葉もあるが、蒲池はあまり使わない。臨機応変ならよりスピーディーで機敏な判断のように受け取れるが、蒲池に言わせればスポーツや株の取引じゃあるまいし軽くっていけないそうだ。医療の世界では朝令暮改ぐらいがちょうどいい、理想的なのは朝令昼改なんだが—と蒲池は言う。

その朝令暮改の蒲池が終始一貫変えないものがある。下関で始めた小さな病院時代から看護師たちへの教育だけは徹底していた。病院経営の基礎は看護師教育だとも言い切っている。

一九七四年（昭和四十九年）、ベッド数十九床、医師一人、看護師二人、准看学生二人、事務員四人、厨房三人、計十四人の医療スタッフで外科・胃腸科の「下関カマチ医院」をスタートさせたときから、蒲池は十一歳年上のベテラン看護師橋本スヱ子と二人で徹底的に看護師を教育してきた。教育というより、見方によると「シゴキ」に近かった。

一時は五十床足らずの病院に十三人の准看学生を抱えていたこともある。いずれも筑後地方や北九州の高校を卒業したばかりの娘たちである。病院の廊下で蒲池とすれ違うと「腸閉塞には二種類あるが、それぞれの症状を述べよ」「二〇〇〇CC出血した場合の臨床症状を述べよ」「点滴に五種類あるがどういう違いがあるか述べよ」といきなり質問してくる。間違ったら間違わなくなるまで質問は繰り返される。若い准看学生たちは「外科・胃腸科・試験科・カマチ病院」と言って蒲池と顔を合わせることを恐れた。

看護学生を二年やって准看護婦になり、さらに三年、夜間コースの看護学校に通って、合計五年で正看護婦になるというのが民間病院に勤めながら看護婦になるという一番短いコースだった。蒲池は夜間コースの学生たちに「君たちは昼間ウチで働いているんだから、夜の学校では居眠りをしていてよろしい。必要な知識は昼間全部おれが医療現場で教えてやるから」とよく言った。カマチ病院のほとんどの准看学生は最短コースで正看護婦になった。

正看護婦になった褒美として旅行休暇を与えた。若い女性は旅行が好きだ。北海道へスキーに行きたければ北海道。グアムで泳ぎたければグアム。カマチ病院名物のアメリカ西海岸慰安旅行も定着した。ひと口で言えば「アメとムチ」だが、このやり方がカマチ病院を大きくしていった。

正看護婦の資格を取ればそれでいいというものではない。「一年目には看護学会で発表できるだけの力をつける」が業務命令でありカマチ病院の看護婦たちの不文律であった。だから全国看護学会へ若い看護婦をどんどん出席させた。看護学会に出席するのは、ほとんどが国公立病院の看護婦か民間病院でも五百床以上の大型総合病院の看護婦ばかりだった。下関の七十床足らずの中小病院の看護婦のやることではなかった。だが蒲池は看護学会で発表させるためには、カネと時間は惜しまなかった。新人看護婦には毎年、研究論文の原稿書きをやらせた。わからないところや疑問に思うことは市内の国立病院の総婦長クラスに原稿を見てもらう習慣をつけさせた。「わからないことがあったらすぐ積極的に聞け」が蒲池のモットーだった。橋本スヱ子も時間があれば若い看護婦の書いた報告文を嫌がらずに見てやった。

医学と同じく、看護学の世界も勉強しないとすぐに取り残されてしまう。医師の世界も勉強しない開業医はどんどん落伍していく。それと同じように看護婦が勉強しない病院も落ちこぼれていく。総婦長や婦長が何もしないでふんぞり返っている病院はダメな病院だ。若い看護婦たちが「なにさ、あのバアさん」とバカにしている病院が伸びるわけはない。

若い看護婦だけではない。三十歳を過ぎた看護婦の再教育も怠らなかった。岡山にあった中央看護学院の六週間講習に出張の名目で参加させた。長期講習会から帰ってくると、その知識や技術はすぐに若い看護婦たちに伝授される。そして、その知識や技術はやがて患者に還元されていくというわけだ。患者に一番長く接するのは看護婦だから、看護婦の教育が病院経営の基本だと、創業時代から今までずっと蒲池は信じている。

一九九〇年（平成二年）、蒲池が福岡和白に念願の福岡看護専門学校を開設した翌年、木下とし子は和白病院に看護部長として迎えられた。前にいた国立がんセンターで副看護部長だったが、副看護部長の主な役割は看護師の再教育だった。和白病院で蒲池はとし子に看護師の再教育を依頼した。

二十四時間三百六十五日体制の病院だから、仕事は国立病院時代に比べると格段に忙しかったが、仕事に忙殺されるということはなかった。病院の仕事と遊びがほどよく交ざり合っていたからだ。驚いたことは勤め出して一年足らずで、二週間のアメリカ研修旅行に出してくれたことだ。アメリカ研修旅行とは池友会病院の恒例行事で、オハイオ州にあるクリーブランドクリニックに毎年、若手医師や看護師を十人程度のグループで研修と称して派遣していた。もちろん骨休めの慰安旅行の意味合いも兼ねている。研修旅行と称する名の海外旅行など国立病院の看護師である限り、絶対に経験できないことであった。「井の中の蛙に甘んじていたら先端医療についていけない」が海外研修に医師や看護師に送り出すときの蒲池の口癖である。

和白病院の仕事に慣れてくると、蒲池はとし子に徐々に権限を委譲するようになってきた。例えば看護師たちの給料を査定するのは看護部長の役目だ。総看護部長になれば各科や各病院へ看護師を配置する人事権も委譲された。看護師の研修費用もとし子の裁量に任された。海外研修のメンバーを決めたり、病院外から医師を招いて講習会を開くのもとし子の裁量で行われる。

国立病院時代は看護師の再教育のための研修会のスケジュールを組んでも、予算がないのでなかなか実行されなかった。ところが和白では理由を述べて蒲池のサインがあれば、総務はすぐおカネを出してくれる。福岡和白病院には「これだけの予算の枠内で、これだけのことをせよ」というルールはない。だいいち予算枠というものがない。必要なら必要なだけ使え。しかし不必要なカネは一切使うな。これが鉄則だった。その基準となるのは「患者のためになるかならないか」だけである。看護師の研修は最終的には患者に還元されることになるからＯＫなのだ。この要領を飲み込むと、とし子の要求に対して蒲池が首を横に振る回数は年を追うごとに減っていった。

二年目までの研修費は年間百万円単位だったが、新行橋、新水巻、新武雄とグループ病院が増えていくと看護師の研修費だけで軽く二千万円を超えるようになった。研修会も各病院ごとに行うものと、グループでまとまって行うのと二種類ある。湯布院温泉で行われる二泊三日の研修会など若い看護師たちは、運動会や遠足を指折り数えて待つ小学生のような気持ちになる。このように勉強と慰安旅行を旨く組み合わせて看護師たちのやる気を喚起させるのが、蒲池流であり、とし子流なのである。

福岡和白病院の看護部長の木下とし子は、グループ病院が増えるに従って九州七病院の看護師を統括する総看護部長になる。グループ病院が関東にまで及ぶようになると「看護統括局長」という新しい役職に就いた。

でもとし子一人では、とても関東のグループ病院が増えるに従って全関東の各病院まで見きれるものではない。そこで全関東の各病院の看護師たちを束ねる新しい看護局長が必要になる。そこでとし子が目を付けたのが仙波多美子というわけである。

とし子は月に二回関東に出張する蒲池に、できるだけ同行することにした。そしてできる限り仙波多美子と行動を共にして「看護局長教育」をするのが目的だった。カマチイズムがいかに看護師の再教育を重要視するか身をもって教える。福岡から出発するアメリカ研修旅行やアンコールワット研修旅行にも多美子を同行させる。九州で行われる研修会にも参加させる。とし子が国立病院から和白病院に移って来たときと同じような軌跡を歩かせることにした。とし子は多美子の看護知識や技術よりもその天性の明るさを買った。大きな声での笑い声や果敢な行動力は、北関東の女というより北九州の川筋女の気っぷの良さの方に近い。これなら関東をまとめるだけでなく、九州と関東を結ぶ架け橋になることを期待した。

こうして北関東の田舎町の整形外科病院の看護部長だった仙波多美子はカマチグループの水に馴染み、やがて関東一円のグループ看護師二千五百人を束ねる看護局長に変身していくのである。

7　看護師をプールする

二〇一一年（平成二十三年）五月、連休明けのことである。

香椎丘リハビリテーション病院看護部長の塘地《とうち》正美は、カマチグループの看護統括局長の木下とし子が和白病院から自分を訪ねて来ると聞いて、「わざわざ局長が足を運んでくるとは何事だろう」と訝しく思った。

「突然だけど、一年間くらい東京に行ってくれない」

病院のテラスのウッドデッキに座るなり木下がいきなり言った。まったく予期しないことに正美はびっくりした。福岡市西区で生まれ育ち、山口大学の看護学科で県外に出たこと以外、ずっと福岡市で看護師として働いてきた正美にとって東京で働くということは夢にも思わなかった。

「東京の蒲田で今度、新しいリハビリ病院を開設することは、あなたもよく知っているでしょう。そこで開院直前になって面倒なことが起こったのよ」

カマチグループは東京・蒲田にあった音響装置パイオニアの古くなった音響研究所の建物を購入し、新しいリハビリテーション病院に改装していることは知っていた。東京都内での初めてのグループ病院になる。ちょうどこの時期は佐賀の新武雄病院の開設準備と重なりグループ内はテンテコ舞いの忙しさで、主力スタッフはそちらに集中させて余剰スタッフが底をついていた。とりあえず先遣部隊として二十余人の医療スタッフは送り込んだが、あとは現地調達という方針であった。当局へ提出する医師名簿には院長、副院長として蒲池眞澄や鶴﨑直邦の名前が挙げられているがそれは建前で、あとは現地の医師紹介所や看護師照会所の手を借りざるを得なかった。それでどうやら準備ＯＫまで漕ぎつけた。その矢先、開院直前になり現地採用のキーパーソンになる看護部長が突然辞めたというのである。

「そこであなたに看護部長として行ってほしいの」

「でもわたしはグループに入って、まだ日が浅い新参者ですから。ほかに立派な先輩の看護師長さんがらっしゃいますわ」

「八年もウチにいれば立派なものよ。あなたは百二十床の病院の看護師たちを取り仕切る看護部長だし、不安になってる東京のスタッフをまとめられるのは、あなたの明るさしかないのよ」

まったく突然の転勤話だった。そういえばあのときも突然やってきた。どちらもまさに青天の霹靂だった。

正美は前にいた病院がカマチグループに買収され、グループに途中から参入した看護師である。というより買収された大腸肛門科の専門病院が回復期病院に改装されたので、そのまま病院に居残ったのである。そういえばあのときも入職八年目のことだった。突然ドカドカと見知らぬ背広姿の男たちが病院にやって来た。その中に蒲池眞澄がいたかどうか正美は覚えていない。その直後すぐに病院が買収されたとわかったが、その数時間前まではみんなは平常通りの仕事をしていたし、身売りの「み」の字も看護師仲間の話題になることはなかった。

その病院は熊本にも病院を持つ大腸肛門科の専門病院だが、ベッド数が百二十床もある規模の病院だった。オーナー院長が大腸肛門の手術で名を成し、九州各地から患者が集まって来ていた。院長は熊本と福岡を掛け持ちで往復しており、院長が福岡にいるときは外来患者が日に百人以上という忙しさで、週に四回は全身麻酔の手術を行っていた。とても赤字病院とは思えない。しかし院長一人の腕が頼りの病院だけに、熊本と福岡の調整がうまくいかず福岡の方を整理して熊本に主力を移すというための病院売却だった。

買ったのはカマチグループで、すぐに回復期リハビリテーション病院に改築された。いわゆる「居ぬき」という買収劇で約七十人いた看護師の身分は保証されていたが、ほとんどの看護師は辞めていった。残ったのは正美を含めてわずか四、五人だった。正美が残った理由は娘がまだ小学生のシングルマザーでまだまだ働かねばならなかったし、働くなら香椎丘という環境が気に入っていた。それに、リハビリテーション病院という新しい職種にもちょっぴり興味があった。まだ三十歳と少し、新しい仕事を覚えるのも悪くない。

正美はひとりの看護師として香椎丘リハビリテーション病院の一員になった。正美はワン・オブ・ゼムの看護師で、トップの蒲池眞澄は雲の上の存在だった。ときどき派手なオープンカーを運転して香椎丘病院を訪れたときその姿を垣間見たり、回復期病院に受け入れる予定の患者の容態を診るために福岡和白病院を訪れた際に脳神経外科の廊下ですれ違ったときに頭を下げて挨拶をする程度で、面と向って口をきいたことはなかった。

あれから八年経つ。今では香椎丘リハビリテーション病院の看護部長だ。蒲池とは二人きりで口をきく機会も多くなった。ほとんどが叱られることばかりで、ときには軽くゲンコツを食らうこともある。仕事にもすっかり慣れて順調な日々を送っている。娘は大学生になり手はかからないが、まだカネがかかるので働かなければならない。それもまったく何も知らない東京で、新しくつくるリハビリ病院の看護部長のピンチヒッターとして行けと言われた。でも急に仕事の環境を変えるには勇気がいる。実家に帰り父親に相談すると、仕事人間の父は「またとないチャンスじゃないか。ぜひ東京に行きなさい」。相談もなにもあったもんではない。これでは激励を受けに行ったようなものだ。激励されると、ついその気になってしまうのはシングルマザーの強さのせいか、それとも気軽さのせいか。

そういうわけで正美が東京に来たのは開院式の四日前、すべりこみセーフであった。

新しい蒲田リハビリテーション病院はＪＲの線路沿いにあったが、さすがに元パイオニアの音響試験所の建物だっただけに電車の騒音がいっさい聞こえなかった。蒲田という町も正美が想像していた高層ビルが林立する東京と違って、下町ふうな庶民の町だったので安心した。

正美が正式に病院に顔を出すと、それまで看護部長に去られて不安そうだった、福岡から来ていた先遣部隊二十人の顔が一斉に明るくなり歓迎ムードになった。だがあとの看護師たちは東京採用の知らぬ顔ばかりだ。これをまとめるのが正美の仕事だ。とにかく自分という人間を知ってもらうことが第一だと思った。チームプレーを強化するのはそれからだ。面談、会食を繰り返し、時間があると病院の廊下を歩き回り出会った看護師に手あたり次第話しかけた。感情的な九州の看護師と違って、東京の看護師はおしなべてクールで理屈で物を言うのには面食らった。一番困ったのは東京の看護師は無断欠勤して、そのまま辞めていくケースがあることだ。九州では絶対あり得ないことだった。これには予想もできず打つ手はなかった。風土の違いで、それも計算に入れておかねばならないと思った。九州の看護師たちも各病院から出向で来ているので看護技術も病院ごとにやり方が微妙に違うので口論になる。その仲裁でも苦労した。持ち前の明るさでなんとか切り抜けた。

そうこうするうち八か月が経った。どうやら看護師チームがまとまりかけたなと思っていた矢先、木下統括局長から電話がかかってきた。

「今年五月に小金井に新しいリハビリテーション病院ができるので、その準備で小金井に行ってちょうだい」

カマチグループは人使いが荒い。正美は嫌も応もなかった。「一年でいいから」と言われて東京に来たが、どうもこの分ではあと少なくとも一年は福岡に帰れそうもない雲行きになってきた。ピンチヒッターで東京に来て、この八か月間をテスト期間だとすると合格したのか不合格なのか。次の打席を指示されたのだから合格と受け取っていいのだろう、などと勝手なことを思っていると、

「今度はピンチヒッターでなくスタメン選手だから、準備段階からじっくり取り組んでくださ い。新しい病院がどうして出来上がるか、勉強になるわよ」

と木下は電話で追い打ちをかけてきた。

これまで正美は出来上がって動き出した病院でばかり働いてきた。新しい病院ができる過程のことは全然経験したことはない。新武雄病院にリハビリ病棟をつくるとき車で応援に行ったときは、責任のない行楽気分だった。だが今度は看護部門の責任者として行くのだ。一度は経験しておくことも悪くない。準備段階から看護部長として現場に乗り込むことは名誉なことで、グループの幹部要員として認められたことになる。「居ぬき」で買収された病院に「居残り」として採用されて、ここまで来れたことを幸運だと思え。「これはチャンスだ。ぜひ行きなさい」という父親の声を思い出した。そういうことを考えていると、早く福岡へ帰りたいという思いが、どこ

かへ消し飛んでいた。こうして正美は父親の励ましの声に背中を押されるようにして小金井に行くことにした。

正美は開院三か月前に小金井の現場入りした。小金井市は人口十二万の多摩地区の田園都市だが、ほとんどが住宅地で企業が少ないのが同じ東京都下でも下町風情の蒲田とは違った。まだ病院は建設中だったので、近くの元行政書士の古い建物を借り受けて事務所兼宿泊所になっていた。仮事務所では現地で新たに採用する看護師たちの面接試験も行った。福岡からの先遣組もすでに来ていた。建物が老朽化しているので雨の日は雨漏りに悩まされた。一時的な仮住まいだから本格的に修理するのも経費と時間の無駄なので、雨の日は布団の位置を変え金盥《かなだらい》で雨垂れを受けた。雨垂れを受ける音を聞きながら眠るというのは初めての経験だった。正美には初体験の面白いことに出会うと妙にウキウキする癖があった。これも平成の時代には味わえない貴重な体験で、娘へのいい土産話になる。

新しい病院をつくる仕事は猫の手も借りたいほどの忙しさだった。これから自分たちが働く新しい病院を、自分たちでの手でつくっていく喜びは正美にとって初めてのことだった。

木下とし子の看護統括局長としての重要な仕事はほかにあった。急スピードで拡大していくグループ病院の看護師の員数をどう確保していくかという問題だ。蒲田リハ病院の場合は、止むをえず看護師紹介所や医師紹介所の手を借りた。看護師紹介所の紹介手数料の相場は年収の二割から三割、看護師の場合は一人頭約百万円、医師の場合は三百万円ということになる。仮に百人の看護師を紹介所に頼るとすると紹介料だけで一億円の出費になる。実際に蒲田病院の場合、一億円近くかかった。

おカネだけの問題ではない。紹介所を通して来た看護師は病院に対する忠誠心が薄い。忠誠心を持たせようとしても時間がかかる。現に現地で雇った看護部長が突然辞め窮余の策として塘地正美をピンチヒッターとして起用しなければならなかった。それに「カマチグループは大きく関東に進出してるらしいが今に看護師不足で転んでしまうぞ」という世間の声も煩わしい。蒲池に言わせれば「紹介所から来た看護師は全部だめ。医師の場合は当たり外れがある」ということだが、いずれにしろ看護師の養成が急務だ。「それをなんとかするのが看護統括局長の仕事ではないか」という蒲池の声が聞こえるようだ。

いずれにしてもこれから先も新しい病院が関東で開設されることは必至なので、九州の病院で病院の規模に応じて五人から十五人、平均十人程度の看護師を余分にプールして置くことだ。看護師の人事権や採用権は看護統括局長にあるのだが、各病院の院長に十分な根回しが必要になってくる。各院長もいきなり五人、十人の看護師を関東に派遣しろと言われるよりも日頃から少々余分な看護師を抱えていた方が慌てなくてすむ。余剰人員の人件費は本部が相応分を負担するという事になれば、強く反対する院長はいなかった。急性期五病院、回復期二病院合計七病院だから常時七十人近くの看護師が九州にスタンバイしていることになる。

さて問題は派遣する看護師の人選である。いきなり看護統括局長名義で長期出張命令や短期派遣命令を出せば角が立つ。そこで派遣期間を三か月に限り、派遣手当てを十五万円追加支給することにした。三か月で四十五万円である。派遣期間は三か月だが関東にそのまま居続けたかったら居続け可能とした。こうしておくと期間の選択は個人の裁量になるので、長期滞在の確率はぐっと高くなる。三か月どころか三年、六年はざらで、なかには関東で結婚してそのまま関東に住みついてしまった若い看護師もいた。それにベテラン看護師の場合、関東ではグループリーダーのケースが多くなる。そこでヒラ看護師ならば看護師長に格上げしての派遣として師長手当てが月十三万円追加される。昇格人事の場合、一挙に月二十八万円の昇給は大きい。当然、関東派遣に自ら手を挙げて志願する看護師が多くなる。

この看護師プール制度は成功し、次の二〇一二年の小金井リハビリテーション病院（二二〇床）の開設のときは、看護師紹介所の手を借りずにすんだ。在関東手当て一人十五万円も蒲田リハの総計一億円の紹介料金に比べれば安いものだ。それに九州から派遣されて来る看護師たちはみんな即戦力で、よく働く。どれだけのコスト削減になったか計り知れない。

この看護師プール制度は木下とし子の独断で行った。蒲池には事後承諾ということでの独走トライである。看護統括局長のとし子にそれだけの裁量権を与えたのは蒲池自身なので文句のつけようがない。「うーん。とし子さんもやるのう」と感心するのが精一杯だった。

以後、この看護師プール制度はカマチグループ独特の制度として、木下の退任後も引き継がれていく。

8 スカウトと新しい人材

二〇一一年（平成二十三年）一月、カマチグループの人材供給を一手に担い「人買い緒方」の異名があった緒方幸光が急逝した。

進行性がんが見付かり、手術をしたが間に合わなかった。この年はちょうど五月に蒲田リハビリテーション病院が開設する年で、緒方本人も東京へ行くためのスーツを新調していたくらいやる気でいたので本人にとっても予期せぬ死だった。緒方のグループに対するそれまでの功績は大きく、中学時代からの親友でもある蒲池眞澄の落胆ぶりは大きかった。これから東京へ進出していこうという矢先で、医師や看護師や臨床検査技師などの医療スタッフはいくらいても足りないという時期だっただけにグループ全体の士気に及ぼす影響も大きかった。

緒方の人集めの方法は、労を惜しまず辛抱強いことで定評があった。緒方のカマチグループ病院への入職は昭和末期、小倉の小文字病院から福岡市の和白へ進出してくる時期だった。とにかく一人でも多くの医療スタッフが欲しいときである。カマチグループは今と違い福岡地区では知名度はなく、大学医局の協力もなく医師会とは敵対関係にある孤立無援の中での医療スタッフ集めがいかに大変なものか、緒方は身を持って知った。いきなり地方大学の医局に紹介もなく飛び込んだり、看護専門学校にはなによりも優先して足繁く通った。とにかく一人で広報部長と人事部長を兼ねていたようなもので、部長といっても部下はいなかった。

一九九〇年に和白に池友会の看護専門学校を開設してから、新卒の看護師の採用はかなり楽になったが、それでもベテラン看護師はどうしても必要だ。競合する病院に掛け合っても効果がないので、看護師個人に直接会って「一本釣り」するしか方法がない。看護師の住所を知るため、もっぱら米屋と美容院を利用した。当時はスーパーなどで米は売ってなく米屋で買うしかなく、米屋は地域の情報に詳しい。そこへ「この辺に病院に勤めている看護婦さんはいませんか」と尋ねて歩くのである。美容院も客とよく話をするので、女の客の情報には詳しい。看護師の住所を探り出してから先は緒方の腕次第である。

蒲池は教授と喧嘩して大学の医局を飛び出して独立しただけに、医局の教授に頭を下げることを極端に嫌う。だから医局への紹介状はない。それで蒲池は「お前の才覚でなんとかしろ」と急き立てる。名刺の肩書は「医療法人財団池友会グループ　医局人事部長」だ。まず正攻法として教授クラスの訪問から始めた。事前にアポイントメントを取っての正式訪問だけでなく、アポなしの飛び込みもやった。なぜならアポだけだと非常に効率が悪いからだ。例えば宮崎医大の教授のアポが取れたとしても同じ日に同じ大学の複数の教授のアポが取れることはまずない。医師一人に会うために、一日潰して宮崎まで出掛けることは非効率的だ。そこでまず一人のアポを取ると、あとは飛び込み訪問をする。これが予想したより有効だった。なぜなら医学部の教授たちは、このような訪問をされたことがないので、「三分だけ話を聞いてください」と申し込めば、時間があれば、ほとんどが話を聞いてくれた。

そこでパンフレットを手渡して、池友会グループの説明をする。時間があれば向こうから食堂で一緒に食事でもしましょうと誘ってくれることもあった。大学に閉じこもっている医師たちは、民間の病院の経営者がどんな人物か知りたがっているので、興味を持ってこちらの話を聞いてくれる。そこで池友会のことを知ってもらい、病院のパンフレットを置いて来るだけでも良い宣伝になる。このようにして緒方は、九州大学以外の山口、長崎、佐賀、熊本、大分、宮崎、鹿児島の大学病院をすべて訪問した。もちろんすぐに効果があがることはない。

当時は新医師臨床研修制度もまだ制度化されておらず大学医局にコネをつけることが肝要だが、そのコネもなく、仕方なく地方大学の構内をほっつき歩き医学部の六年生を探し出し一緒に昼飯をたべながら「今度の金曜日にあそこの焼き鳥屋でウチの病院の説明会をやるから友達と誘い合って飲みにきませんか。もちろん飲み食い代はこちらで持ちます」と持ち掛ける。当初は二、三人しか来ないこともあったが、そのうち十人、二十人と集まるようになった。その中から世話人を決めて連絡が途絶えないようにしておく。

飲み会で、緒方が医学生たちに説明する決まり文句は次のようなものであった。当時の池友会病院の有様をよく表しているが、その精神は今でも変わらない。

「ウチの病院は創設いらい、よほどのことがない限り、ベッドが満床などの理由で患者さんを断ったことはありません。また専門医がいないからといって断ったこともなく、でき得る限りの治療をしています。したがって他の病院といろいろな点で違いますよ。例えばベッド数は小文字病院が約三百五十床で福岡和白病院が約二百五十床で大学病院より小規模ですが、大学病院よりむしろ臨床教育には非常に適した病床数だと言えるでしょう。また外来患者も平日で四百人から六百人が来院し、そのうち新しい患者さんが二四％ですから四人に一人が『新患』です。このような理由で、大変忙しい病院です。ということは新卒医のあなた方も、他の病院の二倍も三倍も忙しいわけですから、それだけ多数のバラエティーに富んだ症例を短期間に経験でき、高度な臨床研修を受けることができます。それに大学病院のように各科の壁がまったくないので、他の科との毎日の会話やカンファレンスも活発ですよ」

　飲み会では必ず写真を撮っておく。後で電話が掛かって来た時、名前と顔が一致しないと困るからだ。焼き鳥屋での飲み会といっても費用はばかにならない。九州・山口で飲み会を開き、平均十人が参加したとして八十人になる。一回平均十万円としてもぐるりと回れば、八十万円である。年に数回行くとすれば、バカにならない。だが蒲池は緒方が差し出す飲み屋の領収証には何も言わずに伝票にＯＫサインをする。直接成果が出なくても「ま、焦らず根気よく気長にやることだな」と逆に励ましてくれる。この飲み会で卒業後すぐに池友会病院に来なくても、その後の進路をチェックしておけば、そのリストだけでも貴重な資料になる。一年間で平均八十人だから数年間つづければすごい数になる。このリストが後にボディーブローのように効いてくるのだ。

このようなスカウト活動を繰り返しているうちに、緒方は各大学医学部でもすっかり有名人になってしまい、やがて「人買い緒方」の異名を取るまでになった。他の民間病院で緒方のような仕事をしているところはどこにもない。全国でただ一人しかいない「職種」といってよかった。だが最初の二、三年はさっぱり効果が表れなかった。しかし緒方は「学歴のないおれには、この鈍臭いやり方しかない」と辛抱強くつづけているうちに、緒方の誘いに応じて病院に見学に来る学生がチラホラ出てきた。実際に入職する学生は年に一人か二人だったが、やがてそれが新医師臨床研修制度実施後の池友会病院の医学部学生の間での人気につながっていく。

このようにして緒方は医師だけでなく、グループの多くの看護師、臨床検査技師などの医療スタッフをスカウトしてきたが、そのなかの一人がいま福岡和白病院の副院長兼事務長をしている田上真佐人《たのうえまさと》だった。

田上は大牟田市の高校を卒業して、岐阜県の放射線技師を養成する短期大学に進んだ。当時はどの病院もレントゲン技師の数が全国的に払底していて、レントゲン技師の技術を身につけていれば一生食うのに困らないだろうと思っていたからだ。卒業間際、緒方が唐突に岐阜までやって来て和白病院への入職を勧誘した。むろん田上と緒方は初対面である。なぜぼくが岐阜の短大にいるのがわかったのかと田上が緒方に訊いたら、大牟田の高校の卒業生名簿を調べて知ったというのが緒方の返事だった。和白病院はまだ開設したばかりで、海のものとも山のものとも判断がつきかねたが、田上は緒方の調査のこまめさと採用する側がわざわざ岐阜まで足を運んでくる熱心さ、それに口説き文句の実直さに少なからず感動を覚え、和白病院に入職することにした。学友に下関と福岡県出身者がいたので、緒方に口説かれて彼らと三人一緒でカマチグループに入ることにした。

福岡和白病院は開設したばかりで、予想していたよりは活気に満ちていた。それから和白病院でレントゲン技師として日々無難に勤め、やがて新水巻病院が新しく出来たので放射線科の部長として赴任した。グループに入職して十八年目のことで、田上はそろそろ四十歳になろうとしていた。このまま新水巻病院にレントゲン技師として骨を埋めようと思っていたとき、和白病院の蒲池会長から「ちょっと来てくれ」と呼び出しがあった。わざわざ和白まで呼び出すとは何事だろう。

「この二枚の写真の違いがわかるかね」

会長室に入るといきなり蒲池が言った。机の上には二枚のレントゲン写真が置いてある。田上は何かのテストだろうかと思って、暫く首を傾げたままでいた。何のテストだろう。病状の進行状態だろうか、それとも新しい病巣を見つけ出せというのだろうか。だが自分は一介のレントゲン技師で、医師ではない。どうやら病状診断ではないらしい。

「右の方が君が最近撮った写真で、左が入職して三年目の若手の技師が撮ったやつだ。その違いがわかるかね」

蒲池が再び尋ねてきた。これといった違いはない。「さあ」と田上が再び首をひねっていると、蒲池がおもむろに口を開いた。

「答えは、何の違いもない、が正解だ。つまり二十年近くのキャリアを持つベテラン技師と、まだ駆け出し三年目の技師との腕の差はないというわけだ。だが診療報酬の保険の点数は、ベテランが撮ろうと駆け出しが撮ろう同じだ。むしろ若手の方がコンピューターの使い方に慣れているから処理が早いかもしれない。おれが何を言いたいかがわかるかね」

蒲池が何を言いたいかわかり過ぎるほどわかる。同じ仕事をこなしても若手とベテランで給料が倍ほど違う。病院経営にとってはどちらに利があるか素人にもわかる。

「つまりぼくはクビですか」と田上はおそるおそる訊いてみた。

「違う。君には新しい仕事をやって貰おうと思って呼んだんだ。君は今度ウチがＰＥＴを導入するのを知ってるだろう」

ＰＥＴ（陽電子放射断層撮影法）とは微量の放射線を出すブドウ糖を体内に注射し診断撮影装置にかけてがんなどを発見する装置だ。がんだけでなく脳や心筋梗塞などの検査にも利用できる。田上はつい最近新聞で読んだ「福岡和白病院がＰＥＴを導入、福岡市では初」という記事を思い出した。新水巻病院でレントゲン技師として仕事を全うするつもりでいた田上にとっては、他人事として上の空で読みとばしたにすぎない。

「ＰＥＴは新聞で読んで知っていますが。それが何か――」

「そのＰＥＴを君に売り込んでもらいたい」

「売り込むといってもどこにですか」

「大学病院や大きい病院を回って、医局の教授たちにＰＥＴの有用性を説明して、ウチに患者を回してもらうのさ。まだ九州大学にも熊本大学にも、ＰＥＴは入ってないからな。済生会や日赤クラスの大病院もお客さんにしてもらう。ＰＥＴは放射線を使うから、君には放射線の基礎知識があるので、うってつけの仕事だと思うがね」

「そうは言っても、つまり営業ですか」

「そうだ。一般企業でいえば営業の仕事だ。病院には営業というポジションはないから病病連携室とでもなんとでも適当な名前をつけておけばいい」

こうして田上の大学病院回りが始まった。臨床検査室を出て部屋を事務局に移した。一般の企業でいえば中年の会計課長が、いきなり外回りの営業に配置転換をされたようなものだ。蒲池は専属の運転手を置かない。日々運転手が異なる。ローテーションは総務課で公平に決める。事務局の一員である田上もローテに入って蒲池の車を運転した。蒲池が運転手を固定しないのは、車に乗っているときその職員といろいろな話ができるからだ。職員教育の貴重な場にもなるし、蒲池自身も職員から病院内の知らない情報を得ることができる。

武雄市民病院民営化問題のとき、田上は医療統括監に就任する蒲池を車に乗せて武雄まで行ったことがあった。記者会見の席上、「武雄病院への医師の派遣はどうするか」という記者の質問に対して蒲池が憤然として、「わたしは医師を派遣するということはしない。本人がこの病院に来ることを納得し本気でやる気を持つ医師だけを、わたし自身が連れて来る」と答えた後、質問した記者を睨みつけるようにして「大学医局が医師を派遣すること自体が違法行為だ」からはじまる大学医局批判を滔滔と述べる場面を目撃した。田上は鳥肌が立つようにシビれた。姑息な大学医局に頼らず病院を大きくしていく蒲池に、男はこうでなくっちゃいけないと感じた。そしてこれからも蒲池のもとで仕事をつづけていこうと確信した。

やがてＰＥＴの仕事も軌道に乗ってきた。大学の教授クラスの医師たちとも腰が引けずに会話ができるようになった。病院経営とはどんなものか次第に理解できるようになってきた。いつの間にかレントゲン技師の仕事は、若い技師に任せてしまっていた。そんなとき、また蒲池から呼び出しがかかった。

「どうだね。新しい仕事に慣れてきたかね。営業の仕事も捨てたもんではないだろう」

「ええ、どうやら病院全体がどういうものかわかってきたようです」

「ところでどうだね。今度は人集めの仕事にも足を伸ばしてみないかね。つまりいま緒方がやっている仕事だが、病院が大きくなるに従ってどうしても人手が足りないんだが」

今度も嫌も応もなかった。蒲池の日頃の経営哲学は、一人が一つの職種に拘っていては病院は伸びない、職種と職種が重なり合う仕事をしていくことによって病院の利益が出るという考え方だ。つまり今のＰＥＴの仕事ばかりづけていればＰＥＴバカになってしまう。どうやら大学病院回りも慣れてきたところで、蒲池は田上に新しい仕事を与えようとしているのだ。しかし今回はレントゲン技師から営業の仕事への鞍替えのときよりもハードルは低い。大学や学校や病院を回って人を集めてくる仕事は、そんなに苦痛を伴う仕事とは感じない。このように新しい仕事を憶えていくにしたがって、新しい仕事へのハードルが低くなっていく。

所沢明生、上三川と病院を拡大していくとき、どうしても麻酔医が不足した。蒲池の命令で田上が即戦力の麻酔医を探してあちこち歩き回っているとき、妙な麻酔医に出会った。まだ三十歳を出たばかりのその麻酔医は桑木晋といって名古屋大学の医学部を卒業して、いろいろな病院を渡り歩いていたがどうしても医師だけの道には飽き足らず企業のM&Aなどのコンサルティング会社の最大手・ボストンコンサルティンググループに飛び込んだ。ボストンコンサルティングの本社はアメリカにある。桑木本人も父親が商社マンで幼児期をアメリカで過ごした経験もあると云う。名古屋大学の医学部を卒業して医師の免許を持つ人物にしては異色中の異色の男である。その男が「医師だけでは満足できずにコンサル会社に入ったが、どうもここにも満足できない。蒲池さんは病院経営者として尊敬しているのでその下で働きたい」と言う。

大牟田の高校を出て岐阜の短大を経てレントゲン技師になった田上にとってはもったいない話だが、詳しく話を訊いていると、桑木は将来自分で病院や会社を経営したいらしい。コンサル会社に身を置いたのもそのための準備だということだった。自分の意思で大学医局を飛び出したところや、話していて論理が突然とぶところなど蒲池と似ていないではないが、はたして蒲池のお眼鏡にかなうかどうか。とにかく麻酔医が見付かったことだけは確かだ。

「私はあくまでも麻酔医を探しているのであって、病院経営の見習いを探しているんではないんですよ」

「わかっています。なんでもいいから蒲池さんと一緒に働きたいんです」

そういうことで、とりあえず和白に帰って蒲池に会わせることにした。これでどうやら自分の仕事だけは一応終わった、と田上は肩の荷を降ろした。

「ぼくはあなたのもとで病院経営を学びたいのです。どうかCEOへの道を教えてください」

田上が蒲池に桑木を紹介するなり、いきなり桑木が口にした言葉がこれだ。礼儀もなにもあったもんではない。だが蒲池は、この単刀直入さがよほど気に入ったのか笑顔で言葉を返した。

「ほおCEOね。だが君はまだ一麻酔医の若僧にすぎんよ。ぼくたちが欲しいのは麻酔医なんだがね。だが、どうしてぼくが君が求めているCEOだとわかるのかね」

「武雄市民病院の民営化再建などみごとな手際でした。病院再建のモデルケースですよ。ぼくはボストンコンサルティンググループにいたから、その経緯はよく知ってるつもりです」

「いったい何だね、そのボストンなんとかいうのは。ぼくはコンサルティング会社はいっさい信用しないし、大嫌いだ。あんなところに何年いても本当の病院経営なんてわかるもんではない。仮にぼくに経営学を学ぶつもりなら、麻酔医として一から出直すことだ。それでもいいかね」

「はい」

「今ちょうど栃木県の田舎町で整形外科専門の病院をリハビリ病院につくり変えているところ

だ。整形外科の急性期病院の方は少し残して救急病院の機能を加える。回復期病棟と急性期病棟との比率は十七対三の割合だ。どうしてだかその理由がわかるかね」

「わかりません」

「そうだその通り。理由は現場に行ってみなければわからない。そこでだ。現場に行って見る気はないかね。その気があるなら、ここで君に新上三川病院の麻酔医としての入職を認めよう」

そのやり取りのザックバランさとスピードに田上は口を挟む余地はなかった。そういうことで二〇〇九年九月、桑木晋の新上三川病院の麻酔医としての入職が決まった。カマチグループの一員としての桑木晋は、改装中の新上三川病院横の仮事務所への赴任からスタートした。緒方幸光の死の一年四か月前のことだった。

この桑木晋が蒲池の片腕となって、後に久喜総合病院や東芝病院などのM＆Aで大活躍する。ある意味では緒方―田上―桑木が目に見えない一本の線でつながるから不思議だ。旧いタイプの人間から新しいタイプの人間まで縦、横、斜めと複雑に絡み会っているところがカマチグループの妙だろう。

現在の田上真佐人の名刺の肩書は福岡和白病院は副院長兼事務局長で、カマチグループの方は統括医療技術部長、医師招聘局局長、医師人事委員会事務局長だ。三十三年前、いちレントゲン技師として和白にやってきたときは想像もできなかった仕事内容である。

9　東京都下のリハ病院千床を超える

蒲池眞澄の人材適用の妙は男性に限らず、女性にも顕著に現れている。その代表は理学療法士の宇田菜穂と看護師の塘地正美の二人だと言っていいだろう。二人とも福岡県出身の九州の女である。

二人とも関東本部の東京品川病院を拠点に関東一円のリハビリテーション病院を駆け回っている。一足先に永田寿康の拠点づくりのため進出した八千代リハビリテーション病院を除き、明生リハ病院、みどり野リハ病院、蒲田リハ病院、宇都宮リハ病院、小金井リハ病院、赤羽リハ病院、千葉みなとリハ病院、松戸リハ病院、原宿リハ病院、五反田リハ病院、江東リハ病院と関東のすべてのリハビリテーション病院に開設時からかかわっている。リハビリテーション病院部門では日本一といわれるカマチグループの現場での基礎をつくり上げた二人の裏の功績を無視することはできない。

二〇一〇年から二〇二〇年までの十年間は、彼女たちが歳を一つとるごとに、関東地区のカマチグループのリハビリテーション病院の数も増えていくという時期だった。特に赤羽リハビリ病院以降は東京でも都心の一等地に集中している。これはリハビリ病院業界市場にとって画期的なことだった。それまでは地価の安い郊外にリハビリ病院を開設するのが業界の常識だった。

かつて菜穂が所沢の明生リハビリテーション病院に赴任してきたとき、地元より東京からの入院患者が多いことに気付き、「そんなことなら都内にリハ病院をつくればいい。そうすれば患者さんや家族も便利で大喜びだし、病院だって経営的にも立派にやっていける」と言って、周囲に「バカ、都内は地価が高くて病院がやっていけるか」と笑われたことがある。菜穂も「なるほど。それで都内からリハ患者が郊外の病院へ行くのが当然な流れか」とそのときは頷いた。だが蒲池がその常識を破った。

東京・五反田のレナウンの通称「ダーバンビル」を買収してリハビリテーション病院につくり変えたときも世間を驚かせたが、その半年前の二〇一五年（平成二十七年）四月に原宿にあるキリンビールの元本社ビルを買収してリハビリテーション病院に変身させたときとは比較にならなかった。そのときはまさに関係者の度肝を抜いた。もちろんダーバンビルもキリンビールの件も桑木晋が見つけてきてまとめた話だ。

原宿リハビリテーション病院は、ＪＲ山手線原宿駅から徒歩八分、地下鉄明治神宮前駅から徒歩四分という好立地で、診療エリアは渋谷、新宿、目黒、世田谷をはじめとした東京都下二十三区全域をカバーする。土地建物が百四十億円、改装費が六十億円、合計二百億円かかった。十一階建ての商業ビルを病院に改装するとき、エレベーターにストレッチャーが入らず、全エレベーターを基礎部分からつくり直した。

人口十万人当たりの回復期リハビリテーション病床数は二〇一五年三月時点で全国平均で五十

二床だが、東京都では三十八床と少なく、同病院のある「区西南部保健医療圏」（渋谷区、目黒区、世田谷区）ではさらに少なく三十三・二床だったが、同病院開設後は五十五・五床と全国平均以上の数字を確保した。

三百三床の病院のスタッフは五百十五人。そのうち医師二十一人（うち常勤十三人）、看護師二百人、セラピスト二百三十人（理学療法士百二十人、作業療法士八十人、言語聴覚士三十人）。セラピストの六割はグループ内の別施設からの異動、四割は新規採用で確保した。

病院開設一か月後の入院患者数は二百八十人で病床稼働率は九二％だったが、開院二か月後の五月末日に満床を達成した。患者数は疾患別で脳血管疾患が約五〇％、骨折が約四〇％、廃用症候群が約一〇％などであった。

原宿リハビリ病院は完全入院型の回復期リハビリ病院であるため、一般外来で患者を受け入れることはなく、急性期病院からの紹介によるものだった。独立行政法人国立病院機構東京医療センター、都立広尾病院など近隣の大規模な急性期病院からの紹介患者が八割から九割を占めていた。ほかに百床以下の病院からの患者も受け入れている。この急性期病院との連携が「副院長」の宇田菜穂の重要な仕事だった。

このため開院前の二月には、東京都内の急性期病院と山手線の内側に位置するリハビリテーション病院の医師を集め「都心部のリハビリテーションを考える会」を開催した。スケールメリットを生かした「病病連携」を強化するのが目的だった。開院後も年に数回、定期的に開催している。病院内では転院をスムーズにするための赤羽リハビリ病院のときから導入している「赤羽リハビリテーション病院方式」を徹底させた。

赤羽リハビリテーション方式とは、リハビリ専門医が中心となる従来の医師主導型でなく、医師とセラピストの協働型によるものであった。回復期病院に各科の専門医を常勤させることで急性期病院から早期の転院、原疾患の加療をしながらのリハビリが可能となる。早期というのは例えば、大腿骨頸部骨折、などの手術後の患者の場合、抜糸前の状態で受け入れることができる。その結果早期のリハビリ開始で慢性期病院へ転院せずに自宅退院できる可能性が高くなる。そのため都心部で不足している医療療養病床の役割をカバーできるようになる。逆にリハビリ病院で新しい疾患が発症した場合、スムーズに急性期病院に転院できる。このためリハビリテーション科の医師だけでなく、心臓血管外科、神経内科、消化器外科、循環器内科、呼吸器外科の常勤医を配置している。このシステムはグループの他のリハビリ病院も採用している。

リハビリテーション病院の厚生労働省の基準で最大入院期日百八十日、在宅復帰率七〇％以上と定められている。一般の高齢者向けの「療養型病院」と区別するためだ。首都圏は回復期のベッドが足りない。今後、増えつづける救急医療のニーズに応えるためには、急性期のベッドの回転率を上げる必要がある。そのためには回復期の在宅復帰率を上げなければいけない。両病院の回転率を高めるためには、すべてが在宅復帰率にかかっている。看護師とセラピストと医療ソーシャルワーカーで構成されたグループの「医療連携室」は前方連携チームと後方連携チームに分かれており、前方連携は急性期病院との連携、後方連携は患者家族との関係を円滑にするためのチームだ。特に常に患者家族との連携・調査・面談を緻密に行っているかどうかが在宅復帰率に影響してくる。原宿リハビリ病院では常に在宅復帰率八五％を維持している。このように在宅復帰率の高い低いは単に医師やセラピストや看護師の医療技術だけでなく「医療連携室」の出来不出来が大きくかかわってくる。

カマチグループと病病連携を結んだ急性期の東京都済生会中央病院の高木誠は、当時の医療雑誌に次の様に書いている。

「東京の都心部では急性期治療後のリハビリは郊外にあるリハビリ病院でというのがこれまでの常識でした。その常識を破ったのが巨樹の会です。特に、都心の真っ只中に開院した原宿リハビリテーション病院は、従来のリハビリ病院のイメージを一新しました。おしゃれな原宿の街に三百三十二床という国内最大規模のリハビリ病院なんてあり得ないと誰もが思うでしょう。しかも、五百人を超えるスタッフを揃え、二十四時間三百六十五日体制で質の高いリハを提供する実力を持っています。患者さんにとってこんなにありがたいことはありません。当院での評判は高く、すでに脳卒中をはじめ多くの患者さんをお願いしていますが、開院早々から満床になったのも当然でしょう。今後も急性期である当院と回復期リハビリ病院である原宿リハビリテーション病院がタッグを組んで、強力な病病連携のもとに都心部の地域連携のさらなる向上に貢献して行きます」

この原宿リハビリ病院開院の六か月後の二〇一五年十月にJR五反田駅から徒歩五分というところに五反田リハビリテーション病院（二四〇床）が開院した。この病院も開院三か月足らずで満床になった。特筆すべきはその在宅復帰率で二〇一五年十一月から翌年四月の在宅復帰率は九六％という全国一の水準を記録した。その二年後の十月には、江東区に江東リハビリテーション病院（二〇八床）を開院した。この時点で東京都内だけでグループのリハビリ病院のベッド数は千床を超えた。

二〇一五年からカマチグループで毎年都内のホテルで、首都圏の急性期病院を中心とした病院関係者を招き「医療連携会」を開催しているが毎年千人近い参加者がある。その第二回医療連携会の報告によると、グループ十二病院に対する紹介元は千五百十七施設で、その割合は東京都五一・九％、千葉県一二・三％、神奈川県一〇・九％、埼玉県八・四％、栃木県八・三％、その他一二・七％と圧倒的に東京都の病院が多い。いかに東京での病病連携が重要かがわかる。そのためグループの各病院ごとに「医療連携室」を設置して、毎年「巨樹の会医療連携会」を都内のホテルで開催し、連携先との交流を図っている。その各「医療連携室」を束ねるのが関東統括医療連携局長宇田菜穂の仕事だ。

この二回目の医療連携会に出席した来賓は、開会の挨拶をした参議院議員林芳正をはじめ衆議院議員菅直人、参議院議員古川俊治、NTT東日本関東病院院長亀山周二、日本医学会会長高久史麿、日本医師会会長横倉義武など政界の与野党の大物や医療界のトップクラスの顔がそろっている。かつて医師会や大病院と敵対しながらグループ病院を拡大しつづけて来た蒲池からは考えられない顔ぶれであった。

塘地正美の東京生活は、木下統括局長に「一年でいいから東京に行ってくれ」と言われてからすでに十二年になる。正美の明るさが東京の水に合ったのか、今では原宿リハ病院の看護部長を務めるかたわら関東一円のグループ病院の看護師二千五百人を取り仕切る看護局長になった。つまりグループの総勢四千五百人の看護師のナンバー2の存在なのである。現在五十四歳。

蒲池との三か月の約束で所沢明生のリハビリテーション病院の立て直しのためにやってきた「副院長」の理学療法士の宇田菜穂は十四年間関東を離れることもなく、今や看護師とほぼ同数のセラピストたちと各病院の患者たちを束ねる関東統括医療連携局長である。現在五十歳。

適材適所というより、彼女たちの性格が関東の方が水に合うと見抜いて仕事をまかせ切った蒲池の功績と見ていいだろう。蒲池本人は創設時の橋本スヱ子が敬愛すべき姉貴分的同志、同世代の木下とし子は仲のいい参謀的同志なら、永田寿康と同世代の二人はまだまだ独り立ちできぬ娘ッ子だと思っているのかも知れない。しかし関東へ先乗りとして乗り込んでくる応援部隊と現地採用組の融和を取りまとめ、さらに現地医療界との応対に努める彼女たちは、日々変容していくカマチグループの新戦力であることは間違いない。

その正美や菜穂にも心配なことが一つある。こんな都心の地価の高い場所で、果たして病院経営がうまくいくだろうかということだ。報道機関もそのことを煩《うるさ》く書き立てる。そのことを菜穂と正美が蒲池にもらしたことがあった。そのとき蒲池が嘯《うそぶ》くことばは決まっている。

「そんなことは君たちは心配しなくていいから、医療の現場に専念しなさい。そんな心配はおれたちがする。現に原宿にしても五反田にしても毎年ちゃんと利益を出している。借金が百億あろうと二百億あろうと返済していく目途はついている。幸い今はゼロ金利時代で金利も安いし、毎年きちんと返済していれば、銀行は文句は言わんさ。彼らもそれが商売なんだから。おれが仕事を始めた五十年前は、銀行利子は一割近かった。それに比べたら楽なもんさ。そのうち急に金利が上がるときが来たらどうするって？　なあにそのときはそのとき、病院の広い敷地を切り売りして凌いでいけばいい。金利が上がるってことは、地価も上がるってことだからね」

この原宿と五反田に新しいリハビリ病院を開設した二〇一五年（平成二十七年）は、蒲池にとって絶頂の時期だった。本拠地の福岡では伝統の夏祭り博多祇園山笠の集団山見せの「台上がり」にも選ばれた。集団山見せというのは祭りのフィナーレ前日の七月十三日に、博多部の山笠が福岡部に乗り入れる行事で、毎年台上がり（各流れ山の指揮者）には福岡市の政財界の知名士二十八人が選ばれて各流れ山の指揮を執る。福岡市長や九州電力社長、西日本鉄道社長、福岡銀行頭取などは常連だが、かつては福岡ソフトバンク球団会長の王貞治なども選ばれたことがある。

10　経営破綻のＪＡ病院

カマチグループが東京都心へのリハビリテーション病院進出を展開しているころ、関東地方にはまだ救急医療の過疎地が残っていた。二〇一三年（平成二十五年）三月五日の日本経済新聞は、「救急搬送三十六回断られる　埼玉の男性死亡」というショッキングな見出しで次のように報じている。

「埼玉県久喜市で一月、呼吸困難を訴え一一九番した男性（七五）が二十五病院から計三十六回救急搬送の受け入れを断られていたことが五日、久喜地区消防組合消防本部への取材でわかった。男性は通報の二時間半後に搬送先が決まったが、到着した病院で間もなく死亡が確認された。

消防本部によると、男性は一人暮らしで、一月六日午後十一時二十五分ごろ、『呼吸が苦しい』と自ら通報。自宅に到着した救急隊員が、各病院に受け入れが可能か照会すると『処置困難』や『ベッドが満床』などの理由で断られた。翌七日午前一時五十分ごろ、三十七回目の連絡で、茨城県内の病院に搬送が決まり約二十分後に到着した際、男性は心肺停止状態で、その後死亡が確認された。男性は当初、受け答えが可能だったが、次第に容体が悪化、救急隊員が心臓マッサージなどをしていた。

消防本部は『正月明けの日曜日で当直医が不足していたのかもしれない。現場の隊員だけでなく、本部の指令課とも連絡し、早期に病院が確保できるようにしたい』としている。総務省消防庁によると、重症患者の救急搬送で医療機関から二十回以上受け入れを拒否されたケースは二〇一一年に四十七件あった。調査を始めた〇八年以降では、最高で〇八年に東京都の四十八回があるという。久喜市は、今回のケース後に市内の病院に救急患者の受け入れに努めてもらうよう要請した」

このニュースは共同通信の配信で、日経新聞だけでなく全国の新聞に掲載された。これで二十一世紀になっても埼玉県内の病院がいまだに救急患者を「たらい回し」をしているという現状が全国に知れ渡った。つづいて同年五月二十八日の産経新聞は次のような続報を流している。

「埼玉県久喜市の男性＝当時（七五）＝が今年一月、救急搬送の受け入れを計三十六回断られて死亡した問題を受け、再発防止策を協議してきた県医療対策協議会救急医療部会（原沢茂部会長、十人）は二十七日、救急医療体制の改善に向けた提言案をまとめた。文言を修正した上、近く県に提出する。

提言案によると、久喜のケースは偶然ではなく、類似事案が発生する蓋然性が高いと指摘した。その上で、救急医療の現状を『高齢化に伴い増大する需要に十分対応できない』と分析。改善に向けて、救急搬送の迅速・円滑化、救急医療体制の充実―の二つの方向性を打ち出した。具体的な提言案としては緊急・短期的に対応する取り組みと、中期的取り組みを列挙。一、二年で取り組む短期的な目標として、既存の救命救急センターから離れている東部北地区の久喜市内に県内八カ所目の救命救急センター整備を盛り込んだ。

三〜五年の中長期的対策では初期、二次、三次を問わず、救急搬送の受け皿となるＥＲ的機能の整備の検討などを促した。県保健医療部は『専門家からの提言は重みがある』として県の施策に生かす方針だ」

「久喜市の救急医療というのは、相当ひどいね。これは自治体の救急体制が悪いのではなく、受け入れる側の病院が悪いのはわかりきっておる。そこんところを言えない県も辛い立場だね。四十年前の下関や北九州市以上にひどい。いったい久喜市に病院らしい病院はあるのかね」

新聞を見ながら蒲池眞澄が横にいる桑木晋に言った。

「ひとつ総合病院があるにはあるんですがね。どうも、そこの経営がぐらついているらしいですよ」

「どの程度の赤字病院なの。再生は可能な程度かな。君がウチに来るころに関東で二つの赤字病院の経営を引き受けたが、どちらも病院自体はしっかりしていたが、経営者が悪かった。ぼくが行って少し手を入れるとすぐに立ち直った。さて、どの程度の赤字なのか…」

「さあ、どの程度の赤字ですかね。なんでもＪＡが運営する病院らしくて病院経営のプロがいないそうです」

「まあ、ＪＡというバックがあるのならすぐに倒産するわけでもないようだが、まあ注意して見ておくことだな」

そのときの蒲池と桑木の会話はそれだけで終わったが、その病院経営の症状は悪化の一途をたどっていた。

久喜市は埼玉県東部の人口十五万の中堅都市で、市内をJR東日本の東北線、東北自動車道が縦断し、市域では首都圏中央連絡自動車道が通過する東京通勤圏にあった。JRを利用しても東武伊勢崎線を利用しても、車を利用しても東京まで一時間で行ける。人口は十五万人だが、属する利根医療圏だと六十五万人になる。しかし埼玉県はいわゆる医療過疎県で、人口当たりの医師の数は全国最低で、その中でも利根医療圏は最低の上、人口当たりのベッド数も全国平均の三分の一程度しかない。

その久喜市の中核病院は埼玉県厚生農業組合連合会が運営する久喜総合病院（三〇〇床）は、一九三四年十二月に創業された医療利用組合病院が前身で一九四八年十二月に農協系の病院として法人改組した。かつては、熊谷総合病院、幸手総合病院の二つの病院を経営、地域の中核病院として、二〇〇九年三月期には年収入高約六十七億八千万円を計上していた。

その後、二〇一一年に幸手総合病院を閉鎖して、久喜市に移し久喜総合病院を新装開業した。また、二〇一三年には老朽化した熊谷総合病院を新築するなど業容拡大に努めていた。しかし、厳しい経営環境がつづくなか、設備投資負担が重く、医師の確保が困難になってきたことが重なり、二〇一四年三月期は年収入約百十億円を出していたものの、当期純損失約十四億八千六百億円に陥るなど苦しい状況に追い込まれていた。二年前の無茶な投資がたたったともいわれ、地域の中核病院なだけに地方自治体からも補助金が出されていた。二〇一六年七月二十二日、東京地裁から破産手続きの決定を受けた。負債総額は六十五億三千三百七十四万円だった。こうしたなか、ＪＡは再建の見通しが立たなくなり両病院を売却することを決定した。

この情報をいち早くつかんだ桑木は、ただちに蒲池に詳しい情報を報告した。そして次の言葉を忘れなかった。二人の呼吸は合っていた。

「この仕事、わたしに任せてもらえませんか」

「いいだろう。すべて君に任せよう」

蒲池は二つ返事でゴーサインを出した。いつも蒲池の横にいて一緒に行動していると、桑木はいま蒲池が何を考えているのかわかるようになっていた。蒲池は日頃から「関東に福岡和白病院みたいな病院をつくってみたい」が口癖だった。これまでに関東で買収して成功した新上三川、所沢明生の二つの急性期病院は、まだまだグループの九州の拠点である福岡和白病院の足元にも及ばない。蒲池の求める理想的な二十四時間・三百六十五日体制の病院ではない。そこへいくと東京通勤圏である久喜総合病院は地理的条件もベッド数も新しい福岡和白病院をつくるには願ったり叶ったりの条件下にある。蒲池が喉から手が出るような「物件」であることを桑木は前から察知していた。ただちに桑木は久喜市に飛んだ。

先に久喜市に乗り込んだ桑木が根回しし、蒲池が久喜市に行ったときは、地元の久喜市長や市会議員たちの方から「久喜の医療の窮状をなんとか助けてくれ」と懇願されるまでに話が進んでいた。そこでCEOの蒲池がはじめてGOサインを出した。

二〇一六年（平成二十八年）一月十六日の産経新聞は、「JA、2病院を4月売却　医師や看護師ら継続採用」の見出しで次のような記事を掲載した。

「JA埼玉県厚生連は十五日、病院事業譲渡のため、運営する熊谷総合病院（熊谷市中西）と久喜総合病院（久喜市上早見）を四月に売却すると発表した。売却後、同厚生連は解散の可能性もあるという。両病院は昭和九―二十年に創立し、いずれも三百床規模、約二百人の入院患者と一日五百人前後の外来患者が利用する二次救急病院で、地域医療の中核的な役割を担っている。

同厚生連によると、熊谷は社会医療法人『北斗』（北海道）が県内に設立する新たな医療法人、久喜は一般社団法人『巨樹の会』（佐賀県）へそれぞれ売却予定で、昨年十二月に基本契約を締結、両病院の医師や看護師らスタッフ約一千人は継続採用されるという。平成二十二年三月期以降は赤字が続いていた上、二十三年には久喜総合病院の新築移転などで経営がさらに逼迫。自主再建を検討してきたが、慢性的な医師不足にも悩まされ、地域医療継続のため売却を決めた。

同厚生連の大野郁夫専務理事は『休業はせず、両病院としての機能は売却先に引き継がれる。地域の方々の理解を得ながら急ピッチで準備を進めていく』としている」

経営破綻した熊谷市と久喜市のJA病院は、奇しくも北海道と九州の病院グループに両断された。

11　関東に福岡和白病院をつくる

一月十六日付の朝刊を見て、久喜総合病院の副看護部長の市村小百合は「ついに来るべきものが来た」と思った。昨年末から病院幹部たちが何かせわしなく動き回っていることは知っていたが、まさか九州の病院グループに買収されようとは思ってもみなかった。

新聞には「医師や看護師らスタッフ約一千人は継続採用される」と書いてあったが、自分の身分保証はいったいどうなるのだろうと不安感でいっぱいだった。副看護部長という立場は微妙だ。いちおう管理職という立場にあるが、直接経営陣には入れてもらえるわけではなく、部下の若い看護師たちからは突き上げられるし、中間管理職として辛い立場にある。いさぎよく辞めるにしても、そろそろ五十歳、いい職にありつけるかどうか疑問だ。新聞には「四月に売却」と書いてあったが、それまでの三か月間はどうなるのか。これからどういう生き方をしていけばいいのか。不安でいっぱいだった。とりあえず職場に行ってみることにした。

職場では若い看護師たちが騒いでいる。「九州の田舎病院に乗っ取られたんですってよ」「今度の病院の経営者は看護師たちを二十四時間三百六十五日働かせて、お金儲けしているそうよ」「ウチの病院もだらしないわ。わたしたちに何の相談もなくこんなブラック企業に売り渡すのよ」「こんなの組合にかけて潰しちゃえ」。ＪＡの看護師たちの身分は組合に保障されている。Ｊ

Ａの従業員は採用された段階で組合員になる、いわゆるクローズドユニオンの組合員だ。団結すると強い。だから看護師たちの鼻息も荒い。すでに「売却反対」のビラづくりの準備をしている看護師もいる。同じＪＡが運営する熊谷総合病院の看護師組合も売却反対運動を展開すると息巻いているという。市村は、とても一副看護部長の自分では抑えきれる問題ではないと思った。

カマチグループで一番初めに久喜に乗り込んで来たのは、隣の栃木県の上三川病院の看護部長を務めている仙波多美子だった。上三川病院と久喜病院は車で一時間とはかからない。仙波はこの七年間ですっかりカマチグループの幹部の一員になりきり、いまでは関東のカマチグループの看護師たちを取り仕切る看護局長の要職にあった。元来、栃木の女性は好奇心も行動力もありながら栃木から離れたがらない特性があるとされてきた。仙波もその例にもれず、栃木に居座ったまま関東一円のグループの看護師約二千人を統括する役割にある。グループ全体約四千人の看護師を統括するのは福岡和白病院にいる木下とし子看護統括局長だが、それに次ぐナンバー２の存在になっていた。

仙波多美子はまず百九十人いる看護師たちを一人一人と面談して残留を説得することから始めなければならなかった。そのスケジュールを立てたが、たちまち組合員たちに阻止されてなかなかうまくいかない。多美子はしかたがないので小百合たち組合員でない役職看護師たちの説得からはじめた。小百合はすでに五十歳、久喜病院を辞めて新しい職場に鞍替えするつもりはなかった。ただ新しい経営者がどういうグループか知りたかった。今後どうなるか不安でいっぱいだった。

「あなたが不安な気持ちになるのはわかるわ」と多美子は言った。「わたしもカマチグループが乗り込んできたとき、鬼が来るか蛇が来るか心配したものよ。でも安心しなさい、カマチグループは鬼や蛇どころか、わたしにとっては救いの神だったのよ」

「でもわたしは歳だから。これから先が心配ですわ」

「なにいってるのよ。わたしが前にいた病院が買収されたときは、あなたよりもっと年上だったのよ。それが今では関東一円の看護師さんたちを取り仕切る看護局長さまよ。まさにカマチグループさまさまってわけ」

そういって多美子は大きな口を開けてカカと笑った。小百合は豪快に笑う多美子に同じ関東の女同士の近親感を覚えた。これが九州から来た初対面の女だとこうはいかない。

「いま九州で威張っている統括局長の木下さんだって五十前に入職した中途採用組よ。カマチグループは年齢や学歴にはまったく関係ないのよ。あなただって、これから一生懸命働けば看護部長でも看護局長にでもなれるわよ。それにねカマチグループには定年はないの。木下局長だって七十過ぎてもまだバリバリの現役ですよ」

「でも、カマチグループの病院は二十四時間二百六十五日体制で夜勤、夜勤で相当きついと聞いていますけど」

「それゃあ今までよりは少々きつくはなるとは思うけど、いままであんたたちは随分楽をしてきたんじゃないの。それで病院が赤字になってしまったんじゃいうことないわ。今まで楽をしてきた罰よ。わたしも最初はそうだった。いいから私に任せときなさい。けっして悪いようにはしないから」

小百合は多美子の北関東の女らしくざっくばらんなところが気に入った。でも、よく喋る人だ。多美子は、さらに一人で喋りつづけた。

「でも慣れてくれれば、これが当たり前と思うようになるわ。それにね。カマチグループではよく働けば、ご褒美に一、二週間の研修旅行に出してくれるわよ。なに研修旅行っていっても慰安旅行みたいなものよ。クリーブランドクリニックだかなんか知らないけど、ああ立派な病院だなとポカーンと口を開けて見学していればいいのよ。わたし五十代になって初めて海外旅行に行けたわ。田舎の整形外科専門の病院では海外研修旅行なんて夢のまた夢だったからね。木下さんだって国立病院に二十六年間も勤めていたのに、海外研修なんて考えたこともなかったと仰っていたわ」

多美子の話を聞いていると木下、木下と木下という名前が頻繁に出てくる。小百合は木下局長がどういう人か知らないが、この人はよほど木下という人に「洗脳」されたらしい。だが小百合は多美子の話を聞いていると世の中が楽観的に思えてきた。この人が直属上司ならいいいなと思えてくるから不思議だ。

「で、いいのね。あなたはこの病院に残ってくれるのね。身分は副看護部長のままでいいのね。

あなたならきっとすぐに看護部長になれるわよ。あっ次はだれかしら。あなた呼んできてくれる」

そう言って多美子は忙しそうにテーブルの上の書類を整理し始めた。あわただしい人だ、と小百合は思った。しかし妙な安堵感に包まれた。

二月四日には久喜総合病院の会議室でカマチグループの説明会が開かれた、グループから福岡和白病院の心臓・脳・血管センター長の岡埼幸生が「久喜総合病院の職員のみなさんは、数か月前に埼玉厚生連の窮状を知らされたそうです。わたしたちも久喜総合病院を引き継ぐ話をいただいたのは去年の終盤でした。特別準備をしたわけではありませんでしたが、久喜の窮状を当時の久喜市長さんや久喜市議の方々からお伺いし、カマチグループのＣＥＯの蒲池眞澄が決断を下しました。私たちはこの病院を苦境から立ち直らす手助けに九州からやってまいりました」という挨拶から始まり、カマチグループの基本方針を説明した。二百人以上収容できる会場は不安そうな職員で満席になった。説明会は都合三回行われたが三回とも満員だった。契約で職員の身分は保障されているのだが、やはり「身売り」ともなると不安でやりきれないのだろう。

一方、二月、三月に福岡では九州のカマチグループの急性期五病院で新久喜総合病院の立ち上げに携わる有志の募集が始まっていた。九州の急性期五病院ではいずれも良好な病院運営が行われていたので、うまく行っている現状を捨てて久喜へ行くことは、あえて火中の栗を拾うようなことだった。だが、看護師にかぎっては先に述べた木下の発案した看護師プール制度が功を奏してスムーズにことが運んだ。百人近くの看護師が積極的に手を挙げた。四月にカマチグループとしての再出発になるが、ピーク時には急性期五病院を中心とした応援部隊は二百七十人に達した。いち早く一月に単身久喜に乗り込んできた仙波多美子は孤軍奮闘で看護師たちの残留説得に務めたが、そのたびに組合活動家の妨害に遭った。面会室を阻止されたので、しかたなく病棟で面談をすることもあった。組合の活動家は最初からどうにもならなかったが、楽天的な明るい鉄火肌の多美子の説得に折れて、病院に残った組合員の若い看護師もいた。結局、百九十人のうち百人近くの組合員が三月いっぱいで辞めていった。

ここでややこしい問題が残った。辞めていく組合員たちは「一月から三月までの給料は確かに貰ったが、給料から天引きされた組合費は自分たちのものだから『巨樹の会』がまとめて支払ってくれ」というのだ。JAの労働組合はクローズドユニオンだから旧久喜総合病院の職員に入職した段階で即、JA労組の組合員になる。月々の組合費は各自が組合事務所に持参して支払うのではなく、JAが一括して給料から差し引きJA労組にまとめて支払うというシステムになっていた。一見、JA組合の言い分にも理があるようにも思える。ところが病院経営を引き継ぐ一般社団法人巨樹の会が組合費まで支払う義務があるのか。支払う義務はない、という言い分にも理があるようにも思える。こんなことは売買契約書に書いてあれば問題ないのだが、契約書には退職金や残余給料などの件は明記されているが、組合費の件までは記してない。

「組合費を支払え」「支払う義務はない」と現地事務所は押しかける組合員で混乱の渦だ。「出先では埒があかない。武雄市の本部へ押しかけよう」ということで、労働組合員が武雄市の巨樹の会本部のある新武雄病院に押しかけた。労組員は病院のロビーで「理事長に会わせろ」「いや理事長が会うわけにはいかない」の押し問答。理事長の鶴崎直邦が弁護士に相談すると「会う必要はない」、つまり組合費を支払う義務はない、たとえ裁判になっても負けることはないということだった。それで門前払いにすることにした。しつこく病院内に居座るので、営業妨害で警察に訴えて解決してもらう始末だった。

鶴崎は、武雄市民病院の民間移譲のときに契約書にサインしたときのことを思い起こしてみた。あのときも職員労組はクローズドユニオンだったはずだが、こんな問題は起こらなかった。そうかといって契約書に組合費の処理まで明記した憶えはない。あのときは退職金の処理の件で頭がいっぱいだった。だいたい民間企業同士のM＆Aのときは、いちいち組合費のことまで明記する必要があるのだろうか。カマチグループには労働組合はないし、今回の場合もそこまで考えることはないだろうという結論に達した。

後日、久しぶりに和白の会長室を訪れ、用件を済ませて蒲池にそんなことを笑い話として提供すると、

「とんだ茶番劇だったな。で、鶴さんは組合と会ったのか」

「会うわけないでしょう。ぼくもそれほど暇じゃないですよ」

「理事長室でデーンと腰を据えているからいかんのだよ。ついそんな些細なことばかり真剣に

考えてしまうことになる」

「ぼくもそろそろ七十歳ですよ。デーンと構えていたくもなりますよ」

「おれはまた明日から久喜に行ってくる。なにしろ関東にもう一つの和白病院をつくることになるんだからな。もう何年前になるかな、鶴さんと一緒に和白に病院をつくったのは」

「もう三十年前のことになりますな」

「今度はあのとき以来の大仕事だ。桑木なんぞの若僧だけに任せておくわけにはいかん」

そう言い残して蒲池はあたふたと会長室を出ていった。

12 看護婦と看護師

小倉の新小文字病院の看護部長をしている早川明美に、カマチグループの看護統括局長の木下とし子から電話がかかってきたのは、二〇一五年暮の午後五時すぎのことだった。

時間までよく覚えていたのは、デパートの試着室で服の試着をしているとき突然携帯電話のコールがあったので忘れもしない。勤務時間外に木下から電話がかかってくることはそれまでなかったので、瞬間、よほど重要なことだろうと緊張した。電話の内容は「突然だが埼玉の久喜に行ってくれない」だった。それも今度は長期赴任になりそうだという。これまでにも関東の新しい病院には、ちょくちょく応援には行っていたが、赴任するのは初めてのことである。これまで九州で生まれ育ち、九州で二十七年間働いてきて九州の地を一度も離れて暮らしたことはない。

「どう考えてみても、今度の仕事を任せられるのはあなたしかいないの」

と木下局長は言う。

「今度の久喜病院は蒲池会長にとっても、関東での最後の急性期病院になりそうな重要な仕事よ。蒲池会長も関東に和白病院をつくると張り切っておられるわ。年明け早々、栃木の仙波さんに先乗りで乗り込んでもらうが、仙波さんは本職の上三川の看護部長の仕事もあるし、四月にあなたと交代してほしいの。その新しい病院でカマチイズムを浸透させるのがあなたの仕事で、あとは向こうの看護師さんたちの技術的な教育をしてもらいたい。九州からも多くの看護師が応援に行くので、その人たちのメンタル的なフォローもお願いします」

こうまで言われたら断る理由もない。それに局長命令とあれば嫌も応もない。それにカマチグループで、二十歳の小娘時代から一人前の看護部長まで育ててもらった恩もある。また、幸い独身で身軽だということもある。

明美は福岡和白病院ができたときの第一期生だ。生まれは熊本県の玉名。祖母に「あんたは人の世話をするのが好きで優しいから看護婦が向いてる」と言われて育った。祖母は女手ひとつで四人の子どもを育てた気丈な人だったので、それに従った。というより明美はそれまで人にあまりほめられたことがなかったので、「あなたは人の世話をするのが好きで優しい」と言われたことがうれしかったし、そのことが看護師志望の原因になった。高校では看護コースに進み、看護専攻科を出てすぐ看護師になった。それが当時、看護師になる最短のコースだった。

荒尾市の看護専攻科に通っていたとき、学校に福岡和白病院のパンフレットが置いてあった。卒業する前年の暮、友だちに福岡に見学に行かないか、と誘われた。学校の事務員が連絡すると、すぐに福岡和白病院の緒方幸光部長が荒尾市まで迎えに来た。冷やかしのつもりで緒方部長に連れられ仲間三人と一緒に福岡に行った。緒方部長は海の中道の途中にある「牧のうどん」で「ここは日本一おいしいうどんだ」と言ってうどんをご馳走してくれた。緒方部長は「病院が二十四時間・三百六十五日体制」など難しい仕事の話はいっさいせず、「天神へ三十分で遊びにいけるから便利」などおいしい話ばかりした。福岡和白病院はできたばかりで真っ白で立派できれいだった。それに「できたばかりだから。自分たちで新しい病院をつくっていけるなあ」と殊勝なことも思った。それで福岡和白病院に入ることにした。病院は七月にオープンしていたが、明美は学校を卒業して翌年の四月に入職した。まだ二十歳だった。

同じ年に、後に和白病院の副院長兼事務局長になる田上真佐人が、レントゲン技師として入職していた。田上も、わざわざ岐阜の学校まで出向いて行った緒方部長にスカウトされたらしいが、いったい緒方がどんな口説き方をしたか明美は知らない。とにかく緒方に誘われてこの年にカマチグループに入った若者たちが、それからのグループを支えていくのである。

木下とし子は今回の久喜病院の件は最初から早川明美に任せようと思っていた。とし子が国立病院から民間の福岡和白病院に看護部長として移ってきたとき、すでに明美は福岡和白病院で働いていた。熊本の田舎育ちだと聞いていたが、まだ二十代だが利発で責任感の強い娘だと気にかけていた。それから二十五年。明美は立派な看護部長に成長している。とし子は一年前の原宿リハビリテーション病院の開設のときは、自ら上京して陣頭指揮を取ったが、今回は労働組合や従業員の旧弊な慣習の違いなどややこしい問題があって若い明美でなければ乗り越えられないと見ていた。ここを乗り越えれば彼女は一皮剥ける。そうすれば自分の統括局長の座は彼女に譲ろうと、とし子は考えていた。とし子はとっくに七十歳を過ぎていた。

久喜病院の買収契約が成立した四月一日に、明美は新久喜総合病院に着任して驚いた。通用門では、売却に反対をする看護師たちがビラを配っている。ＪＡの組合の反発は強いと聞いてはいたが、仙波部長が上三川に戻ったあとも反対運動はまだつづいていた。四月にスタートした新病院の全職員の数は五百二十人、そのうち九州の五急性期病院からの応援部隊が百人、圧倒的に地元残留組の方が多い。看護師（准看護師を含む）に限っていえば総勢二百七十五人のうち九州勢は五十三人の少数派だ。さまざまな確執が予想されるが、それをうまく調和をとっていくのが明美の役目だ。明美の役職は副看護部長で、いきなりトップの看護部長でない。上には旧病院からの看護部長がいるし、元副部長の市村小百合も同僚として残っている。だが考えようによっては、いきなり看護部長として他所からやってきて強権を振るうより、副部長として上と下に挟まれて辛抱強く融和策を図っていくほうが順当なやり方なのかも知れない。

明美は初出勤の夜、帰りに病院の五階建ての建物を振り返ってみて、なにかが違うなと思った。

しばらく考えてみて、ああそうかと納得した。早川がこれまで勤めていた病院、福岡和白病院にしろ小文字病院にしろ、病室の明かりがあかあかと点いていた。全病室が満床ということだ。それが病院だと思っていた。ところがこの病院は明かりが寂しくポツンポツンと点いているだけだ。三百床あるベッドが三分の一の百床程度しか機能していない。明美は二十歳のときからずっと黒字の病院しか知らない。初めて赤字病院に勤めることを実感した。三十年前福岡和白病院に入るとき、「新しい病院だから自分たちの思うような病院をつくっていける」と生意気なことを考えていた小娘時代のころを思い出していた。

赤字病院というのは怖い。赤字が常態化すると、人の心がすさんでくる。人に対する愛情とか思いやりだけでなく、モノに対する愛情や思いやりもなくなり投げやりになる。病院内を整理しても、使っていない電話機が埃をかぶったまま二十台も出てきたり、パソコンも使わないまま放ってあったり、モノに対しての管理能力がまるでない。明美はまず病院内の整理整頓から始めることにした。

明美が赴任して何週間か経ったころ、病院内を歩いていたらいきなり看護助手から「カマチさん」と声をかけられた。いったいだれのことだろうと思っていると、どうやら自分のことらしい。まだ名前を覚えていないのならしかたがない「はやく早川とよんでもらわなければ」と、そのときは聞き流していた。それにしてもカマチさんはひどい。蒲池会長は悪辣な侵略者の親玉で、九州からの侵略者の子分たちも同類と扱っているのか。はたして蔑称なのか愛称なのか。そんなことをナースステーションで話していると、若い男性の看護師の渡辺岳人が突然、口を挟んできた。

「ぼくもカマチさんと呼ばれましたよ。蔑称か愛称か知りませんが、連中にとっては九州弁を使うやつはみんなカマチさんですよ。連中はぼくらを九州の田舎者と思っている、ぼくらは彼らを埼玉の田舎っぺだと思っている。ぼくらはホワイトナイトのつもりで来ているのに、これじゃやりきれんなあ」

渡辺の言う事は、もっともだと明美は思った。渡辺は明美より十年遅れて福岡和白病院に入職して来た青年で、明美も看護師には男でなくてはできない仕事もあるので、なにかと重宝に扱ってきた。今回、彼は福岡和白病院から赴任でなく長期出張で新久喜病院に助っ人応援に来ている。

渡辺も明美と同じく高校時代から看護師志望だった。当時の男性としては珍しい。福岡市の高校時代には甲子園を目指して野球部に籍をおいていたスポーツマンだが、友だちの父親が看護師だったので興味を持ち、半分好奇心から甲子園より看護師を目指すようになった。男性の看護師に違和感を感じたことはなかった。看護学校を卒業するとき教師から福岡和白病院を勧められた。看護学校は池友会系列ではなかったが、ちょうど福岡和白病院が新しい病院に造り替える時期だったので、僅か築十八年程度で新しく建て替える病院はいったいどんな病院だろうと好奇心にかられて入職した。入ってみたら実に活気ある病院で、そのままずっと居ついてしまった。

わが国に男性看護師が正式に登場するようになったのは、一九六八年に保健婦助産婦看護婦法が改正されてからで、男性看護師は「看護士」と呼ばれていた。二〇〇一年の保助婦法の改正で

「看護婦」や「看護士」がすべて「看護師」に統一された。しかし渡辺が福岡和白病院に入職した二〇〇五年当時はまだまだ男性看護師の数は少なく、女性看護師に比べると四・七％程度で、女性看護師二十人に対し一人にも満たなかった。現在は増えたといっても女性看護師十人に対し一人と言いたいところだが、十人に対して〇・九一人と僅かに一人に満たない。ほぼアメリカの看護師の割合の域に達しているが、アメリカでは昔から看護婦も看護士も区別せずナースと呼び、区別するときは男性看護師のことをメール・ナースと呼んでいるように、日本の場合でもわざわざ男性看護師と男性をつける場合が多いようだ。もちろん男性看護師の数は全国平均と同じく、カマチグループでも少数派だ。

渡辺は入職三年目に血液のがんといわれる白血病に罹った。全身の気怠さがとれないので福岡和白病院の医師に診てもらうと、白血病の疑いが強いので専門医のいる福岡新水巻病院に回された。水巻病院で白血病を宣告されると、渡辺はお先真っ暗な気持ちになった。当時、白血病は治らない病気の代表とされてきた。この約二十年前に俳優の渡辺謙が白血病に罹り、約一年間の闘病生活の末回復、奇跡的にカムバックした。カムバック後はアメリカ映画の「ラスト・サムライ」で主演を演じるなど国際スターとして病気以前よりも活躍した。だが渡辺謙のカムバックが奇跡的だとメディアで報じられたように、白血病が難病であることには変わりがない。

渡辺は福岡新水巻病院で骨髄移植をすることなく、同病院に入院し新薬で治療することに決まった。まだ治験段階の新薬でそれを一か月間飲み続け、退院後も自宅療養と通院をつづけ一か月後に病状が「寛解」したので職場復帰した。寛解とは医学用語で、病状が落ち着いて安定した状態で完治とは違う。いつ再発するかわからない。だから常に動き回らければいけない看護師の仕事は無理なので、治験などの薬品管理など比較的楽な仕事をつづけた。もちろん新薬は専門医の指示で飲み続けた。徐々に身体を慣らしていって、元の活発に動き回る職場に復帰した。

渡辺は福岡新水巻病院に入院して、「はたしてこの病気を乗り越えられるだろうか」と不安な状態でいるときから、蒲池の励ましの言葉に随分助けられた。「お前はなにがなんでも職場に復帰するんだぞ。いまは白血病やがんは治る病気になっている。徐々に身体を慣らしていけばいい。いまのウチには軽い仕事はいくらでもある。ウチの病院はいまや大きな病院グループだからな」という蒲池の言葉もそうだが、ありきたりの病気を確実に治療するプライマリーケアをモットーとしてスタートした池友会系病院も、難しい病気を治す新薬を治験できる能力を持つ病院になっていた。新入りの渡辺は「この病院に入ってよかった」と誇りを持つようになった。

現在、急性骨髄性白血病も急性リンパ性白血病も約八〇％が寛解する。だが寛解の状態を五年間維持して再発しなければ完治とされていない。その確率は四〇％とされており、まだまだがんと同じく難病の域を脱していない。二〇一九年、世界的な女子水泳選手・池江璃花子が急性リンパ性白血症に罹り、十か月で回復し、三年足らずでカムバックしたという最新のニュースがある。彼女の場合、完治を待たない寛解の状態でカムバックできたのである。渡辺の場合は、埼玉の久喜市に応援に来たのは五年どころか、十年以上経っておりとっくに完治の時期をすぎていた。いまでは応援部隊のリーダー的役割を務めている。蒲池は渡辺のことを「白血病から生還した男」と呼んで祝福した。ラッキーボーイという意味を込めている。

「でも渡辺さん。いきなりどっと何十人も九州から乗り込んできたのだから、名前なんかとても覚えられないわよ」

明美が、そのラッキーボーイの渡辺に言った。

「それでも『カマチさん』はひどすぎますよ。名前を覚えていないんなら、せめて福岡の看護師さんとか九州の看護師さんとか、言ってほしいな。これじゃ連中、裏ではカマチの子分とかなんとか言ってるんじゃないんですか。ここではカマチは完全な侮蔑用語ですよ。早川さんが看護助手に『カマチさん』といわれたのなら、裏ではきっと看護師たちはきっと『カマチ』と呼び捨てにしてますよ。きっと」

「渡辺さんはそう言うけど、こちらでも一生懸命、わたしたちと一緒に病院を立て直そうと思ってる看護師さんはたくさんいるわ。いやしくも若い頃一度、看護師になろうと志を立てた人たちですもの、みんな患者さんのためになることだけを考えているのよ。あなただってそうでしょう。こちらの副部長の市村さんだってそうよ。ただ赤字病院だけに、患者さんに必要だと思った備品だって満足に買えない。上の方に買ってくれといっても、節約しろのひと言。やりたいことをやろうとしても、上司の許可がいる。ほとんどが拒否される。そのうちあきらめムードがイライラ、ギスギスに変わってくる。それにどこかの金満病院に買収されたとあっては、その反感がわたしたちに集中するというのは当然なことではないかしら」

「早川さんの言われることはわからなくもないけど、それで早川さんはこれからどうするんですか」

「とにかく話をすることよ。そして、できるだけ彼女らの要求を聞いてやること。例えば患者さんのタオル一枚でも、エアコンの調子が悪ければ一日も早く修繕をしてやる。なんでそんな小さいことまで、いちいち私たちがと思うでしょうが、あなたも私も入職したときからずっと黒字病院にいたから赤字病院のことは気が付かないだけよ。とにかくどんな小さなことでもいいから、彼女たちの要求を面倒臭さがらずに聞いてあげることよ」

明美は蒲池が人一倍、看護助手を大切にすることを知っている。まだ明美が二十代のころ、蒲池は年に一回は看護助手を連れて近場の温泉地に一泊の慰安旅行をするのが恒例になっていた。「一年間ご苦労さん」というわけだが、それも院長自身が看護助手の先頭に立ってカラオケを歌う。普通の病院ではこんなことはしない。看護助手とは入院患者のベッドのシーツを取り替えたり、食事の介護をしたり使用後の手術台を洗ったり医療器具の洗浄・消毒するなど一種の雑用係だが、看護助手がいなければ病院運営は成り立たない。だが普通の病院では看護師よりワンランク下と見なされている。そんな考え方を蒲池は完全に否定している。

ときに蒲池は看護助手だけを集めて話を聞くことがある。看護師を査定する場合、いちばん看護師のことを近くで見て知っているのは看護助手だからだ。医師や上司の看護師にはおべっかを使いうまく立ち回っていても、看護助手には威張り散らす看護師は、蒲池の評価は低いというわけだ。若い頃からそんな経験をしているので、今でも早川は看護助手を軽く見ていない。これは考え方の問題ではなく、それが習慣になっている。

カマチグループの病院は、患者に必要なケアのためなら必要なモノを買う裁量は看護師に任されている。明美や渡辺は看護助手たちの要求に迅速に応えていった。そのうち徐々に「これまでの上司とは違うぞ」と受け入れられるようになった。やがて「カマチさん」が「早川さん」「渡辺さん」になった。

九州からの応援の看護師たちの数も、四月は五十三人だったが五月は七十四人、六月は九十二人と増えつづけていった。それにつれ看護師の絶対数も増えつづけ六月には三百人になっていた。新しく赴任して来る者もいれば、長期出張の助っ人組もいる。従って入院患者の数も増えていく。看護師の数と病床の数は「七対一」という原則があって、入院患者が七人に対して夜勤も含めて常時一人が常駐していなくてはならない。たとえ病床が三百床あっても、看護師の数が常時「七対一」に満たなければ入院を断るしかない。いくら「断らない医療」を標榜していても看護師不足ではどうにもならない。

着任後二か月半経った六月半ば、明美は勤めの帰りにふと病院を振り返ってみた。これまで雑務に忙殺され早く帰って自分の寝床に倒れ込みたい一心で、悠長に病院を振り返り見る余裕などなかった。ところがどうだ、病院の三階から五階までの各病室の窓の明かりが全部あかあかと点いてる。全病室が満床なのだ。二か月前には考えられないことだった。

翌朝、明美が四階の病室に行くと地元の看護学校の学生たちが病院実習に来ていた。明美を待ち受けていたかのように引率の教官が、やや興奮した面持ちで明美に言った。

「驚きました。最初、四階の病床に来て満床なので、私たちのために各階の患者さんを全員四階に集めたのかと思っていたら、そうではないんですね。これまでは各階に二十人程度の患者さんしかいなかったのに。全階満床なんて初めての経験です。変われば変わるものですね」

それから明美の主な仕事は地元看護師たちとの面談と会食の日々がつづく。それに病院が満床になると地元の新規採用の看護師たちも入職してくる。だから新人教育のため明美は一人でゆっくりと食事を摂ったことがない。

看護師チームの融和の問題もどうやら落ち着いてくると、明美は副看護部長から正式に看護部長になった。地元の前任部長は新久喜総合病院の地域連携部長に就任した。これも地域の病院との連携を図る重要な仕事である。

それから一年半後、明美は東京の病院からスカウトしてきた信頼できる看護部長に席を譲り福岡の病院に戻った。明美が久喜を去ったあと、新久喜総合病院の従業員の数は八百八十人を超え、地元勢が新規採用を含め六百五十人を上回り、九州勢は二百二十人余りに減っていた。その後、地元採用組が増えつづけ、九州からの応援組の数はさらに減少していった。十年前、旧病院の看護師を一掃した新武雄病院と対照的に、地元との融和策が成功した。

二〇二三年現在、早川明美は木下局長の後を継ぎカマチグループの九州、関東の看護師四千五百人を束ねる看護統括局長になった。男性看護師の渡辺岳人は福岡和白病院の副看護部長を務めている。残りつづけた市村小百合副部長は、カマチグループが後に買収した東京品川病院に移り看護部長を務めている。

13　高度医療と地域連携

岡崎幸生が新久喜総合病院の心臓外科部長・救急科部長に就任したのは二〇一六年（平成二十八年）四月のことだった。

岡崎は産業医科大学の出身だが佐賀大学医学部准教授を経て、二〇一一年から福岡和白病院の心臓・脳・血管センター長を務めていた。カマチグループに入職して五年目だが、久喜総合病院の経営的立て直しと高度医療の実践、さらに地域医療との連携という大役を蒲池眞澄から任されていた。新行橋病院や新武雄病院で鶴﨑直邦が演じた「斬り込み隊長」の役割を託されて、六人の医師仲間と、看護師、事務職、検査技師などの医療スタッフ百人と一緒に久喜に乗り込んできた。医療スタッフ百人はいずれも九州の急性期五病院から募集して自ら手を挙げて志願した者ばかりだが、なかには家族を九州に残して単身赴任で来た使命感の強いスタッフも多い。それと旧病院から残った二百五十人のスタッフ、さらに地元採用の新規職員二百五十人をどうまとめていくかもリーダーの能力にかかっている。

旧久喜総合病院が経済破綻した最も大きな要因は地域住民から信頼されていないことにあった。その信頼を取り戻すことが最大の急務である。

もともと埼玉県は医療過疎地域で、人口当たりの医師数は全国最低で、その県の中でも久喜市が属する利根医療圏は人口当たりの医師数は最低だった。人口当たりのベッド数も、福岡県の半分くらいで、全国平均の三分の二程度しかない。久喜市近辺の住民は東京やさいたま市などに通勤しており、久喜市の病院を信頼していない。軽い病気なら通勤のついでに都内やさいたま市の病院で診てもらうケースが多く、そのうえ都内の有名病院で受診することがステータスと思い込んでいる傾向にある。だからがんなど命にかかわる病気で入院する際にも東京都内の有名病院志向が強いのも当然だ。おまけに五年前に高齢の一人暮らしの老人が久喜市近辺の病院を三十六回も「たらい回し」されたあげく茨城県の病院で死亡したという報道を聞けば、一般市民の足はますます遠のいていくばかりだ。

六年前に隣の幸手市の幸手総合病院の建物が老朽化したため、久喜市に所を移し三百床の久喜総合病院として再スタートしても、病床は半分ほどしか埋まらなかった。赤字病院では医師の数も思うようにはいかず、常勤医は三十数人はいたが東京都内からの通勤医が多く、非常勤医は九十人に達していた。非常勤医はほとんどが夜間の当直医要員である。これではいくら「久喜市民病院」を標榜しても本当に信頼できる市民の病院にはなり得ない。

また旧病院は受診に際し、地元の開業医の紹介状を患者に義務付けていた。夜間や休日の受診でも同様で、救急車で搬送されて来る患者以外の受診はきわめて少なかった。夜間や休日に病院に電話をかけても当直の警備員が出るだけで、大半の受診の相談は門前払いされるケースがほとんどだった。

カマチグループの医師六人はすべて病院近くに居をかまえ、いつでも救急患者に対応できるようにスタンバイした。もちろん夜間、休日の救急当直も交代で買って出た。旧病院からいた医師たちが救急当直を嫌がっても「まず隗より始めよ」である。岡崎は旧病院からいた外科医に「なぜ嫌なのか」と訊いてみたことがある。その医師は「医師数が不足で、急患対応が負担になった。がん診療などにじっくりと落ち着いて取り組みたい」と応えた。志は立派だが、あきらかに医師のエゴである。こんな臨床医はカマチグループにはいらない。専門医は必要だが、「スペシャリストになる前にまずジェネラリストになれ」がカマチイズムの鉄則で、カマチ病院の教育理念の第一歩だ。

岡崎自身、心臓外科の専門医で佐賀大学医学部の准教授を務めていたが、胃の内視鏡検査や麻酔、気管挿管などなんでも一応できる。救急医療も福岡和白病院でマスターした。「病院経営はひと口で言えば教育だ」という蒲池の理念にも賛同している。これはなにも医師教育だけでなく、看護師や薬剤師、検査技師や放射線技師、事務スタッフにとっても重要なことだ。ひいてはこれが病院全体のコストカットにつながる。そのため週一回、各部署ごとに勉強会を開いている。事務員だから医学を知らなくていいのではなく、事務スタッフにも解剖学や生理学を教えている。

岡崎と一緒に久喜総合病院に乗り込んできたグループ六人の医師のなかに蒲池眞澄の長男健一もいた。健一は消化器外科と救急科の専門医で役職は救急科医長兼外科医長と三十代半ばの働き盛りの医師に成長していた。八年前に武雄市民病院に乗り込んで行ったときは「三日に一度の当直も辞せず」という体力だけが頼りの若手医師だったが、今では管理職としての技術と見識も身につけた中堅医師になっていた。武雄病院時代が「初陣」とすれば再び福岡に戻り後期の研修を終えると東海大付属病院で消化器外科の腕を磨き、食道がん手術にかけてはベテラン医の域に達している。さらに短期間ではあるがグループの原宿リハ病院、五反田リハ病院で副院長も務め病院運営の実践も経験していた。

健一は看護師の明美や渡辺が「カマチさん議論」を繰り返していたとき、我関せずという態度を取りつづけ、「そんなことを言う暇があったら、とにかく目茶苦茶に働くことだな。そうすれば連中はいつの間にかついてくるもんだよ」とみんなに言ってきた。「どういう企業でも同じことだが、買収された側は買収した側にいい感じを持たないのは当たり前の話じゃないか。ぼくは若い頃、武雄市民病院で経験しているから慣れっこになっている」とも付け加える。もっとも健一の場合、「カマチさん」と呼ばれたとしても、蒲池はもともと本名なので屈辱感や敵愾心は抱かなかったかも知れないが。

岡崎らはまず手始めに、各科ごとの垣根を取っ払うことにした。医局では医師たちの机を各科ごとではなく、まったく違う科の医師同士が隣り合うように配置した。このような取り組みが徐々に旧病院からの医師たちにも理解されるようになっていく。一人、二人と積極的に救急当直を買って出る医師たちも出てきた。「救急対応でいろいろな患者を診ることで、日常診療にも大変役立っている」と言う医師もいれば「今まで自分の専門の部位のことだけを気にしていて、全身の状態に気を配れなかった」と反省する脳神経外科の医師もいた。

また毎朝八時半からすべての医師を対象に、前日の救急入院患者の検討会を実行した。この検討会はカマチグループのどの急性期病院でも行っていることだ。初めは強制ではなく自らの意思を尊重したが、少しずつ参加者が増え、やがてほぼ全員が参加するようになった。このような取組みが功を奏し、救急車の受け入れ状況が旧病院時代と比較して、飛躍的に改善した。旧病院時代は月平均二百六十件だったのが、新病院になってから四か月後の二〇一六年八月には五百六十六件と軽く倍以上になった。二〇一七年九月には埼玉県知事表彰を受けた。

こうなると救急患者受け入れに関する限り、新久喜総合病院の「一人勝ち」の様相を呈してくる。近隣の病院の医師たちから「救急搬送減少に伴う病院経営への影響は無視できない」というクレームが出てくる。岡崎にしても地域医療を担う一医療機関として、近隣の病院との良好な関係を壊すわけにはいかない。当然、妥協点を見つけるための話し合いになる。

話し合って得た「紳士協定」は確かにおかしいといえば、おかしいという奇妙な協定だった。おそらく他の地域では見られないだろう。月曜から金曜までのウイークデイの昼間は、新久喜病院は救急搬送は受け入れないで、休日と夜間に限り受け入れる。しかしウイークデイ昼間の患者でも、重症の場合は新久喜病院にできるだけ転送する。新久喜病院にとってあくまで不利な協定だ。だが近隣の病院にとっては、これほど虫のいい協定はない。結果的には地域医療の連携を図るため呑まざるを得なかった。案の定、それまで伸びる一方だった新久喜病院の救急搬送受け入れ件数はガタ減りした。でも地域全体の救急搬送受け入れ率は改善されてレベルアップしたという考え方もできる。

ウイークデイ昼間の救急搬送減少よるメリットもあった。救急医療の対応にさかなければいけなかった人員を、より質の高い医療に振り分けることが可能になり、手術室、内視鏡室、カテーテル室により多くの人材を配置することができた。怪我の功名というところである。

それまで救急医療に忙殺され、岡崎の得意とする心臓外科の手術もできなかったが、やっと十月になって行うことができるようになった。それまでこの地域で心臓血管手術が行われたことがなかったと聞いて、岡崎はびっくりした。急性大動脈解離など発症してから死亡まで時間が短い病気は、地元で手術かできるかできないかが重要な要件になってくるので、慌てて心臓血管外科を新設した。同様に専門の医師による脳血管治療も始め、二〇一七年秋には「心臓脳血管高度治療部」を立ち上げた。がん治療は、常勤の専門医が入ったことで肺がんと乳がんの定期手術が可能になり、埼玉県のがん拠点病院の一つになった。施設面でもＨＣＵ（高度治療室）を八床新設した。

その結果、手術室で行う外科系の手術は、当初、月間百三十件程度だったのが、毎月二百件から二百八十件できるようになった。全身麻酔の症例も毎月二百件を超えている。

一般急性期三百床ばかりの旧病院に、回復期リハビリテーション病床九十八床を設けたのもカマチグループの特徴だった。新病院では心臓外科の手術でも翌日から起立訓練・歩行訓練を始める。急性期患者の約七割が、急性期医療初期からリハビリテーションを積極的に行って早期退院、社会復帰を目指す。限られた医療資源を効率的に運用するため、高度急性期の急性期病棟と回復期リハビリテーション病棟を同一病院で運用する試みは画期的な成果を得た。平均在院日数は、急性期病棟で九—十日、回復期リハビリテーション病棟で約二か月程度。在宅復帰率は急性期で八五—九〇％、回復期で九〇％という実績になった。

二〇一六年四月、心臓血管外科部長・救急科部長として新久喜総合病院に来た岡崎は翌年四月、同病院の院長に就任した。そのとき医療雑誌「ホスピタルズ・ファイル」のインタビュー記事で「地域のクリニックや病院との連携」を問われて岡崎は次のように答えている。

「『都内に行かなくても、久喜市内で安心・安全に配慮した先端の医療が受けられる』ことを患者さんにわかってもらえるように、地域医療を担う一員として、地域の先生方との協力はすごく大事にしています。開院からしばらくは、断らないでどんどん救急車が集中し、救急以外の手術がほとんどできないような状態でしたが、近隣の先生たちと『夜と週末の救急は僕らが頑張りますので、昼間をお願いします』というウィンウィンの関係で役割分担ができた結果、平日昼間の救急が少し減って、がんなどの定期手術に集中できるようになりました。またクリニックから紹介いただく重症な患者さんは、治療が終われば必ずお返ししています。そうやって連携しながら、地域の高度急性期医療を担っていけるよう病院の質を高めていくことに集中しているところです。久喜市のみなさんが地元ですべての医療が受けられるよう、今後も安心・安全な医療に努め、引き続き頑張っていきます」

岡崎の発言からは、かつてのカマチグループが他地域に進出していくときの強引さはみられない。看護師対策にしても、地元医師会対策にしても強引さよりも融和策の方を優先させている。ケース・バイ・ケースで「斬り込み隊長」を選考していくのも蒲池の能力のひとつである。久喜市進出の場合は、桑木晋を先行させ、次に仙波多美子を送り込み、早川明美に融和させ、そして最後に岡崎幸生でまとめるという筋書きは、もちろん蒲池眞澄が書いたものである。

「三十六回のたらい回し」事件の衝撃が全国に走ってから四年、こうして「関東に福岡和白病院をつくる」という蒲池の念願が成就した。新久喜総合病院の二〇一六年から二〇二二年まで六年間の累計利益は七十四億円。毎年赤字を垂れ流すＪＡのお荷物病院から、年平均十二億円の利益を生み出す病院に再生された。

なお岡崎と一緒に新久喜総合病院に乗り込んだ蒲池の長男健一は、岡崎の院長就任と同時に副院長に昇任、同病院を運営する医療法人社団埼玉巨樹の会の理事長に就任した。

第三章　コロナ禍とＭＧＨ構想

1　285億円の買い物

二〇一七年（平成二十九年）一月二十五日、朝日新聞デジタルが「東芝病院、売却を検討　債務超過回避狙い」というタイトルで次のようなショッキングなニュースを流した。

「米国の原発事業で巨額損失を計上する見通しとなった東芝が、所有する東芝病院（東京都品川区）を売却する方針を固めた。巨額損失による債務超過を回避するために事業や資産の売却を急いでおり、病院の売却もその一環。東芝病院は一九四五年に開院した企業立の総合病院で、現在は一般の人も利用する。病院のホームページによると、内科、外科など約二〇の診療科があり、病床数は約三〇〇。ＣＴ（コンピュータ断層撮影装置）やＭＲＩ（磁気共鳴画像装置）など、キヤノンに売却した医療機器子会社の装置を多く備えている。損失は約七千億円の規模にのぼる可能性があり、東芝は三月末までの資金捻出を急いでいる。中核の半導体事業を分社化して株式の一部を売却するほか、上場するグループ会社の株式の一部売却も検討している」

東芝の損失額は総額七千億円とも言われている。時価二百億円か二百五十億円程度の病院を一つや二つ売っても所詮焼け石に水だが、東芝本社としては毎年赤字を垂れ流しているお荷物病院は一日も早く手放したい。東芝病院の二〇一五年度の年間赤字は七億八千億円、二〇一六年度は四億九千万円、二〇一七年度は二億八千万円という具合で、このままの状態では回復の見込みはない。年々赤字額が縮小しているのは、病院の規模（病床数）を減らしているからで、やり方によっては再生の可能性はある。蒲池眞澄や桑木晋ならずとも、意欲のある病院経営者なら関心を持たざるを得ない。

「たまたま東芝という異業種がやっていたからうまくいってなかっただけで、立地や施設を考えればこの病院のポテンシャルは高い。これだけの『出物』はなかなかありませんよ」

蒲池眞澄の横で桑木晋が言った。やりたくてウズウズしてる表情だ。

桑木は新上三川病院の麻酔医としてカマチグループに入職後、しばらく医療現場の一麻酔医として働いていたが、いつの間にか病院経営を実地に学ぶと称して蒲池の側近にはべっていた。蒲池もそれを嫌がらず会長室に彼の机と椅子を与え、蒲池が関東へ巡回旅行をするときは必ず同行させた。蒲池は昔から秘書や専属運転手を嫌い「総務課全員がおれの秘書であり、事務職全員がおれの運転手だ」といって、事実その通り実行してきた。だが桑木だけは別だった。蒲池は「べつに桑木を秘書代わりに使っているのではない。おれの日頃の行動を通して彼に病院経営のCEO学を学ばせているんだ。これは彼の方からのたっての願いで、けっしておれが彼を便利に使っているわけではない」と言い訳をする。桑木は蒲池の考えていることを素早く的確に理解し、それを普遍化もしくは具体化する術に長けていた。木下とし子がかつて「蒲池さんの話は突然、飛躍するのでついていけない。話を聞いていて話が急に一から十に飛ぶ、二から九までを理解できるようになるまで三年かかりましたわ」とボヤいていたが、桑木はその二から九までをたちどころに理解できる。もともと頭の構造が似ているのかも知れない。

「当然、この病院を欲しがっている強敵はいるだろうな」

蒲池が質問すると桑木が鸚鵡返しに答えた。

「もちろんいます。九州の高木グループ（高邦会）も近く、成田市の大学に医学部を開設するので、その実習病院を喉から手が出るほど欲しがっているので無論手を挙げるでしょうし、七、八社はモーションをかけてくるでしょう。一番の強敵は昭和大学になりそうです。品川といえば場所も大学に近いし附属病院にするにはもってこいの病院ですからね」

秘書というより若い参謀のような答えが跳ね返ってくる。

「ひとつ、やってみるか」

「新久喜病院も今のところうまくいって関東の和白病院になりそうですが、関東の本拠地にするには少し東京都心からは離れすぎていますしね」

一次入札は八社前後に上った。応札したのはサテライト病院として活用したいと考えていた大学病院、大手病院グループ、周辺の大病院などばかり。その後、二次入札も実施され、価格は吊り上がっていった。

二〇一七年十一月一日付の各紙面で、売却先がカマチグループに決まったことが発表された。東芝が病院売却を決めてから約十か月後のことだった。

「経営再建中の東芝は三十一日、グループ社員の福利厚生の一環として運営している東芝病院

（東京・品川）を医療法人社団緑野会（神奈川県大和市）に売却すると発表した。十一月中旬までに事業譲渡契約を締結し、二〇一八年三月末に譲渡を完了する計画。譲渡に関する会計処理が終わっておらず、売却額などについては確定し次第、開示するとしている。緑野会は、カマチグループに所属する医療法人。カマチグループは一九七四年に山口県下関市で開業した病院を拠点に、九州や関東で医療事業を幅広く展開。現在は二六の病院、一二の診療所、七つの専門学校などを運営する」

カマチグループに売却が決まったが、売却価格がいくらなのか新聞には書いてない。いったいいくらなのか世間は注目した。百五十億円なのか、二百億なのか。三百床の病院だから三百億円が相場だろう。いや赤字病院だから二百五十億円がいいとこだろう。買う方は売る方の足元を見てるだろうし、東芝側としては株主から叩かれる恐れがあるので安くは売れない。なにしろＪＲ大井町駅から徒歩七分という東京都下の一等地の五千坪だ。運用中の病院でなければ、どこのデベロッパーにとっても垂涎の的になる敷地だ。東芝はやっと十一月三十日に売却額を発表した。売却先決定から一か月経っていた。日刊工業新聞は翌日付の紙面で次のように報じた。

「東芝は三十日、東芝病院（東京都品川区）を二百八十五億円で医療法人社団緑野会に売却すると発表した。両者は十月末に病院事業の売却を決定しており、このほど譲渡価額を決定した」

この二百八十五億円という高額な数字に世間は驚いた。

いちおう二〇一七年十二月段階で東芝側は二百八十五億円と発表しているが、譲渡手続きが完了した翌年四月一日段階で十億円減って二百七十五億円になっていた。東芝側も「本件譲渡価額は約二百七十五億円であり、本件譲渡に伴う二〇一八年度への業績影響として税前利益で約二百六十三億円が見込まれています。本影響額は二〇一八年度通期業績見通しに反映予定です」と公表している。

わずか四か月足らずで十億円の差がある。これは最後の詰めの交渉段階で東芝側とグループ側との間で、相当激しく緻密なやり取りが繰り広げられたことを示している。例えば辞めていく職員への退職金の問題ひとつとっても、どちらがどれだけ支払うかだけで数億円は違ってくる。そういう雑多な問題をひとつひとつ詰めていく。こうなると蒲池の出番だ。桑木と蒲池では、頭の回転の緻密さとスピード、押しの強さにかけてはとても比較はできない。蒲池は一つ一つ丹念に詰めていって十億円の差を弾《はじ》き出した。

東芝病院の病院名はグループ内の公募で「東京品川病院」と決まり、二〇一八年四月一日にスタートすることになった。

問題は新病院の院長を誰にするかだ。蒲池の腹は決まっていた。次期院長は蒲池の長男の健一に決まっている。そのために健一を新久喜総合病院の副院長にし、埼玉巨樹の会の理事長にした。その段階で、いずれ健一が関東のカマチグループのリーダーになることはグループの仲間たちも了承してくれたはずだ。だから今度の副院長は健一にしておいて、時期を見て院長にする。問題はそれまでのつなぎの院長である。

どこかの座りのいい大物院長を招聘してくる手もあるが、つなぎの院長では失礼にあたるし、だいいち辞めてもらうときに厄介な問題が起きたら面倒だ。ひと昔前ならここは問題なく鶴﨑直邦と云うところだが、鶴﨑は寄る年波には勝てぬし今は九州の病院で妙に落ち着き払っている。東芝病院は東京大学の「ジッツ病院」でもあるし、東大から「派遣」された医師がごっそりと辞めていくことが予想され、人事の問題だけでもかなりのゴタゴタが起きそうだ。それに七十年の歴史を持つ病院であっただけに、それを失う地域住民や医師会との応対も大切になってくる。院長にはかなりのバイタリティーと若さが要求される。グループ内から抜擢しようにも適当な人材が見当たらない。

グループ八年目の桑木は蒲池の病院づくりの理念をよく理解しているのでよさそうにみえるが、彼は外交的な仕事はうってつけだが内部の人をまとめる能力には疑問が残る。だいいち次期院長の健一と同世代では言語道断だ。そんなことを考えながら蒲池は、グループ内の院長クラスや副院長クラスの人物を一人一人思い起こしてみた。いずれも帯に短し襷に長しだ。ところが、いたのである。

グループに入って二年目だが、いま所沢で明生リハビリテーション病院の院長をしている瓜生田曜造だ。彼なら東京都心の新しい病院の新院長にはうってつけだ。新病院はなにかと世間の話題になり、当分は世間の矢面に立たされるだろうが、身長一八五センチのスマートさと人あたりの良さで、なんとか乗り切ってくれるだろう。なんなら広報担当も受け持ってもらいたいくらいだ。内部をまとめる能力も問題はない。なにしろ組織内の統制と規律を一番重んじる海上自衛隊の元海将なのだから。

2 院長は「海軍中将閣下殿」

蒲池眞澄は人に瓜生田曜造を紹介するときかならず「昔なら海軍中将殿だ」と軽い冗談を言う。瓜生田が医師免許を得て以来ずっと防衛省の医務官を務めてきた経歴の持ち主だからだ。

それかといって現場知らずの医療官僚ではない。防衛医科大学校を出て以来ずっと自衛隊関連の病院の外科医として現場の医療に携わって来た。海上自衛隊佐世保病院の外科医を振り出しに途中、スウェーデンのカロリンスカ研究所病院にも二年間留学し、そこで学位も修得した。東京・世田谷にある自衛隊中央病院の院長を経て二〇一六年（平成二十八年）五月にカマチグループ病院に入職したが、それが初めて勤める民間病院だった。いきなりグループ内で躍進をつづけている一般社団法人巨樹の会の理事という肩書であった。海上自衛隊時代の最後の階級は海将であった。

医師にとって海上も陸上も航空の区別もあったもんではないが、医大を卒業してから半年間、幹部候補生の学校で訓練を受けることが義務づけられているので陸海空のどれに属するか決めなければならない。瓜生田はべつに海上にこだわったわけではなく、とりあえず海上を選んだにすぎない。選んだからには自衛隊佐世保病院、自衛隊舞鶴病院など昔の海軍流に云うなら「艦隊勤務」も経験した。防衛省海上幕僚幹部衛生企画室や防衛省海上幕僚部、海上自衛隊自衛艦隊司令部など、ものものしい名義のポジションにも席を置いた。だが医師は医師だ。自衛隊病院は一般の市民患者にも開放している。瓜生田は司令部のデスクワークをしている時も自分が臨床医であることを忘れなかった。

周知のように自衛隊の階級では海将、陸将、空将が最高位で昔の将軍みたいに大将、中将、少将の区分けはない。だから昔の軍医の最高位は軍医総監の森鴎外の例でもわかるように中将だったのが、蒲池が瓜生田のことをふざけて「海軍中将殿」と呼ぶ由縁である。

瓜生田がカマチグループに入った理由は、医科大学校時代の同期生で所沢明生病院の院長をしている鈴木昭一郎の薦めによるものであった。瓜生田に言わせれば「鈴木の薦めでなければカマチグループに来なかった」であり、蒲池に言わせれば「鈴木院長の薦めがなければ瓜生田先生のことを知ることはなかった」と言うほど、この三人の関係の中心には鈴木の存在が大きい。

鈴木と瓜生田は防衛医大の学生寮の同じ部屋で過ごした頃からの親友だ。鈴木は栃木県の出身、瓜生田は兵庫県出身、性格も違うのに妙に馬が合った。瓜生田は防衛医大の優等生コースを進み海将までなったが、鈴木は途中で自衛隊の医官を辞任し、早々と民間病院の臨床医になった。

一人前の医師になってから二人はまったく別々の道を歩いたことになるが、一つの点でつながっていた。それが酒井規光医師が経営する所沢明生病院だった。所沢明生病院は防衛医大と同じ所沢市にあるので、二人が研修医時代から所沢明生病院の仕事を手伝っていた。別に所沢明生病院が防衛医大の「ジッツ病院」というわけではなかったが、酒井が防衛医大の第二外科と親密な関係にあったので、日頃から外科の若い医師の出入りが多かったのである。鈴木はそのまま所沢明生病院に居ついて三十八歳で院長になってしまった。一方、瓜生田は自衛隊の医官の道を歩き続けたが、鈴木との親交はつづき「お前が自衛隊を退官したらおれの病院の仕事を手伝ってくれ」という関係だった。

ところが二〇〇九年に所沢明生病院がカマチグループに買収されたというニュースを聞いた。そのとき瓜生田は「あんなに頑張っていたのに、鈴木も気の毒に。どこの馬の骨ともわからぬ九州の病院に買収されて」という実感だけが先に立って、カマチグループがどういうグループであるか知ろうともしなかった。

二〇一一年、瓜生田は海将に昇進し、東京・渋谷区にある自衛隊中央病院の副院長になり、やがて同病院の院長になった。そこで母校である防衛医大と附属病院や自衛隊病院との関係の問題点にぶつかり、いろいろと改善策を考えるようになった。現在のままでは防衛医大附属病院は防衛医大の研修病院としての機能を十分に満たしていけない。このまま順調にいけば自分が防衛医大の学長になったとしても、とても改善できる問題ではないようにも思える。防衛医大は産業医大や自治医大と設立の理念からしてそもそも違う。

鈴木の話を聞いていると、カマチグループがいかに活気あるグループであるかということはわかる。でも、どうしてそんな力をつけることができたのか。それを知るためには、自ら民間に飛び込んでいくしかない。そういうことを考えていたとき、あることで自分が防衛医大の学長になる道が難しくなっていることを知った。思い切ってカマチグループに飛び込んでみようと思ったのは、定年前の五十八歳のときであった。

このとき瓜生田、蒲池、鈴木の三人の間には「MGH構想」が芽生えていたらしいことは確かだが、この項は東京品川病院のスタート時点のことを書く項なので、「MGH構想」については、後の項で詳しく述べる。

カマチグループに入って驚いたことの一つは、関わっていた所沢明生病院の院長兼オーナーの酒井規光が買収された後も明生リハビリテーション病院の院長をしていたことだった。お互いグループの一員として初めて顔を合わせた。とにかく瓜生田は十八年間診療を手伝っていて一度も院長の顔を見たことはなかった。こんなことはめったにあることではない。土日の急用ができて院長に連絡をとりたくても、所在不明で連絡がとれない。午後五時以降はいっさい病院にいないという不思議な院長だった。そんな院長をそのまま院長として残した蒲池眞澄という人も、度量が大きいというか不思議な人だ。

その明生リハビリテーション病院の院長の酒井ががんで倒れたとき、瓜生田が引継いで明生リハビリ病院の院長を任された。奇妙といえば奇妙な人事だった。そして今度は突然の東京品川病院の院長指名だ。とにかく東京品川病院の院長の話が蒲池からあったとき、瓜生田は即座に断った。

「わたしは自衛隊病院の院長をしていたといっても、病院経営のことに関してはまったくの素人。なにしろ自衛隊中央病院は、毎月収入の五倍は経費として出ていく病院ですからね。それでも親方日の丸で潰れない。そんな病院でしたから、お金の計算はいっさいわかりません」

「それでもいいのです。瓜生田先生には院内の規律と統制に専任してもらって病院運営を軌道に乗せてもらいたいのです。しばらくは院内は混乱がつづくでしょうから。経営にしてもすぐに黒字になるとは思っていません。当分赤字がつづくことは覚悟しています。当分ぼくも東京に腰をすえているつもりですから、数字のことは任せていてください。しばらくは病院の近くの御殿山のマンションに腰を落ち着けるつもりですから」

さらに蒲池はつづける。

「ぼくはこの病院を関東のフラッグシップホスピタルにしたいのです。そう、先生のよくいわれるフラッグシップです。カマチグループの九州のフラッグシップホスピタルが福岡和白病院なら関東のフラッグシップホスピタルはこの品川東京病院というわけです。当分は赤字がつづくでしょうが、ぼくは焦ったり急がせたりはしないつもりですから」

こうまで言われては、院長を引き受けざるを得ない。つまりカマチグループという連合艦隊の司令長官はあくまで蒲池眞澄で、自分は艦隊司令長官を乗せ連合艦隊旗を掲げる旗艦の一艦長であると思えば気が楽になる。その連合艦隊司令長官が当分、旗艦は戦闘能力はなくても格好だけつけて沈まなければいいと保証してくれたのだから。連合艦隊司令長官の東郷平八郎や山本五十六の名前は今でも語り継がれているが、東郷を載せた旗艦や山本を載せた旗艦の艦長の名前は、今ではだれも憶えていない。そういう少年っぽいことを連想していると、たかぶっていた瓜生田の気持ちは次第に落ち着いてくるのだった。

こうして元海将の瓜生田を新院長として東京品川病院はスタートした。蒲池の長男健一も程なく副院長に就任した。

いきなり七十二人いた常勤医のうち四十人の医師が辞めていった。東芝病院は東京大学のジッツ病院で、東大医局から派遣されていた医師がいっせいに引き揚げていったのだ。個人的事情によるものではなく東大医局からの「命令」であった。予想されていたことだったが蒲池は「これで嫌な東大と喧嘩しないですむ。せいせいしたよ」と平然としていた。四十人もの医師にいっせいに辞められれば、ふつう病院として機能しない。おかげで九州からの応援の医師だけでは追っつかず、瓜生田や桑木が駆け回り、補充の医師を探してきた。瓜生田が防衛医大の同窓会長をしているので、かなりの数の防衛医大卒業生もいた。

蒲池は病院のベッド構成を大きく変えた。それまでの東芝病院には回復期病床はないに等しかったが、急性期病床が百八十六床に対して回復期病床が百十床という割合にした。もともと東芝病院時代の平均病床稼働率は六〇％程度で、約三百床のうち二百床くらいしか埋まっていなかった。それを急性期だけで三百床を埋めるということは大変なことだ。単純計算をすると、三百床で平均在院数が十日とすれば、一か月で九百人の新しい患者を受け入れなければならない。そのためには一日三十人から四十人が入院する必要がある。現在の新しく入院する患者数は、一日に十五人前後だから、このままでは半分しか埋まらない。そこでカマチグループの強味を生かして、急性期と回復期リハビリテーションの両方をやっていくことで、シームレスな医療をやっていこうというのが基本方針だ。将来的には急性期と回復期の割合を半々にもっていく予定だ。それが高齢化が進んでいるこの地域の状況を考えた場合、ちょうどいいバランスだとみている。

瓜生田も回復期医療は急性期の医師なので詳しい方ではなかったが、先に明生リハビリテーション病院の院長をしていたので、リハビリテーションの重要性は認識していた。昔は手術後二－三週間は安静にしていたので、退院する頃には患者は日常生活がままならないくらい筋力が衰えていたものだ。それがリハビリテーション病院にしばらくいると見違えるようになることを肌身で実感した。それが一つの病院で急性期も回復期もできるとなると、転院しなくてもスムーズに回復期の時間軸に沿った医療を提供できるし、手術後間もない状態でも、回復期病棟へスムーズに移動できるメリットがある。また回復期病棟に入院中に容態が急変しても、迅速な対応が可能になる。そのことは新上三川病院で回復期病棟の数を思い切って増やし、成功したことで結果を出している。それを東京都心部でもやろうというわけである。

もう一つの新しい方針は、東芝病院は内科を中心とした病院であったが、外科を中心にした病院にした。東芝病院時代には一応、一般外科と整形外科はあったが、内科が中心の病院だった。

この内科と外科のバランスが取れていないのが慢性的な赤字の原因と思われた。そこで脳神経外科や脊髄脊椎外科、乳腺甲状腺外科等を新しく加えた。もちろん二十四時間三百六十五日の救急病院体制も強化し、HCU（ハイケアユニット＝高度治療室）も新設した。内科中心だと入院患者を確保するのはなかなか大変だが、外科は比較的早く確保できる。

四月一日、東京品川病院は埋まっていた病床は百十八床、外来患者はわずか百二十人という少なさでスタートした。ある程度開院時の混乱を避けるためにベッド数を落としてのスタートだったが、それにしても予約外来患者が百二十人というのはあまりにも少なすぎた。

とりあえず外来患者が日に五百人くらいになればなんとかなるだろうという目途でスタートした。夏頃には外来も一応安定し、三百床のベッドも満床に近くなったが、どうしても月単位の黒字が出ない。黒字どころか赤字の連続で、多いときには月間二億円の赤字を出すという月もあった。一番の原因は出ていくカネの多さである。地価が高いので固定資産税を二千五百万円も支払った月もあるし、人件費もバカにならない。とくに九州からの応援部隊の看護師には一人当たり月十五万円の手当を支払わなくてはならない。八十人として月千二百万円である。グループのよその病院より当然余分な出費が重なる。

そうかといって入ってくるカネが、それを上回れば問題はないのだが、そうはいかない。保険の点数は全国一律で田舎の病院も都会の病院も同じ。つくづく都心の病院経営の難しさを味合わされた。ベッドが満床になっても赤字という原因はそこにある。満床になったといっても、ほとんどが病院周辺から入院したコモンディジーズの患者がほとんどだ。コモンディジーズ、風邪や腹痛など簡単な治療ですむお年寄りの患者ばかり。保険の点数が高くなるがんや脳卒中、心臓疾患など高度の治療を要する患者は来ない。これではカマチグループ病院が最も得意とする心臓血管外科や脳神経外科の腕の振るいようがない。

東京品川病院の半径二キロの周辺に競合する病院はないが、半径五キロとなると昭和大学、東邦大学、国立がんセンターなど名だたる大きな病院が林立している。さらに半径十キロと距離を延ばせば延ばすほど大病院は増えてくる。高度医療を必要とする患者はみんなそちらの方へ、というのが現状だった。だが、この現状を急に変えることは難しかった。

これまでカマチグループは、新行橋病院にしろ新水巻病院にしろ新武雄病院にしろ九州の病院は、九大病院のお膝元の福岡和白病院のほかはみんな競合病院がない医療空白地帯に足を伸ばして成功してきた。関東で成功した新上三川病院にしても新久喜総合病院にしても例外ではない。ところが東京品川病院だけは、そうは問屋が卸さないと云うわけだ。競合する病院と病病連携のための妥協も必要になってくるし、そのためには得意分野をさらに強化していくことも必要になってくる。

「どうもこの分では、一年や二年での黒字化は難しいようですね。少なくともわたしでは荷が重すぎるようです」

と院長の瓜生田が言うと、ＣＥＯの蒲池が言い返す。

「先生が無理なら、わたしだって無理ですよ。当分は病院の敷居を低くしてあらゆる患者を受け入れて、真面目な実直な医療を積み重ねていくことですな。そうすれば、いつかはその成果が報われる。ま、お互い気長にやっていきましょうや。さて、五年かかるか十年かかるか」

初年度決算で東京品川病院の年間赤字は二十億円を計上した。東芝病院時代は年間四、五億円程度の赤字だったのに、二人は暗澹たる気持ちになった。

ところが二人が長期戦覚悟で長嘆息をついていた次の年、とんでもない出来事が待ち受けていたのである。

3　新型コロナの発生

二〇二〇（令和二年）一月十六日午後の読売新聞デジタルニュースは「新型コロナ、国内で初確認　神奈川在住の中国人男性」という見出しで、次のように報じていた。

「厚生労働省は十六日、中国・湖北省武漢市を訪れていた神奈川県在住の三十歳代の男性が肺炎の症状を訴え、新型コロナウイルスに感染していたと発表した。中国では同ウイルスによるものとみられる肺炎が多発しており、国内での患者が確認されたのは初めて。

発表などによると、男性は中国人で、武漢市に滞在していた今月三日に発熱を訴え、六日に日本に帰ってきた。同日中に神奈川県内の医療機関を受診し、十日から入院した。すでに回復し十五日に退院している。国立感染症研究所（感染研）による検査の結果、十五日に新型コロナウイルスの陽性反応が出た。

これまで中国で確認されている患者の多くは、武漢市中心部の「華南海鮮卸売市場」の関係者だったが、男性はこの市場に立ち寄っていないという。ただ、男性は厚労省の調査に対し、中国滞在中に肺炎患者と一緒に生活していたと説明。この肺炎患者が新型コロナウイルスに感染していたかどうかは分かっていないが、同省は『男性はこの患者から感染した可能性もある』としている。

感染研によると、十二日現在、中国では四十一人から新型コロナウイルスが検出され、男性一人が死亡し、六人が重症と診断されている。またタイでも中国人への感染が確認されたほか、香港、シンガポール、台湾などでも感染の疑いのある事例が報告されている。

厚労省結核感染症課によると、人から人に感染が続いていく状況は確認されていないといい、同課の担当者は『武漢市から帰国・入国した際にせき・発熱などの症状がある人は速やかに医療機関を受診してほしい』と呼びかけている。

政府は十六日午前、関係省庁連絡会議を開催し、情報収集を進めるとともに、検疫などの体制に万全を期すことを確認した」

このニュースが国内初のコロナ感染症患者の報道であったが、このとき厚生労働省は次のような「国民の皆様へのメッセージ」を発表している。

「新型コロナウイルス関連肺炎に関するWHOや国立感染症研究所のリスク評価によると、現時点では本疾患は、家族間などの限定的なヒトからヒトへの感染の可能性が否定できない事例が報告されているものの、持続的なヒトからヒトへの感染の明らかな証拠はありません。風邪やインフルエンザが多い時期であることを踏まえて、咳エチケットや手洗い等、通常の感染対策を行なうことが重要です。武漢市から帰国・入国される方におかれましては、咳や発熱等の症状がある場合には、マスクを着用するなどし、速やかに医療機関を受診いただきますよう、御協力をお願いします。なお、受診に当たっては、武漢市の滞在歴があることを申告してください」

このメッセージに添付されていた「コロナウイルスとは」という項目には「人や動物の間で広く感染症を引き起こすウイルスです。人に感染症を引き起こすものはこれまで六種類が知られていますが、深刻な呼吸器疾患を引き起こすSARS―CoVとMERS―CoV以外は、感染しても通常の風邪などの重度でない症状にとどまります」と書いてある。これはいたずらに新型コロナウイルスへの恐怖感を煽ることを避けるためのものだろうが、サーズやマーズの二種類が危険なウイルスだと説明しているのに、肝心の「新型コロナウイルス」の説明がない。

二月中旬になると海外航行中に新型コロナウイルスの集団感染者を出したクルーズ船が横浜港に入港するというので、格好のテレビニュースの取材対象になった。

「二〇二〇年に新型コロナの集団感染が確認されたクルーズ船『ダイヤモンド・プリンセス』が十日朝、およそ三年ぶりに横浜港に入港しました。神奈川県横浜市の大黒ふ頭に姿を見せたのは、国際クルーズ船『ダイヤモンド・プリンセス』です。先月中旬アメリカを出発、各地をめぐった後、乗客千五百人とともに横浜港に入港しました。『ダイヤモンド・プリンセス』では、二〇二〇年二月に新型コロナの集団感染が発生し、乗客七百人が感染、十三人が死亡しました。横浜港に国際クルーズ船が入港するのは、水際対策としてクルーズ船の運航が停止されて以来、初めてです。横浜市は運航会社に対し、乗客の陰性確認や船内で陽性者が確認された場合の対応を求めるなどし、本格的なクルーズ船の受け入れ再開に乗り出しています」

テレビのニュースではコロナの危機感より、まるで横浜港のクルーズ船運航再開の方がニュースだというような口振りである。

国立感染症研究所は、「本件について濃厚接触者の把握を含めた積極的疫学調査を確実に行ってまいります。武漢市に滞在歴がある人は申告してください」と述べ、コロナ感染者が武漢市の域を出ていないことを強調している。

神奈川県感染症対策室にいたっては二月二十三日の記者会見でつぎのように述べている。

「横浜港に到着したクルーズ船『ダイヤモンド・プリンセス』船内で十四日間の健康観察中に、新型コロナウイルスに感染している恐れがないことを確認され下船した方について、昨日お知らせした五名に二名追加になり、七名になりましたのでお知らせします。この連絡を受け、七名の方の健康状態の確認をして参ります。新型コロナウイルスは、現在、国内で流行が認められている状況ではありません。さらに咳エチケットや手洗いなどの感染予防対策を心がけて頂きますよ

う お願いいたします」

公共報道機関のテレビニュースとして国民への不安感や恐怖心をいたずらに恐れるという配慮はわかるが、コロナがやがて世界経済に混乱を引き起こすことになるほどのパンデミックとは予想だにしていなかった。

「ところで話は違うが、瓜生田先生。いまテレビで大騒ぎしている『ダイアモンド・プリンセス号』の新型コロナ騒ぎで、一番先にクルーズ船に乗り込んでいったのは、先生が元院長をしていた自衛隊中央病院の自衛隊の医官たちではありませんか」

東京品川病院は、この四月一日から蒲池の長男の健一が新しい院長に昇格し、瓜生田は総院長になる人事を決めていたので、グループ内はなにかと雑事で忙しく、ダイヤモンド・プリンセス号事件などどうでもよい他人事だった。そのどうでもいいような質問に、瓜生田は面倒臭がらずに律儀に答えた。

「もちろんそうですよ。自衛隊中央病院はそのためにあるんですから。わたしが院長をしていたとき、アフリカで『エボラ出血熱』が流行ったとき、政府からその対策と準備を命じられましてね。でも幸い日本に上陸しないでよかった。自衛隊中央病院は有事の際に機能を発揮する病院ですからね。今度の新型コロナの場合でも、昨年十二月に武漢市で発症した段階で政府と自衛隊中央病院は、その準備をしていたはずです」

東京・世田谷の住宅地に囲まれた陸上自衛隊三宿駐屯地の敷地内にある自衛隊中央病院は一九

五六年、隊員とその家族の診療を目的として開設された。一九六三年に一般の人にも利用できるようになり、さらに二〇一六年には東京都の二次救急機関にも指名され、地域の医療を支える存在でもあった。平常時は三百床程度だが有事には千床の大規模病院に早変わりする機能を有しており、医療スタッフは全国各地に十六か所に散らばっている自衛隊病院から集まってくる。もちろん第一類感染症患者の受け入れも可能だ。二〇一七年に第一種感染症指定医療機関に指定されている。手術室も大地震にも耐えられるように出来ており、現に先の東日本大震災のときも平時と同じ手術をこなしてきた。瓜生田が「出ていくカネが入ってくるカネの五倍」とぼやいていたが、国のカネで運用されているので倒産の心配はない。

この年の自衛隊中央病院の動きは慌ただしい。

一月初旬、中国・武漢市で原因不明の肺炎患者の報道があったとき、在中日本人に患者が出た場合、すぐに出動できるように準備をしておけという指令が出ていた。一月二十八日、武漢の患者を救出に行く政府チャーター機内で検疫支援の看護をせよと、厚生労働省から防衛省を経て自衛隊中央病院に依頼があった。翌二十九日にチャーター機が帰国すると翌三十日、患者五人を同病院が受け入れた。さらに二月十七日には東京の「屋形船コロナ感染」のコロナ感染者十二人も受け入れた。この件は、一月十八日に隅田川の屋形船で行われた個人タクシーの新年宴会で出席した八十人のうち十二人がコロナに感染し、その三日前の中国人団体客のコロナウイルスが感染したとみられている。

それに今回のクルーズ船「ダイヤモンド・プリンセス」の感染者百九人を入れて、自衛隊中央病院は一月三十日から三月十六日までの一か月半の間に、クルーズ船関係百九人、チャーター機帰国者十一人、屋形船関係など保健所から八人、計百二十八人を受け入れている。新しい特別な治療法はなかったが、重症者には免疫抑制のためステロイドを投薬した。これは日本で初めての試みであったが、全員治癒した。ほぼ全員が三月中旬までに退院した。三月中旬で入院中の患者は十四人で、死亡者は一人もいなかった。

「ダイヤモンド・プリンセス」船内では十三人の死亡者を出しながら、自衛隊中央病院で死亡者ゼロということからみても、いかに密閉された狭い空間にコロナ感染者を閉じ込めておくことが無謀なことかわかる。また屋形船感染の例からみて、すでに一月段階で国内の感染者が出ていたということは、新型コロナウイルスを港や空港でシャットアウトする「水際作戦」がいかに手遅れだったかがわかる。現に二月中旬になると全国各地の病院でコロナ感染者が次々に発症していくことに歯止めがかからなくなっていた。

「ここまで来たら、ウチの病院にもいつコロナが来るかわからなくなりましたな」

蒲池がコロナ発症関係の記事が載った新聞を見ながら、横にいる総院長の瓜生田に言った。

「でも、いつ来てもいいように準備だけはしておかないと。自衛隊中央病院並みとまではいきませんが。特にウチは救急救命病院なので、救急車で運ばれてきた患者をいちいちＰＣＲ検査をして陽性者とわかれば入院を断るというわけにはいきませんからね。いつ来てもおかしくない」

「そうなれば、患者の入退院はできなくなって本来の病院の機能は少なくとも一か月はストップしてしまう。とにかく新しいコロナ患者だけは入院お断りだな。それが病院のためでもあるし、だいいち既に入院している患者さんを守るためでもある。コロナ患者は労災病院などの国公立病院に任せておけばいいんです。国公立病院はいくらでも空いてるベッドあるし、遊んでいる医者がいくらでもいるんですから」

「でも会長、それでは『来る患者は拒まず』というウチの理念に反します」

「それでもコロナ患者は国公立病院か、それに準じる病院に任せるべきです。そのための国公立病院ではないのですか」

そう言い残すと、蒲池は腹立たし気にプイと横を向いたっきり部屋を出ていった。

蒲池の病院は、下関、小倉と二十四時間三百六十五日体制の救急救命病院として成長してきた。いわばその実績の積み重ねで今のグループがある。いわば救急病院で流した汗の結晶ともいえる病院だ。それをみすみすコロナウイルスごときに潰されてたまるか。それなのに国公立病院は最後まで夜間や休日の診療にはそっぽを向いてきたではないか。おまけに病床はガラガラでも倒産の心配はない。蒲地は特に小倉時代は近所の労災病院など国公立病院のあり方に義憤を感じてきた。その恨み骨髄の思いは三十年以上経っても冷めやらないのだろう。国家が有事に追い込まれた今こそ、国公立病院はこれまでの楽してきたツケを清算すべきときではないのか。そう蒲池は言いたかったのだと、国公立病院出身の瓜生田はそう思うことにした。

同じ東京品川病院でも、蒲池よりも一世代若い医師たちのコロナに対する反応は違った。

「実は、健一先生、ウチの病院にもコロナ患者がいたような気がするんです。今考えてみると一月中旬に軽い肺炎で入院した患者が、どうもコロナ感染者だったようなんです。当時はまだコロナなんて外国の出来事だと思ってＰＣＲ検査もしませんでしたけれどもね」

そう健一に言ったのは、呼吸器内科医で副院長の新海正晴だった。

新海は防衛医大出身で瓜生田の十三期後輩に当たる。同じ医大のバスケットボール部の先輩後輩の縁でカマチグループ病院に入職した。バスケット選手をしていただけに身長もあり胸幅もがっちりしている。健一も中学、高校、大学を通して陸上部の選手だったので新海に劣らない体格をしている。遠くから二人が話している姿を見ていると、スポーツマン同士が明日の試合の打合せをしているように見えないでもない。

「ということは、すでにこの病院にコロナ患者がいるということですか」

「いいえ、そこまでは言い切れません。すでにその患者は軽症のまま全快して退院して時間も経っていますし、今の入院患者のなかにはＰＣＲ検査で陽性が出た患者いません。ただ……」

「これから出てくる可能性があるということですね。二月時点でクルーズ船ダイヤモンド・プリンセスを封鎖隔離した段階で、時すでに遅かったということですか」

「その通りです。ウチは救急救命病院でもあるので、これから出てくる可能性は大いにあります。いや、救急をやっている限り不可避ですから、いっそのこと『攻め』に出てみたらどうかということです」

「攻め？」と健一は小首を傾けた。

「そう攻め、です。つまり積極的にコロナ患者を受け入れて治療するいうことです。ぼくはこれは『国難』だと思います。ほかの病院がコロナ患者を回避したがるなら、ウチは積極的に進んで受け入れる。幸いウチにはウイルスを外に出さない陰圧室も既にあるし、呼吸器内科の専門医もぼくのほかに三人もいる。他の病院と差別化するにはチャンスですよ」

「ぼくもその考え方を否定する気はないが、ぼくの一存で決めることではないと思う。みんなコロナに対して逃げ腰でいるのに、積極的にコロナ患者を受け入れることを医療スタッフに無理強いすることはできませんよ」

「健一先生が説得するんですよ。よく話し合えば、みんな協力してくれると思いますよ」

新海は元バスケット選手でもあったが、学究肌の医師でもあった。防衛医大を卒業してからも防衛省に残り防衛省本省勤務も経験したお陰で、厚生労働省にも太いパイプを持っていた。学位は横浜市立大医学部で取った。二〇一〇年、十五年勤めた防衛省を退官し横浜市立大医学部の助教、講師などを経て二〇一八年、東京品川病院に入職した。呼吸器内科の臨床医であったが、役職は治験開発・研究センター長兼副院長と健一と同格である。学究肌であるだけに、新型コロナウイルスの予防ワクチンの開発や新しい治療法などの未知の分野にも関心を持っていた。つまり新海のいう「攻め」とは、治験開発・研究センター長としての発言でもあった。

瓜生田は十三歳も年下である新海のことを学生時代からよく知っていた。同じバスケット部の先輩、後輩であったので夏の合宿のときなど、よく新海たちを鍛えに行ったものである。瓜生田の新海に対する評価は、まさに「そのバイタリティーは内科の鈴木昭一郎」であった。その縁で東京品川病院にスカウトしてきたわけだが、さらに新海は自分の後輩の呼吸器内科医を品川病院に引き抜いてきた。それで同病院には呼吸器内科医が四人もいたのだ。これまで外科手術を得意分野としてきたカマチグループとしては異例のことでもあり、当初蒲池は「呼吸器内科の医者が四人もいて、肺炎患者ばかり診ていてもなあー」とシブい顔をしていたが、後日この四人がグループの社運を大きく変える仕事をするのである。

新海の説得に負けたわけではなく、健一のハラは決まっていた。東京品川病院には有事に強い防衛医大出身の医師は四人いたが、そのうち三人が幸運なことに呼吸器内科の専門医だった。新海の言う「攻め」に転じるお膳立てはそろっている。あとは医療スタッフの同意をどう取り付けるかだ。

二月も下旬になると国内のコロナ感染者の数は急カーブで増えていった。政府は「ここ一、二週間が正念場」とみて、二月二十七日、安倍晋三首相は、三月二日から春休みまで小中高の一斉休校を要請しコロナ騒動はピークに達した。人気コメディアンの志村けんが同年三月二十日に新型コロナに罹り死亡するというニュースが伝わると、国民に親近感があった人気俳優の死だっただけにぐっとコロナが身近な恐怖になっていく。

ついに政府は同年四月七日、新型インフルエンザ等対策特別措置法に基づき新型コロナウイルス感染症緊急事態宣言を、埼玉、千葉、東京、神奈川、大阪、兵庫、福岡の七都道府県に発令した。期間は四月七日から五月六日までの一か月間に限られていたが、やがてその対象地域の拡大が全国に及び緊急事態宣言の延長期間が数年間に及ぶパンデミックのスタートラインと考えているものは少なかった。

4 コロナ患者を受け入れる

二〇二〇年（令和二年）四月一日、蒲池健一が東京品川病院の院長に就任すると、それを待ち構えていたようにカマチグループの西と東の二つの病院で新型コロナウイルスのクラスター（感染者集団）が発生した。もはや「逃げ」を選ぶ道はない。あるのは「攻め」に転じる道だけである。

同年四月一日、新聞各紙は「北九州市は新小文字病院（門司区）の医療スタッフ十七人が新型コロナウイルスに感染した。市は『院内感染とクラスターが発生した可能性が高い』として、厚生労働省にクラスター対策班の派遣を要請した」といっせいに報道した。小文字病院は一九八一年九月に小倉でカマチグループ二番目の病院として開設したが、二〇〇八年一月に門司に移転し二百二十九床の病院として再スタートしていた。ひとつの病院の寿命は建物の老朽化だけでなく医療機器の進歩に合わせるためにも三十年というのが蒲池の持論だが、それを身をもって実行したのである。新小文字病院でコロナウイルスのクラスターが発生した経緯と対応は次の通りだ。医

三月十六日未明、自宅で転んで頭と顔にケガをした八十代男性が救急車で搬送されてきた。医師や看護師四人が傷口を縫うなどの治療に当たったが、そのさい男性に発熱や咳の症状はなかった。治療に当たった四人はゴーグル、キャップ、ガウン、手袋など、救急救命室で感染を常に防ぐためのフル装備で応対した。四人はその後のPCR検査の結果でも陰性だった。

男性が発熱したのは、救急処置の後、入院するため外科の病棟に移ってからだった。入院の翌日からたまに発熱するようになったが、すぐに平熱に戻り他の症状もないため原因がわからないままでいた。同月三十日に二日連続で三十八度台の熱が出たので、胸をCT（コンピュータ断層撮影装置）で調べたら胸にすりガラス状の陰影が見え、三十一日にPCR検査で陽性が判明した。

翌四月一日から、患者や職員ら計約九百人全員に順次PCR検査を行ない、職員十九人の陽性がわかった。全員無症状だったが隔離入院させた。院内対策として、感染が疑われる人のゾーニングを行ない、電子カルテのキーボードなど職員の共有物をこまめに消毒した。職員休憩所も中庭にテントを張って増やし「3密」を避けた。外来患者に対しては、病院の入口前で検温し、発熱や咳、味覚嗅覚症状がある場合は院内に入れず、屋外にテントとプレハブで設営した「特殊外来」で感染防護した看護師が診療した。必要があれば検体をPCR検査をした。これで七人の陽性が判明した。急患に対しても、救急救命室をシートで仕切って、発熱など症状の有無でゾーニ

ングをしている。

新小文字病院の院長甲斐秀信は、「なぜ外傷急患が発熱した時点で検査しなかったのか」という西日本新聞記者のインタビューに答えて、「男性が入院した当時は福岡県内の感染者は三人と少なく、外傷患者ということもあり感染を疑わなかった。当院にも感染が疑われる患者が四人いたがいずれもＰＣＲ検査で陰性だったので、この北九州市地域に感染者はいないのではないかとさえ考えていました。当院はインフルエンザなどの院内感染を起こしたことがなく、感染対策には自信がありました。それが思い上がりだったのかも知れません。それにしても、来る者は拒まずの姿勢で急患を診るのが救急病院。感染リスクは宿命です。これからも、表向きは外傷でも『感染者かも知れない』という前提で対策を徹底していきます」と言っている。

さらに「県内でクラスター一例目になったことの影響は」という記者の質問に対しては、「職員の家族が保育園や介護施設に通うのを断られたため、その世話で当院に出勤できなくなったのには困りました。一番辛かったのは、当院にかかっている患者が、他の疾患で別の医療機関にかかろうとしたとき『新小文字病院の患者は診ません』と断られた、という話を聞いたときです」と怒り心頭に発すという態度で答えている。

門司の新小文字病院につづいて、埼玉の所沢明生病院でもクラスターが発生した。同年四月九日付の産経新聞は次のように報道している。

「埼玉県所沢市の所沢明生病院で新型コロナウイルスの感染者が七人確認され、県は、院内でクラスター（感染者集団）が発生した可能性があるとみて感染経路の調査に着手した。七人の内訳は医療従事者四人、入院患者三人。関係者によると、現在、感染者への聞き取り調査を行なっているほか、複数の来院関係者を濃厚接触者としており、さらに感染者が確認される可能性もある。特定の人から多くの人に感染が拡大したと確認された場合、クラスターとして認定する方針だ。同院は感染者が相次いでいることから外来診療や入院患者の受け入れを休止し、入院患者は移動させない措置を取っている」

このため所沢明生病院は約二か月間、外来、一般救急患者の受け入れが停止になった。所沢明生病院のクラスター発生に至った経緯や対策も、新小文字病院の場合とほぼ同じようなものだが、院長の鈴木昭一郎は有事に強い防衛医大ＯＢだけに最初からコロナウイルスとの戦いに積極的に挑戦した。

四月一日に所沢明生病院でコロナ患者第一例が見つかって以来、埼玉県内のコロナ感染者は増えつづけ、同月八日には一日だけで最多の三十四人の感染者を記録した。八日まで七十八人の感染者が病院で入院できずに自宅などで待機せざるを得なかった。その時点で埼玉県内のコロナによる死亡者は六人に達していた。自宅待機の高齢者の感染者は不安が募るばかりだ。四月になると自宅待機者の感染者の数は百六十人に達していた。困り抜いた県は、さいたま市内などのホテルと契約し百人程度の感染者をホテルに移す準備をしていた。一方、より重症の患者を積極的に受け入れてくれる公的病院を探していたが、コロナウイルス感染症の患者を受け入れてくれる病院には限りがある。

困り抜いた保健所は所沢明生病院に、「あんたの病院はコロナのクラスターが出たところだし、しばらくは外来患者の診療はできないし、患者の入退院はできなくなる。そこでどうだね。新しいコロナウイルス感染症患者を引き受けてくれませんか」と打診した。鈴木の性分として、断る理由はひとつもない。むしろ積極的に引き受けた。県や保健所は「コロナ患者のための増床なら特例措置としてできる限り認めていい」と云う。

すでに七人のクラスターを出している所沢明生病院は、さらに感染者用の陰圧室を増床するとなるとスペースが足りない。既に入院している未感染の患者と感染者を同じ病室にすることはできない。新たにコロナ感染者専用の病室を作らなければならない。そこで空いてる部屋を探して病室をつくった。こうしてどうやら十床程度のコロナ患者用の部屋を確保した。さらに保健所と県は「二〇〇%協力するからもっと増やすことは出来ないのか」と言ってくる。これまでさんざん県の医療整備課に増床願いの申請を出しつづけ、その度申請を却下されてきたのに、コロナ禍の今ではがらりと態度が変わっている。鈴木は日常使っている院長室まで提供して、自分は普段はそれまで物置として使っていた部屋に引っ越した。こうしてどうやら年内に、二十床のコロナ専用の病室を確保した。

当初、クラスターのなかから死亡者を出したということで所沢明生病院への世間の評価はさんざんだった。「埼玉県へコロナを持ち込んで来た張本人」という誹謗中傷が飛び交い、医療スタッフの家族が保育園の通園を断られたり、病院の来訪者や外来患者がタクシーの乗車拒否にあったりする日々がつづいた。医療スタッフが嫌な目に遭うたびに、鈴木は自らステーキを焼いてスタッフに振る舞い元気づけた。

こうして所沢明生病院は、埼玉県でも数少ないコロナ感染症患者の受け入れ病院の一つになり、やがて地域住民の信頼度を高めていく。。同じように北九州市の新小文字病院も積極的にコロナ感染症患者を受け入れた。

東京都下でも積極的に新型コロナウイルス感染症患者を受け入れる病院はほとんどなかった。受け入れる病院は日常の医療業務に支障をきたし医療崩壊に至るのが目に見えている。東京都当局としてもコロナ患者の入院を強制するわけにはいかない。

東京品川病院では前に久喜総合病院で看護副部長をしていた市村小百合が看護部長をしていた。新上三川病院の仙波多美子に説得されてカマチグループに買収された新久喜総合病院に居残ってから三年経っていた。今では二十四時間三百六十五日体制でどんな患者でも来院したら受け入れるというカマチイズムの生活にもすっかり馴染んでいた。

蒲池健一院長から積極的にコロナ患者を受け入れると聞いたとき、小百合はただちに賛同したが、看護部の総意をまとめてくれと言われたときは自信がなかった。はたして看護部の全員が従ってくれるだろうか。だが、コロナ患者受け入れに反対する看護師はいなかった。一人だけ家族に高齢者がいるのでコロナ患者担当だけは出来ないが他のポジションならなんでもやるという看護師がいたが、彼女だけは他の任務についてもらった。

だが一つだけ困ったことがあった。病院の清掃を委託している清掃業者がコロナ患者を受け入れた病室の清掃を拒否したのである。これには困った。強制するわけにはいかない。コロナ患者の病室は防護服からマスク、手袋までフル装備が必要だ。自分たちでやるしかない。小百合も五十代も後半になって初めて床掃除のためのモップを手にした。最初は看護師長など役職の者たちだけでベッドメイキングから床掃除まで交代で行っていたが、そのうち事務局の事務員たちが見かねて手伝うようになってきた。やがて看護師、事務局の全員がローテーションを組んでやってくれるようになった。そのうち病室掃除だけでなくコロナ関係の仕事に従事する全ての者に対して日に三千円から五千円程度の特別手当てが出るようになった。手当てそのものより、病院全体が一丸となってやる気になっているのが、小百合にはうれしかった。

コロナ感染者は品川区だけでなく渋谷区や新宿区などからもやって来た。なかには五十か所の病院から断られて来たという患者もいた。当時品川区でコロナ患者を受け入れていたのは、国立の感染症研究所関連の病院と東京品川病院だけだった。そのうち東京品川病院の医療スタッフからも感染者を出したが、その穴は関東のグループからの応援スタッフで補充した。東京品川病院がコロナ相手に悪戦苦闘しているのを見て、初めはコロナ病棟の清掃を拒否していた清掃会社も見るに見かねて防護服を着てコロナ病棟の清掃を再開するようになった。

二〇二一年になると新型コロナの感染拡大の勢いは全国に及び、全国で医療崩壊の恐れのある病院が相次いだが、そのなかで「攻め」に転じたカマチグループの病院は逆に医療活動に弾みがつき勢いがついた。たしかに感染を恐れて得意部門の外科手術の件数こそ減少したが、その点内科治療にも他の病院にひけをとらないことの証明にもなった。

そのうち当局からもコロナ患者を受け入れる病院に補助金という名の手当てが出るようになった。コロナ患者二十床の所沢明生病院は年間約二億円、五十床の東京品川病院は年間約五億円。金銭目当てでコロナ患者用ベッドを新設する病院も出てきた。なかにはベッド設営は名目上だけで本当は違うという所もある。だがコロナ患者を受け入れる病院と拒否する病院に対する、地域の受け取りようには相変わらず差があった。「あの病院はコロナにも負けずよくやってくれている」という評価もあれば、「あの病院に勤めている家族とは付き合うな。コロナがうつるぞ」という相変わらずのパターンだ。東京の場合はそれほどではなかったが、所沢明生病院や新小文字病院は後者の差別と偏見に満ちたうわさ話に随分悩まされた。しかし、うれしいニュースもたまにはある。カマチグループにとってこんな励みになるニュースはなかった。

二〇二一年一月二十一日午前の東京新聞デジタルは「『緊急事態　新型コロナ』飲食店の弁当を病院に提供　品川区が新プロジェクト」というタイトルで次のような記事を流した。

「新型コロナウイルス感染症の診療をしている医療機関と、緊急事態宣言の再発令で時間短縮営業を求められている飲食店双方の支援策として品川区は飲食店に弁当を発注し、病院に無償で提供する『区飲食店・医療従事者応援プロジェクト』を始めた。

感染者の急増で医療体制が逼迫する中、医療従事者に対して、感謝のメッセージとして食事を提供する。時短営業で経営に苦しむ飲食店には、売り上げの確保につなげてもらう。区商店街連合会が飲食店を募り、弁当を発注、全額を区が補助する。期間は三週間で、約十二種類の弁当を平日は三百個、土曜は百二十個届ける。事業費は約九百五十万円。

飲食店は、区内の商店街などに加盟し、午後八時までとする都の時短要請に協力している四十一店舗が参加。弁当の提供店舗は一週間ごとに交代する。新型コロナの入院患者を受け入れている区内の病院数カ所に打診し、東京品川病院への提供が十八日から始まった。現在、他の病院も調整を進めている。

東京品川病院では、昨年一月から新型コロナ患者を受け入れ、現在は約四十人が入院している。二十日に届いた弁当には『リスクと隣り合わせの中、みんなの命を守ってくれてありがとう』『微力ながらお力添えできたら幸いです』などと書かれたカードも添えられていた。国仲良和事務長は『職員たちもとても喜んでいて、ものすごくありがたい。温かい言葉をもらい、周囲に理解されていると思えば気持ちが軽くなる』と笑顔を見せた。

事業に参加したイタリア料理店『TAVOLA(ターボラ)310』の上田晃光マネージャー(四三)は『レストランは夜の営業がメーン。時短営業で売り上げが減る中、大変助かる。医療従事者の苦労も見聞きしているので、感謝を示す機会をつくってもらったのも良かった』と話した」

この品川区の企画した「お弁当プロジェクト」は、時短営業で経営不振に悩む飲食店の救済とリスクを顧みず日々コロナと戦う医療機関への感謝と慰労を込めた一石二鳥の「ヒット商品」となったが、品川区が東京品川病院への信頼度をより一段と高めた画期的なプロジェクトでもあった。これで品川区民と東京品川病院の距離が一段と縮まった。

もう一つの東京品川病院の品川区への貢献は、品川区医師会と協力して行った、保健所と医療機関と自宅療養者をオンラインで結ぶ医療支援システム「品川モデル」である。このシステムは二〇二一年四月から試行的に運用され七月から本格的にスタートしたが、やがて東京都医師会が採用し都下に広がっていった。この品川モデルは品川区や品川区医師会、荏原医師会、品川区薬剤師会が協力して構築したものだが、使用される医療マニュアルは東京品川病院呼吸器内科が監修して品川区医師会が作成したものだった。東京品川病院のコロナ患者診療の実績が認められた成果でもあった。このマニュアルは医師間の差をなくし、コロナウイルス診療に不慣れな医師でも感染症専門医と同じ治療薬選択が可能になる。このシステムのメリットは、保健所にとっては患者に対応できる医療機関を探す手間の大幅な削減になり、市中の医療機関にとっては感染のリスクがなく診療ができた。さらにコロナ禍で患者の受診抑制がつづき医業収益が減少している医療機関にとっては新たな収入源として効果があった。

東京品川病院単独の動きとしては、呼吸器内科は臨床検査科と協力し「新型コロナウイルス感染遺伝子検査方法」を開発した。この検査方法は同病院でさっそく実施され、既存の検査方法より迅速で高精度の結果が得られた。

新海の呼吸器内科チームは、国立感染症研究所治療薬・ワクチン開発研究センターと共同で「新型コロナウイルス感染症回復者が変異株コロナウイルス変異株に交差結合する抗体を獲得し、この抗体の質は時間と共に向上する」ことを発見した。これは同病院の入院患者の発症後十か月まで経時的に解析して得られた結果だった。この現象はウイルス変異株のワクチン戦略の重要な知見になった。また東京品川病院は、当時、新型コロナウイルスの予防ワクチンや飲む治療薬の開発に積極的だった塩野義製薬に進んで臨床試験の場を提供した。塩野義製薬が臨床試験中の新ワクチンの中間報告の記者会見にも新海は臨床試験の責任者としてしばしば登場した。

東京品川病院が新型コロナウイルス感染症患者の治療を引き受けているというニュースを聞いて、ＡＩ機器メーカーもコロナ検査機器の共同開発を申し込んできた。富士通もその一つである。

新型コロナ感染症の拡大を抑制するには、感染者の早期発見と隔離治療が重要になる。ＰＣＲ検査などの遺伝子検査や血液検査と合わせて胸部ＣＴ（コンピュータ断層撮影装置）が重要になってくる。そのＣＴ胸部画像は一人当たり数百枚もの画像を目視で確認しなければならず、医師への負担が大きい。また画像診断には高度な専門知識が必要なため、医療機関ごとに診断能力の差があることが課題になっていた。その胸部ＣＴ診断ＡＩを開発するにあたり、ＣＴ画像診断に関する専門知識と豊富な経験を有する東京品川病院に共同開発を持ちかけてきたのだ。

新型コロナ感染症の拡大いらい東京品川病院では近隣の医療機関からコロナ感染の疑いのある

患者のCT画像の診断依頼が急増していた。AI化すれば近隣の病院も助かるとみて、新海はその共同開発をただちに承諾した。富士通の医療用AI技術をベースに、東京品川病院がこれまで培ってきた画像診断の知見を「教師データ」としてAIに学習させることで、胸部CT画像から新型コロナ感染の可能性を判断するAIの開発が進められていった。

このようにコロナに対して「攻め」に転じることで、東京品川病院の品川区、いや東京都下での存在感は一気に増していった。品川区医師会や東京都医師会との関係も新参者としては、親密以上の関係になり東京品川病院の経営内容も予想していたよりも順調に推移した。一般の病院や社会経済には逆風となった新型コロナウイルスもカマチグループ、特に東京品川病院にとっては思わぬ順風となった。まさに「ピンチはチャンス」と云う言葉は、このときのために用意されていた言葉のようだった。

東京品川病院の初年度の赤字は二十億円だったのに、コロナが発生した翌年度の赤字は四億円になり、三年目には補助金があったとはいえ十三億円の黒字を計上している。

「まさか開業二年目の一民間病院が、天下の富士通や国立感染症研究所と対等に組んで仕事をしようとは思ってもみなかったよ。防衛医大OBも捨てたもんじゃないな」

会長室で蒲池眞澄が横にいる瓜生田曜造に言った。

「わたしもこんな短期間で単年度黒字化しようとは思ってもみませんでした。少なくとも四、五年はかかると思うのが正当な見方でしょう。それにしてもコロナ旋風が巻き起こったときは、万事休すかと。これで四、五年どころか十年は確実にかかると思いましたよ。あのとき会長がコロナ患者はいっさいウチに入れるなと言われた気持ちはわかります」

「わたしはそんなことを言った憶えはありませんよ」

「いえ、確かに仰いましたよ」

「わたしはただ、コロナ患者は国公立病院に任せておけと言ったまでです。それに実際、ウチでも一番がんばってくれたのは元国家公務員の防衛医大ＯＢですからね。いったい現職の国家公務員はなにしてるんですかね。元国家公務員の爪の垢でも煎じて飲めばいい。ここまで言えば新海先生たちを持ち上げ過ぎかな」

そう言って蒲池はカカと笑った。

瓜生田は、病院が健一院長の方針でコロナ患者受け入れに方向転換すると、蒲池が真っ先に立って陣頭指揮をとる姿を知っている。カマチ用語にある「朝令暮改」という言葉を連想した。いや、ここは「朝令暮改」というよりいい意味での「君子豹変」といった方がより適確かも知れない。自分の予見が間違っていたと判断したとき、迷わず流れに身をまかせて次の手段をとる蒲池の能力は人並み外れだと、このとき瓜生田は改めて知らされた。

「冗談はさておき、ところで瓜生田先生。コロナ騒ぎもひと段落ついたようだし、品川病院の方もどうやら軌道に乗ってきました。東芝病院の慌ただしい買収劇とコロナ騒ぎで、これまでお預けになっていましたが、いよいよ先生の本格的な出番がやって来たようですな」

蒲池は急に真顔になって、瓜生田にそう言った。

5　日本版MGH構想

蒲池眞澄はもう十年以上も温めつづけていた新しい病院をつくる計画があった。名付けて「MGH構想」。MGHとは美原総合病院の頭文字を略したものである。GHとは「ジェネラル・ホスピタル」、つまり日本語に訳すと美原総合病院ということになる。

美原とは埼玉県所沢市美原の美原、同じ所沢市にある防衛医科大学校から歩いて十五分くらいのところにある地名だ。そこに防衛医大の「関連病院」をつくろうというのだ。すでに防衛医大には国立の立派な附属病院がある。だがそれは見かけ倒しで完全に機能を発揮しておらず附属病院の体をなしていない。それで民間だけの力で防衛医大に新たに関連病院をつくろうというのが蒲池のMGH計画である。

蒲池がなぜ英語名にこだわったかというと、前からアメリカのマサチューセッツ・ジェネラル・ホスピタル（略してMGH）に強烈な思い入れがあって、できれば自分もいずれは規模は小さくてもMGHみたいな病院をつくりたいと考えていたからだ。大学の医局制度に反発し医局を飛び出して以来、大学医局を頼りにせず生きてきた蒲池にとって今更、大学の関連病院をつくるとは矛盾した話だが、蒲池には蒲池なりの筋の通ったまっとうな理屈がある。

マサチューセッツ・ジェネラル・ホスピタルはハーバード大学医学部の関連病院の中でも中心となる病院で、日本からの留学生も多い。なぜ附属病院と言わずに関連病院かというと、ハーバード大学は日本の医科大のように附属病院を持っていない。日本では附属病院を持っていない医科大学はないが、欧米では病院と大学の発祥がそれぞれ違うので、附属病院を持たない大学があっても珍しくない。ハーバード大学医学部もMGHも同じボストンにあるが、経営権は全く別だ。それぞれの創設者も歴史も違っており、ある種の契約関係で別々に運営されている。ちなみにハーバード大学の本部と他の多くの学部の多くは、同じマサチューセッツ州でもボストンから少し離れたケンブリッジにある。

さらに詳しく言えば、ハーバード大学に医学部という学部はない。アメリカで医師になるには一般の四年制の大学を卒業してから、さらに四年制の医学大学院（メディカル・スクール）に通わなければならない。正確にいうならハーバード医学大学院。つまり卒業するまでに、日本と違って八年かかる。ハーバード医学大学院は日本の大学医学部のように直属の附属病院を持たず、学生や研修医の実習は民間の七つの関連病院で行う。七つの関連病院はほとんどが単科病院で総合病院はMGHだけで関連病院のなかでも中心的存在になっている。日本でいえば運営が直結していない関連病院といってもいいだろう。

MGHといえばアメリカの人気テレビドラマ「ER緊急救命室」のモデルになった病院としても有名だ。原作者のマイケル・クライトンがハーバード医学大学院の学生および研修医時代、実習を行っていたのがMGHで、その体験が原作の小説に生かされている。

日本では大学医学部が教育、研究、診療と三部門を全て統括して握っているが、アメリカでは三部門がそれぞれ独立しているケースが多く、ハーバード医学大学院の場合、大学が教育と研究を受け持ち、MGHが診療の責任を受け持っている。アメリカでは日本のように大学医局が全ての部門を牛耳る「白い巨塔」の体制を避ける傾向にある。それかといってMGHが研究部門を疎かにしているかというと、必ずしもそうではない。この病院で働いたことがあるか、または研修を受けていたことがある医師十一人がノーベル賞を受賞している。

MGHと同じく医療施設としてスタートし、研究機関として発展していった病院がある。

オハイオ州クリーブランド市にあるクリーブランド・クリニックはクリニック（診療所）の名の通り大学ではないが、心臓血管外科は米国病院ランキング連続十年、一位の座を占めている研究機関であり医療機関である。世界九十か国から患者がやって来る。一九二一年、「協力」「思いやり」「革新」の三つの軸を原則とした優れた医療ケアを提供するという信念を持った四人の医師によって創設された病院だが、今や世界各国から若い医師たちが留学にやってくる。日本でも大学の心臓外科の医師たちの留学先として人気が高く、九州大学の若い心臓外科医たちのお決まりの留学コースになっている。福岡和白病院の二代目院長になった原崎弘章も現在院長を務めている富永隆治もクリーブランド・クリニックに留学経験がある。蒲池も一九九〇年代後半、人工心臓の販売権購入の件で渡米した際、訪問したことがある。蒲池がクリーブランド・クリニックの理念に賛同して以来、カマチグループの若い医師や看護師たちの米国研修旅行のコースには必ずクリーブランド・クリニックが入っている。看護師の木下とし子も仙波多美子も、もちろん訪れたことがある。

欧米の病院の発祥はキリスト教教団の慈善事業として発展していったケースが多い。またその病院が教育・研究機関としての大学の母体となったケースも珍しくない。日本の場合は、明治時代になってからまず官立の医科大学が設立されその大学の附属病院がその地域の医療を牽引していくケースがほとんどだ。

ごく希な例として民間病院から医科大ができた聖マリアンナ東横病院がある。一九四七年にカトリック系の東横病院が設立され、その二十四年後の一九七一年に聖マリアンナ医科大学が開設された。このような例は、ほかに杏林大学などわずか三例しかない。圧倒的にその地域の国立大学が頂点に立ち、その地域の医療を引っ張っているのである。そのまた頂点にあるのが東大であり京大であり阪大であるわけだ。蒲池が一番嫌う「白い巨塔」である。

クリーブランド・クリニックの構内の碑に「Better Care of the Sick. More Teaching of Those Who Serve. Further Study of Their Problems」と刻んである。直訳すると「患者のためにはより良い治療を、医療に携わる者にはもっと教育を、患者のためにさらなる研究を」というところか。創立者の四人の医師の一人が書いたものだが、要するに医療に携わるものは常に良い治療・教育・研究を怠るなという銘文で、蒲池はこの言葉を座右の銘として自分の会長室だけでなくグループの各病院にも掲げさせている。特に「More Teaching」という言葉はお気に入りで、日頃からなにかといえば口にしている。場違いな理事会などの席上でも「ひとつモア・ティーチングの精神でがんばってくれ」と言ってしまう。カマチグループがここまで大きくなれたのも、看護師や医療スタッフに対する不断の教育の成果だと自負している。

蒲池は無条件でアメリカの医療体制を受け入れようとしているわけではないが、MGHとクリーブランド・クリニックは蒲池の理想とする病院である。蒲池のMGH構想というのはなにも両病院の学術的域に達しようというものではなく、ごく単純な動機から始まった。

二〇〇九年（平成二十一年）、所沢明生病院を買収した際に鈴木昭一郎との出会いである。当初は買収した側とされた側との間で、ぎくしゃくした関係にあったが、蒲池が鈴木の抱えていた借金の問題を解決してやってから次第に二人の頑なな関係が解消していった。特に蒲池が刮目したのは鈴木の医療にかける情熱であった。わずか五十床の病院で年に三千件以上の救急車搬入患者を受け入れ、年に千件以上の手術をこなす病院は日本中探してもどこにもない。それも常勤医四、五人程度の病院で、院長自ら当直のローテーションに入っての仕事ぶりである。三十代、四十代ならわからないでもないが、それを六十代まで維持しているのは並々ならぬ畏敬に価する人物だ。それに看護師や若い医療スタッフが文句ひとつ言わず従ってくるリーダーシップも申し分がない。

蒲池自身も三十三歳のときわずか十九床の医院からスタートし、病院の一室に寝泊まりし孤軍奮闘で七十九床の病院に仕立て上げた経験を持つ。周りから「鈴木先生の働きぶりを見ていると、まるで蒲池先生の若い頃みたいですね」とよく言われることがある。そのたびに蒲池は決まって「いやあ、おれは若いときでも鈴木先生ほど働いたことはないぞ」と答えることにしている。

その蒲池が、鈴木にもっと立派で大きな病院を持たしてやろうと思ったとしても何の不思議はない。鈴木は医療知識も手術の腕も一流で労を惜しまず患者のための医療をする男だが、残念ながら経済観念と私欲がなく自分の力だけで病院を大きくしていこうという野心もない。幸い蒲池は鈴木に欠けている能力を十分補えるだけの能力をもっている。鈴木をこのまま、わずか五十床の田舎病院の院長として終わらせるには勿体ない男だと思ったのも当然だろう。古い言葉でいえば「男が男に惚れる」というやつである。

蒲池はその頃グループに入ったばかりの桑木晋に、とにかく鈴木に新しい病院を持たせるための土地を探させた。桑木が期待に応えて所沢市の美原町に二百床以上の病院を建てるに相当の土地を見つけてきた。NTT東日本の独身寮跡地で交通の便も良く、迷わず即座に買った。しかし、そこにいきなり二百床の新しい病院を建てるわけにはいかない。各県には医療機関の病床の割当てというのが決まっている。決めるのは県、医師会、学識経験者などで構成された医療審議会だ。昔、蒲池が福岡県で新行橋、新糟屋と病院を拡大していけたのも、既存の経営に行き詰った病院の病床を買ってのものだった。当時のベッドの相場は一床当たり五百万円だった。それよりも、ここは正攻法で医療審議会に増床の申請を出しつづけることだ。だが、二〇〇〇年代になると極端な医療過疎地はほとんどなくなっており、昔は医療過疎県といわれた埼玉県でも新しい病床はなかなか県が認めてくれない。

二〇一六年に瓜生田曜造がカマチグループに入ってきたときから、蒲池の新しくつくろうとしている病院への考え方も次第に変わってきた。瓜生田から防衛省から民間に移った理由や防衛医科大学校病院の実情を聞いているうちに、鈴木個人のためというよりも、防衛医大に新しい関連病院を民間の力でつくってやろうという決意に変わっていく。それが日本版MGH構想である。

「ところで先生、防衛医大病院が黒字経営でないことは推察できますが、国立病院というのは赤字になったらどうやって補填するんですかね。特別会計予算かなんかで穴埋めするんですか。わたしも昔、武雄市民病院の医療統括監をしたことがあって、自治体病院の運営のあり方は少しはわかってるつもりですが、国立病院のこととなるとさっぱりわからない」

蒲池が瓜生田と茶飲み話をしているとき、なんとなく訊いたことがある。

「会長は今、日本に本当の意味での国立病院が幾つあるかご存知ですか」

と瓜生田は逆に訊き返してきた。気楽な茶飲み話のつもりが、急に瓜生田の真剣みを帯びてきた表情に蒲池は少したじろいだ。

「さあてね。幾つあるのかな」

「意外なことに、厳密な意味での国立病院はごく少数しかないのですよ。そのうちの貴重な一つが防衛医大病院というわけです。あとはどこがあるかな…宮内庁病院とハンセン病診療所くらいのもんかな」

「えっ、厳密な意味とは……」

「つまり国家予算の枠内で運営されていると云う意味です。防衛医大病院は国の一般会計予算で決められた枠内での診療しかできないようになっているわけです。民間の一般の病院と一番大きな違いは、自分で稼いだカネを自分では使えないと云うことです。防衛医大病院に入ってきた収入、つまり患者からの診療報酬はそのまま財務省のものになるので自由には使えない」

「今どき、そんなバカな」

「もちろんほかの『国立病院』、例えば東京大学病院や九州大学病院は独立行政法人になってますから、自分のところで得た収入は自分のところで自由に使えます。産業医大病院や自治医大病院も独立行政法人だから自由に使える。防衛医大病院や宮内庁病院は相変わらずの国立病院のままです。国から与えられた限られた予算だけでやっていけば、結果はどうなると思いますか」

「いずれジリ貧ですな。年度末には節約するしかない。しかしそれでは、病院として有るまじき行為ですぞ」

「その通りです。はじめはいいとしても、十二月あたりになると三十万円もする高価な抗がん剤が必要ながん患者や費用がかかる高度の手術を要する患者は、とうてい診きれない。どうしても民間の病院にお願いするしかない。所沢の鈴木の病院なども、相当、防衛医大病院からそういう入院患者を引き受けている始末ですよ」

「それでは大学の付属病院としての意味をなさないではありませんか」

「わたしが危惧しているところも、そこなんです。このまま放っていれば、大学病院としての意味をなさない。軽症の患者ばかり診ていては若い医師たちのトレーニングの場にならないですからね。できるだけ多くの症例に接して医療の技術を修得していくのが付属病院の重要な役目ですからね。それで有力な関連病院があればいいんですが、それもない」

「先生の若い時代もそうだったんですか」

「今も昔も同じようなものでした。わたし自身も外科医ですから、もっと若いときから多くの症例に出会えるトレーニングの場があったら、と思いつづけてきました。もっとも鈴木などは若いときから民間に飛び出して、自分で腕を磨いてきたようですが、あれの場合は特別です。普通のコースを歩いていては、ああはいきません」

「付属病院を独立行政法人にはできないのですか」

「なにしろ自衛隊自体が他の機関と違って『自己完結性』を目指す組織ですからね。防衛省がそれを認めるのは、ちょっと難しいでしょう。わたしが長い間、自衛隊にいての結論は、この問題は民間の力を借りなければ無理ということです。仮にですよ、百歩譲って独立行政法人になったとしても、その病院を運営するのはお役人ですからね。結果は見えています」

そう瓜生田は自嘲的に締めくくった。茶飲み話のつもりが、とんだ深刻な話になってしまった。

瓜生田は「だから自分は防衛省に見切りをつけ民間の病院に来た」とまでは言わなかったが、蒲池は瓜生田の気持ちが痛いほどわかった。瓜生田ひとりのボヤきでなく、防衛医大卒業生三千人の代表、同窓会会長瓜生田曜造としてのボヤきであると理解した。

瓜生田にとっても後輩医のために、一流の関連病院を建てることは悲願であった。「MGH」にその願いを託したのである。

防衛医科大学校病院はベッド数八百床の収容能力があるが、平常は四百五十床しか機能していない。実際の入院患者は四百人と云うところが現状である。国立大学付属病院の中でも最低の予算と人員で遣り繰りしている。看護師の数も普通の病院が「七対一」に対して「十対一」、病床十床に対して看護師一人という法規には触れないが、大学病院としては考えられないぎりぎりの線で診療を行っている。当然、病床を増やそうにも増やせない。第一の原因は防衛省のなかでも医療部門の力は弱く予算と人員が少ないということだ。

例えば国家公務員の数は法律で決まっている。放っていれば国家公務員の数は、「パーキンソンの法則」のいうように際限なく膨れ上がっていく。そこで毎年、原則〇・二%ずつ減らしていく。だがこれでは減少する一方なので、有力な部署は復活折衝で増員が認められる。これで全体的な増員を防ぎ均衡を保っているのだが、防衛省のなかでも力の弱い医療部門はどうしても増員の復活折衝はできない。圧倒的に力があるのは戦闘機や戦車やイージス艦を有する防衛部門(戦闘部門)だ。看護師の数を増やせという声は弱く、無視されてしまう。防衛省直轄である限り厚生労働省に掛け合う問題ではない。これは人員だけでなく予算面でも同じことである。

さらに防衛医科大学は産業医科大学や自治医科大学と同じく関連病院が極めて少ない。若い医師たちのトレーニングの場が少ないだけでなく、ＯＢたちの退官後のポストも十分ではない。瓜生田がカマチグループに入った二〇一六年には防衛医大ＯＢは瓜生田と鈴木の所沢明生病院の三人を合わせてわずか四人しかいなかったが、瓜生田の入職を契機に増え続け三十四人まで膨れ上がった。カマチグループでは地元の九州大学出身に次ぐ数である。九大とグループとの関係は五十年の歴史があるから多いのは当然だが、防衛医大との関係はここ数年の関係しかないのにこの数字である。もちろん瓜生田の人望もあるが、いかに防衛医大出身者の安定したポストが払底していたか物語っている。

防衛医大には、いわゆる医局というものは存在しない。教授、准教授、講師という普通の大学のようなヒエラルキーはあるが、絶対的なものではない。卒業したら〇〇講座、瓜生田と鈴木の場合は第二外科講座に属し付属病院などでトレーニングを受けた。関連大学がないということは、教授にも人事権はない。「君は〇〇病院に行きなさい」と教授が命令する権利も資格もない。だいいち教授の意に従う病院がない。だから教授に権力が集中した「白い巨塔」のピラミッドは成り立たない。その意味では極めてフランクだ。

だが逆な見方をすれば、卒業生たちには安定したポストは保障されていないということにもなる。それまで大学の医局制度に徹底して反対してきた蒲池だったが、ハーバード医科大学院とマサチューセッツ総合病院のような関係ならば関連病院の存在を認めてもいいと考えている。

二〇一八年六月、所沢市美原のＮＴＴ東日本の官舎・独身寮跡の土地を見付けたが、問題の増床の件は相変わらず進展しない。県の医療整備課は三年ごとに病床数の見直しを行い、その都度カマチグループは増床の申請をするがいい結果は得られなかった。

所沢の美原に土地を獲得して以来、蒲池のMGH構想には拍車がかかっていく。二〇一九年、桑木晋が所沢明生病院と同じ埼玉県二次保健医療圏にある狭山中央病院（一一一床）という赤字病院を見付けてきた。交渉事には桑木が当たり同年六月、買収話がまとまった。すぐにでもMGH計画を実施に移そうとしたが、所沢明生と狭山中央病院を合併しても百六十一床と目指している二百床にはまだ足りない。県に対して五十床の増床申請をして、その結果を待ってゴーサインを出すことにした。

ところが二〇一七年から一九年にかけてはグループにとって一番煩雑な年であった。前年買収したばかりの新久喜総合病院がどうやら軌道に乗り始めた二〇一七年一月、東芝病院が突然売りに出されその年の秋には競合する同業者を相手に二百八十五億円で競り落とし、翌年四月には医療スタッフを入れ替えて慌ただしく開業、目の回るような忙しさだった。その間を縫うようにMGH計画の用地と増床病院の話をまとめるのだから桑木の働きぶりも見逃せない。

二〇二〇年に入り、ほっと一息継いでさあゴーサインという段階でのコロナ騒ぎである。所沢明生病院や門司の新小文字病院ではクラスターが発生し、日本経済全体が低迷し新しい事業どころではない。増床が目的で買収した狭山中央病院はそのまま改善処置をしないままにしていたので年に二億円近くの赤字を出しつづけた。いずれ所沢明生病院と合併後、抜本的な改善をすればいい。ここが我慢のしどころであった。「待つことも立派な仕事のうちさ」と蒲池はうそぶいていた。

コロナが常態化し経済活動も平静化してきたところで、改めて県の医療整備課に五十床の増床申請をしたところ、今度はスンナリと通ったどころか、あと十床追加し合計六十床の増床が認められた。八年がかりで増床申請してきたのが、今回は一回でパス。もちろん積極的にコロナ患者を受け入れてきた実績が認められたのである。このようにお役所というものは目に見える実績があるのとないのとでは、態度がコロリと変わる。現金なものだ。所沢明生病院と同じくコロナ禍のなか孤軍奮闘で実績を残した東京品川病院もコロナ前は三百床の病院だったがコロナ後は四百床の病院になっていた。

こうして埼玉県二次保健医療圏の所沢明生病院と狭山中央病院は合併し、所沢市美原に居を移し所沢美原総合病院（二百二十一床）の新しい病院としてスタートすることになった。

6　設計図をご破算にした男

大塚拓也が所沢明生病院の事務長として赴任してきたとき、所沢美原総合病院の設計図はすでに出来上がり、建設会社の入札にかけるばかりになっていた。所沢明生病院は所沢美原総合病院の準備事務室を兼ねていたので、大塚は事実上の所沢美原総合病院準備室の事務長でもあった。

蒲池眞澄は関東で新しい病院をつくるとき、事務長は九州のグループでトップクラスの事務長の中から選ぶ。これは看護部長の場合も同じで病院経営は院長、事務長、看護部長の「三役」の出来、不出来ですべてが決まると考えている。既存の病院を買収した場合は院長、看護部長は蒲池のメガネに適った場合に限り続投させるが、事務長は原則的に変えている。続投組の院長で成功しているのは所沢明生病院の鈴木昭一郎と新上三川病院の大上仁志であり、看護部長は新上三川病院の仙波多美子である。この三人は蒲池も事前に予期しなかった人材であった。だから以後、予断による人事はでるだけ避けるようにしている。今回の所沢美原総合病院の院長は決まっている。院長は鈴木昭一郎で、理事長と総院長は瓜生田曜造だ。これはグループ全員が認めるところだった。

事務長はキャリアの順からいうと福岡和白病院事務長と副院長を兼ねている田上真佐人ということになるが、福岡和白総合健診クリニック事務長の大塚拓也が抜擢された。蒲池は「今度の仕事は大塚に任せようと思う」と田上に相談すると、田上も「今度の仕事は大塚くらいのバイタリティーがないと務まらないでしょうね」と同意してくれた。田上と大塚は十数年間、コンビを組んで仕事をしてきた仲間なので何のわだかまりもなかった。

所沢に着任した大塚の名刺の肩書には所沢明生病院事務長・狭山中央病院事務長・所沢美原総合病院開設準備副統括室長と書いてある。開設準備統括室長は瓜生田だが、瓜生田は東京品川病院のグループ関東本部に常駐している。現場のことはいっさい大塚に任されている。

大塚拓也は一九九八年（平成十年）四月、福岡和白病院に臨床検査技師として入職した。新行橋病院が池友会四つ目の病院として開院した翌年、グループが最も活気づいた頃である。福岡和白病院自体も百八十六床から二百六十床に増床したときで勢いがあった。大塚はもともと医師志望で大学の医学部を五度受けて五度失敗、四年浪人の経験がある。小学生の頃から少年野球の硬式リーグに熱中し、一時は野球で大学に行こうかと思ったことがある。途中で医学コースに進路を変え四年浪人した結果、医師を断念し臨床検査技師になった。ものごとに熱中し納得するまでとことんやるという性格は少年時代からのものだ。医師になれなかったというので、劣等感を抱いたりクヨクヨしたりはしない。医師も臨床検査技師も似たようなものだと思うことにしている。だから学卒でカマチグループに入職した同期の新人たちのなかでも少々年を食っていた。

和白病院でいちばん驚いたことは、自由に仕事をやらせてもらえることだった。院長の蒲池は、検査技師だから検査技師の仕事だけをやっていればいいものではなく、他の部門の仕事を七つも八つも出来るようになれ、と口が酸っぱくなるほど言っていた。だから自分はエコー（超音波）検査専門だからといって、他の仕事を拒むことは許されなかった。「レントゲンやＰＥＴは放射線を使うから特別な免許がいるが、これなら扱い方を覚えた方がお前の知識が増えるだろう」と蒲池に指差されたのがＭＲＩ（磁気共鳴画像装置）だった。一度使い方を覚えてしまうと、後は楽しくて仕方がない。大塚には一日にＭＲＩ撮影を三十件もこなした記録がある。

午前六時から午後九時まで、なんと十五時間ぶっ通しで働いた。途中食事は一回、当時大塚はタバコを吸っていたからＭＲＩ一件の撮影が済むごとに一服はしたが、十分以上の休憩はとらなかった。まだ二十代の若さだったから出来たものの、労働基準法などあったものではなかった。何も担当医に命じられたから、やったわけではない。自分でやりたかったから、やったまでだ。今考えてみたらよく一日に三十件もＭＲＩの仕事があったものだ。人手不足というより、当時の福岡和白病院がいかに活気に満ちていたかの証拠である。

臨床検査技師の学校では「検査技師はすべて医師の指示のもとで行え」と教えられたが、その教えは無視した。蒲池も難しいことは言わなかった。ただ「自分で判断して出来ると思ったことは自分でやれ。指示されたことだけやっていてはダメだ」とだけ言われた。「指示待ち人間」という若い世代を揶揄する言葉がはやっていた頃だった。大塚はただ一度、蒲池にこっぴどく叱責されたことがある。それも跳び蹴りまで食らって。

福岡和白病院の検査室の前の廊下の壁に沿ってソファーや椅子が並べてある。満員のときには座りきれずに患者が立って待っているときもある。大塚は検査室で仕事に忙殺され、そんなことには気が回らない。いきなりドアを開けて血相変えて飛び込んできた蒲池が「お前、患者さんに説明したか」と大塚に向って怒鳴った。

「なにをですか…」

「なにをですかだって？　外に待たしている患者さんに待たしている理由と、あとどのくらい待ってほしいと説明したか」

「いえ…」

ここでいきなり蒲池の跳び蹴りがでた。大塚はまともに腹部で受けた。

「いいか今どき『うどん屋』でも外でお客さんが立って待っていれば『すみませんな。あと十分ほどお待ちいただけませんか』くらいのことは言うぞ。ましてここは病院だ。五体満足の人は少ない。立って待っている人には椅子を用意しろ。自分が忙しくて手が離せないのなら事務員か看護師に頼め。これくらいのことが検査技師にわからんのか。いや検査技師だからわからなければいかんのだ。検査技師だから検査してやるという気持ちでいるからいかんのだ」

この日いらい、それまで物分かりのいいおっさんと思っていた蒲池が急に怖くなった。考えてみれば蒲池の云う事は正しいのだが、腰が引けて出来るだけ蒲池と顔を合わせないようにした。だが廊下ですれ違うときに、蒲池は大塚を見てきまってニコッと笑顔をみせる。大塚とわかっていて笑顔をみせている。この笑顔が大塚にとってたまらない魅力なのだ。憤怒の形相で叱責する蒲池と、廊下で見せる笑顔の蒲池の落差。できるだけ顔を合わせないようにしたが、このときいらい大塚はすっかり蒲池のファンになった。

福岡和白病院に入職して九年目、大塚は三十五歳になっていた。ある日だしぬけに蒲池に呼び出しを受けた。会長室には横に先輩の田上が座っている。

「どうだね、ここいらでそろそろ検査技師の白衣を脱いで新しい仕事をしてみんかね」

「新しい仕事といいますと?」

「いま田上がやっているような仕事だよ。病院の経営にかかわる仕事だよ」

「といいますと……」

「例えば医者集めだ。これからウチは幾ら医者がいても足りない。それから業者との交渉、医療訴訟のごたごたの処理、いくらでも仕事はある。君も九年間もウチにいるんだから病院というものが、どういうものか少しはわかってきただろう」

「つまり事務室の仕事に移れということですか」

「そういうわけだ。ここにいる田上も放射線技師から事務に移って立派に仕事をこなしている。当分は田上に付いて一緒に医者集めから始めてくれ」

「はあ…」

大塚は終始「はあ……」としか答えなかったが、蒲池は「はい」と受け取ったらしい。厭も応もない。田上もレントゲン技師として入職して十八年目にして、突然、事務への転職を命じられたばかりだ。田上はグループの十年先輩だが、年は五つと違わない。田上とは和白病院の野球部の仲間で日頃から気心は知れている。カマチグループは昔から野球が盛んで、各病院ごとにチームを持っている。蒲池も野球チームをつくることは「病院内の縦と横の垣根を取っ払い、いわば斜めの関係をつくるには最適な集まりだ」と奨励している。ダイエーホークスがまだ弱い時代だったので、プロ野球の試合がないときは一日三十九万円でドーム球場を借受け各病院チームの対抗戦を行うこともあった。そういうところに蒲池はカネを惜しまない。

そういうわけで田上と大塚の俄か仕立ての「人買いタッグチーム」が出来上がった。元祖「人買い緒方」こと緒方幸光はまだ健在で小文字病院を拠点に頑張っていた。田上や大塚が「医師獲得の秘訣を教えてくれ」と緒方にいくら頼んでも、「相手のお医者さんは生き物だよ、そう簡単に秘訣なんか見付けられるもんではないし、そう簡単に教えられるもんでもないね。自分で地道にコツを掴むことだね」という返事しか返ってこない。言われてみればその通りである。もと車のセールスや食肉会社のセールスの経験が長い緒方は、ときどき「大塚君、君は腐れた肉を売ったことがあるかね」とドキリとするようなことを言って煙に巻く。昔、セールスをしていて随分嫌な思いをさせられたこともあったのだろう。それに比べると世間知らずの医師や研修医を集めてくるのは楽な仕事じゃないか、と言いたいのだろう。親がかりで学校を出て最新設備の整った病院で医療検査機器をいじくり回していただけの君たちに、蒲池先生からこれからいろいろな人生勉強のチャンスを与えてもらったことに感謝しろよ。このままでいたら世間知らずの検査バカになってしまうぞ。そう緒方が言っているように大塚には思えてしかたがなかった。

とりあえず最初に医大の学生名簿や同窓会名簿を手に入れて、一人ひとりに会ってみることから始めた。奇しくも昔の緒方と一緒の泥臭いやり方から始めたのである。医師というのは高等教育を受けているのに、人間的には癖のある人間が多い。それで随分嫌な思いもした。なかにはやっと連れてきた若い医師を蒲池に会わせると、ろくに挨拶もできない世間知らずの医師もいた。なかには世の中で医師が一番偉いと思っている傲慢極まりない医師もいた。なかには患者をまったく軽視している医師もいる。そのたびに「なんであんなやつを連れてきた」と蒲池に叱責される。

そんなとき武雄市民病院の事件が起きた。市民病院の民間移譲が決まった記者会見の席上で、蒲池が見せた既存の大学の医局に頼らず立派に病院を運営してみせるという毅然とした態度に田上も大塚も感動した。蒲池が既存の医局に頼らない信念で頑張っているのに、自分たちはもっとしっかりしなければと思い直した。それまでは医師の人事など、権威と権力を持った大学の教授中心に動く雲の上の世界だと思っていたのが、まさに目からウロコであった。大学医局の権力が弱まってきている証拠でもあった。とにかく病院は医師がいなければ始まらない。しかし医師がどの病院に行くかは医師の自由であるはずだ。医師が病院を選ぶ自由がある時代にきている。逆に考えれば、病院の側からPRして、医師を獲得すべき時代が来ているといってもいい。病院にとっては、医師集めは病院運営の基本の「き」でもある。

蒲池は人に仕事を任せたら徹底的に任せる。あまり細かいことには口を出さない。大塚や田上よりも蒲池の方が医師の友人や知人が多いはずだが、蒲池自らが医師の獲得に出向くことはほとんどない。あくまで医師のスカウトは田上や大塚の仕事であり蒲池の領分ではない。

例えば九州大学医学部教授で福岡和白病院の院長になる富永隆治の場合でも、富永は蒲池の高校、大学時代の後輩にあたるが転職の交渉はいっさい田上に任された。報酬や待遇条件などの細かい交渉は田上が行い、最後の最後の段階ではじめて蒲池が面談に応じるという手順を踏んだ。富永は九大医局にいた時代、蒲池の下関病院で当直のアルバイトをしていたこともあるという親しい仲なのにである。六十五歳で退官間際の富永の次の役職がきまっていないという情報を田上や大塚が掴んできた。ふつう富永クラスの大物教授だととっくに、日赤病院クラスの大病院に決まっているはずと思われがちなので、もし本当なら早急に手を打った方がいいと田上が蒲池に進言すると、蒲池は「よしわかった。その話が本当ならお前に任せた」の一言だった。けっして「富永はおれの後輩だから、おれが話をつけてくる」とは言わない。招聘交渉はすべて田上が行い、富永新院長の誕生は田上の功績になった。

医師集めは病院経営の基本の「き」だが、カマチグループの場合、グループの風土にそぐわない医師を辞めさせるのも基本のうちの重要な要素だ。グループが拡大していくに従って蒲池に「どうやら不適格な医者のクビを切るのがおれの重要な仕事になってきた」とぼやかせるようになってきた。「数千人の医者に直接接しておれほど多くの医者を採用してきた医者もいないだろうが、同時に多くの医者のクビを切った医者もいないだろう」と蒲地は述懐する。最後の判断をするのはあくまでも蒲池の仕事だが、その事務的手続きをするのは田上と大塚の役割になった。この役割も二人で分担した。田上が採用した医師は大塚が辞任の手続きをし、大塚が採用してきた医師は田上が辞任の手続きをした。できるだけ権力が一人の事務職に集中することを避けたからだ。

二〇一〇年代になるとグループの関東進出が本格化し、医師獲得の主な舞台は関東に移る。スカウト活動の主力も桑木晋という「新人」が台頭してくる。九州地区のグループ病院の医師の人事も安定してくると、大塚らの仕事が減ったわけではない。蒲池は大塚の前職である臨床検査技師という技術をフルに活用した。新しく買収した病院に、検査技師として長期出張という名目で送り込むのである。事務員や事務長でないところがミソだ。そして蒲池は大塚に「前任からの院長を徹底的に観察しろ」という特命を与える。「着任したら当分自ら当直を買って出ろ。食事も三食とも病院の食堂で摂れ。そして二十四時間、病院の様子と院長の動きを観察しておれに報告しろ」というのが大塚に与えられた仕事だ。このような仕事は事務長ではできない。事務長職であれば、相手の院長も九州からの「回し者」と見て警戒されるし、だいいち事務長が連日連夜病院に泊まり込んで当直をすること自体不自然だ。そこへいくと単身赴任の臨床検査技師なら警戒されずにすむ。働くことにかけては、日に三十件のＭＲＩ検査をこなした大塚のことだから、連日連夜の当直も厭わない。まさにうってつけの任務であった。二十四時間三百六十五日体制の救急病院であればこその特命であった。だから四十代の大塚は、関東グループの急性期病院はほとんど長期出張の経験がある。

こうして大塚の「報告」をもとにして、新上三川病院と所沢明生病院の院長は蒲池のお眼鏡にかない続投し、新久喜総合病院や東京品川病院の院長は更迭された。もちろん大塚の「報告」がすべてでなく、最後の判断は蒲池の独特な感性によるものだが、不思議と蒲池の感性と大塚の観察力は一致することが多かった。このようにして大塚は、病院の経営とはどういうものであるか身につけていった。

所沢明生病院の院長鈴木昭一郎と事務長大塚拓也は、お互いにウマが合う。年の差はあるが性格が似ているからだろう。

鈴木はかつて研修医時代、病院に三十日泊まり込みで頑張った「伝説」を持つ。別に当直を命じられたわけではない。防衛医大の第二外科は心臓から肺、消化器とやらなければならない領域が広い。当然、それらを納得いくまで修得しようと思ったら寮に帰る時間がもったいない。やりだしたらトコトンのめり込む性分である。大塚も若い時にＭＲＩ検査を日に三十件こなしたという逸話の持ち主である。やりだしたら止まらないタチだ。ウマが合わない方がおかしい。

だが事務長に就任した大塚は、出来上がったばかりの所沢美原総合病院の設計図を一目見るなり、鈴木に厳しい表情で言った。

「先生、これじゃダメですね。全然、救急病院の体をなしていない。いったい設計事務所は現場の医療スタッフの意見を聞いて書いたんですか」

「一応われわれの意見は聞いてくれた。でもどうしてダメなんだ」

「だいいち患者のことを配慮した動線じゃない。脳卒中や心臓病で来た患者は迅速性と正確性が命です。患者が救急車で運ばれてくるのは一階でも、治療をするのは三階です。診断するにはＣＴやＭＲＩや血液検査などをいかに迅速にするかが基本です。そのための動線がまったくできていない。できるだけ患者を移動させずに素早く正確に検査ができる動線が必要です」

「一応エレベーターも三基あるが……」

「それがダメなんです。一か所に三基あるのが間違いです。救急病院だからなかには治療中に不幸にして亡くなられる患者さんもおられるでしょう。それらを人目に晒されますか。エレベータはあくまで別々でなければなりません。玄関の近くと、奥の人目につかないところとに分けなければ」

「それじゃあ、設計図は書き直しということになるじゃないか。ただでさえ遅れているのに…」

「それでも不完全な病院をつくるよりはましです。建設会社の入札は当分延期ですな」

鈴木は血相を変えてしゃべりまくる大塚に気圧されて口数が少ない。

「先生みたいな手術の名人だけなら、このままでもいいかも知れません。でも救急医療はチームワークでやるものです。どんな凡庸な医師でも名医並の治療ができる病院をつくりましょうや」

「でもな……」

「わかってます。蒲池会長にはぼくから連絡しておきます」

早速、大塚は電話で蒲池に連絡した。大塚の説明を蒲池は渋い表情で聞いていたが、暫く沈黙してから「そうかわかった。お前の言う通りなら、お前が善処しろ。おれも急いでそちらに行く」とだけ言って電話を切った。

結局、設計図は全面書き換えということになった。今度は現場の医療スタッフの意見を詳細に聞いての設計図になった。これだけで半年以上かかった。ただでさえ遅れていた所沢美原総合病院の建設が、さらに半年遅れることになった。

蒲池が大塚の「待った」にそれほど不満な表情を見せなかったのも、事務長の分際で余計なことに口を出すなと言わなかったことも、所沢美原総合病院に賭ける真剣さを示している。そして大塚に跳び蹴りを食らわした青二才のときから、もう十何年になるかなと改めて考え直した。蒲池にとって、育てがいがある男が逞しく育っていくのを見ているほどうれしいものはない。

二十五年前、イノシシのように猪突猛進するだけが取り柄の臨床検査技師も、自分の判断でグループの方向性を冷静に見極めることができる事務長に成長していた。

第四章　退屈しない男たち

1　事件の真相

中倉美枝子は、蒲池眞澄が関東進出の意を固めたころから突然彗星のように現れ、常に蒲池の傍に控えて行動を共にしていた桑木晋が、カマチグループから突然姿を消してしまったことが不思議でならなかった。

そのへんの事情を訊いても誰もまともに答えてくれない。蒲池本人に訊いても「桑木はウチで実にいい仕事をしてくれた。原宿にしろ久喜にしろ品川にしろ彼の功績は大きい。だがそれを自分だけの功績にして周りに威張り散らすのがよくない。だからみんなに嫌われた。もっと謙虚であればさらに大きな仕事ができたのに」と言うだけで具体的な真相を話してくれない。しかたがないので美枝子はネットで桑木のことを何気なく調べていたら、桑木自身が書いたネットの記事が出てきた。

タイトルは「『285億円』の病院M&Aを経験」。それから桑木の書いた文章がつづく。「『285億円』これからの生涯、目にすることのないような金額が記載された契約書を目の当たりにしました。この金額はプレスリリースされている金額でありますが、株式会社東芝から私が所属しているカマチグループが東京都品川区大井町にある東芝病院（二百九十六床）を譲受させていただいた際の金額です。それが今の東京品川病院です。契約したのは2017年10月。その席には、東芝側から幹部5人、当グループ側からも、私を含め3人が出席しました。私は…」と自己紹介のあと「これから何回かに分けて、自分がこの10年に体験した、中堅医師として病院経営やM&Aを……」とつづく。

誰しも次回の記事が読みたくなるような書きっぷりだ。しかし、あといくらSNSを探しても連載記事は出てこない。この記事がネットに書かれたのは二〇一九年四月二十八日、肩書は一般社団法人巨樹の会副理事長桑木晋。ところが四年後の二〇二三年三月五日に桑木の知人で医師の経営コンサルタントがネットに投稿した記事が掲載されている。

「2019年4月、桑木氏のそれまでの貴重な体験を読者に紹介すべくインタビュー連載企画が始まった。しかし実際に掲載されたのは一回のみ。巨額の契約の内幕を覗かせるような内容を嫌う読者からの批判があったからだとか。彼の『連載』に寄せられた読者からのコメントでも、『みるからにガラの悪い』と評されている。同時に、混迷の時代において医療のリアリズムを知る貴重な語り部の話を聴きたいと、続編を望む声も多かった。しかし、今でも第2稿は掲載されないままだ。彼を知らない方々にすれば、彼の為すことを理解できず、M&Aを生業とする『金儲けの好きな医師』と誤解してしまうかもしれない。しかしそれが彼の真の姿であれば、前話でお伝えしたように、契約成立後も臨床を含め、あらゆる面で病院再生に貢献する必要などないはずだ。当時のさまざまな事情を勘案して、彼自身が連載を1話だけで休止したことは、私にとっても大変残念な出来事だった」

この筆者は桑木と親しい間柄らしく、桑木が自身で連載を止めたのか、それともどこからか何らかの圧力があって止めたのか曖昧にしているが、そんなことは美枝子にとってどうでもいい。美枝子が知りたいのは、どうして桑木がカマチグループを辞めたか、もしくは辞めさせられたかということだ。確かに二百八十五億円のM&A話をまとめたのは自分だとSNSで吹聴すること自体、あまり品の良いことではない。しかし東芝側もカマチグループ側も連載に圧力をかけることはあり得ない。カマチグループにすれば少々高買いしたきらいはあるが、公明正大な商取引だ。誰かを辞めさせねばいけないような問題ではない。しかし蒲池も「もっと謙虚であれば」とは言ってはいるが、桑木の能力は十分に認めている。それなのに何の落ち度もなく絶頂期にありながら、なぜ辞めなければならなかったのか。本当のことを知りたい。蒲池も嘘をつく人ではないが、こういうときに事実を客観的に話してくれる人は鶴崎直邦しかいない。そう思うと美枝子は急に鶴崎に会いたくなった。

美枝子が最後に鶴崎に会ったのは十五年前だった。最後に交わした会話は確か「これからもずっと蒲池さんと一緒にいるんですか」「うん彼と一緒にいれば退屈しないですむからな」だった。蒲池と長年一緒にいて「退屈しないですむ」と言える男が蒲池に関することで嘘をいうはずはない。嘘を言ったところで何の得にもならないし損にもならない。鶴崎は今ではあまり第一線に出ないで、このところ新武雄病院の理事長室におとなしく落ち着いているという。そういえば武雄市民病院の騒動が治まってから一度も武雄には行ったことがない。だから新しい武雄病院もまだ見ていない。そうだ新武雄病院をビデオ作品に収録するという名目で武雄の鶴崎に会いに行こう。それに瀬川から出された「カマチイズムとは何か」という宿題もあることだし、と美枝子は思った。

新しい新武雄病院は見事に整備された新区画の一角にあった。道路も広く、救急救命病院らしくすぐ近くに消防署もできている。これなら元市長の樋渡啓祐が「おれがつくった新しいまち」と自慢しても恥ずかしくないだろう。ただし元は病院のトレードマークだった屋上にあるヘリポートはあまり使われていないようだ。実は今の美枝子にとって病院の建物のことなどどうでもよかった。早く桑木が辞めた真相を知りたくて理事長室に駆け込んだ。

「結論から先に言うと、桑木に非があったとか落ち度があったとかいう問題では全くない。強いて言うなら組織が大きくなっていく過程では避けられなかったことだろうが、ぼくも個人的には桑木には残っていてほしかった」

美枝子の質問に対して、鶴崎はいきなり結論から入っていった。

「蒲池さんも、桑木はいい仕事を残して行ったとしか言われません。グループのナンバー1とナンバー2がそろって辞めさせたくなかったのに、なぜ桑木さんは辞めなければならなかったんですか。これまで二人の意見が一致すれば、これまではその通りになって来たではありませんか」

「ところが今度はその通りにはならなかった。ぼくたちが口を挟む問題ではなかったということだね。結果的には喧嘩両成敗ということになり、最後までぼくが出る幕はなかった」

「鶴﨑さんは、さっきから結果、結果と仰いますがわたしはその過程を知りたいんです。時間は、あたしたっぷり御座いますので」

「これは失礼しました。では初めからゆっくり話します。あなたはなぜ蒲池さんが最初会ったときから、あれほど桑木を気に入ったと思われますか」

「さあ…。蒲池さんは一目惚れするタイプなんですか」

「一目惚れするタイプじゃありませんが、直観力は鋭いですよ。桑木は国立大学の医学部を卒業していながら、医者になったことを屁とも思わず、CEOの勉強をしたいという。そこらの若い医者とは全く毛色が違った桑木に、蒲池さんがすぐに興味を示したのは間違いありません。すぐに和白の会長室に机を持ち込んで横に座らせたくらいですからね。蒲池さんはもともと毛色が違った行動派の人間が好きな性質でね、ヤクザもどきの人間と付き合って、何度ぼくはハラハラさせられたことか。いえ、桑木がヤクザもどきの人間というわけではありませんよ。それどころか桑木は育ちのいいお坊ちゃんです。ぼくは桑木のお父さんともお会いしたことがあるが、よく話のわかる世界を股にかけた商社マンです。桑木も少年時代は海外育ちです。ああいうフランクな家庭に育つと、ああいう若者に育つのかな……」

「人目をひく異様なスキンヘッドのうえに、夏はポロシャツに半ズボンでサンダル履きで随分顰蹙を買ったという話しも聞きましたが」

「うん、それもある。グループの理事になってからも、元大学教授など年輩の人もいる理事会に平気でジャンバー姿で出席したりね。でもそれは本質的な問題ではない。ある程度彼もポーズでそうしていたきらいもあるしね。だけど仕事をさせたら、これがよく出来る。彼は独創性はないが、蒲池さんの言うことや考えていることをたちどころに理解して、それをただちに実行に移すことができる。蒲池さんが気に入らないはずはない。それで関東で新しい病院をつくるときは、常に彼が傍にいるという結果になった。実際、彼はそれに見事に応えて結果を出して来たしね」

「それで蒲池さんは彼を、自分の後継者にと……。ちょうど桑木さんが現れたのは息子の永田さんが亡くなられた直後でもあるし」

「冗談を言っちゃ困るよ。後継者は健一君や良平君とはじめから決まっている。これはグループでも反対する者はいない。桑木にもそういう下心はないよ。だいいち桑木はCEOになる勉強を教えてくれと言ってグループに来たんだよ。ただ蒲池さんは自分は福岡の本部にいて、関東の本部は健一君に任せているから、桑木にはその架け橋になってほしいという考えが強かったし、そう期待した。つまり関東と福岡のパイプ役として、これほど適役はいないからね」

「実際、それでうまくいってたんじゃないんですか」

「ぼくと蒲池さんはそう思っていた。ところが関東の健一君など若い連中はそう見ていなかった。桑木を強力なライバルと見ていたんだな。関東には健一君や瓜生田先生らの理事でつくる『常務会』というものがあってね。もちろん桑木もメンバーだが、その中で桑木一人が浮き上がって孤立した」

「それじゃあまるで桑木さん一人が『出る杭は打たれる』ではありませんか。桑木さんはまるで関が原合戦のときの石田三成みたい。古いパターンですね」

「桑木はなにも三成みたいに謀反をする気はないですよ。それに蒲池さんは徳川家康ではありません」

「で結果的にはどうなったんですか」

「結果的には、新久喜病院の岡崎先生と桑木が個人的にぶつかってしまい、二人が責任をとって辞表を出して、喧嘩両成敗というわけです。でも成敗したのは蒲池さんでもぼくでもなかった。ぼくらは彼らよりも一世代も二世代も年上ですからね。子供の喧嘩に親が出ていくわけにはいかない。ただ岡崎先生の気持ちはよくわかりますよ。健一君とは昔から医療現場で苦労を供にしてきた仲だし、特に新久喜病院では二人で病院を立て直した相棒ですからね。途中からのこのこやってきた桑木が久喜や品川を自分一人で立て直したような顔をされたら頭にきますよね。健一君がやらないのなら、代わりにおれがやってやるという気持ちもあったんじゃないですか。ただ感心することは二人とも辞めて行ってからも、絶対に蒲池さんの悪口も恨みごとも言わなかったそうです。カマチグループにはそれぞれ愛着があったんでしょうね。桑木などは今でも蒲池さんのことを尊敬してるんじゃないかな」

「喧嘩両成敗と言われましたが、グループにとっては二人の優秀な人に辞められて大損害でしたね」

「これが二十年前なら大損害でしょうが、これだけ組織が大きくなるとそれくらいのことは覚悟しておかねばなりません。蒲池さんとぼくの二人きりの時代は喧嘩しようにも絶対に喧嘩をしてはいけないと二人とも肝に銘じていましたからね」

「あら、喧嘩をしようと思われたことがあるんですか」

「二人とも性格が違うということを弁《わきま》えていましたから、喧嘩にまでは至りませんが寸前までいったことは幾度もあります。ただぼくたちには先輩、後輩というどうしようもないトシの差がありましたからね。これが随分歯止めになりました。病院が大きくなってから二人が直接顔を合わせる時間が少なくなっていくに従って、逆に二人の仲は逆にうまくいってるみたいです。ほれ、よく言うでしょう。夫婦でも長続きしたかったら、できるだけ一緒にいる時間を少なくしろと」

「いますいます、そういう夫婦。わたしの知ってる弁護士夫婦で、事務所を別々にしてる人が。それも別々に独立した法律事務所の経営者でありながらですよ。これで仕事も一緒だと、とっくに別れているよと嘯《うそぶ》いておられますよ。二人とも個性の強い方ですが、仲のいいご夫婦ですよ」

「そういうもんだよな。ぼくと蒲池さんは若い頃から一緒に働いてきたが、下関、小倉時代は喧嘩をしようにも喧嘩をする暇がないほど忙しかった。それに医師会など周りに敵が多くて内輪もめは命取りですからね。福岡に出てきてからも偽医者事件や二重帳簿事件で県の衛生部から、蒲池先生に代わってぼくが池友会の理事長にならねば保険医の免許証を取り上げるなどと脅されて、とても仲間割れなどしていられなかった。あなたは当時の状況をよく知らないから言っておきますが、あの事件はとんだ濡れ衣でウチは刑事事件にはならなかった。このことはあなたのところの瀬川さんがよくご存知です」

「わたしもよく存じていますわ」

「少し落ち着いて来てからは、二人はなるべく一緒にいる時間をできるだけ少なくしてますよ。ぼくはできるだけ行橋や武雄に引っ込んでいることにしています。会うのは福岡や東京での理事会などの会議だけ。それで結構うまくいってます。もっとも二人とも後期高齢者になってからは喧嘩でもありませんがね」

「そうですね。お二人の関係は特別だとしても、結局、桑木さんと健一さんの関係も後期高齢者まで持つとは思われませんものね」

「ぼくも桑木はいずれ独立してグループを出ていくものと思っていました。蒲池さんはこれまでにも『シダー』の山崎や『日本義肢製作所』の浅田の例でもわかるように、優秀で独立心旺盛な仲間をどんどん独立させています。経営はグループ傘下ではなくても、今でも心強い仲間です。浅田などは未だにグループの理事をしており、ときどき蒲池さんの特命を受けて東京と福岡間を動き回っているようですよ」

「それで喧嘩両成敗で一件落着というわけですか。でも少しその時期が早かったようですね。さっき鶴崎さんが桑木は残っていてほしかったと言われたように」

美枝子はちょっと桑木への未練を覗かしてみた。

「遅いか早いかの判断はさておき、桑木は十年間存分に働きましたよ。蒲池さんが下関で開業してから佐賀の新武雄をつくるまで二十五年もかかっているんですよ。それに比べて桑木のいた十年間のウチの拡大は物凄いスピードです。蒲池さんならずとも桑木の功績は認めざるを得ないですよ。でもなんですか中倉さん。えらく桑木にご執心のようだが、今度つくられるウチの五十周年ビデオに桑木の名前も出そうと思ってるんですか」

「まさか。たかだか三十分か四十分程度のビデオに桑木さんの名前なんて出す余裕はありませんよ。せいぜい固有名詞が出るのは蒲池さんと鶴﨑さんと歴代院長くらいのものです。桑木さんの話を聞きたかったのはまったく個人的な興味だけです」

「それでわざわざ武雄まで。新武雄病院の写真なら和白にもなんぼでもあるじゃないですか」

「今は新幹線があるので武雄は博多からすぐですよ。本当のことを言うと、こっちの方も私的な用事ですが━。さっきちょっと話に出た瀬川さん。よくご存知でしょう」

「知ってるどころか、新聞記者としての瀬川さんとやり合っていた時代はウチの疾風怒濤の時代だった。今考えると辛かったが、楽しい時代でもあったな。で、その瀬川さんがどうしたんですか」

「いま本を書いているそうです。題名は『池友会、成功の秘密━カマチイズム』。そのカマチイズムの本質が未だもってわからないから、おまえ取材がてらに探って来いですって。

カマチグループと長いつきあいの瀬川さんが無理なら、わたしではとても無理ですと答えたら、それでもいい、ただ『カマチイズムとは何ですか』という質問だけをぶつけてくれ。答えはさまざまだろうが、その答えを羅列するだけでいい、ですって」

「それで蒲池さんは何と答えたの」

「『おれに訊いてもわからん。だいいちおれ自身の口からカマチイズムなんて言った憶えはない』ですって。当然の答えですよね。ヒトラーに『ナチズムとはなんですか』と訊いて『国家社会主義のことだ』とヒトラーが答えるのとはわけが違いますからね。ところで鶴﨑さん、カマチイズムって何ですか」

「昔のぼくならいろいろ答えただろうが、今のぼくには蒲池さんが複雑すぎてひと口では答えられないな。蒲池さんは複雑と言ったが、性格が複雑という意味ではないよ。性格はどちらかと言うと男気があって生一本な性格だが、他人が見せる反応や受け取り方がまちまちという意味です。複雑というより多面体という方がいいかな。受け取る人の見る位置により違った面に見えてくる。ぼくが三十年以上も前に瀬川さんの質問に答えたなかの一つに『コムドーム拾い論』がある。あなたは瀬川さんから聞いたことありますか『コムドーム拾い論』の話を。あれっ、コムドームのことは今でもコムドームというのかな？　最近は使わないので、今はなんて言っているか知らないが。最近の言葉はすぐ変わるからな。あの頃は認知症のことを痴呆症といっていたし、統合失調症のことを精神分裂症といっていた。生活習慣病のことを成人病と呼んでいた。ところで看護婦のことを女性看護師といわなければならなくなったのは、いつ頃のことだったかな」

「コムドームは今でもコムドームですよ。でも今ではコムドームと長ったらしく言わないで簡単に『ゴム』の方が通りがいいようですよ」

「ああそうかね。リストラクチャリングのことをリストラ、パーソナルコンピューターのことをパソコン、コストパフォーマンスのことをコスパ、日本ではすぐに短略化してしまう。便利といえば便利だし、いまさらクビになることをリストラクチャリングなんて言えないしな」

「そんなことはどうでもいいでしょう。わたし瀬川さんから何も聞いてませんから、早く説明してくださいよ『コムドーム拾い論』のことを」

2 「コムドーム拾い論」と顔眼力

「いいですか、これはあくまで蒲池さんが話したことですよ。ぼくが勝手につくった話ではない。あくまでぼくが小倉の小文字病院の外科部長をしていたころに蒲池院長から聞いた話です」

そう前置きして鶴﨑直邦は話しはじめた。

「町の小さい公園で子供たちが野球をしていたとする。そして外野手の男の子が草叢《くさむら》の中に捨ててあるコムドームを発見する。だれが考えても教育上よろしくない。ではどうするか。夜中にアベックが入って来ないような立派な野球グラウンドを造らなければならない。それには野球グラウンドやテニスコートもある広い理想的な総合運動公園が必要だ。こうなると町内会長の手に負えない。市会議員でもだめだ。県会議員にならなければならない。しかし、公園は広く立派になってても深夜に若いアベックが、コムドームを持って公園内をうろつくような貧困な国のままではだめだ。もっと精神的にも経済的にも若者を豊かにするには、教育を変えたり経済の仕組みを変えなければならない。それには国会議員にならなければならない。国会議員でも陣笠議員ではだめで派閥の領袖にならなければならない。派閥の領袖でも完全な仕事はできない。やはり総理大臣にならなければならない、と話がだんだんとエスカレートしていく。だが結論としては、要するに朝だれかが人より早く起きて、子供が来る前に公園に落ちているコムドームを拾ってやればいいのだ。そうすれば今のままの小さな公園でも子供たちが何の問題もなく野球を楽しめる。朝早く起きてコムドームを拾うのがいやなもんだから、政治家にならなければいけない話にしてしまう。最初はコムドームを子供の目に触れさせないという問題だったのにね」

「あまりいい例え話ではないようですね。今ではコムドームの落ちている公園など日本国中探したってどこにもありませんよ」

「だから最初に言ったでしょう。四十年以上前に聞いた話だって。今では煙草の吸殻でも落ちてる公園はめったにありません。四十年前にもコムドームの落ちている公園などめったになかった。たぶんこれは七十年前の蒲池さんの少年時代の原体験なんでしょう」

「えらくコムドームにこだわりますね」

「あまりいい例え話ではないかも知れないが、蒲池さんはこう言いたいんです。救急医療なんてそんなもんだよと。世の中の制度を変えてどうのこうのという問題ではない。難しいことを言って話を混乱させたり、きれいごとを言って逃げたりしないで、毎朝、人より早く起きて公園のコムドームを拾ってやればすむ問題じゃないかと。つまり救急医療は現在通用している医療技術だけで十分で、その技術を二十四時間三百六十五日コンスタントに提供できるシステムがあればよい、とね。救急医療には高等医療や名医はいらん、最低限の医療機器と普通の良医がいればいいというわけだ」

「『コムドーム拾い論』などと思わせぶりなことを言われるので何ごとかと思って聞いていたら、なあんだ救急医療のことですか。それにしても救急医療とコムドームを結びつけるなんて、いかにも蒲池さんらしいですね」

「四、五十年も昔の話ですからね。当時は救急医療や夜間診療、休日診療は大きな社会問題でした。行政も医療界もマスコミも議論ばかりが先行し、だれも率先してやろうとしなかった。そこで蒲池さんが、つべこべ言わずにおれがやってやろうじゃないかというわけです」

「蒲池さんって、昔から現実主義者なんですね」

「コムドームを拾うことだけならね。目的がコムドームを子供の目に触れさせないだけなら、それを事前に拾ってやれば当面の問題は解決する。これを的確に実行するのが現実主義者なら、蒲池さんは確かに現実主義者です。ところが蒲池さんの場合、コムドーム拾いの次に少年のための野球場を造ろう、テニスコートを造ろう、総合運動公園を造ろうと段々とエスカレートしていく。こうなると立派な理想主義者です。だが普通の理想主義者は最初から総合運動公園を造るという目標を掲げてそれに向かって邁進する。ところが蒲池さんはけっして理想は掲げない。理想は持っているけど、徳田虎雄みたいに『何年間で何千床』なんて目標は掲げないのが蒲池さんらしいところです。病院はスーパーや焼肉屋じゃありませんからね」

「鶴﨑さんは、蒲池さんのことを現実主義者と思われますか、それとも理想主義者？」

「そう人間を主義者、主義者と簡単に決め付けないでくださいよ。あるときは楽観主義者、あるときは悲観主義者というのが人間でしょう。ぼくに関して言えば、カネのあるときは楽観主義者、ないときは悲観主義者という具合にね。という冗談はさておき、蒲池さんは強いていえば軸足を現実においた理想主義者、ひと口でいうなら理想を持ったリアリストとでも答えておきますか」

「ずるい答え方ですね。でも理想だけじゃ今のカマチグループの成功はあり得ませんから、リアリストやプラグマチストなどと横文字でお茶を濁しておいたほうが妥当かも知れませんね。昔、熱烈な吉永小百合ファンのことをサユリストと呼んだ時代があったそうですね。ウチの父なんかも熱烈なサユリストだったようです。サユリストだからなんとなく人当たりがいいのであって、小百合主義者じゃあ硬くてサマにならないですよ。日本語にはカタカナがあって、なにかと便利ですね。特に話をごまかしたり曖昧にしたりする場合には都合がいい。カマチイズムでなくて蒲池主義じゃあ、まるで独裁主義や封建主義みたいな感じがしますものね」

鶴崎は美枝子の言葉を無視して、話題を変えた。

「ところで今、瀬川さんが書いておられる『池友会、成功の秘密』ですが、中倉さんは成功の秘密は何だと思われます?」

「さあ何なんでしょうね。瀬川さんはともかく、新参者の部外者のわたしに、わかるわけないでしょう。そういう鶴崎さんはどう思っていらっしゃるのですか」

「昔はぼくもいろいろ考えました。例えば『患者第一主義』。これは口で言うのは簡単ですがなかなか実行できない。しかも五十年もつづけることは、まず普通の人にはできない。それも蒲池さんの患者第一主義とは誰かが言ったような『患者さまは神様です』というような安易なものではない。なにか問題が起こってその解決策を考えるとき、その解決策は患者の為になるか為にならないかだけを考える。そしてほとんどの場合、患者の為になる策が正解になる。二つ目は、病院経営は看護師を中心に据えて組み立てることです。これも普通は医師を中心に考える常識を覆すもので他人では考えられない。ぼくにもこの発想はできなかった。ひと口で言えば患者と看護師の二本柱にして病院を構築していったのがウチの病院の特徴です」

「ふつう三本柱とよく言われていますが、あと一本は蒲池さん本人ということになりますか?」

「カマチグループの成功の秘密を探ろうと他の病院はウチの事務員を引き抜いて、ああいうときはどうしたかこういうときはどうしたかと質問して分析したが、さっぱりこれといった答えが出ない。当たり前のことを当たり前にやっているだけだ。何も突飛なことをやっていない。そのときふと亡くなった緒方さんの言葉を思い出した。ご存知でしょうウチの緒方さん」

「十六年前に一度だけ小文字病院でお会いしたことがありますが、そのときは挨拶だけでよくは存じあげません。なんでも蒲池さんの中学時代の同級生で、『人買い緒方』という方でしょう」

「その緒方さんが常日頃から言ってた言葉が『蒲池さんにはガンガンリキがある』でした。なにしろ中学生のころから蒲池さんを知ってる人が言う言葉ですからね。蒲池さんという人物の核心を突いている。大人になってからよりも、少年の頃の方が、その人の本質が分かるものですからね」

「なんです？　そのガンガンリキというのは。初めて聞く言葉ですわ」

「顔と眼と力と書いてガンガンリキと読ませる。緒方さんの造語です。辞書を引いても出ていません。だが顔眼力とは言い得て妙だと思いませんか。顔と眼の力、つまり人間力のことです。中学生のころは人間力なんて洒落た言葉はありません。他の能力は大人になっても習得できるが、顔眼力だけは生まれついてのものですからね」

「でその顔眼力がどうしたんですか」

「緒方さんの言う顔眼力というのは人間を動かす力なんですよ。人は何かいいことを思いついたら、それを自分で実行することまではできる。実行できるか実行できないかは、人によって多少のバラツキはありますがね。だかそれを人に実行させることまでは、普通の人にはなかなかできない。それが蒲池さんにはできる」

「それが顔眼力と言われるんですね」

「それに気がついたのは、蒲池さんと一緒にアメリカに行ったときです。蒲池さんの英語はけっして流暢ではない。むしろブロークンに近い。だか蒲池さんが話し出すと、向こうの医師たちは身を乗り出して耳を傾ける。流暢な英語を使う日本人の話は上の空で聞き流していた同じ人が、蒲池さんの話しには一語一句聞き逃すまいと緊張して待ち構えている。蒲池さんは向こうでは有名人でも著名人でもないのにですよ。知識や肩書の問題でもない。これは顔眼力以外のなにものでもないと気がついたのです」

「なるほど、人を動かす力ですか。そういえば会長室には『やってみせ　言って聞かせてさせてみて　誉めてやらねば人は動かじ』という山本五十六の格言が貼ってありましたね」

「でも人を動かす力だけではない。人を動かす力や統率力がある歴史上の代表的人物は織田信長でしょうが、信長はあれだけ人使いがうまいのに、残念ながら人の心を読む力がない。というよりも人が自分のことをどう思っているのか全く無頓着な人物だからあれだけのことがやれた。だが最後は明智光秀に殺された。信長ほど人に裏切られた者はいない。浅井長政にしても荒木村重にしても松永弾正にしても。だが信長はなんで自分が裏切られたか知ろうとしないし、だからその予防策を講じることができない。一種のサイコパス人間ですね。その点、蒲池さんも信長みたいに人使いは荒いが、蒲池さんは人の心を読む力がある。それでなければ、これだけの人間が集まってくるはずはないでしょう。もちろん謀反人も出てこない。グループを去って行った人間もあまり蒲池さんの悪口は言わない。と、いうわけです」

「鶴崎さんの話を聞いていると、なんだか蒲池さんが織田信長以上の人物のように見えてきますね」

話が大きくなり過ぎてきたので、美枝子は途中で茶々を入れた。鶴崎もそのことに気がつき苦笑いをしながら言った。

「失礼しました。とにかく蒲池さんは一見破天荒な人物に見えるけれど、人を動かす力と人の心を読む力があると言いたかっただけです。いきなり織田信長を例え話にもってきたのがいけなかったのかな。野球かサッカーの監督程度の例え話にしとけばよかった」

二人が話している最中の理事長室に飄然と一人の高齢の医師が入ってきた。美枝子は飄々とした風貌の医師の顔には確かに見覚えがあったが、どこで会った顔だかすぐには思い出せなかった。

「あなたも憶えておられるでしょう。十五年前は武雄市民病院の院長をしていらした樋高克彦先生です。今はまた武雄に戻られて現役の医者としてウチで働いてもらっている」

鶴崎の説明で、美枝子はやっと思い出した。十五年前に見たといってもビデオカメラのファインダーを通してだけで、直接話をしたことはなかった。というよりあの頃は樋渡啓祐市長と医師会の対決で市民病院の院長などは脇役のまた脇役ですぐに思い出せないのも当然だった。美枝子の頭の中には飄然と消え去った院長のイメージしかない。そして十五年後、また飄然と現れた。

「あの頃は実に辛かった。うつ病になりそうだったよ」

樋高は美枝子との挨拶を済ますと、十五年前を振り返ってそう言った。

二〇〇八年、武雄市民病院の民間移譲問題が激化しリコール運動まで発展した当時、樋高は反樋渡派の病院の医師や看護師と院長という立場の板挟み状態に立たされ苦しい状況にあった。また自分を院長として送りこんだ佐賀医大の医局出身でありながら、個人的にはアンチ佐賀医大の蒲池は九州大学と高校は先輩に当たるという複雑な立場にあった。しかも自分の意見は「民間移譲も止むなし」という考えだったが、佐賀医大の「ジッツ病院」の院長としては公式的に言えずニュートラルな立場を通すことを強いられた。「うつ病になりそうだった」という当時の心境は頷けることだった。

「樋高先生はね、蒲池さんが武雄市民病院の医療統括監になられてから病院を去られたが、なにもぼくらが追い出したわけではないよ。蒲池さんも院長として残ってほしいと望まれていたが、あれだけの騒動の後だけに蒲池さんの大学、高校時代の後輩として『蒲地派』として特別な目で見られるから居づらいと言って自分から出ていかれた。騒動の原因をつくった病院の院長として責任をとられたわけだな」

と鶴﨑が簡単に当時の辞任の状況を説明すると、当の樋高が言った。

「責任を取って辞めたなどという格好いいものじゃないよ。ぼくはあくまでニュートラルな立場でいたかっただけだ。当時、好条件で迎え入れてくれる病院があったので、そちらに行ったたまでです。ぼくは自由で気楽に働く場が欲しかっただけですよ」

「樋高先生はニュートラルな立場といわれるが、ぼくらは市民病院に先生がおられたことで非常に助かった。それまで樋渡市長から民間移譲の話をもちかけられても、何ら客観的な病院の情報がない。ところが樋高院長が蒲池さんの後輩ということで、いろいろな情報を得ることができました。そして樋高先生の意見も、このままの市民病院のあり方ではどうしようもないということなので民間移譲に踏み切ったわけです。先生はニュートラルな立場と言われるが、ぼくらにとって先生はけっしてニュートラルな立場ではなかった」

鶴﨑は樋高よりも美枝子に説明するように言った。美枝子は武雄市民病院騒動当時、重要人物の一人だったのに敢えて表に出ることを避けていた樋高に急に興味を抱き、「それからどこの病院にいかれたんですか」「どうしてその病院を辞めてまた武雄病院に戻って来られたんですか」と矢継ぎ早に質問した。樋高に代わって鶴﨑がその質問に答えた。

「樋高先生は熊本のある病院に院長として迎えられた。だがそこの理事長というのが尊大な俗物でね。病院にポルシェなどの高級車で乗り付けて来るのを自慢にしている。当然、樋高さんと気が合うはずはない。樋高さんは武雄におられた当時サラブレットを所有している某医師会の重鎮が大嫌いで、その方と対立されたくらいだから、そんな理事長を好きになるわけがない。しばらくは我慢をしてそこの院長を務められていたが、とうとう我慢ができず飛び出してウチに戻って来られたわけです。そうでしたね樋高先生」

「ま、そんなところかな。いずれにしろカマチグループの病院の駐車場には、福岡和白病院にしろ新武雄病院にしろポルシェなどの高級車は停まっていないですからな」

「最初は給料は半分になってもいいから一医師として働かしてくれと言われたが、まさか先輩をヒラ医師として使うわけにもいかず副院長の肩書で働いてもらった。今は総院長かな名誉院長だったかな。ちょっと忘れた。要するに先生にとって肩書なんてどうでもいいんです。名誉院長といってもただ椅子に座っていたり回診をするだけでなく、ちゃんと診察もしてもらうし手術もしてもらう。これはぼくからの要望ではなく、先生からの要望です」

「えっ、手術もなさるんですか。いったい樋高先生のお歳は幾つになられるんですか」と美枝子がびっくりして言った。

「手術といっても、普通の医者ならだれでも出来る簡単なやつです。新しい手術や難しい手術はやりません。ぼくの歳は、鶴崎先生や富永先生の先輩で蒲池先生の後輩といえばおおよその見当は付くでしょう」

美枝子は、またカマチグループの新しい人物を発見したと思った。どちらかというとグループには強い個性のキャラクターが多いので、樋高の我を張らない淡々とした生き方に美枝子は興味を持った。だいいちカマチグループの一員といっても、自分がグループの一員だと思っているかどうかも疑わしい。十五年前には裏に隠れていたので全く気にも止めなかったが、この十五年間自分の生きたいように飄々と生きてきたのも強烈な個性だと思い直した。

「そういえば樋高先生も富永先生も九大時代はブッセイでしたね」

と鶴﨑が樋高に言った。

「ブッセイとは何ですか。初めて聞く言葉ですけど」と美枝子が訊いた。

「ブッセイとは九州大学仏教青年会の学生寮の略語です。今は学生寮に入る医学生はいませんけど、ぼくら以前のブッセイは全員医学部でした。寮が糸島に新築移転してからは医学部の学生は一人もいません。ぼくらにとってブッセイは青春時代のいい思い出ですよ。その精神は九大仏青クリニックに生きてます。富永先生はつい最近までその学生寮とクリニックの理事長でしたよ」

美枝子の質問に鶴﨑に代わって樋高が説明した。

九州大学仏教青年会は一九〇七年（明治四十年）五月、医学部の教官や学生・看護婦で結成された診療所が母体である。当時は病院にかかることができない人や無医村地区を巡回し、社会福祉奉仕活動を通じて仏教の精神を学ぶことを目的とした。仏青会の活動の幅は地方の巡回診療だけでなく、災害慰問救護や法律扶助部による無料法律相談にもおよび時代のニーズに対応しながら発展していった。戦後も社会奉仕活動をつづけ、その精神は一九八六年に設立された「社団法人九大仏青クリニック」に生かされている。戦後は貧しい医学生のための学生寮も設立され、入寮者は全員医学部の学生だった。樋高も富永も福岡市出身だったが寮生活に憧れて入寮した。寮費が三食付きで五千円程度と安いのも魅力だった。寮生は二十人から三十人程度。樋高や富永がいた時代も僻地の巡回診療や近所の子供たちのための日曜学校などの社会奉仕はつづけられていたが、強制的なものではなかった。朝の唱和や掃除は義務付けられていたが、麻雀も飲酒もデモに参加することも自由で個人の判断にまかされており普通の学生と同じように青春を謳歌できた。二人が卒業して日本が豊かになっていくに従い貧しい医学生の数も減少し他学部の学生の数も増え、九大キャンパスが糸島市に移転したことに伴い二〇一八年、仏青寮も糸島市に新築移転した。現在は場所が遠くなったこともあり、医学部の学生は一人もいないという。

話を聞いていて昭和四十年代前半は学生運動の全盛時代だったとばかり思っていたが、こんな寮生活もあったのかと思い直した。

「鶴﨑さんも仏青にかかわりがあるんですか」と美枝子が訊いた。

「とんでもない。ちょっと想像してもらえば分かるでしょう。ぼくや蒲池さんが仏青の寮生活ができるわけがない。ただぼくの学生時代、大学紛争で七か月という長い学生ストがあったから暇にまかせてアルバイトばかりしていた。それも土方もどきの肉体労働ばかり。日中汗をかくので下宿に風呂がなくて困ったよ。それで毎日、仏青の風呂に入りに行ってたよ。おかげで風呂代がだいぶ助かった。だから仏青の医者には知り合いが多いよ」

「まあ。昔から遠慮をしない性分だったんですね」

「そういえば藤野先生も仏青だったな。たしか富永先生の前の仏青の理事長だったとかいってたな…」と鶴﨑がつぶやいた。

「藤野先生ってだれですか？」

「蒲池さんの九大の一年先輩でね。蒲池さんとの付き合いはぼくより長い。九大医学部の名誉教授でありながら東京にクリニックを開業したり、会社を興して新薬の開発に没頭するなど、ユニークな人ですよ。八十を過ぎても認知症の治療薬の研究を止めないんだから」

「その方、蒲池さんと仲がいいんですか」

「仲がいいもなにも、お互い未だに碁敵で大学時代から六十年来飽きずに碁を打っておられますよ。腕の方は蒲池さんの方が少し上らしいが、よくつづくものだ。最近はあまり福岡和白病院で見かけないようだけど」

「藤野先生はカマチグループの方ですか」

「藤野先生はグループには直接参加していないが、関係は大いにあるな。二人とも医局の旧い体制に反発した異端児中の異端児という共通点はあるが、一方は冷遇された環境の中でも医局に居残り自分の研究を貫き通したという一徹さと、片方はさっさと嫌な医局を飛び出し新天地を開いたという潔さという大きな違いがある。しかし蒲池さんは病院経営に成功してから、なにかと藤野先生の会社の援助もしているようだし仲良く碁も打ってる。口では『藤野さんの言ってることと反対のことをやっていれば、何事もまず間違いはない』と憎まれ口を言いながらも縁を切ろうとしない。ぼくらから見れば不思議な関係としか言いようがないですな」

3 夢を追う異端児

九州大学健康科学センター助教授の藤野武彦が「脳疲労」という新しい概念に基づく肥満解消法「BOOCS」を提唱し一躍マスコミに登場したのは、一九九六年（平成八年）四月のことだった。

BOOCSとは英語の「ブレイン・オリエンテッド・オベシティー・コントロール・システム（脳指向型肥満制御システム）」の略語で、脳疲労もBOOCSも藤野がつくった造語でまったく新しい概念だった。特にBOOCSは「三食きちんと食べても減量できる」というキャッチフレーズだったのでたちまちマスコミが飛びついた。最初に取り上げた朝日新聞（一九九六年四月一三日付夕刊）では、「満足いくまで食べ…やせる」の大見出しで、「九州大学健康科学センター新治療法を開発」「一五〇〇人試し成功率九五％」のサブ見出しで次のように記している。

「肥満の原因をストレスによる『脳疲労』、つまり大脳皮質の食関連プログラムの変容ととらえ、脳への働きかけによって肥満を解消する治療システム（BOOCS）を九州大学健康科学センターの藤野武彦助教授の研究グループが開発した。『あれを食べるな』といった禁止は一切せず、夕食を中心においしい、いいものを満足のいくまで食べて『心地よさ』の感覚をよび覚ます手法だ。これまで一五〇〇人以上が試みた結果、九五％が減量に成功し、減量前の体重に戻ってしまう『リバウンド』もない。高い成功率に注目した米国の研究者たちから依頼を受け、藤野助教授の執筆した一般向けテキストが近く米国で出版される」

このリードの文章につづきＢＯＯＣＳの具体的な説明を掲載し、藤野の研究チームの健康セミナーで行った治療実験を紹介している。その実験は福岡県市町村職員共済組合の職員でＢＯＯＣＳ法のセミナーを受講した一五〇〇人の追跡調査だ。一か月で平均約三キロの減量に成功し、六か月後も体重が減った人が九五・四％を占めた。リバウンドをした者はおらず、元気度を示す最大酸素摂取量は増えていた。磁気共鳴画像装置（ＭＲＩ）で調べると内臓の脂肪まで減っていた。

この朝日新聞につづき「週刊朝日」が同年五月三十一日号でＢＯＯＣＳ法の特集を組んだ。地元の西日本新聞は同年七月に十九回にわたる特集記事を連載した。こうなると「好きなものを食べながら痩せられる」というので女性週刊誌も黙ってはいない。一九九六年から一九九七年にかけてＢＯＯＣＳ法の特集を掲載しない女性雑誌はほとんどなかった。このＢＯＯＣＳブームのピーク時には旅行会社まで参加し、ＪＴＢは東京—博多間の「ＢＯＯＣＳダイエット体験ツアー」までつくるという過熱ぶりだった。

一九九八年七月には講談社から『ＢＯＯＣＳ—至福のダイエット革命』を出版すると十万部のベストセラーになった。二〇〇三年には福岡市内に医療法人社団ブックスＢＯＯＣＳクリニック福岡を設立し、藤野が自ら理事長になった。二〇〇五年には東京の銀座にＢＯＯＣＳクリニック東京を開設した。このとき藤野は五十代前半、二歳年下の蒲池眞澄は池友会グループの四番目の病院である新行橋病院を開設した頃である。藤野が東京・銀座にクリニックを開設した年に蒲池は新水巻病院を開設している。

もともと循環器内科専門医の藤野が、なぜ肥満防止のＢＯＯＣＳの領域に取り組んできたかというと、医局時代、心臓病患者に心臓に負担がかかる余分な体重の減量を奨めてきたが、普通の食事減量法ではなかなかうまくいかない壁にぶつかったことに起因する。そこで、食べたいことを我慢することにより大脳皮質の食事関連プログラムの破綻が原因ではないかという仮説を立て脳の領域まで研究が及んだ。発想のヒントとなったのはイソップ寓話の「北風と太陽」である。冷たい北風が吹くと旅人は外套の襟をますます固く握りしめ外套を脱ごうとしない。逆に太陽が照ると外套の襟を弛めて外套を脱ぎ捨てる。この原理を肥満防止に応用した。つまり厳しい食事制限が北風なら、満足のいく食事が太陽というわけだ。このように藤野の研究は一つの領域にとどまらず、他の領域にまで自由に拡がっていく。藤野自身は「学問や研究で一番大切なのは自由な発想だ」という信念をいまでも崩していない。

五十二歳でマスコミに登場したときの藤野の肩書があくまで九州大学健康科学センター助教授であって、九州大学医学部助教授ではない。健康科学センターは機構的には医学部に所属したものではなく、あくまでも機構上は医学部と対等な独立した「学部」である。だが社会通念上、医学部より下に見られている。つまり大企業でいえば副社長といっても本社の副社長ではなく、傍系会社の副社長にすぎない。傍系会社の副社長では本社の重役会議には出席できない。またたとえ藤野が同センターの教授になっても、別機関であるから九大医学部の教授会には出席できない。

藤野はこの傍系組織の助教授として十年間すごしている。助手の期間も長くやっと講師になったのも三十八歳の時である。藤野がなんで「冷や飯食い」のコースにあまんじているか。それは一九六八年（昭和四十三年）から六九年にかけての九大医学部闘争に起因している。

一九六八年、東大医学部闘争に端を発した学園闘争は当時巻き起こった「七〇年安保闘争」と相俟って、またたくうちに全国の大学に広がっていった。九州大学でも米軍ジェット戦闘機の構内の電算機センターへの墜落事件、佐世保エンタープライズ事件を契機に学生の長期スト、学内封鎖へとエスカレートしていった。九大医学部でもインターン制度廃止を軸とした研修医の待遇改善運動が発展して「学位拒否闘争」がピークに達成していた。「学位拒否闘争」とは、いわゆる医学部教授を頂点とする医局の無給医局員は、学位（博士号）を取得するために、無為の四、五年間をすごさなければいけないという制度を改善せよというものであった。当時九大には、二十三人の教授を頂点として、その下に助教授が二十四人、四十二人の講師、二百四人の助手、四百人の無給医局員がいた。ほとんどの無給医局員が学位を取るのが目的で、その人事権は頂点に立つ教授がにぎっている。このヒエラルキーを改善する手段が学位拒否なのであった。

もちろん当時、藤野も蒲池眞澄も無給医局員である。第一内科入局四年目の藤野はすでに博士論文執筆に手をつけていたし、蒲池は大学院生で籍は第一外科の医局に所属しており「学位拒否闘争」に参加した。

九大の医学部改革運動がピークに達すると、無給医局員たちの手によって「若手医師の会」が結成され、若い医局員の約八割が参加した。若手医師の間ではその委員長に藤野を推す声が強くなった。藤野は政治的にはまったく無色の医師だったが「改革すべき点は改革しなければ」という立場に立っていた。当時、藤野は米国のメイヨークリニックへの留学の話が実現しそうになっていた。委員長になって闘争の渦中に巻き込まれるより一時的に海外へ身を避けておく方が賢明な策とも思われた。第一内科の「官房長官」である研究主任もその方を薦めた。だが藤野は「逃げる」とか「一時避難」ということがたまらなく卑劣な行為に思えて委員長の道を選んだ。

委員長の藤野は「学位ボイコット」の誓約書を取りまとめた。若い医局員で学位未取得者全体の三分の二が誓約書に署名した。藤野は「若手医師の会」の委員長としてその誓約書を医学部長に手渡した。

日本の近代史のなかで体制と反体制が争って、反体制側が勝利したという例は極めて少ない。藤野の場合もはじめから勝利を目指していたわけではない。委員長の道を選んだ段階である程度、負けることを覚悟していた。機動隊が大学構内に突入してきた「敗戦の日」の早朝、藤野は若い学生たちと一緒に医学部正門のバリケードの中にいた。そして社会的死を覚悟し教授への道を断念した。

「学位拒否闘争」が敗北に終わると、藤野はイの一番に辞表を書いた。医学部の教授会は「若手医師の会」の幹部である全役員の「医局からの追放」を問答無用で決定した。ところが委員長である第一内科の藤野の処分だけがなかなか決まらない。決まらない理由は第一内科の内部にあった。

医学部の教授会では藤野の追放を決定して、第一内科の教授に藤野の追放を迫ったが、九州大学の第一内科では医局内部の人事は教授一人の一存では決められないという自由で民主的な不文律があった。教授が藤野の追放処分を第一内科に持ち帰ると、医局の研究主任が「藤野は何も追放処分にするような悪いことはしていない。彼は医局でもいい研究をしている。医局としてクビにする理由は何もない」と追放処分に強く反対した。その意見に多くの医局員が賛同した。藤野が個人的にもっとも尊敬していた講師からも「君は医局に残れ。辞めるより残る方が辛いが、医局に残って内部からしっかりと第一内科を支えてくれ」と言われた。その講師は、衆目の一致する将来の教授候補であったにも拘わらず、大学紛争中は学生たちの意見に賛同して、紛争後自ら大学を去ることを決めていた。

いちばん困ったのは第一内科の教授である。教授会で藤野の処分を問われると、どう答えていいか分らない。ところがこの教授も偉かった。「藤野は医局のみんなの要望で医局に残します。しかしこれからも無給のままで、絶対に文部教官にはいたしません」と言い切った。文部教官になれないということは、これから助手—講師—助教授のコースを外されたことを意味する。しかし藤野にとっては追放された若き俊秀たちのことを思うと、文部教官になれなくて無給医局員のままの方がはるかに心の痛みが軽かった。好きな研究があと数年できればいいと思った。ある意味では教授の判定は「大岡裁き」でもあった。

一方、「学位拒否闘争」に参加した蒲池の方は、藤野の一級下で幹部役員でもなかったので追放処分を免れたが、普段から仲が悪かった教授からいつになっても「戻って来い」という声はかからなかった。藤野のように引き止めてくれる研究主任もいない。逆に九州大学を飛び出すいい機会だと思った。以後、東京や山口の民間病院に勤めたり福岡大学の非常勤講師になったり、三十三歳で下関に独立して開業するまで自称「ストレイシープ（迷える子羊）の時代」がつづく。途中、学位を取る気はいっさいなかった。父親からは「学位も取らずに何が一人前の医者か。いつかどこかで野垂れ死にするぞ」と叱責されたこともある。この間、二度結婚して二度離婚した。まさに「ストレイシープの時代」である。

医局に残った藤野の場合、それから「冷や飯コース」がつづく。第一内科では文部教官（有給）を決めるとき、前の研究主任と同レベルのベテラン文部教官と若手の医局員のそれぞれ合わせて十人の合議制で、第一候補と第二候補の二人を決めて教授の指示を得る。藤野は常に第一候補に選ばれたが、文部教官には決まって第二候補の方が指名された。藤野は万年第一候補だった。こういう時期が十年余りつづいた。

やっと第一内科の講師になったのは三十八歳のときだった。大学紛争のほとぼりもほぼ消えていた。しかしこの講師時代がさらに十年つづく。この間、藤野は黙々と好きな研究に没頭した。世界でまだ人がやっていない研究にこだわった。ホルター心電図の心拍変動パターンにより自律神経機能異常の診断が可能である事や、心エコー法を用いてWPW症候群の副伝導路の部位を固定したのも世界ではじめての発見だった。

一九八七年、九州大学に新しく「九州大学健康科学センター」が設立され、藤野はそこの助教授として赴任した。四十八歳になっていた。藤野がユニークなところは、籍は同センター助教授でありながら、第一内科の研究室にも自由に出入りできたことである。藤野はまだ第一内科の講師のつもりでいるし、後輩の医局スタッフもそのつもりでいる。つまり藤野は結果的には二つの研究室を得たことになる。この時期、藤野は「脳疲労」の概念をもとにストレスホルモンによる脳機能障害、心機能障害の発症メカニズムを学術的に明らかにして論文にまとめている。

二〇〇〇年、藤野はやっと九州大学健康科学センターの教授に昇進するが、すでに六十三歳になっていた。この間、藤野のアイデアと農水省と民間企業の共同出資で設立した独立行政法人「レオロジー機能食品研究所」（後に会社化）の九大から派遣された研究責任者にもなっていた。レオロジーとは赤血球変形能のことで循環器内科が専門の藤野は、ここでレオロジーの検査法の開発を進めていた。また機能性食品の開発でもかなりの実績を残していた。教授になって二年後に藤野は九大を退職するが、新しく設立した株式会社「レオロジー研究所」の社長に就任した。レオロジーとは医学的には赤血球変形能のことで、心臓内科が専門の藤野は独立行政法人時代から、ここでレオロジーの検査法の開発も進めていた。退職するとき、九大は藤野の長年の功績を認めて「名誉教授」の称号を与えた。

レオロジー研究所の社長に就任すると同時に藤野は、福岡女子大教授の馬渡《まわたり》志郎を研究所長として招聘した。馬渡は藤野の大学一年生時代からの親友で、学位拒否闘争の時は神経内科の代表として「若手医師の会」の委員に名を連ね藤野と一緒に闘ってきたが、紛争後は追放処分に遭った。しかし間もなく彼が発表した論文がアメリカの世界的権威に認められ渡米することになった。ペンシルベニア大学やコロンビア大学神経病研究所の講師として三年半滞在したが、九大の医局には戻れなかった。アメリカではそれなりの研究実績があったにも拘わらず、追放処分を受けていたため九大では受け入れられなかった。九大時代は臨床医を目指した馬渡も帰国後は、「特技＝実験、趣味＝実験」と自ら称するように生化学が専門の研究者になっていた。九州工業大学准教授を経て長いこと福岡女子大で生化学の教授を務めていた。昼間は女子大生を相手に化学実験の面白さを教え、夜は自分でテーマを持ち好きな実験に没頭し、数多くの研究論文を書いていた。

馬渡は蒲池とも関係が深く、黒木中学時代の一年先輩に当たり同じバスケット部に所属していた。一年先輩といっても蒲池に言わせれば「馬渡さんは昭和十五年四月一日生まれで、おれは昭和十五年四月十四日生まれ。たった生まれた日が十三日しか違わないのに先輩面しやがって」という仲である。馬渡は中学を卒業すると久留米の久留米大附設高校に進み、蒲池は福岡市の修猷館高校に進んだ。再び九大医学部で一緒になったが、どちらも現役で入試に合格したので相変わらず馬渡の方が一年先輩のままであった。だが蒲池は同じ月生まれの馬渡をけっして敵視したり嫌っていたわけではない。九大を追放されていらい一貫して研究者としての道を歩きつづけた馬渡の生き方を「あの人は普通の人間じゃない。おれに言わせれば『宇宙人』としか思えない」と評している。徹底して現実主義者の蒲池から見れば、地位や名誉を度外視し研究一筋に飄々とした生き方は、どうしても俗な人間には理解できないものだ。しかし蒲池にとって「宇宙人」とは、同郷の友人に対する敬愛の念を表す敬称以外のなにものでもない。

藤野が馬渡教授を研究所所長に招聘したが、招聘というには少し語弊がある。二人の関係は、「何か面白い研究がしたいのなら、おれの研究所に来て少し手伝ってくれないか」「うん自由で面白い研究ができるのなら行ってもいいよ」というのが正直なところである。馬渡の福岡女子大での肩書は人間環境学部栄養研究学科教授だったので機能性食品とまんざら無関係ではない。すなわちレオロジー研究所では、「人の赤血球膜の生化学的変化とレオロジーとの関係」「血液の流動性および血球の変形能に関係を有する食品」「血球膜の変化と抗酸化作用を有する食品の研究」など、食品と血液に関する実証的な研究が主な仕事だったからである。

こうして一九七〇年いらい別々の道を歩んできた二人が、三十数年ぶりに一緒になって新しい職場で再出発した。二人の関係は、九大医学部のキャンパスの芝生の上に寝っ転がって人生論や恋愛論を語り合ったころの関係に戻っていた。普通のサラリーマンなら定年を迎えてリタイアーする年齢である。

藤野が再びマスコミに登場したのは七十六歳のときだった。

二〇一五年二月、TBSテレビの特集番組「夢の扉+」で「認知症に新しいアプローチ! 脳を守る新物質」というタイトルで藤野が提唱するプラズマローゲンが認知症の改善に効果的と紹介されたとき、その反響は大きかった。これぞ認知症の救世主だと思った人も少なくない。これを機に藤野はプラズマローゲンに関する学術論文も書いたが、一般向けの「認知症はもう怖くない」という類の本も数多く書いた。

プラズマローゲンはあらゆる動物の体の中に含まれるリン脂質の一種で、各細胞のペルオキシソームという小器官でつくられる分子レベルの物質だが、プラズマローゲンだけを抽出するのは技術的に困難を極めていたためその研究はなおざりにされてきた。これがアルツハイマー病との原因究明が進まなかった理由のひとつでもあった。すでにアルツハイマー型認知症患者の脳を解剖するとプラズマローゲンの量が減少していることが判明していたが、原因は生理学的に証明されないまま放置されていた。

藤野はこのプラズマローゲンという物質にこだわりつづけていた。だが純粋なプラズマローゲンの抽出に手こずっていたが、馬渡がアメリカで開発した検出技法をヒントにして独自の方法で鶏肉やホタテ貝から大量抽出・精製に成功。以後、そのプラズマローゲンを試料として動物実験を繰り返し、二〇一三年に軽度認知症患者四十人の臨床試験にこぎ着けた。結果は改善組と非改善組の比率は半々だったが、被試験者が小規模なうえ、被試験者は本物の薬か偽薬かの区別は認識できないが試験者はその区別をあらかじめ知っている単純な単盲検試験だったので学会で認められる科学的エビデンスは得られなかった。だがプラズマローゲンを使った臨床試験は世界で初めての試みであった。

翌二〇一四年、もっと大規模な二重盲検試験に踏み切ったが、二重盲検試験には時間と資金が必要だ。二重盲検試験とは、被試験者だけでなく試験者も本物の薬か偽薬か知らされない大がかりなものだ。藤野は蒲池に協力を依頼したが、その資金の出し方がいかにも蒲池らしいやり方だった。直接資金を渡さず、藤野が関係しているプラズマローゲン製造販売会社の株を個人的に買った。株が値上がりすれば蒲池の利益になるから、援助ではなく立派な投資である。普通、製薬会社が新しい薬を開発するとき、十年で二百億円とも三百億円ともいう時間と資金が投資される。一年や二年で、しかも一億や二億の投資で、そう簡単に学術的に認められる科学的根拠が見つけられたり、株価が急に上がったりするものではない。まだ藤野と馬渡の飽くなき研究はつづいている。蒲池は蒲池で「藤野さんや馬渡さんらは研究者としては立派かも知れないが、商売は相変わらず下手くそだな」とつぶやいている。

藤野たちがプラズマローゲンの二重盲検試験を行ってから、各地の大学や医療機関でプラズマローゲンの臨床研究を始めたところが出てきた。二〇一八年からは国立精神神経医療研究センターがプラズマローゲンとうつ病との関係を探る二重盲検試験をはじめた。同センターは我が国最大の精神神経系統疾患の研究機関である。その二重盲検試験では、もちろん馬渡が開発したホタテ・プラズマローゲンが試料として使われている。タイで百年の歴史を有するＢＮＨ病院グループでは、馬渡が開発したホタテ・プラズマローゲンが実際に治療に使われている。

二〇一九年の医学ジャーナルネット「健康と病気における脂質」（ロンドン発信）は、藤野たちの研究を引用して「プラズマローゲンによる臨床研究は始まったばかりであり、アルツハイマー病や神経機能に対する新たな治療法としての可能性を秘めている」と報じている。

藤野はプラズマローゲンの普及に努めながらも、臨床医であり研究者である姿勢を崩していない。博多と銀座にある自分のクリニックには出来るだけ顔を出して自ら診察をつづけている。すべての病気は生体の各器官に指令や情報を出している脳機能の疲労が原因とするのが、藤野の提唱する「脳疲労」概念の主旨だが、藤野はさらに「脳疲労」の原因はプラズマローゲンの減少にあるという新しいセントラルドグマ（分子生物学の中心原理）を提唱している。一九九一年に提唱した「脳疲労」概念の生化学的説明である。

二〇二三年に薬品大手のエーザイは米バイオジェン社と共同開発したアルツハイマー病の新しい治療薬「レカネマブ」の製造販売を厚生労働省から認可された。この新薬は脳内に溜まったタンパク質のアミロイドβを除去する初めての治療薬だ。食品大手のサントリーは同じく厚労省から認められた油脂成分の機能性表示食品の「オメガエイド」を製造販売している。こちらは脳に油脂成分を補充して活性化させる点ではプラズマローゲンに類似している。しかし藤野の会社はエーザイやサントリーには及びもつかない小規模な会社で資金的には太刀打ちできないが夢はずっと大きい。

蒲池は鶴﨑に藤野の会社への出資を求めたことがあったが、鶴﨑は「藤野さんが油脂成分に目を付けたところは、ぼくも認知症には油脂成分が効くと考えているので評価する。しかし評価と出資はまったく別のことだ」と断っている。蒲池のすることにまず反対してみるのが鶴﨑の性分であるから仕方がない。蒲池もそれ以上は強いて勧めなかった。

とにかく藤野と馬渡の研究が、プラズマローゲンと認知症の世界に一石を投じたことは間違いない。ちょうど蒲池が東京の原宿にリハビリ病院を建てたり東芝病院を買収して世間を驚かせていたときと時期を同じくしている。藤野や馬渡や蒲池が挫折した医学部紛争から四十五年が経っていた。

4　臨床医と研究医

「これまでお互いに長いこと医者をやってきたが、おまえは何人くらいの人の命を救ってきたと思ってるか？」

「そうさなあ。おれはほとんど研究室にいて患者を直接診たのはインターンのときくらいのもんだが、おれの免疫学の研究で臓器移植する際に何人かの命が助かったと思ってるよ。ところでおまえの方はどうなんだ」

「おれは三十代の頃、救急医療で直接手術をしてきたから数えることができる。まず三十人はくだるまいな。もっともここ数十年メスは執ってないがね」

これは笹月健彦が亡くなる前に、蒲池眞澄と笹月が交わした会話である。蒲池と笹月は高校生のとき出会って以来の親友だが、二〇二三年（令和五年）二月一日、笹月が八十二歳で亡くなった。笹月の葬儀では蒲池が友人代表で弔辞を読んだ。

笹月は蒲池と同じ修猷館高校で三年間を過ごし、現役で九州大学医学部に進んだ。大学時代から基礎医学に興味を抱き臨床医を目指さず、理学部の授業を受けるなど「医学の未知の分野を知りたい」と医化学者への道を選んだ。医学部を卒業してインターンを終えると医学部の大学院や医局へは進まず、東京医科歯科大学の大学院に進み遺伝病研究施設で免疫学の研究に没頭した。だから蒲池や藤野のように「学位拒否闘争」には巻き込まれてはいない。東京医科歯科大学で学位を取り、米国スタンフォード大学の三年の留学を終え、東京医科歯科大学難疾患研究所で順調に助教授、教授の道を歩いた。スタンフォード大学留学時代、抗原遺伝子ＨＬＡの存在に出会い、ＨＬＡの免疫学的研究を生涯のテーマに選ぶ。したがって蒲池のように「ストレイシープの時代」はないし、藤野のように不遇な時代もない。

やがて九州大学に生体防御医学研究所が新設されると一九八四年、そこの教授に迎えられ、その六年後に同研究所の所長になった。その所長時代、やがて笹月は推されて日本免疫学会会長に就任した。その会長時代、一九九五年十一月に福岡市で日本免疫学会創立二十五周年記念大会が開かれることになった。笹月は国内だけの記念大会にせず、欧米七か国から外国人研究者二十七人を招きアクロス福岡の七つの会場で国際シンポジウムを開催した。当初、国内の学会なのに英語でのシンポジウムに難色を示す者もいたが、笹月は「日本人だけの国民体育大会をやっていても世界に通用しない」と初志を貫いた。

この時代に笹月は免疫学上、世界を驚かす発見をしている。

それまでHLAと疾患の関係で世界的に注目されていたのが、GvHD（移植片対宿主病）とHLAの関係であった。骨髄移植の際にドナー（提供者）とレシピエント（移植患者）のHLA型がミスマッチだと、GvHDが起き、移植が成功しないだけでなく致死的になることもあった。それまで骨髄移植で重要なのはHLAクラスⅡの遺伝子座のマッチングだと考えられていたが、実はGvHDを防ぐにはクラスⅠ遺伝子マッチングがより重要であることを世界で初めて証明した。

一九九八年、笹月はこの証明を英国の医学雑誌に発表した当日、米紙「ニューヨークタイムズ」が大きく取り上げ、骨髄移植患者やその家族だけでなく社会的に大きな反響を呼んだ。これを証明できたのは「日本国内の骨髄バンクが整備され、症例が多いこと、さらに六つの遺伝子座の多型をDNAレベルで綿密に解析できたことが大きかった」と笹月は語っている。笹月はこの後も免疫遺伝子分野で、HLAを通して免疫応答の多様性、多型性を中心に据えて免疫システムの本質の理解を目指して研究をつづけた。なかでも胸腺におけるHLA分子の機能による免疫システムの構築を明らかにした仕事は大きい。冒頭の笹月と蒲池の会話は、このHLAの働きを究明した笹月の仕事が臓器移植の手術の際、その拒絶反応を防ぎ多くの人の命を救ったということが裏付けになっている。

やがて笹月は二〇〇一年には東京の国立国際医療センター研究所の所長に招聘され、三年後には同医療センターの総長に就任した。その間、日本人類遺伝学会賞、武田医学賞などを受賞、二〇〇二年に紫綬褒章、二〇一七年に瑞宝重光章を受章した。二〇一九年には日本学士会会員になった。

九州大学では二〇〇九年に「学問の新しい領域を切り開き、世界をリードする大学となるために」と称して「九州大学高等研究院」を設立しているが、笹月はその特別主幹教授に選ばれて就任している。五人の特任主幹教授はいずれも国際レベルの九州大学出身者ばかりで、外国人による五人の栄誉教授はノーベル化学賞のバリー・シャープレス博士ほかいずれもノーベル賞受賞者ばかりだ。ちなみに異色の例としては二〇一九年にアフガニスタンで亡くなった中村哲が、生存中の二〇一四年に「アフガニスタンにおける用水路建設・医療活動」の功績で特別主幹教授に選ばれている。

この医学者として誰が見ても非の打ちどころのない笹月の経歴に対して、親友の蒲池の経歴は毀誉褒貶がはなはだしく、見る人によって評価が違ってくる。

ただし藤野武彦だけは学生時代から、蒲池への高い評価は変わっていない。そして、藤野の高い蒲池評に対して疑問を呈する知人に対しては「笹月君の蒲池君への高い評価も昔からぼくと同じで変わらないと思う」と言うのが常である。

藤野の蒲池評はこうだ。

蒲池の人に迎合せず阿諛追従を最も嫌悪し、ときには傍若無人とも思われる粗野な態度は、権力や権威に対する反発心が人よりも数倍強いという気持ちの表れにすぎない。じっくり付き合ってみると、情に厚く繊細な神経の持ち主であることがわかる。藤野は学生時代に蒲池と碁を打っていて、見かけよりも広くて繊細な神経の持ち主だと見抜いていた。碁を打ってみるとその人の本当の性格がわかるというのが藤野の持論だ。学生時代から碁の力量は蒲池の方が上だった。だから対局するときはいつも藤野は五目置いていた。いまは蒲池が六段（後に名誉八段）、藤野は五段、対局するときは藤野が一目置く。「この五十五年間で蒲池君に四目分だけ迫ったというわけだ。だから蒲池君にはいまも『一目おいている』」と最後は冗談を言う。

そして藤野はこうも言う。「笹月君と蒲池君を比較すると、性格は水と油、見栄えと外見は月とスッポンだと誰もが思っている。だがそれは違う。二人の根っこにあるのは同じものだよ」と。強いていうなら、蒲池と笹月の関係は、藤野武彦と馬渡志郎の関係に似ていなくもない。

笹月と蒲池は、笹月の死の前年まで二人だけでよく酒を酌み交わした。それも華やかなところや騒がしいところは避けて、西中洲辺りの落ち着いたおでん屋がお互い気に入っている。蒲池は令和健康科学大学をつくると笹月に大学の顧問になってもらった。それまで二人は同じ医師でありながら、まったく別の道を歩いてきた。やっと八十歳になって同じ仕事で、その一部分が結ばれるような関係になった。教育という立場で。

「ところで蒲やん、お前は医療に従事する者は『治療、教育、研究』の三原則に徹しなければいけないと言いつづけてきたな。だが医師でこの三拍子がそろったやつは少ない。いや、いないと言った方がいいだろう。現におれは治療にはまったく無縁に生きてきた。教育だって、九大に戻ってきたのは免疫研究所の所長で研究者を育てたくらいで、医学の臨床的な技術者を育てた覚えはない。三つ目の研究だけで生きてきた。これでも医者といえるだろか」

「おれが『治療、教育、研究』と言ったのは、尊敬するクリーブランドクリニックの石碑に書かれていた言葉で、医療機関のあり方を示す三原則にすぎん。おれも学術的な研究にはまったく無縁に生きてきたが、碑文にある研究の部分『Further Study of Their Problems』を勝手におれ流に解釈して言ってるだけさ。つまり Their Problems の their を医療スタッフと訳して、医療スタッフのいろんな困った問題を究めていくのがおれの仕事だと思ってるだけだ。クリーブランドが言ってる本来の Their の意味は患者だろう。もっとも笹やんの Their は患者ではなく人間もしくは人類の意味だろうがなぁ」

「まったく我田引水というか屁理屈と言うべきか。相変わらずお前は強引に自分の流儀にもっていく悪い癖が直らんな」

それから二人の会話は、この項の冒頭のことばに戻る。「もっともここ数十年メスを執ってないがね」という蒲池の返事につづいて笹月が言った。

「お互い高校二年生の頃までは医者になって人の命を救うなどとは思いもしてなかったがなあ」

八代続く医師家系の次男坊の蒲池は経済学部あたりに進み、当時人気のあった商社マンにでもなろうかと思っていた。笹月も祖父も父親も大学は工学部出身で医学部は眼中になかった。二人はのんびりとした高校生活を気楽に送っていた。だが九大医学部に進んで医師を目指していた蒲池の兄が山で予期せぬ遭難死して、蒲池の進路が医学部に変わった。「おれは九大医学部に行く」と蒲池が言うと、笹月が「よし、それじゃおれも医学部に行く」とオウム返しに言った。それまでどの学部に行くか決めかねていた笹月は、蒲池の言葉が医学部に進むきっかけになった。それが高校二年生のときだった。「いまさら急に進路変更しても現役で医学部は無理かも知れんぞ」という担任教授の言葉をよそに二人はそろって現役で九大医学部に合格した。それからも二人の親交は六十年以上つづいたが、まったく別の道を歩いてきた。

二人は飲み友達といっても、前記したような「治療、教育、研究」などと医学的な理屈っぽい話はめったにしない。ほとんどがなんの屈託もない昔ばなしや日常茶飯の近況報告で冗談を飛ばし合うばかりだ。かつて看護局長の木下とし子が「蒲池先生の碁は頭を休めるためのものなんですよ」と言ったことがある。日常の煩雑な仕事でパンパンに膨れ上がり硬くなった頭を純粋思考の碁で「頭を休める」とはよく言ったものだ。囲碁もそうだが、何の利害関係もない笹月と二人きりで飲みながら高校時代の二人に戻ることも「頭を休める」最善の方法だった。笹月の死は蒲池にとって好きな碁を取り上げられるより痛手であった。

福岡和白病院の会長室の壁には幾多のカラー写真の中に混じって二枚の古ぼけたモノクロの写

真が貼ってある。蒲池が最も愛着を持っている二枚だ。一枚は下関カマチ病院で働く看護婦長橋本スヱ子のスナップ写真で、あと一枚は校庭で仲良く肩を組んで笑っている十七、八歳の二人の少年の写真である。二人の少年とはもちろん蒲池と笹月である。他のカラー写真はこれから何枚も貼り替えられるだろうが、この二枚のモノクロ写真だけは絶対に貼り替えられることはないだろう。

5　九州大学医学部同窓会会長

蒲池は福岡和白病院を開設して数年間、同病院が軌道に乗るまで院長を務めただけで、以後院長という職務には就いたことがない。お膝元の本拠地福岡和白病院の院長は信頼できる九州大学の後輩たちに任せっきりだ。

和白病院が軌道に乗ってからカマチグループが拡大していく時期は、和白病院の院長は九州大学の後輩原崎弘章に任せた。原崎は米国クリーブランドクリニックの心臓外科部長をしていたが、日本での院長の経験はなかった。蒲池との縁は九大の後輩でもあったが、一九九〇年代前半、蒲池がアメリカで開発された人工心臓の販売権を獲得したとき、その情報を逸早く手に入れアメリカで獲得に協力したのも原崎だった。以後、カマチグループとの縁も深くなり、グループ病院のアメリカ研修はクリーブランドクリニックになっている。

原崎の次の院長の伊藤翼《つよし》のカマチグループとの縁は、もっと深い。一九八九年、和白病院が心臓血管外科を新設した際、当時教授をしていた佐賀医科大学胸部外科から心臓外科チームを派遣したことがきっかけになり、その後佐賀医大の胸部外科の医局員が和白病院で合宿研修を行うなどの交流がつづいていた。後に新久喜病院の院長になった岡崎幸生なども伊藤教室の一員である。

蒲池より二つ年下の伊藤は長崎県の対馬の造り酒屋に生まれ、対馬の中学を卒業し福岡市の福岡高校を経て九州大学に進んだ。九大を卒業し医局にいるとき例の「学位拒否闘争」に巻き込まれた。嫌気がさした伊藤は渡米し一九七一年から七六年までアメリカで外科レジデントとして勤務し米国の医師免許や永住権を獲得した。米国での開業も可能で妻も米国在住を望んでいたが、郷愁の念に駆られて帰国。筑波大外科講師を経て佐賀医大外科教授を十年間務め二〇〇六年に同大学附属病院副院長に就任した。退職後は対馬の国立病院の院長の話もあったが、長年縁が深い福岡和白病院に来た。

福岡和白病院に惹かれたのは長年の縁もあったが、福岡和白病院が全国で民間初の医療用運搬ヘリ「ホワイトバード」を所有していたことにもある。伊藤も医療雑誌に「これまでにもホワイトバード五百件の運航のうち、百三十件が対馬の搬送で、ようやく対馬に貢献できる場所に戻ってきたという思いです」と語っている。福岡和白病院院長になってからすぐ「心臓・脳・血管センター」（ＨＮＶＣ）を開設するなどの実績がある。ＨＮＶＣとは、従来それぞれに疾患診療をしていた循環器内科と心臓血管外科と脳神経外科と放射線科を一つにした診療ユニットで、より迅速な対応ができるシステムだ。救急病院としてスタートした総合病院の院長として適格な仕事だった。

伊藤の次の院長である富永隆治の蒲池との縁は、さらに深い。高校、大学の後輩というだけでなく、九大の医局時代に下関カマチ病院でアルバイトとして働いていたという繋がりを持つ。富永は途中で大学教授へのコースを歩むが、大学の同期生である鶴崎や山永義之との縁も切れてはいない。

富永は糸島郡周船寺村（現福岡市西区）に生まれ育った。修猷館高校時代はバスで一時間かけて通学、それも三年間剣道部にいたので朝稽古に間に合うように毎朝始発のバスだった。九大時代も剣道をつづけ、五年次には全学の大将を務めインカレでは九州地区予選を勝ち抜き日本武道館での決勝大会に出場、二回戦で早稲田大学に惜敗した。馬出《まいだし》の医学部に進んでからは遠縁にあたる福岡市の名刹崇福寺に寄宿したが、同寺の雲水と同じく午前三時起床、午後九時消灯の生活に耐え切れず九大仏教青年会の寮に移った。食事込み月八千円の寮費が魅力だった。仏青時代は無医村地区への巡回診療も積極的に参加した。

医学部を卒業すると心臓外科に入局した。米国留学は四十歳と遅かったが同門の原崎弘章を頼ってクリーブランドクリニックに籍をおいた。クリーブランドでは人工心臓の研究に没頭した。帰国してから九大心臓外科の教授になると二〇〇八年には九大病院副院長に就任した。二〇一五年、退職と同時に福岡和白病院院長に就任。九大名誉教授。九大医学部ＯＢにも人望が厚く九大医学部同窓会会長、九大仏教青年会理事長なども務めている。

九大医学部では鶴﨑直邦、山永義之、久保千春（元九大総長）、中村哲らと同期だが、卒業後はそれぞれの道を歩いている。特にカマチグループには縁が深く一時期多いときには、グループに十人近くの同期生がいたこともある。それだけに蒲池の富永に対する信頼心も格別である。また富永も蒲池を畏敬の念を持って接している。

美枝子は五十周年記念ビデオの取材中に、蒲池について富永が書いた文章を掲載した医学雑誌を手に入れた。その雑誌の切り抜きのコピーは今度、瀬川広平に会ったら見せてやろうと思っていつもバッグの中に入れて持ち歩いている。腰痛持ちの瀬川はいま自宅で「池友会、成功の秘密—カマチイズム」という本を執筆中だ。その参考になればと思ったからだ。その医学雑誌（月刊『臨牀と研究』令和四年七月発行）にはこう書いてある。

《今なお多くの人を魅了して已まない蒲池先生を、不遜のそしりを覚悟で分析したいと存じます。第一は桁外れに業が強い事であります。業と言っても善業で人や社会を動かす力、エネルギーです。第二は高邁な理念であります。下関で病院をはじめられた時の思いは、医療の恩恵を受けられない夜間・休日の緊急症例をいかに救うかにあり、その気持ちは五十年たった今でも微塵も変わっていないのです。最近でこそ、その重要性が喧伝されていますが、先生は昔から患者さん中心の医療を実践されてきたのです。そしてその根底にあるのは、人、特に弱者に対する優しさです。カンボジアのアンコール小児病院や障害者施設に対する長年にわたる支援もその一端です。

第三は卓越した先見性です。天性の鋭い勘だけでなく、医療界はもとより政財界や果ては宗教界に及ぶ広範かつ親密な交流から得られる情報が一手先を読む力となっていると推測されます。常識にとらわれない着想も実はデータに裏付けされたものがあると睨んでいます。第四は経済観念が際立って優れていることです。病院経営は4、3、2、1が理想と教えていただきました。最後の1は利益率（一〇％）です。利益の追求かと思われがちですが、患者さんに最新の医療を提供するためには、最新・最高の医療機器を常に求め、新しい医療技術も導入しなければなりません。清潔で快適な病院を維持するためにも常に改築・改装は必要で、そのための資金として自前で利益を確保する必要があるのです。

第五は巧みな人心掌握術です。主だった職員のデータは個人情報も含めて驚くほど大量に記憶されています。また職員に対しては極めて優しく、気遣いも半端ではありません。能力あるものを適材適所に配置しリーダーとして育成し、全職員にはグループの一員としての誇りと帰属意識を持たせ、自分が組織のために何が貢献できるか常に考えさせておられます。第六は現場至上主義です。各病院の臨床現場で何が行われているのか常に目を光らせておられます。机上の空論は最も嫌われるところです。教授職に就く前に学んでおけば良かったと

思うことしきりです》

「先生、これはちょっと蒲池さんを持ち上げすぎじゃありませんか」

美枝子は五十周年記念ビデオの院長インタビューを撮り終えて、直接この医学雑誌の切り抜きを富永に見せて訊いてみた。富永は頭を掻きながら答えた。

「いやあ、あなたがこの雑誌を読んでくれたとは思わなかった。でもこれはぼくの本心ですよ。最近はときどき蒲池先生が維摩居士の再来かと思うことがあるんですよ」

「維摩居士って?」

「古代インドの富豪の商人で釈迦の在家の弟子です。居士というのは在家の弟子のことです。維摩居士は俗に徹して悟りをひらいたと言われています。『どうしたら仏道を成ずることができるか』と問われると『非道を行ぜよ』と答えています」

「非道ってなんですか?」

「非道というのは仏道に背くことです。『非道を行ぜよ』ということは『非道を行じているように見えても、それに捉われなければ仏道に通達できる』ということを意味しています。そして『たとえ無間地獄に入る五つの罪悪を行っても、悩みといかりがなければよい。妻妾や女奴隷を持っても、常に五欲の汚泥を遠離していればよい』とも言っています」

「維摩居士のことはよくわかりませんが、日本でいえば一切の権威を否定し風狂の道を歩いて大悟した一休宗純みたいな人ですね。もちろん一休さんは臨済宗の高僧でありながら飲酒も肉食もして妻や子供もあった」

「まあそういうところですね。また維摩居士は『一切の衆生病む故に我病む。若し一切の衆生の病滅すれば、則ち我病も滅する』とも言ってます。ここまで蒲池さんとダブらせると、持ち上げすぎになりますかな。だが蒲池さんと話していて、ずばり核心をついてこられるところなども『維摩の一黙、雷の如し』といわれた維摩居士を彷彿とさせるものがあると思いますよ。蒲池さんは黙っているときも怖いし、怒って怒鳴るときも怖い」

「たしかに蒲池さんの話されることは物事の核心をついていることがありますね。その点はわたしも同感です。それにさっき褒めすぎじゃないかと言いましたが、先生が医学雑誌に書かれた蒲池評は的確な見方だと思って、本当は感心していたんですよ。それに特長を六項目にまとめられたのも、とてもわかり易いと思いましたわ」

「そうですか、それはありがとう。蒲池さんは誤解されていることが多いから、できるだけ多くの人に本当の蒲池さんのことを知ってもらいたくて書いたまでですよ」

「でも先生は仏教のことに詳しいですね。禅宗に帰依されているんですか」

「いえ帰依まではしません。もともと人工心臓の研究をしてきた者ですから、それほど深い宗教心はありません。若いころ禅寺に寄宿したり仏教青年会にいたことがあるので、門前の小僧習わず経を読むのたぐいです」

それから美枝子は富永にもうひとつ尋ねてみたいことがあった。

「三年前に中村哲さんが亡くなられたころに、九大医学部の同窓会で中村哲さんにノーベル平和賞を取らせようという動きがあったと聞いたんですが、本当ですか」

「ええ本当です。哲ちゃんは殺される三か月前に福岡に帰ってきたことがあったんです。そのときぼくらは翌年六月の同窓会総会で特別講演を依頼したところ、快く引き受けてもらいました。同窓会でも中村哲ほどノーベル平和賞に相応しい人間はいないという意見が多かったので、同窓会の理事会でノーベル平和賞獲得への具体的な方策を検討している矢先に哲ちゃんが凶弾に倒れてしまいました。このことは医学部同窓会の機関誌『学士鍋』の中村哲追悼特集号にも、ぼくが書いています」

「わたしも中村哲さんは、ノーベル平和賞は元総理大臣の佐藤栄作さんなんかよりよっぽど相応しい方だとは思っていました。佐藤さんが取られたときは日本のある大手ゼネコンが、ノーベル委員会に相当働きかけたということですね」

「ぼくはよく知らないが、そうらしいですね」

「で具体的な方策の検討というのはどういうことですの？」

「同窓会員のなかにノーベル委員会に強力なコネを持っている外国人を知っているという者がいましてね。どれだけの効果があるかわからないが、その人に連絡を取ろうという矢先に哲ちゃんが亡くなってしまった。また同窓会としてもペシャワール会の活動にも参加して中村哲を支援していこうという機運もかなり高まっていました」

「つまり同窓会でもノーベル平和賞獲得への機運は相当高まっていたということですね」

「ほかにウチにはノーベル賞候補はちょっと見当たりませんからね。最近ノーベル賞は東大や京大だけでなく東北大学や名古屋大学などの地方の大学出身者も貰うようになってきているのに、九大だけが未だに貰ってない。ですから機運が高まっていても無理はない」

「口の悪い蒲池さんに言わせると、ノーベル賞を取るためには相当おカネを積まなければいけないそうですよ。それにおカネをかけて中村哲さんみたいなことをしている欧米の富豪連中も相当いるそうですよ。それもノーベル賞を獲るのが目的で。でも何もしないでいても、いつかシュワイツァー博士やマリア・テレサみたいにノーベル平和賞を取れたかも知れませんね」

「そうですね。英国の『フィナンシャル・タイムズ』などでも社説で中村哲の死を悼んだ社説を載せたくらいだから、欧米でも中村哲の知名度は相当高まってきていましたからね」

別れ際に美枝子は「鶴﨑さんは蒲池さんと一緒にいると退屈しないですむとおっしゃってますが、先生はどうですか」と富永に訊いてみた。

「ほお、鶴さんはそんなことを言ってましたか。ぼくも毎日退屈することなく過ごさしてもらってますよ。いつも蒲池さんにはヴィヴットで刺激的な人生の送り方がある事を教えてもらっている気がしてなりません」

美枝子は富永と話をしている間中、「富永先生はどんな質問をしてもいつもバランスの取れたコメントをしてくれる人だよ」と言った蒲池の言葉を思い返していた。

6　校歌を作曲した理事長

藤井茂は四十五歳でカマチグループが新設した福岡新水巻病院の初代院長に就任して以来、もう二十年も同じ新水巻病院の院長をつづけている。グループでは珍しい存在だ。

中倉美枝子は十六年前、テレビ報道番組「研修医たちはいま」の取材で新水巻病院を訪れたことがある。この前に来たときは遠賀川沿いにある病院の建物は出来て四年目でまだ新しく初々しかったが、今ではすっかり貫禄がついて病院自体に風格がある。このことは藤井院長にも同じことが言える言葉かも知れない。あのときは研修医を指導教育する若手院長として登場してもらったが、今は令和健康科学大学開設の際は学校法人巨樹の会の理事長として、文部科学省との交渉を担当するなど経営者の風格も板についてきた。美枝子はその学校法人の理事長としての藤井に取材にきた。それに理事長自ら自分の大学の校歌を作曲するというマスコミが飛びつきそうな話題もある。

「いやあ久し振り、もう十五年になりますか。ぼくもとうとう今年、前期高齢者になりましたよ。あなたもあの頃はGパンを穿いてピチピチした娘さんだったが、今ではすっかり中年の落ち着いた色気も身につけていらっしゃる。お互いトシを取るのもそう悪いことばかりじゃありませんね」

前期高齢者といっても今の六十五歳は、昔と違ってまだ働き盛りといっていいだろう。なんでも藤井は美枝子の取材が終わったら北九州市に新水巻病院の二十周年記念コンサートの打ち合わせに行くそうで、夜は夜でバンド仲間とライブハウスでギターを弾くそうだ。「ピストン藤井」のステージネームも持っていた忙しい人だ。とても学校法人の理事長とは思えない。

「臨床研修医制度の取材のときは、大変お世話になりました。あれから十六年になりますが、藤井さんは新研修医制度をどう評価なさいますか。当時は武雄市民病院の問題などいろいろありましたけど」

あまりトシの話にこだわりたくなかったので、美枝子は話を変えて訊いた。

「武雄の場合はひどかったですね。佐賀大学から医師が派遣されなければ、病院としてはやっていけないという制度が悪かったんです。でも佐賀大学とすれば、あれで助かったのではないんですか。今では佐賀大学を卒業して医局に残るのは二割程度だと聞いていますが、大学側としては清々したと思っているんじゃないですか。一年生の研修医は医療業務の邪魔にこそなれ、戦力にはなりませんからね。まだペイペイの半人前の医者を放り出して民間の病院に教育の続きを押し付けたい側面もありますね」

藤井の口の悪さは昔通りだった。どこか蒲池に似たところがある。

「だってそうでしょう。プライマリーケアの訓練だけ民間の病院に任せて三年目の専門医の研修医になったら医局に引き戻す。おまけに初期研修医の四十万円の月給は病院側に払わせる。こんな大学側にとって、虫のいい話がありますか。もっとも新制度ができる前の研修医は無給医局員だったから経済的な実害はなかったんだけど」

「その民間の病院側としては、どう評価されますか」

「いいところもあるし、気に食わんところもありますよ。ウチの新水巻は研修医枠が一年に六人でスタートしたが、やがて八人に増やされたと思ったら今は四人に減らされた。福岡和白病院に至っては十二人だったのが、今は六人に減らされている。門司の新小文字病院も四人から二人に減らされた。逆に佐賀県の新武雄病院は最初は二人でスタートしたのが、今は八人に増えている」

「なぜそんなことになるんですか。病院の実績や症例の数によるんですか」

「それもあります。だが問題は厚労省にあるんです。もともと新研修医制度は医療過疎県や医療過剰県をなくそうという意図があるんです。大分大学や佐賀大学など九州地方大学の医学部の卒業生はどうしても福岡県の都市部の病院に入職したい傾向にある。埼玉県には四つも医大があるのに、卒業したらみんな東京都内の病院に行きたがるから、未だに医療過疎県のままです。それで埼玉県にあるウチの新久喜総合病院の研修医の一年生の数は八人と福岡和白病院より多くなっている。つまり医療過剰地域の病院に来たがるのは全国的な傾向です。そこで医療過剰県の福岡県の研修医の総枠は五百五十人から三百八十人に減らされた。だから都市部の和白や新水巻が減らされて、新武雄が増えたというわけですよ」

「医療過疎地を無くすためには必要な処置かも知れませんね」

「ところが医療現場である病院としては困るんだな。例えば新行橋病院のある京築地区は医療過疎地区とみなされて新行橋病院は五人から七人に増やしてもらったが、逆にウチは四人に減らされた。新行橋の救急車の搬送件数は月に四百五十件だが、ウチは月に六百件。どちらが忙しいか誰が考えてもわかるはずです。研修医の絶対数が少なくて、お陰で当直医のローテーションを組むのに苦労してますよ」

「その研修医の枠はどこが決めているんですか」

「県の医療指導課ですが、もちろん医師会や学識経験者の意見も多分に考慮されてますよ。でも医療の現場とお役人の考える机上の計画とはどうしても齟齬がでるもので文句ばかり言っていてもしょうがない。問題は三年目からの後期研修医です」

「専門医になるための研修医制度ですね。初期研修をすました同じ病院にそのまま引き継いで残れないんですか」

「自分の意思では残れません。これにも枠があります。これは県と国と学会が決めるもので、もっと強い縛りになります。例えばカマチグループに残って内科の専門医になれる枠は僅か一人しかありません。外科と脳神経外科の専門医はウチのグループで育てることができますが」

「実績と症例や指導医が影響するんですね。カマチグループの脳神経外科や心臓外科の実績は定評がありますからね」

「専門医になるのは普通四年間の研修が必要なんですが、二年間は大学の専門医局での研修が義務付けられてます。だから内科の専門医を目指すなら大学に戻るしかないのです。でも大学の研修を終えて専門医になってカマチグループに戻って来る医師もいます。これをぼくたちはリターンと呼んでいます」

「それで初めてカマチグループへ正式入職となるわけですね」

「その通り。いま内科でも自前で専門医を育てる努力をしていますが、これは時間がかかりそうです。当面の目標は、いかにしてリターンの数を増やしていくかに専念しています」

「藤井先生はどのようにして一人前のお医者さんになられたのですか」

「ぼくは最初から最後まで池友会一本。途中で一回他流試合には出ましたけどね。まだ今の研修医制度がなかった頃だからそれができた」

藤井はカマチグループのなかでもユニークな経歴を持っている。

藤井茂が小倉の小文字病院に入職したのは聖マリアンナ医科大学を卒業したばかりの一九八四年（昭和五十九年）六月のことで、池友会グループ病院の研修医第一号であった。もう四十年も昔の話になる。

当時はまだ新医師臨床研修制度はできておらず、国家試験さえ合格すればどこの病院に就職しても自由だった。でも医学部を卒業すると九九％が卒業した大学の医局に入局するのが普通のコースだった。藤井も医学部六年生のときまではそのつもりでいたが、卒業間際になり聖マリアンナ大学の四年先輩で小文字病院で働いていた岩里正生から「信頼できる面白い病院があるからこっちへ来ないか」と誘いがあり小文字病院に来た。たった一人の新卒研修生で、同期生はほかにいない。新研修医制度ができたのはその二十年後のことだった。

小文字病院は二十四時間三百六十五日体制の救急救命病院で滅茶苦茶に忙しかった。そのお陰で診療・治療の腕はメキメキ上達した。なにしろ入職一か月も経たないころ、いきなり胃潰瘍穿孔の救急患者の胃の切除術の助手をさせられた。深夜の当直医は上級医の鶴﨑直邦と藤井の二人しかいなかったので、鶴﨑が執刀し藤井が助手をやらされた。嫌も応もなかった。鶴﨑が患部を切除すると残った血管を寄せ集めるまではうまくいったが、それを結紮《けっさつ》する段階で物凄い重圧感に襲われた。失敗したら内臓の中で出血してしまう。額から流れ出た脂汗を看護婦が拭いてくれるのを気がつかないほど緊張していた。手術を始めたのが十二時で、終わったのが午前二時だったことだけは、今でも妙に覚えている。

入職一か月目には蒲池眞澄に呼ばれて「お前は明日からＩＣＵの主任だよ」と言われてびっくりした。ＩＣＵ（集中治療室）といえば生死の境界線をさまよう重篤患者ばかりを管理しているところだ。当時、小文字病院にはＩＣＵが八床あったので、その八人の命を預かることになる。

「とてもぼくにはできません。まだ入って一か月の研修医には無理です」と正直に答えた。ところが蒲池は言った。「できるできないを聞いているのではない。これは職務命令だ。君はもう学生ではない。職務命令には従わねばならない。もちろん君に一人で治療ができるわけではない。ただ患者を見ていろ。そして何か異常があれば、すぐ担当の上級医に連絡することだ。君はその発見役で連絡役だ。だが自分でやれる処理であれば、自分で処理をしろ」

それから藤井の重苦しく緊張の日々がつづく。ICUの患者は「スパゲッティ症候群」と呼ばれるくらい何本ものチューブで、輸液や人工呼吸器や心電図などと結ばれている。輸液の交換などは看護婦が行うが、心電図などに異常が生じた場合は医師の管理のもとで処理しなくてはならない。八人の症状の違った患者を同時に管理していくことで、藤井は重篤患者の全身管理がどういうものかを学んでいった。

その半年後は脳神経外科に回された。当時、北九州市で夜間に頭部のCT（コンピュータ断層撮影装置）が撮れるところは小文字病院しかなかったので、夜中にも脳神経手術が行われる。まだ研修医の身分なので、脳神経外科手術のことは何もわからない。脳神経外科部長は大阪の国立循環器病センターから引き抜かれてきた名医の高橋伸明だった。顕微鏡を駆使しての脳の細い血管をつなぎ合わせる技術の的確さは定評があった。小文字病院に来てからも、脳動脈瘤の治療で頸動脈と脳の動脈を患者本人の右腕からとった静脈片でつなぐバイパス手術に成功している。この手術は九州で初めての手術だったので、新聞でも取り上げられた。藤井はただ高橋部長の指示に従って「はいわかりました」と言われるままに動くだけだったが、CTの扱い方や影像の読解力を身につけていった。

こうして三十代から四十代の脂の乗り切った先輩医たちから毎日しごかれて、二年間昼も夜も目いっぱい働けば実力がつかないわけはない。二年目の終りごろには、藤井は自分で「おれは日本一の研修医に違いない」と思うようになっていた。大学の医局二年目ではなかなかここまでの自信は得られない。そういうときに蒲池から大阪の国立循環器病センターへの一年間の「国内留学」を命じられた。同センターには全国のトップクラスの優秀な研修医が集まってくる。他流試合の場所としてこれ以上の場所はなかった。藤井と同じ三年目の同期生は十二、三人いた。藤井は小文字病院でマスターした得意の外科を選ばずに、同センターでは心臓内科を選んだ。藤井が小文字病院で二年間で得た医療技術をセンター長も認めてくれた。同センターに来て初めて、小文字病院の医療が全国水準にあることがわかった。もちろんセンターに来る前の「日本一の研修医」という独りよがりの評価は取り下げざるを得なかった。

一年間の国内留学を終えて小文字病院に戻った藤井は、手術もできる即戦力の内科医として小文字病院にとってはなくてはならない存在になった。そして医師になって七年目で内科部長、十年目に小文字病院の副院長、さらに二〇〇三年、池友会が新水巻病院（二〇〇床）を開設すると、四十五歳の若さで病院長に抜擢された。藤井は池友会にとって卒後研修医第一号であると同時に生え抜きの院長第一号でもあった。

「なんで堅苦しい学校法人の理事長なんかを引き受けられたんですか。先輩の鶴崎先生なんかの方が適役に思えるんですけど」

研修医制度の話が長くなったので、美枝子は慌てて藤井への本来の目的の質問をした。

「大学開設の二年前に、いきなり蒲池先生に押し付けられましてね。嫌も応もない。蒲池先生は『お前に今やっていること以外の仕事を体験させたかった。いい勉強になるぞ』と言うが、なに、自分が文科省との交渉など面倒臭い仕事をしたくなかっただけの話ですよ。蒲池先生はよく、『おれは人に仕事を任せることができる人間だ』と威張って自慢しているが、本当は面倒な仕事が嫌で他人に押し付けているだけですよ」

相変わらず口は悪いが、眼は笑っている。

「そんなに面倒な仕事だったんですか」

「そんなに面倒でも難しい仕事でもありません。ただ慣れない仕事で、ちょっととまどっただけです」

「なにか文科省との間でネックになることでもあったんですか」

「いや障害になるようなことは何もありませんでした。ただこの少子化の時代ですから、文科省はこれからの大学経営のことを心配してるようでした。学生募集がうまくいかなかったら経営をどうしていくのかとか、そういう点ばかり訊いてきました。なにしろウチは新しい大学校舎建設だけでも六十億円、それまでにも看護専門学校、リハビリ専門学校に三十七億円、合わせて約百億円をかけていますからね。それも全部池友会と巨樹の会からの寄付ですからね。つまり医療法人と社団法人から学校法人への寄付金だけで成り立っている。『基本的には独立採算でいく方針で、これ以上のグループからの寄付は受けるつもりはない』の一本ヤリで乗り切りました。それで四回の交渉で開校まで漕ぎつけましたよ」

「それで病院経営と学校経営との違いは？」

「病院経営の場合は、うまくいかなかったらそれを修正してなんぼでも採算ベースに乗せることができる。ウチの病院はその経験とノウハウを持ってますからね。だが学校経営の場合はそうはいかない。スタートの学生募集の出来不出来がすべてですからね。入学者が定員の七割切れば経営が危なくなる。六割を切ったらお手上げです。途中で修正しようにも修正しようがない。スタートダッシュがすべてです」

「スタートダッシュはうまくいきましたか」

「ええお陰さまで、開幕初年度はどうやら募集定員の一〇〇％を確保できました。二年目も達成できた。大学が順調にスタートした段階で去年の夏、理事長から身を引き副理事長になってほっとしています」

藤井は苦労話をするのは苦手らしい。美枝子は楽しい話に切り替えた。

「それにしても理事長自ら校歌を作曲されるとは珍しいケースですね」

「中学や高校では校長が作詞作曲する例もよくあるらしいですよ。中学や高校には音楽の先生や国語の先生もいますからね。ぼくと作詞の山永先生はどちらも素人、それも病院の院長先生ですからね。あまりそんな例は聞いたことないですね」

「これも蒲池さんの職務命令ですか」

「いえいえ命令なんかじゃありません。自然発生的なものです。日頃からぼくがギターを弾いて作曲してるし、山永先生が詩を書いてるから、周りからやれやれという声が起こり、蒲池先生も『山ちゃんと藤井が作る校歌ならおれも聞きたい』と悪乗りする始末で…。つい二人がそれに乗っかってしまったというわけです」

「校歌を作るのに何か苦労はありましたか」

「苦労どころか、曲を作るのは趣味だからむしろ楽しかったな。ただ作詞の山永先生の方はかなり苦労したようですよ。山永先生の書く詩は、基本的にはモノに捉われない自由な詩でしょう。ところが校歌となると、地名、自然環境、希望、志など必ず入れなければならない決まった型があるでしょう。だからなかなか出来てこない。やっと出来てきた詞は、難しい漢字がやたら多くて硬くて長い。出だしが『白砂青松和白の潟』でしかも五番まである。名文ですが曲に乗らない。山永先生は肩に力が入り過ぎたんですね。蒲池先生は『なんじゃこれは、まるで詩吟じゃないか』という始末で書き直し。二か月後にやっと出来てきたので、ぼくがそれに曲を付けた。曲を作るのは一時間とかからなかったです。CDに吹き込んだ合唱で歌ってるのは、ウチの病院のリハビリスタッフ。作詞作曲も合唱も素人ばかりで、ホンマに安くあがりましたわ」

別れ際に美枝子は藤井に「鶴崎さんも言ってましたが、蒲池先生と一緒にいると退屈しないですむんじゃないですか」と訊いてみた。

「退屈するしないは別問題として、蒲池先生はいつ何をするかわからないからハラハラドキドキの緊張の連続であることは間違いないな。実に心臓に悪い。結局、蒲池先生と同じ屋根の下に長くいてうまくいく人はあまりいないと思いますよ。だから、ぼくと鶴崎先生はできるだけ蒲池先生と一緒にいることを避けている。ぼくは新水巻へ、鶴崎先生は新武雄という具合にね。最近、この三人が一緒になるのは理事会の席上くらいかな。それで長つづきして、結構うまくいってるというわけです」

と、藤井は鶴崎と同じようなことを言って笑った。藤井は四十年、鶴崎は五十年、個性が強い同士が長持ちするのは同じ屋根の下に長く一緒にいないというのが結論になるのだろう。

7　「〝あく〟のないりんご」

令和健康科学大学の校歌を作曲したのが同学校法人の理事長なら、作詞を担当したのは同じカマチグループの病院長山永義之である。同系列病院の院長コンビで大学の校歌ができたという例は全国でもちょっと珍しい。

令和健康科学大学校歌
作詞　山永　義之

作曲　藤井　茂

一、
立花山《たちばなやま》の朝陽《ひ》を浴びて
和白の浜に鳥が飛ぶ

未来の健康守るためここに集える若者よ
人の生命《いのち》に立ち向かう勇気を持って歩き出せ
全ては人のためになり
全ては君のためになる

輝ける明日に向かい
今こそ歌えよ
今こそ歌えよ　令和健康科学大学

二、
玄界灘に吹く風よ
海の中道人が行く

明日の時代に先駆けてここから旅立つ若者よ

人の身体に寄り添って夢に向かって走り出せ
全ては人の役に立ち
全ては君の糧になる

輝ける未来に向かい
今こそ讃えよ
今こそ讃えよ　令和健康科学大学

福岡和白総合健診クリニック院長の山永義之も、藤井とおなじく開院当時から二十年近く同じ病院の院長をつづけている。福岡和白病院勤務時代からいうと三十五年も蒲池と同じ屋根の下に一緒にいて、これといって蒲池と衝突したという話は聞かない。

藤井が医学部六年間を通して野球部で活躍し医師になってもギターをライブで弾き「ピストン藤井」のステージネームを持つ活発な音楽青年なら、山永は自ら詩を書き「吉木融」のペンネームを持つ文学青年という性格の違いがあるが、強烈な個性の持ち主である蒲池と長年つきあってきたという点では共通点がある。それも拡大をつづけて来たカマチグループのなかにあって、福岡から出ることなく池友会の二つの病院を開設当初から堅実に守り通してきたということでは同じでもある。

山永義之は大分県宇佐市に生まれ、福岡県の築上中部高校（現青豊高校）を卒業して一年浪人して九州大学医学部に入学した。医学部に進んでから周りの同期生たちが、みんな眩しく見えた。いずれも都会の修猷館高校や久留米附設高校など有名進学校から難関を突破してきた優等生ぞろいで、地方の普通の県立高校出の自分と比べるのが厭になった。その同期生のなかで一人だけ違った雰囲気を持った男が妙に気になった。それが中村哲だった。中村は福岡高校という都会の名門校出なのに、それらしいところがない。最初に声をかけてきたのは中村の方からだった。「山永君、山へ虫採りに行かないか」。地方の高校出にとっては、大学の医学部に来てまで「山へ虫採り」に行くなど思いもつかないことだった。一緒に昆虫採集に行ってるうちに、人生論などを語り合う仲になった。そのなかで「人生で一番大切なのは相互扶助の精神だよ」と言った中村の言葉がいつまでも記憶に残っている。そのころ中村が中学時代に洗礼を受けたクリスチャンであることを知った。

そのうち山永は昆虫採集のことなど忘れてしまっていた。二人は普通の勤務医になり、それぞれの違った道を歩いた。中村は珍しいチョウを追ってパキスタンへ行った。それがやがてアフガニスタンでの窮民を救うための灌漑用水路の事業までつながっていった。山永が中村の偉業を知ったのは和白の総合健診クリニックの院長になってから随分経ってからだった。もう「昆虫採集」や「相互扶助」という言葉とはすっかり縁がなくなり、「青春」という言葉もただ懐かしく思い起こすだけのものになっていた。

そんなとき二〇一九年九月、中村哲がひょっこり和白病院を訪れて来た。手には「アフガン緑の大地計画」という自分で書いた本を土産代わりといって携えていた。「この本があればおれがいなくてもアフガンは大丈夫」だと言って笑った。その日は同期の鶴崎や富永、それに先輩の蒲池を入れて和白病院の娯楽福祉施設「桃源亭」で飲んで談笑した。みんな七十歳をとうに過ぎていたが五十年前の学生時代に戻っていた。山永にも久しぶりに「青春」が戻ってきた。中村はその席でも、筑後川から水を引いている朝倉地方の山田堤に倣《なら》った江戸時代の土木工法がいかにアフガニスタンでも適しているか熱っぽく語った。まるでこの症例にはこの治療法が適切だという医師のような語り口だった。周りがみんな医師だったせいもあるだろう。

中村の口から「昆虫採集」や「相互扶助」の言葉は聞かれなかったが、「おれがいなくても山田堤の工法があればアフガンは大丈夫」という言葉だけが妙に山永には忘れられなかった。別れ際に興に乗った鶴崎が「おれは十年前にパキスタンのペシャワールまでは旅行したことがある。そのときお前はペシャワールにはいなくて、隣のアフガニスタンに移っていた。今度、アフガニスタンに帰る時は、ぜひ一緒に連れて行ってくれ」と言った。そのとき中村は「今のアフガニスタンは非常に危ない状態だ。あんたは来ない方がいい」とニべもなく断った。その三か月後、中村はアフガニスタンで凶弾に倒れた。

「鶴崎さんは、蒲池さんと一緒にいると退屈しないですむ、とおっしゃってますが、山永さんはどう思われますか」

美枝子は福岡和白総合健診クリニックの院長室で、いきなり山永にこの質問をぶっつけてみた。

「退屈するもなにも、蒲池さんの傍にいると次から次に仕事を押し付けられて、こちらはトシを取る暇もありませんよ。おまけにウチの病院の百四十人の職員を食べさせていかねばならない日頃の仕事もあるし。三十五年もよくもったと思いますよ。とにかく蒲池さんは忙しい人でやっと大学をつくったと思ったら、もう大学院の設立の準備にとりかかっている」

山永も鶴﨑や富永と同じく後期高齢者の域に達している。

「令健大校歌の歌詞では随分苦労されたみたいですね」

「苦労というほどのことはないですがね。地名や未来や希望など決まり切った文句を織り込まなければならないので、かなり面倒でした。ただどうしても『ワン・フォア・オール　オール・フォア・ワン』（一人はみんなのために、みんなは一人のために）という意味の文句を入れたくて、どういう新しい文句にしようかと手こずってしまいました。このラグビーの精神を表す言葉は蒲池さんのお気に入りの言葉でもあるし、グループの精神も表していますしね」

「それが校歌では『全ては人のためになり　全ては君のためになる』『全ては人の役に立ち　全ては君の糧になる』のリフレインになったのですね」

「その通りです。ぼくも医療大学の校歌としては気に入ってるんです。ほかにも蒲池さんが好む言葉で、グループの精神を表している言葉は沢山ありますよ。ベターケア・オブ・ザ・シック（病気の治療に最善を尽くせ）という言葉をご存知ですか。クリーブランドクリニックの碑文に彫ってある言葉ですが」

「ええ知っています。会長室にも貼ってありましたから」

「この言葉を蒲池さんは、なんにでも結びつけてしまうんです。例えば『喧嘩両成敗』という言葉があるでしょう。両者を対等に処分したした方が丸く収まるという意味で、普通はいい意味で使われています。ところが蒲池さんはときには『喧嘩片成敗』も有り得ると主張するんです。医者と医者が患者の治療法をめぐって喧嘩をしている。二人とも有能な医者です。喧嘩が昂じてどちらかを辞めさせなければカタが付かないのっぴきならない状況になった。そのとき判断の基準になるのが、このベターケア・オブ・ザ・シックです。つまり患者さんのためになるのはどちらかというのが蒲池さんの判断基準です。これまで何人もの医者のクビを切って来なければならなかった蒲池さん独特の知恵かも知れませんが、口では常識と反対のことを言っても本心はごくごくまともな考え方の人です。このように世間の常識と反対のことを言って、その言葉を正当化するために核心を突いてはいるが意表を突く言葉を持ってくるのが蒲池さんの悪い癖で、よく人に誤解される原因になるんですね。こんな例は蒲池さんには沢山ありますよ。お聞きなりたいですか」

山永はよほど話すことが好きらしい。それも話し方は丁寧に順を追って説明するので高校時代の教師の話を聞いているようだ。美枝子は「とても聞きたいですわ」と相槌を打った。

「例えば『朝令暮改』という普通は悪い意味で使われている言葉が…」

「その話なら何人かの人に聞きました。口の悪い看護師長さんなど蒲池さんは『朝令暮改』どころか『朝令昼改』『朝令朝改』だとぼやいておられましたよ」

「あ、そうですかグループ内では有名になっていますからね。ほかにも『石橋は叩いても渡るな』『勝ったときは調子に乗れ』『えこひいきの理論』など沢山ありますが、それぞれに全部裏の意味があります。それに蒲池さんは話を分かりやすくて面白くするために少し下品な言葉を使われることもあります。例えば『コムドーム拾い論』とか『テキ屋の親分論』とか」

「『コムドーム拾い論』は鶴﨑さんから詳しく聞きましたが、その『テキ屋の親分論』ってなんですか」

「これは院長会や事務長会などで役職についた者によく話されることで、部下のことをよく知っておかねばならないということです。テキ屋の親分は露店の場所割りをするとき、出来る者を一番いい場所に与え、出来ない者にはあまりいい場所を与えない。このようにテキ屋の親分のように部下の見極めをしっかりしておけと云うことです。テキ屋というのは、一人ひとりが独立した個人営業主だけに、親分がしっかりしていなければ組織が成り立たない。あっ、うっかりしていましたが、ご存知ですかテキ屋という商売を」

「知っていますよ。フーテンの寅さんの商売のことでしょう。別名香具師（やし）ともいう、硬い言葉でいえば露店行商人。だいたい蒲池さんが使われる言葉や例え話は俗っぽくて古すぎますよ。医師と香具師を一緒にするなんて。それがいかにも蒲池さんらしいけど。未だに歌は裕次郎の『銀座の恋の物語』や『嵐を呼ぶ男』が十八番なんだから。でもテキ屋の親分というのは人の上に立つ人でしょう。人の上に立つとは、つまりリーダーのこと。山永さんは蒲池さんと長いこと一緒におられて、蒲池さんはどういうリーダー論なりリーダー観をお持ちだと思われますか」

「蒲池さんのリーダー観は単純明快です。リーダーとは喧嘩に強いこと、困った時に逃げないこと、この二つが絶対条件です。日頃からよく『困ったときのかまちだのみ』と言われている。みんな困ったことがあったら、最後におれのところに持ってくる。それを解決してやるのがおれの仕事だ。もしおれがその仕事から逃げたり、放り出したりしたらどうなるか？　そのときはこのグループはお仕舞いだ。だからリーダーは逃げてはいけない。強くなくてはならない。おれが『困ったときのかまちだのみ』であるように、山ちゃんもお前の病院では『困ったときのやまながだのみ』になれ、ですからね。ですから蒲池さんに言わせれば『困ったときの○○頼み』の○○になりきれるのが本当のリーダーということになりますね。また、『リーダーとは公平明大でなければ、部下はついてこない』ともよく言われましたね」

「蒲池さんは部下を叱るとき物凄い剣幕で怒られますね。織田信長が明智光秀を足蹴りにして怒ったように。あれでよく人がついていけますね」

「蒲池さんには『叱責はひとりでやらない』という自分なりのルールがあるんです。つまり一対一では絶対に叱責しない、必ず第三者が傍にいるところでしか叱らない。そうしないと怒られた者の逃げ場がない。それと第三者が横にいることで客観的状況が生じて、叱責された者が何故叱責されたかわかるし、あとで反省することもできる。『あの人は人前で怒ったことを見たことがない』とよく言いますが、蒲池さんの場合はその反対で蒲池さんは人前でしか怒らない。、また蒲池さんが人を叱責するときは、誰が聞いてもおかしくないそれなりの正当な理由があるときだけです。それであれだけ人を叱責しても、蒲池さんを恨む人や憎む人が少ないんですよ」

山永は美枝子が蒲池の「欠点」と思われる点を質問しても、整然と答える。さすが三十五年間、蒲池の横にいて観察してきただけに蒲池という人間を自分なりによく理解している。美枝子はこの際、蒲池の欠点と思われている面を突いて見ようと思った。

「蒲池さんはよく人使いが荒いと言われてますね」

「確かにそう言われてますね。しかしこれも組織の動きをスムーズにするためのものです。組織が大きくなると各自の役割分担がはっきりしてきます。そうすると自分の役割だけをやっとけばいいという人間が多くなってくる。自動車工場やお役所ならそれでいいかも知れないが、生身の病人を扱う病院はそうはいかない。ましてや救急病院では自分の専門分野だけやっていればすむというわけにはいかない。脳神経外科医でも胃腸の手術をしなければいけない場合もあるし、レントゲン技師でもCTやMRIを扱えれば便利だ。事務員だといっても最低限の医学的知識が必要だ。こういう仕事と仕事の重なる部分を多くすればするほど、組織の動きはスピーディーにスムーズになる。蒲池さんが人と違うところは、各自が仕事で人の仕事と重なる部分が多くなれば多くなるほど全体の利益が多くなるという点です。これの原点はやはり『ワン・フォア・オール』の精神なんですね。例えば和白病院の事務長をしてる田上など最初はレントゲン技師として入って来て十数年して事務に回り、今の肩書は福岡和白病院の副院長兼事務長でありながらグループ全体の統括医療技術部長、医師招聘局長もしている」

「前にここ総合健診クリニックの事務長をしていた大塚さんも確か臨床検査技師だったと聞いていますが」

「大塚も和白病院に入ってきたときは臨床検査技師でしたが、今は埼玉の所沢美原総合病院開設準備室の副室長をしていますよ。やがて美原の事務長になるでしょう。とにかくどういう仕事を与えても、役割領域を越えてもガムシャラに働くやつでね。まるで織田信長に仕えたころの木下藤吉郎みたいだった。大塚はこっちにいるときは、蒲池さんの命令で商工会議所の会員までさせられた。大塚は医者になりたくて何年も浪人してなれなかった男ですよ。それが今では新しい病院をつくるときの侍大将です。こういうふうに蒲池さんは有能とみたら徹底的に有効的に使う。そういう意味では確かに蒲池さんは人使いが荒い。大塚が埼玉の美原に引っこ抜かれたときはウチの病院としてはものすごく痛かった。しかしグループ全体のことを考えると仕方がない。諦めるしかないですよね」

「蒲池さんは人を適材適所に配置するということでは定評がありますね」

「人を見る眼は確かですね。昔こんな話がありました。もう二十四、五年前の話になりますが、病院機能評価がスタートするときに、ウチでも機能評価委員会という組織つくりましたが…、病院機能評価制度ってご存知？」

「いえ知りません。今でもあるんですか」

「今でもあります。一種の病院の質の改善活動で、患者中心の医療の推進、良質な医療の実践などを目指したものです。それを公益財団法人の日本医療機能評価機構が評価調査してランクづけするシステムです。ウチでもそれに対応するための機能評価委員会という委員会を設けましてね。そのなかに『スマイル委員会』という小委員会をつくる際、誰を委員長にするか議論する段階で蒲池さんが即座に『ああスマイル委員長なら島田で決まりだ』と言ったので、みんな唖然として一瞬の沈黙です。島田という放射線技師はスマイルどころか、いつも医療現場ではスタッフに対しても患者に対しても苦虫を噛み潰したような怖い顔をして仕事をする技師で、誰も彼の笑顔を見たことはありません。みんな島田をスマイル委員会の委員長にするのに賛成の者はいないのに、蒲池さんの一声に反対はできない。そのまま島田はスマイル委員長に決まりましたが、委員長になってから徐々に島田の笑顔が増えてきたんです。そして常に笑顔で仕事をする島田に変身してしまいました。最初は委員長としての義務感から『職業的微笑』だったかもしれないが、その作り笑いが日常の笑顔になったんですね」

「その島田さんは、もともと怖い性格の人だったんですか」

「島田はもともと怖い性格の男ではなかった。苦虫時代もぼくもよく付き合ってましたが悪い人間ではなかった。職業的な作り笑いが苦手だったんですね。それより島田は委員長にすれば変わると一瞬に見抜いた蒲池さんの人を見極める能力と直観力には感心しました」

「先ほどの山永さんの話にあった専門領域や役割分担の垣根を取っ払うという考え方は、病院だけでなくどこの職場でもいえることですね」

「特に病院は多くの職域の集合体ですからね。それなのに目的はただひとつ、患者さんの疾患を治すこと。これほど単純な集合体もありません。それだけに垣根ほど邪魔なものはありません。最初は蒲池さん一人の病院だったので蒲池さん一人で何でもやらざるを得なかった。だんだん組織が大きくなると役割分担が明確化されてくる。そうすると他人の領域を侵さない、自分の仕事だけをやっていればいいという風潮ができてくる。しかし、他人がなにをやっているか知らないでは病院運営はできません。他の部門がやってることにも大いに口を出しても結構というのが蒲池さんの主義です。グループの病院では月に一回、必ず院長、事務長、看護部長の三人による運営会議を開いています。運営会議は別名三役会議とも云って、月にどれだけの患者が来てどれだけの収入があった、新しい医療機材を購入したいがどういう機材がいいか、今度新しく薬剤師を採用したいがこの人物ではどうか、駐車場を広げたいがどうするかなど病院の運営に関するあらゆることを報告し合います。隠し事はありません」

「三役だけですか?」

「いえ三役だけではなく、必要なときは放射線科、臨床検査科など各パートの長も参加します。

各科ごとの垣根はありません。もっと小規模で肩ひじ張らない会合もあります。病院の開設いらい蒲池さん提唱で始まった『茶話会』で、医師、看護師、事務員などバラバラな科の者が四、五人昼食後集まって自由に雑談する会で、今でもつづいてます。夜に集まりたければ和白の場合、病院の近くの焼鳥屋の二階を借りているので、そこに十数人が集まります。蒲池さんの面白いところは、それらの費用はすべて病院の福利厚生費で賄うという点です。それで病院運営がスムーズにいくのなら安いものだというのが蒲池さんの考え方です」

「そして病院運営がうまくいけば、結局は患者さんのためになるというのがカマチイズムだとおっしゃりたいんでしょう」

「お察しの通りです。今日は蒲池先生に代わってカマチイズムというものを説明したことになってしまいましたね」

「よかったら読んでください」と院長室を出るとき、恥ずかしそうに山永から一冊の詩集を手渡された。山永が二十数年前から書き綴った詩の集大成だという。詩集の題名は『〝あく〟のないりんご』。なんでも蒲池が「山ちゃんが詩集を出すんなら」と出版費用を負担してくれたそうだ。むしろ蒲池の方から積極的に出版を薦めてくれたという。こんなところに蒲池の人心掌握力があるのだなと下種なことも考えてみたが、蒲池という男の山永への優しさの表れだと考え直して、素直に受け取った。美枝子は帰り際に「『あくのあるリンゴ』が『あくのないりんご』の本を出してくれたというわけですね」と軽い冗談を言ったら「あなたも相当『あくのあるりんご』

のようですね」と笑って応じてくれた。

〝あく〟のないりんご

ごく透みきった僕の気持ちで
なんだか滑らかに動いている
人に感動はいるのだろうか
人に理屈はいるのだろうか
と思うこの頃
〝あく〟のないりんごを噛んで
歯茎から血が出なくなった
これは本当にひとつの転機か
それともつかの間の平穏か

長男の掛け算が聞こえる
次男の足し算が聞こえる

美枝子は家に帰って一人で「〝あく〟のないりんご」を読んだ。こんなナイーブな詩を書く人が、「今こそ讃えよ　令和健康科学大学」というような詞を書く人と同じ人とは、ちょっと信じられない。でもそれが人間であり人生であり世の中だと思った。だれしも日常生活に追われながらも、心の平穏を追い続けている。たとえそれが「つかの間の平穏」であっても。美枝子の隣の部屋では小学生の娘が眠っている。その娘が「掛け算」の段階なのか「足し算」の段階だかよく知らない。忙しさにかまけて知ろうともしなかった。あした起きたら訊いてみよう。詩集の奥付を見たら、「装画　山永滋、イラスト　山永済」と記してあった。たぶん二十数年前はどちらかが「掛け算」で、どちらかが「足し算」だったのだろう。大人になっても家族の仲は昔通りなのだろうと想像できる。美枝子はこれまで都会の仕事のなかで「あくのあるりんご」ばかりを見てきたので、ひさしぶりで「あくのないりんご」に出会ったような気がした。でも「つかの間の平穏」でなければよいが、とも思った。

第五章　東京品川病院の仲間たち

1　関東出張スケジュール

蒲池眞澄は東京・品川の御殿山のマンションにも居を構えている。JR京浜東北線沿いにある東京品川病院のすぐ近くである。上京するときは、そこを本拠地にして関東のグループ病院を回わる。月に二回のペースだから、年に二十四回はここを住まいにしている。和白と御殿山、どちらが本拠地だかわからなくなるときがある。東京品川病院が軌道に乗るまでは御殿山が本拠地のようになっていた。

これは二〇二三年（令和五年）、四月十三日から二十二日まで日本棋院東京本院で行われた「第三四回博多・カマチ杯女流名人戦」に合わせた蒲池の九泊十日の関東出張スケジュールである。蒲池はこの女流名人戦のスポンサーをしている。このカマチ杯女流名人戦は「一般社団法人巨樹の会」が協賛しているとはいえ、蒲池自身が囲碁が趣味で、「八段」の玄人はだしの腕前だけに、単なる名前だけのスポンサーではない。もともと某新聞社がスポンサーだったが、新聞社がスポンサーを降りることになり、困った日本棋院の大淵盛人常任理事が蒲池に持ちかけ蒲池が引き受けた。蒲池と大淵との関係は、大淵の故郷が同じ筑後地方の柳川市立蒲池小学校の出身だということで親密になり一緒に碁を打つようになった。もちろん蒲池の方が何目も置く。

このカマチ杯名人戦を中心に傘下の十四病院を巡回し都合十回の懇親会をこなしている。ふつうの関東出張は三泊四日程度だが、この九泊十日の出張中の四月十四日に蒲池は八十三回目の誕生日を迎えている。（なお丸括弧内の御殿山ハウスとあるのは蒲池の東京・品川のマンションで、送迎とあるのはグループの運転手名と病院名である）

四月十三日（木）

一七：三〇　和白病院　発（送迎：綱脇・シダー）

一八：〇〇　吉木先生と会食（於・第一玉屋寿司）

二〇：〇〇　福岡空港　発　ＪＡＬ三三〇

二〇：四五　羽田空港　着

二二：三〇　御殿山ハウス　着

四月十四日（金）【カマチ杯・第一戦】

八：四五　御殿山ハウス　発（送迎：栗原・原宿）

九：三〇　日本棋院東京本院　着

一〇：〇〇　カマチ杯観戦

一〇：三〇　囲碁指導

一七：〇〇　日本棋院　発（送迎・栗原）

一七：三〇　原宿リハ病院　着
一八：〇〇　懇親会（於・松遊亭）
　　　蒲池会長、佐多北九州病院理事長、中野本部長、片山院長、
　　　大淵日本棋院常任理事、茂呂有紗　計六名
二〇：〇〇　終了・松遊亭　泊

四月十五日（土）
一〇：三〇　御殿山ハウス　　発（送迎：武末・久喜）
一二：〇〇　新久喜総合病院　着・昼食
一五：三〇　新久喜総合病院　発（送迎：甲斐・明生）
一七：〇〇　明生リハ病院　　着
一九：〇〇　懇親会（於・明生リハ宿泊棟）
　　　蒲池会長、瓜生田理事長、鈴木院長、柳田院長、村山院長、
　　　仲谷看護部長、鈴木看護部長、対岸看護部長、大塚事務長、
　　　甲斐事務長、金子事務長代行　計十一名
二一：〇〇　終了・明生リハ病院　泊

四月十六日（日）
一三：〇〇　明生リハ病院　　発（送迎：神野・品川）
一五：〇〇　東京品川病院　　着
一七：〇〇　東京品川病院　発（送迎：神野・品川）
一七：三〇　よしき銀座クリニック　着
　　　　　　懇談会　蒲池会長、吉木伸彦、吉木伸子　計三名
二〇：〇〇　終了　　発（送迎：神野・品川）
二〇：三〇　御殿山ハウス　着

四月十七日（月）【カマチ杯第二戦】
　九：三〇　御殿山ハウス　発
一〇：〇〇　日本棋院東京本院　着（送迎：西尾・原宿）
　　　　　　カマチ杯観戦
一七：〇〇　日本棋院東京本院　発（送迎：西尾・原宿）
一七：三〇　原宿リハ病院　　着
一八：〇〇　懇親会（於・松遊亭）
　　　　　　小林日本棋院理事長、大淵理事、藤沢棋士、上野棋士、

蒲池会長、佐多北九州病院理事長、片山院長　計七名
二〇：〇〇　終了　松遊亭　泊

四月十八日（火）
一〇：三〇　御殿山ハウス　発（送迎：竹井・赤羽）
一一：〇〇　赤羽リハ病院　着・昼食
一二：〇〇　赤羽リハ病院　発（送迎：原・上三川）
一四：〇〇　新上三川病院　着
一五：三〇　新上三川病院　発（送迎：宇梶・新宇都宮）
一六：三〇　新宇都宮リハ病院　着
一七：三〇　懇親会（於・小料理多美子）
蒲池会長、瓜生田副本部長、佐藤院長、三澤院長、大上院長、
仙波ＥＡ、宇田局長、関看護部長、金城看護部長、田仲看護部長、
岩瀬リハ課長、青木リハ課長、金子リハ課長、原事務長、
斉藤事務長、谷事務長　計十六名
一九：三〇　終了・新宇都宮リハ病院　泊

四月十九日（水）【カマチ杯・第三戦予定日】

一一：〇〇　新宇都宮リハ病院　発（送迎：飯田・五反田）

一三：三〇　五反田リハ病院　着・昼食

一五：二〇　五反田リハ病院　発（送迎：岩見・江東）

一六：〇〇　江東リハ病院　着

一六：〇〇　懇親会（於・矢野ちゃんハウス）

蒲池会長、梅北院長、坂本院長、前原院長、尾西看護部長、田村看護部長、今泉看護部長、岩見事務長、前田事務長、飯田事務長　計十名

カマチ杯第三戦のある場合は小林日本棋院理事長、大淵理事、藤沢棋士、上野棋士参加

二〇：〇〇　終了・江東リハ病院　発（送迎：岩見・江東）

二〇：三〇　御殿山ハウス　着

四月二十日（木）

一〇：〇〇　御殿山ハウス　発（送迎：中野・みなと）

一〇：三〇　よしき銀座クリニック　着

一一：〇〇　開院式典

一二：〇〇　蒲池会長挨拶

一四：〇〇　終了・よしき銀座クリニック　発（送迎：中野・みなと）

一五：三〇　松戸リハ病院　着

一六：三〇　松戸リハ病院　発（送迎：中崎・八千代）

一七：三〇　八千代リハ病院　着

懇親会（於・プラムガーデン）

蒲池会長、瓜生田副本部長、妻鳥院長、岡田院長、興津院長、豊島リハ局長、田中看護局長、矢野事務長、小河リハ課長、野見山副学院長、音琴ＯＴ教務部長、吉廣ＰＴ教務部長、中崎ＰＴ教務部長、高野事務部長代行　計十四名

四月二十一日（金）

一〇：三〇　八千代リハ病院　発（送迎：植山・小金井）

一二：三〇　小金井リハ病院　着

一五：〇〇　小金井リハ病院　発（送迎：植山・小金井）

一七：〇〇　関東カマチグループ病院長会議

一八：〇〇　懇親会（於・ホテル雅叙園東京・花苑）
蒲池会長と各院長
二〇：〇〇　終了・雅叙園　発（送迎：飯田・五反田）
二〇：三〇　御殿山ハウス　着

四月二十二日（土）
一一：〇〇　御殿山ハウス　発（送迎：神野・品川）
一一：一五　東京品川病院　着
一四：〇〇　東京品川病院　発（送迎：神野・品川）
一五：〇五　羽田空港　発ＪＡＬ三二三便
一七：〇五　福岡空港　着（送迎：永渕・和白）
一八：〇〇　和白自宅　着

これだけ十日間ぎっしりと詰まったスケジュールをこなす八十三歳は、日本中探しても、なかなか見つからないだろう。しかも毎晩懇親会と称する宴会つづきである。会う人の数も半端でない。懇親会はピタリと二時間で終わる。だらだらと二次会はしない。蒲池はもともといける口だが、二時間で二合止まりと決めている。だから悪酔いはしたことがない。

もちろん懇親会に出席するグループの院長から事務長、看護部長まで、蒲池は名前と顔と性格を全部記憶している。話題には困らない。この物語にしばしば登場した瓜生田曜造や鈴木昭一郎、大塚拓也、仙波多美子、宇田菜穂なども夜の懇親会にはよろこんで駆けつける。彼らは蒲池と近しい関係だといっても、懇親会ではホストでもゲストでもなく、他の多くの医療スタッフと同じくワン・オブ・ゼムにすぎない。仙波は今では現役を退きグループの顧問をしているが、エグゼクティブ・アドバイザー（ＥＡ）という舌を噛みそうな名の役職についている。蒲池が上京しての懇親会は、まるで高校や大学の同窓会のような若やいだ賑わいを見せる。

スケジュール表に懇親会の会場に「松遊亭」とあるのは原宿リハ病院の備え付けの宴会場だ。宴会場といってもけっして豪華なものではない。うなぎの寝床みたいなプレハブ建てで二、三十人は入る。原宿リハ病院の庭園は松が自慢なので松遊亭と名付けている。このような宴会場はグループの各病院にある。福岡和白病院は桃源郷の故事からとって「桃源亭」、新水巻病院は遠賀川沿いにあるから「遠流亭」という具合だ。この宴会場には身内だけでなく日本棋院理事長や大手病院の院長も招待する。後輩の中村哲が最後の挨拶に来たときは、中村の同級生の鶴崎や富永、山永らと一緒に桃源亭で飲んだ。腹心の部下だけを連れてどこかの高級料亭で飲むようなことはしない。蒲池は昔から飲むときは、自前の宴会場でみんなと大っぴらに騒ぎながら飲むことを主義にしている。だいいちその方が経済的だし、心から打ち解けた話ができる。

これだけの出張をするのに蒲池はいつも身一つだ。ものものしい鞄も持たなければ、付き添いも秘書もいない。ぶらりと散歩でもするように、まったく手ぶらで出掛ける。旅行に行くとき蒲池が白いワイシャツできちんとネクタイを締めている姿など考えられない。和白病院を出るときも一人なら、自宅に戻ってくるときも一人だ。

蒲池は昔から専任の運転手や秘書は置かない主義だ。グループの従業員一万六千人の企業で秘書課や秘書室のないところは珍しい。秘書を置かないのは、総務課の全員が秘書でなければいけないと思っているからだ。秘書を特定すると特定された人間が、いらぬやっかみを受けたり、本人が増長する恐れがある。それに複数の人間が自分の行動やスケジュールを把握している方が何かと合理的だし、自分の考えていることを全職員と共有できる。だから蒲池のスケジュール表はすべてオープンにしている。いま蒲池がどこで何をしているか、だれもが知っている。隠し事はしない。

専任の運転手はいないが、総務課などの若い職員が持ち回りで担当することになっている。ローテーションは総務課で平等に決める。蒲池の方から特定の人間を指名することはない。そうすればまんべんなく、若い職員が何を考えているか知ることができる。また病院でどんなことが問題になっているかがわかる。だから後部座席にデンと座ったりしないで、助手席に座ってできるだけ運転手に話しかける。もちろん運転手の方から意見具申や質問があればウエルカムだ。今回の関東出張でも十八人の異なる病院の運転手と話をした。短くて三十分、長くて一時間半。若い頃は自分で運転した時代もあったが、これまで三十年間、延べ何千人の運転手と話をしてきたか知れない。その運転手の中から田上真佐人や大塚拓也クラスの人材が育ってきた。

日程の中によしき銀座クリニック開院式とあるが、よしき銀座クリニックとは蒲池の実娘吉木伸子が院長の皮膚科のクリニックである。同クリニックは二年前にカマチグループに入り、伸子は福岡和白病院で週一回外来患者も診ている。伸子は蒲池の別れた先妻の長女で永田寿康の実姉にあたる。鶴﨑直邦は伸子の銀座のクリニックをグループに加入することに難色を示したが、強いて反対はしなかった。蒲池の経営才能の未知数に賭けたのである。

2　東京への機内で

二〇二三年（令和五年）十一月、中倉美枝子は完成した所沢美原総合病院を創立五十周年のビデオに収録するために上京した。機内の横の座席には蒲池眞澄がいる。蒲池の定例の関東出張に便乗したのである。

美枝子は上京する飛行機の中で蒲池の少年時代のことを思い返していた。元上司の瀬川広平に紹介されて蒲池の母方の従兄妹に会った。詳しく言うとその従妹は瀬川の同級生の医師の知人ということになるが、その従妹は蒲池とは子供の頃から兄妹同然に育った間柄だという。その従妹から聞いた蒲池の少年時代の話を思い出すと、つい噴き出してしまう。

「なにを笑っているんだね」

眠っていると思っていた蒲池が突然訊いてきた。

「だって、蒲池さんは中学生のころコーモリ傘を持って病院の二階から飛び降りたってホントですか」

「本当のことだけど…、誰から聞いたその話」

「蒲池さんの従妹って人からです」

「ああ直子か。で、なんで直子を知ってるんだね」

「瀬川さんの友人の知人ということにしておきましょう。先日、久留米の水炊き屋さんでご飯をご一緒したんです。とても上品な方ですね」

「なんで直子が上品なもんか。で、どうしてそんな話になった」

「瀬川さんの同級生の開業医の方が、病院をたたむから相談に乗ってくれっていうので久しぶりに一緒に飯でも食べようということになったんです。私もそのお医者さんとは昔から知り合いだったもんで」

「それでどうして直子がいるの」

「そこで三人でご飯を食べながら蒲池さんの話をしていたら、急にそのお医者さんが『そうだ近くに蒲池さんの従妹さんがいるから呼ぼう』ということになったんです」

「待てよ。その医者というのはぼくのことを知ってる医者かね」

「ええ、よく知っているとおっしゃってました」

「久留米に住んでいて…。で、名前はなんていうの」

「たしか清水万喜夫。整形外科のお医者さん」

「なんだ清水君か。彼のことならよく知っている。ぼくが下関で開業したころよく手伝いに来てもらっていた。彼は出身の大学は違うが九大の医局にいてね。彼が独立してからは少し縁は遠のいたがね。彼はたしか久留米の大善寺で開業したはずだ」

蒲池はなつかしそうに眼を細めていた。

「そんなことより、コーモリ傘を持って二階から飛び降りた話を聞かせてくださいよ」

蒲池は美枝子の話を無視して、聞こえないふりをしている。

「そうかあ、清水君もとうとう閉店廃業か。おれもトシを取るはずだな」

「なにをおっしゃてるんですか。八十三にもなって。先生の同級生はほとんどみなさん閉店廃業でしょう。蒲池さんだけが化け物ですよ。まだ十七歳の息子さんがいるなんて」

「いや閉店廃業より亡くなった同級生の方が多いかな。それで清水君は自分の病院の後継ぎはいるの」

「なにおっしゃってるんですか、いないから閉店廃業なんじゃないですか。娘さんが三人。みんなお嫁さんに行って後継者はなし。病院は取り壊してサラ地にしてしまうんですって。その方が高く売れるそうです。こんなことなら鉄筋コンクリートじゃなくて木造にしておけばよかったって、ボヤいてらしたわ、清水さん。取り壊しに随分おカネがかかるそうですね、鉄筋コンクリートは。四十年前に病院を建てるときはそんなことは少しも考えなかった。それが人生なんだね。と清水さんはしみじみとおっしゃってました」

「そうか四十年か。おれのところも五十年。お互い人生あっという間だな、なあ中倉さん」

「あらわたしはまだ四十二ですよ。それに娘もまだ小さいし。蒲池さんだって、これから新しい病院をつくりに東京に行かれるんではないですか」

話がしめっぽくなったところで、美枝子は話題を変えた。

「あっそうそう。君のさっきの話はなんだったかな。コーモリ傘のどうのこうのと言ってたな」

「どうしてコーモリ傘を開いて病院の二階から飛び降りたんですか」

「どうしてって、やってみたくなるじゃないか子供のころは。戦争映画でよく落下傘部隊が空から舞い降りてくるじゃないか。あれがコーモリ傘で出来るかどうか試してみたかっただけだ」

「ふつうの子供なら思ってはみるけども、実際に試してみる子はいないんじゃないですか。それで結果はどうだったんですか」

「決まってるじゃないか。子供とはいえ、体重はネコより重い。コーモリ傘はたちまちチャンポンになるし、あっという間に尻からドシンと地面に衝突したよ。あの痛さは今でも忘れない」

「従妹さんが言ってましたよ。近所中の評判になったって」

「コーモリ傘はだめにするわ、親父には叱られるわで、もう散々だった。でも爺さんだけは『眞澄は見込みがある』と褒めてくれたよ。不思議とあの爺さんの言葉だけは忘れないから妙なもんだ」

「ずいぶん無鉄砲な子供だったんですね。もっとも今でも無鉄砲なところは治っていないようですけれども」

いくら好奇心が強いといっても、実際にコーモリ傘を開いて病院の二階から飛び降りた少年はあまりいないだろう。従妹の直子の話では、とにかくやんちゃで近所の子供のたちのガキ大将だったらしい。ケンカも一番なら勉強も一番、おまけに逃げ足も一番速かった。趣味の碁を覚えたのは小学五年生のとき読んだ「三国志」がきっかけだった。腕に毒矢を受けた武将の関羽が、麻酔もないのに平然と碁を打ちながら手術を受ける場面を読み、碁に興味を持った。碁そのものよりも関羽の豪胆な姿に憧れたわけだが、ふざけた動機に関係なく碁の腕前はメキメキ上達した。

中学時代からは三歳違いの兄昭彦と並んで黒木町で一、二を争う秀才で通した。兄は久留米市の進学校久留米附設高校に進み、蒲池は福岡市の修猷館高校に進んだ。兄は附設高校でも常に一番で、高校で成績が公表される試験が三十四回あるがそのうち三十三回が一番だったそうだ。蒲池に言わせれば「おれの方がスピードと鋭さでは勝っていたが兄貴は正確さと慎重さでは、おれより上だった。だから試験でも間違いが少なく点数が上」と負け惜しみを言うが、蒲池が兄を尊敬していたことは間違いない。

その兄が九州大学医学部二年のとき登山中に不慮の事故で死んだ。蒲池が高校二年のときだった。蒲池はそれまで東大を出て商社マン志望だったが、途中で進路変更して九大医学部に進んだ。

蒲池家が江戸時代から八代続いた医者で、九代目で絶やすわけにはいかなかった。医学部の成績は悪くなかったが、どうしても医局のヒエラルキーに馴染めなかった。医局時代、教授を殴って医局を飛び出したという伝説があるが、それはあくまで伝説でいくら蒲池でも教授を殴ることまではするわけがない。だが清水の話では医局の上級医を投げ飛ばしたことは事実のようだ。それも柔道でいうなら「有効」や「技あり」ではなく、文句のない「一本」の投げ技だったという。それに構内で見ていた野次馬たちの間で、やんやの拍手が巻き起こったという余談のおまけがつく。

それから先の水炊き屋での話は、酒も入り直子、清水、瀬川の蒲池を肴にした思い出話が飛び交い、それを美枝子が今しがたまで飛行機の中でまとめて思い返しているところだった。

医局を飛び出してからかしばらくは各地で勤務医をしたり大学の非常勤講師をしたり蒲池の「ストレイ・シープ」の時代がつづく。福岡大学の医局でも教授とケンカしたらしい。二回目の「破門」である。三十四歳のとき下関で独立し開業するまでの間、二人の女医と二回結婚し、二回離婚、その間三人の子供ができている。その頃のことは、直子も清水も瀬川もよく知らないので、あまり話題にも上らなかった。ただ瀬川が「若い頃に二度離婚し、三度目の結婚の相手と八十過ぎまで仲良く一緒にいるというのは、うらやましい限りだな。なあそうだろう中倉クン」とシングルマザーの中倉に厭味を言ったことだけは美枝子は忘れようとしても忘れない。

開業した頃と前後して蒲池の父親が亡くなった。黒木町の病院を引き継ぐかどうかで、親族会議が開かれる。蒲池の心も揺れる。離婚もしたし、ここらでゆっくり田舎で落ち着いてストレイ・シープの時代を幕にするのも一つの考え方だった。二階から傘をさして飛び降りた蒲池らしくもない生き方だが、田舎町の名士で一生をおくるのもそう悪いものではない。「ぼくはその田舎町で一生を終えようとしている」と清水が合いの手を入れたことも忘れてはいない。そのことを機内で思い出して、美枝子はプッと噴き出した。

蒲池の父親の死に伴う親族会議で、後日、「あのとき叔父の言ったことばが忘れられない」と蒲池は親友に語ったという。その叔父も医師である。蒲池の性格と、本当の医師がどういうものかを見抜いていた。「眞澄、お前が黒木町に帰ってきて病院を継ぐのも悪くない。だが町では蒲池病院と原病院が稼ぎ頭だ。お前の親父も昔から原さんと随分競い合ってきた。今の原さんは女好きで助平だ。そこへお前が帰ってきたとなるとどうなる。お前は負けん気が強いから、お前と原さんとでおカネ稼ぎと女づくりの競争になる。勝っても負けても、つまらない意地比べで、お前は一生を終えてしまうぞ。それでいいのか。おれは、お前にはそんな人生は向かんと思うがね」。そのことばで蒲池のハラは決まったという。それから下関でわずか十九床の病院から、二十四時間三百六十五日体制の救急救命病院づくりに邁進し、そして今のカマチグループがある。

「どうだね、清水君は元気にしてたかね」

美枝子に、「今でも無鉄砲だ」と言われて分が悪くなったのか、蒲池は話題をかえてきた。

「ええ身体の方は大丈夫そうでしたけど、お酒の方はさっぱり弱くなったと言ってちょっと御猪口に二、三口程度」

「そうかあの清水がね。ところで瀬川君の方も酒はだめになったのかね」

「いえ瀬川さんの方はまだ大丈夫のようで、あれで二、三合は飲んでらしたかしら。ところで蒲池さんは、今お酒の方はどうなんですか」

「おれは昔から『酒と女は二合（号）まで』と決めている」

「そんなことわざがあるんですか。初耳ですよ」

「だれかが昔おれに言ったことばだが、だれだったかな。緒方だったかな山永だったかな、とにかく鶴﨑でないことは確かだ。彼は今でも呂律が回らなくなるまで飲んでるからな。とにかくおれは、これを自戒のことばにしている。おかげで、毎晩宴会がつづいても、この通り元気だ。中庸の美徳というところかな」

なにが「中庸の美徳」だ。「中庸」が聞いてあきれる、と美枝子は思った。蒲池はあえて「女は二号まで」の件には触れようとはしなかった。

「ところでウチのグループの総売上は年間幾らくらいだか話したかな」

蒲池が急に話題を変えた。唐突に話題が変わるのは毎度のことなので、美枝子はすっかり慣れっこになっている。

「いえ、まだ聞いてません。でもわたしが初めてお会いした十六年前は確か四百億円程度でしたから、病院の数からいってその倍くらいですか」

「倍以上、千五百億円近くあります。それで利益が年間約百五十億円。だがぼくが話したいの借金のことです。幾らくらいだと思いますか」

「さあ想像もつきませんわ。わたしは月給以上の借金はしたことありませんから」

「それは病院でも同じことです。資産以上の借入金はしません。だいいち銀行が貸してくれません。ウチのグループでも既に元を取り戻してしまった九州の五病院はもちろん無借金経営ですよ。ただ新しくつくった関東、特に東京都内の病院の借金のことですよ」

「さあ幾らくらいですかね。東芝病院を買われたときだけで二百八十五億円、キリンビール本社あとが百四十億円で改修費が六十億円で締めて二百億円だから……、あと五反田、小金井、赤羽と……」

「およそ八百億円ですよ。いや一千億円かな。それに銀行利子が付く。これは低金利時代だから今は大したことはない」

「それでは蒲池さんはまるで東京に借金を返しに行くようなものではないですか。九州の病院には借金がないんですから」

「そうかも知れん。考えようによってはね。でもそんな考え方をすると、人生は終わりだよ。借金もきれいに返し、自分がつくった病院もサラ地に戻し、今の清水君はどんな心境だろうね。もっとも清水は若いころから悟りきった大人の風格があったから、それでよしとするかも知れんがね。おれは、それではつまらんね。おもしろくない」

「でも、それでは借金を返すために働くようなものではないですか」

「いや借金を返すために働くんではない。働くために借金を返すんだ。これは大きな違いです。もっともおれが生きてるうちには返しきれんだろう。だが病院が元気に生きてるうちには返しきれる見通しは、ちゃんとついている。病院が元気で生きていけるようにする。それが病院経営というものだよ。借金漬けのどこかの国とは大違いだ。苦し紛れに借りたカネじゃない」

「なるほど、孫子のために借金残す、というわけですね」

「おやっ、それはおれや健一に対する厭味かね」

そう言って蒲池はカッカッカと笑った。

「いえけっしてそんな。蒲池さんはそれでいいとして、健一さんが大変だと思ったまでです」

「たしかに過剰投資だと言う人もいる。だが今は低金利の時代だよ、必要なおカネは借りた方がいい。おれが病院を始めたころは銀行利子は一割近かった時代だよ。それが今では〇・何%の時代だ。経済は生きものだから急に高金利の時代が来るかも知れない。そのときは土地を売っていけばいい。金利が上がるということは土地も上がるということだからね。だから健一にも言ってある。借金を返すことで慌てるな、返済に十年かかっても二十年かかってもいい。だが病院経営だけは『モア・ティーチング』の精神でしっかりやっていけとね」

ここでもお得意の「モア・ティーチング」が出てきた。「モア・ティーチング」とはクリーブランド・クリニックの石碑に書いてある銘文の「医療に携わる者へのさらなる教育を」という意味の一節である。蒲池は最近どこでもやたらと口にする。院長会議でも、理事会でも、外部の美枝子にまでさえも。だから美枝子はその銘文を英語で「Better Care of The Sick. More Teaching of Those Who Serve . Further Study of Their Problems」とすっかり諳んじている。

「ところで君は健一に会ったことはありましたかな」

「いえまだお会いしたことはありませんが、明日、品川病院でお会いするアポが取ってあります」

「あしたか。あすは確かカズミさんが品川に挨拶に来る日だ。君も知っているだろうアンコール小児病院にいた赤尾和美さん。十六年前にカンボジアで会っているはずだ。ちょうどよかった、健一と四人一緒に飯でも食おう。といってもウチの会長室で病院のカレーライスだがね」

3　東京品川病院の会長室で

カマチグループの関東本部は東京都品川区東大井の東京品川病院内にある。そこで中倉美枝子がアンコール小児病院の看護師だった赤尾和美に会うのは十六年ぶりだった。そのときがすでに四十歳位だったから今はすでに五十五歳は過ぎてるはずだが小鹿のように引き締まった姿は昔のままだ。

和美は千葉県松戸市の出身だがハワイの病院に勤めていた三十五歳のとき、NPO法人「フレンズ・ウイズアウト・ア・ボーダー」（国境なき友人たち＝ＦＷＡＢ）のカンボジアでのアンコール小児病院づくりに看護師として最初から参加した。美枝子はかつて「医の心は国境を越えて」の収録のとき、オンボロ車で訪問看護のためにカンボジアの赤茶けた田舎道を駆け巡る和美の姿を追ったことがある。和美は以後ずっと同病院で働きつづけ、最近は活動の場所をラオスに移している。

アンコール小児病院建設の発起人は在米の写真家井津建郎で、蒲池眞澄は主に病院の建設面に携わった。建設基金の一五〇万ドル（約二億円）は善意の募金に頼った。蒲池自身もポケットマネーの一千万円を出し、鶴﨑が五百万円、妻の昭子にも三百万円という具合に、池友会全体で四千万円を寄付している。建設基金全体の内訳は日本六〇％、アメリカ三五％、カンボジア五％だったが、医療スタッフは欧米人が主力で、病院内での共通語は英語だった。

だが病院の運営資金は日本が主力のＦＷＡＢの寄付で賄われていた。病院自体の収入はほとんどない。そこで蒲池が思いついたのが、グループ職員の一人ひとりから寄付を募る池友会方式募金法だ。月に一人五百円、年にすると六千円、当時四病院の全職員は二千人として年に一千二百万円になる。もちろんなかには拒否する者もいるので一千二百万円とはいかないが、蒲池が身銭を切って補充するので三千万円は超えた。蒲池は「年に一回焼肉屋に余分に行ったと思って恵まれない子供たちを助けてやれ」と新入職者たちを口説く。絶対数が多い看護師を口説くのは木下とし子の役目だった。アンコール小児病院の構内の碑には寄付金を出した池友会の全職員の名前が刻んである。

そういう関係でアンコール小児病院と池友会病院の親密度は深くなり、池友会の研修旅行は二〇〇〇年代になると毎年アンコール小児病院に定着した。若い医師、看護師、事務職員、検査技師、栄養士など約二十人が四泊五日の研修旅行に行く。逆にカンボジアの方からも若い医師や看護師が研修に来る。向こうで手に負えない手術があると和白病院で手術をしたこともある。二〇〇五年には顔面中央に大きな瘤ができる脳髄膜瘤の少女二人の除去手術を、和白病院の脳神経センターで行った。美枝子が「医の心は国境を越えて」を撮ったのは、この頃のことである。

赤尾和美はカンボジアと福岡を行き来しているうちに福岡和白病院の職員たちともすっかり馴染みになり、職員たちも和美のことを赤尾さんと呼ばずに「カズミさん」と親しみを込めて呼ぶ。和白で研修をしたことのある内科医サー・ブディは現在、アンコール小児病院の副院長をしている。

アンコール小児病院はカンボジアの貧しい子供たちのための病院であると同時に、ポルポト政権時代に激減した医師を育成する医師研修の目的の病院でもあった。だからカンボジアの医師たちが一人前になる設立十年目からは、段階を追って政府に引き渡すという約束があった。現在はカンボジア政府に引き渡し「外人部隊」はすべて引き揚げ、カンボジア人だけの手で運営されている。院長もカンボジア人なら院内の公用語もカンボジア語である。ＮＰＯフレンズ・ウイズアウト・ア・ボーダー（代表赤尾和美）も引き揚げ、二〇一三年から活動の場をラオスのラオ・フレンズ小児病院に移している。その間和美は日本の大学の通信制で心理学学士、認定心理士資格を取ったり、東京都立大学の前期博士課程に籍を置くなど向学心の方も衰えていない。

この日和美はフレンズ・ウイズアウト・ア・ボーダーの運営基金の収支報告のために東京品川病院に立ち寄ったのである。この三年間のコロナ禍で和美と蒲池が顔を合わせるのも久しぶりである。

「ラオスの方の医療事情はカンボジアより酷いですか」

健一が和美に尋ねた。健一は大学一年生のとき一人でカンボジアのアンコール小児病院を訪れたことがある。和白病院の研修医のときもカマチグループの研修旅行に若手医師の一員として参加した。東南アジアの医療の遅れは肌で感じて知っている。

「ええラオスは海がない内陸地ですから、医療だけでなくすべてが遅れています。ラオスはもともと排他性が強く外国の援助は受けたくないという気風があるので、最初はそれでかなり苦労しました。それにベトナム戦争の影響も隣国だけに随分あるようです」

「カンボジアの方はすべて引き揚げられたんですか」

「全部引き揚げて、いっさいカンボジアに任しています」

「それでカンボジアの方の経営はうまくいってるんですか」

「基本的には貧乏人からおカネは取らず、金持ちから取るというのが原則ですから、政府がどれだけ援助しているか詳しくは知りませんけど、黒字になるはずはありません。収入があったにしろ何百万円程度ではないでしょうか。わたしたちは直接タッチしてないので経営内容のことはよくわかりませんけど。ラオ・フレンズ小児病院の方も、いずれラオス政府に引き渡すということで頑張っています」

「フレンズ・ウイズアウト・ア・ボーダーの主力がラオスに移ってから、カンボジアの方にはいっさいおカネは行ってないのですか」

美枝子が口を挟んだ。和美がそれに答える。

「蒲池さんとこのおカネだけがカンボジアの方に回っています」

「それはどうしてですか」

「さあ、わたしにはわかりませんが、蒲池さんのアンコール小児病院への思い入れが強いからじゃありませんか」

「ここんとこコロナ禍で三年ばかり休止になってたが、ウチは長いこと研修旅行で毎年お世話になってるからな。ところで今ウチからどれくらいフレンズ基金に回っているの」と蒲池。

「昨年度の実績は四千五百万円です」と和美。

「ぼくが二千万出してるから、職員の寄付金は二千五百万か。職員の数は二十年で六倍以上に増えているのに少し残念だな」

「お父さん、そのカネはどうして出してるの」と横から健一が蒲池に訊く。

「毎年、おれのボーナスとして病院から二千万出さしている。全額寄付するんだから税金は一銭も取られない仕組みだ」

毎年二千万円だから二十年として蒲池だけで四億円になる。

「それにしてもグループ全部で年間四千五百万円というのは少ないな。二十年前とかわらないじゃないか。それで品川病院でも出してるのだろう。いったい幾ら出してる」と蒲池が健一に訊く。

「さあ、具体的に幾らと言われても、病院の経費とは別になっているので…」

「じゃあお前のところの看護師たちは、どれくらい五百円基金に参加しているんだ」

「さあ、急にいま具体的数字を挙げろといわれても…。なにしろ五百円は個人の給料引きですから」

「じゃあすぐ看護部長に調べさせろ。今ここの看護部長はだれがやってるの」

「市村さんです」

「ああ久喜病院の副部長をしていた市村小百合だね。彼女はここでも頑張っているかね」

「ええ頑張っています」

市村看護部長が来た。どんな些細な数字でも担当責任者本人から直接聞くというのが蒲池の主義だ。それも細かい数字までうるさい。それを承知しているので市村は小さなメモ用紙を持っている。

「今ここの看護師の総数は」

「三百八十人です」

「そのうちアンコール基金に参加しているのは」

「百九十六人です」

市村はメモを見ながらテキパキと答えていく。

「うーむ約半分か。ところで市村部長、あなたはウチのアンコール研修旅行に行ったことがありますか」

「すみません、まだ行ったことはありません。ここに来て最初の三年間は久喜と品川を行ったり来たりで忙しくて、ここ三年はコロナ禍で行けませんでした。申し訳ありません」

「そうか久喜と品川はここんとこ数年大忙しだったからな。無理もないか。しかし落ち着いたらぜひ行ってみてください。トシに関係なく『目からウロコ』ということに出会いますよ。木下とし子さんなど六十過ぎてから初めてカンボジアに行ったくらいだからな。健一、次は事務長を呼んでくれ」

蒲池は事務長にも同じ質問をした。

「全職員数は九百八十人で、そのうち五百二十人がアンコール基金に参加しています」

「うーん、全体でも約半数か」

蒲池はその数が多いとも少ないとも言わなかった。ただ二十年前はほぼ全員がアンコール基金に参加していた。二十年でグループの規模も六倍以上になっている。その全員にアンコール基金に参加を強制することは無理だと思っている。二十年前に始めた「事業」にまだ半数が賛同してポケットマネーを払ってくれているのを「良し」としければならないのか。と蒲池は思った。

「健一、東芝病院時代から残っている職員は今どれくらいいる?」

「百人くらいで、あとの八百八十人が入れ替わっています。東芝時代から残っている医師は七人で、あとの八十一人は入れ替わってます」

「そうか五年でほぼ入れ替わりか。時の移るのは早いな。もっとも新武雄の場合は二年でほぼ全員が入れ替わったがな。あのころはおれも元気があったからな。疾風怒濤の勢いがあった。今のおれは、お前や市村部長のやることに口は出さない。ただおれが死んでからまで、お前や市村部長にアンコール基金を強制させることはできん。しかしアンコール研修旅行を今お前がどう思っているか聞いておきたいんだ」

美枝子が蒲池から「おれが死んでから」というセリフを聞いたのは二度目である。一度目は「おれが死んでも田上と大塚がいるからこの病院は大丈夫」と言った時である。これは田上や大塚らは自分が手塩にかけて育てた後継者という自負心の表れだろう。彼らは学校を出てすぐ和白病院に入職した生え抜きだ。それまでの事務長クラスは途中からの転職組がほとんどだった。八十三歳という年齢を考えれば、十五年前までは一度も出なかった「おれが死んだら」とか「後継者」とい言葉がしばしば出てきても不思議ではない。それにしてもアンコール小児病院に蒲池が、これほど強い思い入れをしているとは意外だった。

そんな気持ちが、恐る恐る健一に「お前どう思っているか」と訊かせたのだろう。そんなことを美枝子が考えていると、健一の晴れやかな返事が聞こえてきた。

「心配ないよ父さん。ぼくがここの院長になってすぐコロナ騒ぎになったので、アンコール研修旅行は出来なかったけど、あの制度はぜひ残すべきだと思っています。それとクリーブランドクリニックへの研修旅行。世界で一番進んでいる医療機関と一番遅れている医療機関、両方を若い頃に体験することで、これからの日本で医療をどうしていくか考えるべきです。アンコール基金への賛同者の数もできるたけ増やしていこうと思っています。せっかく二十年以上もつづいてきたんですから」

「そうか、それを聞いて安心した。今回東京に来たかいがあったよ」

そういって満足そうに頷くと蒲池は、ちらりと和美の方を見た。

「カズミさんは、できればラオ・フレンズ小児病院の方にもカネを回してくれと言いたそうな顔付をしてるが、そこまでやるときりがないんでね。ラオスの次はどこですかな。アフリカの医療制度など東南アジアの悲惨さの比じゃないよ。おれは八十を過ぎてまでシュワイツァー博士の真似はしたくないからな。そういえばカンボジアのシェムリアップにもいたなシュワイツァー気取りのスイス人の医者が。パイプオルガンならぬチェロなど弾きおって、狙いはノーベル平和賞という見え見えの気取った奴が」

蒲池の言葉は受け取りようによっては、フレンズ・ウイズアウト・ア・ボーダーに対する痛烈な皮肉だとも受け取りかねない。

「あらそんなことはありませんよ。アンコール小児病院は独り立ちしたといっても、まだまだ貧乏なことは同じなのでカマチグループのおカネは大助かりなのは変わりはありません」

慌てて和美が蒲池の言葉を打ち消した。健一がその場を和ませるように声をかけた。

「ぼくはね、コロナ禍が明けてアンコール研修旅行が再開すればラオ・フレンズ小児病院もコースに加えようと思っているのです。ぼくもラオスにはまだ行ったことないし、それにぼくはもともと東京という都会には肌が合わないいんでね」

そこへ昼食が来た。昨日、蒲池が機内で美枝子に言ったカレーライスではなくて長崎チャンポンだった。蒲池がおどけて言った。

「あれぇ今日は何曜日だ。カレーの日じゃなかったのか。失礼、お嬢さん残念ながら今日の昼飯はチャンポンの日でした」

4　所沢美原総合病院へ

「健一先生はここの院長になられたのは幾つのときですか」

昼飯を終えて蒲池健一に病院内を案内してしてもらいながら中倉美枝子は、健一に尋ねた。カマチグループ内では蒲池眞澄のことを「会長」と呼び、健一のことをみんな「健一先生」もしくは「健一院長」と呼ぶ。美枝子は四十二歳で健一と同世代なので何と呼ぼうかと迷ったが「健一先生」と呼ぶことにした。

「三十八のときでした。こんなに若くてこの規模の病院を任されるなんて、普通じゃありえないことですよね」

「たしか蒲池会長が三十八歳のときは、まだ下関の七十九床の院長先生でしたよね。そして四十歳を過ぎてから小倉に八十三床の小文字病院をつくられた。そんな年頃でこんな大きな病院を任された気持ちはどんなものですか」

「それゃあ、ありがたいですよ。やり甲斐がありますからね。でも親父は凄い経営者じゃないですか。そのあとを継ぐとなると、ぼくは親父みたいな才能がない。その意味では不安の方が大きいですね」

「今この病院のベッド数は幾つですか」

「四百床です」

「ここの敷地は五千坪以上ありそうですから、もっともっと大きくなっていくんじゃありませんか」

「いや今は拡大することは、あまり考えていません。この業界は『レッドオーシャン』ですからね。そう簡単にはいきませんよ」

健一はあえて今はやりの経済用語を使った。レッドオーシャンとは競争相手が多く存在している市場を指し、競争相手がほとんどいない市場をブルーオーシャンと云う。

「そのレッドオーシャンを乗り切っていくのはどうしたらいいのでしょうか」

「基本的には人が既にやっていることではなく、人がやっていないこと、人がやりたがらないことをやることです。例えば親父が救急救命でやってきたようにね。基本的には人がやりたがらないことは、ビジネスチャンスですからね。そこを敏感に感じながら対応していかねばなりません」

「健一先生は今の医療業界全体をどう考えておられますか」

「ひと口で言うと、今は非常に不安定な状況にあると思っています。今まで通りのことをやっていては経営的に危ない状況にきています」

「不安定な状況というと、具体的には？」

「例えば保険制度というものが、いつまでもつかわからない。いま経済界全体で従業員の賃上げが求められていますよね。いわばベースアップは今や国民のコンセンサスと言っていいでしょう。企業がベアをするためには、企業自体の売り上げを高めていかなければ、従業員のベアはできない。病院の場合、保険の点数は全国一律同じで変わらない。東京の品川でも、長崎の離島でも点数は同じ。そのなかでどう収益を上げていくか…」

「なるほど健一先生は、東京品川病院の院長であると同時に、いずれグループ一万六千人のトップにならねばいけない人ですからね」

「それにどう対応していくか。結局、これからの病院経営はコングロマリット化しかないように思うんです。いろいろな事業を複合的に組み合わせていく。ひとつの事業だけだと外れた場合リスクが大きいですからね」

「具体的にはどういう事業を考えてありますか」

「それはまだわかりません。これから考えていくところです。だが基本的には人がやらない、やりたがらない仕事ということですね。それと組み合わせの妙です。ありきたりの仕事でも、違った仕事と組み合わせると意外な効果を生むことがあるでしょう。それですよ狙いは」

健一は医学部を卒業してから父親の福岡和白病院で研修医になり、後期研修医時代には武雄市民病院に少数精鋭の「助っ人部隊」として駆けつけて以来、ずっとグループの医療最前線の第一線で働きつづけ蒲池眞澄の背中を見ながら成長してきた。

「健一先生は物心ついたときから、カマチグループの成長ぶりを見ながら育ってこられました。小学生のころはすでに三つの病院がありましたが、いつのころから病院がこんなに大きくなると思われましたか」

「こんなに大きくなるとは思ってもいませんでしたよ。初めて武雄病院で医者として働いたときは、自分のことで精いっぱいで病院全体のことを考える余裕など少しもなかった。だいいち十年前までは、まさか東京に出て来ることなど思いもしませんでした。さっきも親父やカズミさんに言ったように、ぼくはもともと東京という都会はあまり好きではありません。好きで東京に来たわけじゃない。これも凄すぎる親父を持ってしまった結果でしょうね。でも、来たからには最善をつくしますがね。今は置かれた立場のありがたさと不安さが半々というところです」

「蒲池会長の凄さはなんでしょうか」

「親父はこれまで自分の感性と能力だけでここまでやってきたように思われていますが、実は人を使うのがとても上手な人です。その人の能力を見つけ出し適材適所に配置する。いったん任せたらとことん任せる。それを若いときから絶え間なくやってきた。その信念を変えずに五十年間ずっとやってきたということが凄いんです。だから後期高齢者になっても新しい人材を発掘できる。そのいい例が瓜生田先生や鈴木先生です。ふつう七十歳過ぎて新しい友人ができたり、新しい仕事仲間をつくったりしないでしょう。この凄さは誰にも真似ができない」

これから市村看護部長と院内の巡回しなければならないという健一と別れて、美枝子は瓜生田曜造と会うために病院の十階にあるカマチグループ関東本部に向かった。瓜生田は毎週月曜日に福岡和白病院のグループ本部に事務報告のために顔を出しているので、すでに美枝子は面識がある。広報担当主任の善家禎恵《ぜんけよしえ》とも福岡で名刺を交換している。

善家禎恵は蒲池の亡くなった実子永田寿康の未亡人だ。禎恵は永田が国会議員を失脚して福岡で不遇時代を送っていた頃、週刊誌などで離婚訴訟などなにかと取り沙汰されたことがあるが、今ではグループの広報担当として立派に職務をこなしている。なにしろ全職員一万六千人の「企業」なので広報といっても半端な仕事ではない。特にこの三年、コロナ禍のときは大変だった。

独身時代はキャビンアテンダントをしていたので、広報の仕事は向いているようだ。グループ内では九州では善家という姓が珍しいので「ゼンケさん」で親しまれている。なんでも聞くところによるとシングルマザーということで、同じシングルマザーの美枝子は密かに親近感を持っている。

「あす所沢の美原病院に行って見ようと思っているんですけど、向こうは今引っ越しでてんてこ舞いでしょうね」

「なんでも病院の引っ越しですからね。患者さんの数だけでもバカになりません。半年も前からスケジュールは立てていたんですけど、いざとなると患者さんの様態が急変したりしてなかなか予定通りいきません。普通の会社や事務所の引っ越しのようなわけにはいきません」

「医療スタッフは全員そろっているんですか」

「ええお陰様でスタッフの方は全員。半年以上前から新しい人の募集を始めていましたので順調にいきました」

「グループからの応援部隊も順調ですか」

「ええ九州から四十人、関東の各病院から四十人、合わせて八十人がカマチグループからやって来ます。九州からの人の中には車を持って来る人も多いので、その駐車場の割り当てだけでも大変です」

「長期出張の覚悟なんですね」

「ええ。でもなかには関東に永住するつもりの若い人もいますよ。なにしろ先輩の宇田さんや塘地さんなどはもう十五年近く、すっかり関東の人間ですからね。ご存知ですかお二人を」

「いえまだお会いしたことはないんですが、話には聞いてます。お二人は福岡でも有名ですよ。カマチグループに福岡を出て行ったきり戻ってこない、鬼より怖い仕事中毒のおばちゃんが二人いるってね」

「あら、失礼ですよ。お二人ともトシより若くて、チャーミングでとても素敵な方ですよ。お会いになればわかります」

「ところで所沢美原病院は何床でのスタートになるんですか」

「五十床の所沢明生と百十一床の狭山中央が合併して、それに六十床増床で合計二百二十一床の総合病院ですが、とりあえず初めは百六十五床でのスタートになります」

美枝子の質問に禎恵がテキパキと答えていく。そこへ瓜生田が来た。

「瓜生田先生、いよいよですね。念願の病院も七年がかりの仕事でしたね」

「ぼくがこのグループに来て七年ですが、この病院の構想は蒲池先生の頭の中にはもっと前からあったんじゃないですか。蒲池先生が鈴木に初めて会ったのが二〇〇九年だから、十五年がかりということになりますか」

二〇〇九年といえば永田寿康が亡くなった年でもある。瓜生田も禎恵も憶えていないはずはない。美枝子は禎恵の方をちらりと見たが黙っていた。禎恵の方も黙っている。

「瓜生田先生がグループに入られてから防衛医大ＯＢの先生方が随分増えましたね」

「ぼくがグループに入ったときは鈴木とぼくと、あと所沢明生に二人、わずか四人でしたからね。それが今では三十四人。所沢美原総合病院が本格的に動き出したら五十人にはなると思いますよ」

「どうしてこの七年で急に増えたんでしょう。瓜生田先生の力ですか」

「ぼくの力というより、防衛医大の卒業生は蒲池先生とウマが合ったんでしょう。ご存知のように防衛医大の学生は医者の子弟は少ない、ぼくの同期でも医者の息子は二、三人しかいない。ぼくが大工の息子で鈴木が百姓の倅のように、ほとんどが中産階級の子弟です。カネがないから医者になれないと言うのははなれない者の言い訳にすぎず、防衛医大はおカネがなくても医者になれるところですからね。蒲池先生は自分は八代続いた医者の息子のくせに、医者の権威や医者の息子が大嫌いときている。ウマが合わないハズがない」

「それに防衛医大の先生方はみんな働き者ですからね。蒲池先生と同じく」

美枝子が合いの手を入れた。これまで蒲池の話を聞いてきて鈴木や新海の印象がよほど強いらしい。

「働き者というよりクソ真面目なんですね。学生時代の寮生活では全員が大隊、中隊、小隊で組織されリーダーシップ、フェローシップを徹底的に叩き込まれる。つまり組織とかチームワークというものを身体で覚え込まされる。これは今の教育で最も欠けている点ですね。だから防衛医大出は組織の中で自分がどういう立場にあり、どう動けばいいかわかっている。それでウチのグループでも防衛医大ＯＢの院長が四人もいます。副院長は四、五人ですか。組織の統制を守ることに関してはプロですからね」

「院長といってもさまざまでしょう。東大病院や九大病院など千何百床規模の病院の院長もいれば二十床足らずの医院の院長もいますし」

「その通りですが、カマチグループ程度の規模の病院はウチのＯＢに一番適しているようです。ふつう医師というものは医療技術の職人としてのトレーニングだけしか受けていませんからね。だが院長は特別な訓練を受けなくとも、もって生まれたセンスだけで院長に適した人もいます。例えば福岡和白病院の富永先生などがそのいい例ですね。富永先生は長い間大学教授だった人ですが、民間病院に来ても直ぐ馴染まれた。大学教授上がりの院長はほとんどの場合、失敗する例が多いが、和白病院は先の伊藤院長の場合もそうですが成功している。これは蒲池先生が、院長として適格かどうかそのセンスを見抜く力があったからだと思います。そこへいくと防衛医大出は組織を動かすある程度の基礎訓練ができているから当たり外れが少ない」

「なるほどね。そう言われる瓜生田先生の場合はどうですか」

「ぼくは定年まで自衛隊に残りました。自衛隊中央病院の院長をしていたといっても親方日の丸の病院ですからね。蒲池先生の傍に来て七年になりますがまだ病院経営がどういうものかよくわかっていません。五十八歳というスタートが遅すぎたのかな」

「これからは新しい病院で鈴木先生と『二人三脚』ですね」

「いえ『三人四脚』ですよ。あのトシになっても蒲池先生がぼくたちのやることを黙って見ているはずがない」

「中倉さん、いつ美原に行かれます」

横から禎恵が美枝子に訊いてきた。

「あす一番で。なにも引っ越しで忙しい最中にのんびりと見学でもないとお思いでしょうが、わたし忙しい雰囲気が好きなんです。それに形式ばった開院式より引っ越し風景の方が絵になるわ。わたし病院の引っ越しなんて見たことないんです。善家さんは経験されたことおありですか」

「そういえばわたしも新しい病院の開院準備に数多く立ち会ってきましたが、引っ越しとなると初めてです。でも事務長の大塚さんは気忙《きぜわ》しくて人使いが荒い人ですから、中倉さんもどさくさ紛れに身内と間違えられて手伝わされないように気をつけてくださいよ」

次の日早く美枝子は西武池袋線に乗った。この電車は学生時代、西武ライオンズの野球の試合を観に所沢球場に行ったとき以来である。西武ライオンズの前身西鉄ライオンズの本拠地はかつては福岡の平和台球場だったが、西武グループに買収されて本拠地を所沢球場に移した。まだ美枝子の生まれる前の話である。蒲池の少年時代の西鉄ライオンズは黄金時代だった。美枝子の父親が熱烈なライオンズファンだったように、きっと蒲池もライオンズのファンだったに違いない。

その蒲池が所沢に新しい病院をつくった。そんなことを美枝子は考えていた。

新しい所沢美原総合病院の玄関の前には鈴木と大塚が待っていた。病院の中も周辺もまだ引っ越しや新しい医療器具などの搬入でごった返していた。その活気ある忙しさの中で三人は慌ただしく挨拶を交わした。

美枝子は二人と初対面だったが、これまで何度も話に聞いてイメージしていた二人にピッタリ一致していた。鈴木は田舎の中学校の木訥な校長先生みたいな風貌だが精気とやる気に満ちている。ただ救急患者を診るときは阿修羅のような表情で働くと聞いていた鈴木が、普段は村夫子《そんぷうし》然としたのんびりとした表情なのには少し安心した。話しぶりに栃木訛が抜けないのも愛嬌がある。大塚の何にでも挑戦してやるぞという突貫小僧的な物腰は想像していた通りだ。「ぼくが持ちましょう」と素早く美枝子のビデオカメラを入れた鞄に手をかけたフェミニストぶりがちょっと意外だった。

「あっ、ぼくはこれから明生の方に用事が出来たから失礼する。大塚君、お嬢さんに院内の案内の方をよろしく頼むよ」と鈴木は美枝子に笑顔で軽く会釈し、あとは大塚に任せてスタスタと足早に駐車場の方に向かって行った。その少し栃木訛のある「お嬢さん」という発音が心地よかった。「なにしろ少年のような人ですからね。鈴木先生は」と大塚は十五歳以上も年上のはずの院長のことを、そう表現して頭を掻きながら苦笑いをした。この二人ならこの病院もきっとうまくいだくだろう。いや、そうでなくてはウソだ。美枝子は十六年前、蒲池や鶴﨑に初めて会ったときのことを思い出していた。鈴木に「お嬢さん」と呼ばれてちょっぴり若やいだ気分になったせいもある。

この蒲池眞澄とその仲間たちの物語を書いてきて、肝心な人のことを忘れていたようだ。蒲池の妻、昭子のことである。漱石の『坊っちゃん』ふうに書くなら、最終章のラストの部分「清のことを話すのを忘れていた」ならぬ「昭子のことを話すのを忘れていた」というところか。清は坊ちゃんのことを最後まで理解していたし、坊ちゃんは清のことを死ぬまで信頼していた。読み方によっては、『坊っちゃん』は坊ちゃんの清に対するオマージュでもある。

昭子はかつて小倉の小文字病院時代、たった一人で訪問看護を始めた時期がある。高齢化社会を迎え老人保健法が改正され、保険の点数が認められたころである。九電病院、福大病院で婦長の橋本スヱ子からみっちりシゴかれた腕前だけに、一人でも十分に能力を発揮した。床ずれ予防やガーゼの交換の指導、尿道カテーテルの管理指導、人工栄養カテーテルの管理指導など全部一人でやった。昭子は「最初は患者さんの世間話の相手になるだけでした」と謙遜するが、その「世間話の相手になる」ということが肝心なことで老人たちが一番望んでいることだった。院長夫人が自ら訪問看護の先頭に立っているのだから、患者本人よりも家族がどんなに心強く思ったかしれない。

この昭子の孤軍奮闘ぶりに引かれ、やがて小文字病院内に自然発生的に地域医療室ができた。

看護婦四人とリハビリチームが主体で、看護婦は現役をいったん退いて再就職したママさん看護婦があたった。昭子も幼い二人の子供を人に預けてのリーダーぶりだ。訪問看護チームがスタートして三年目には年間の訪問看護の件数が千件にまでになった。一方、北九州市の自治体病院の実績は年間六百件程度にすぎなかった。

小文字病院の訪問看護に対して「あの病院は金儲け主義。訪問看護は患者獲得の手段にすぎない」という批判もあった。しかし、これはやっかみに過ぎない。自分の病院でやれないから、イソップ物語の食べたいブドウに手がとどかなかったキツネのように「あのブドウは酸っぱい」と言ってるのと同じことだ。だから昭子はそんな言葉を無視した。訪問看護という新しい仕事を国公立病院でやろうとすれば、かなりの困難がともなう。まず第一に労働組合が反対するだろう。看護婦たちが労働過重という理由で、管理者たちに食ってかかるだろう。かといって民間の病院でも難しい。民間の病院は日常の業務だけで手いっぱいで、とても訪問看護までは手が回らない。だから昭子は、まず最初に自分一人で突っ走ったのだ。この精神はカマチグループの医療現場で脈々と受け継がれている。

昭子はグループが小倉から福岡和白に進出するとき、医療現場から身を引きふつうの家庭の主婦に徹し、長男の健一と次男の良平を立派な医師に育て上げた。蒲池との金婚式も、もうそろそろ近くなってきた。

昭子の思い出のなかで一番生き甲斐を感じ楽しかったのは、蒲池と一緒に下関病院や小文字病院の廊下を慌ただしく走り回っていた頃である。あとはさまざまなシーンが駆け巡り、苦楽交々いろいろな出来事があったが、なんといってもあの頃の充実感は忘れることはできない。あとの楽しみは映画でいえば、蒲池が和白の自宅に帰ってきてお茶の間で「今度の東京行きは、さすがに疲れた。おれもトシだな、新しい仕事も億劫になってきたのでここらで少し休もうかな」と言えば、昭子が「そうですよ。おとうさんも八十三ですものね。あとのことは健一たちに任せてゆっくりしましょうよ」と言うシーンだ。ラストに二人で夕焼けの海を眺めるシーンまで描いてある。できれば小津安二郎ふうの静かな淡々としたタッチで撮りたい。そのシーンはシナリオでは書いてみたものの、実現するにはなかなかその機会がやってこない。

蒲池は蒲池で相変わらず別のシナリオを書いているようだ。それも躍動感あふれる黒澤明のタッチで。

番外編　『パンの耳先生』の話──カマチグループ外伝

1　健康科学大学リハビリテーション学部学部長

中倉美枝子が五十周年記念ビデオ制作の最後の打合せのために令和健康科学大学を訪れたとき、蒲池眞澄が「ちょうどいいときに来てくれた」とリハビリテーション学部学部長の稲川利光を紹介してくれた。

「この先生は『パンの耳先生』といって、ウチではちょっと毛色が変わった先生なんだ」

「『パンの耳』？　先生ですか」と美枝子は訊き返した。

「『パンの耳』とは、ぼくが勝手につけたあだ名で、本当の名前は稲川利光先生。これでも立派な医学博士ですぞ。ぼくはいまだに博士号を持たないが、この先生は五十代半ばで博士号をとった努力の人だ。なにしろ三十八歳で医者になった人だからな。苦学生時代、金がないのでただで貰って来たパンの耳ばかり食っていた。それで『パンの耳先生』というわけだ」

稲川利光が二〇一八年（平成三十年）十月、原宿リハビリテーション病院の筆頭副院長として迎えられたのは六十三歳のときである。それまでにも稲川はユニークなリハ医として名をなしており、いろいろなリハビリテーション病院から誘いがあったが、十二年前から熱心に誘いつづけてきた同郷の蒲池眞澄の説得に折れて定年前にカマチグループにやってきた。二〇二二年に令和健康科学大学が開設すると同大学のリハビリテーション学部学部長に就任した。

「ウチのグループの基本理念は『手には技術、頭には知識、患者には愛を』だが、なかなかこの三拍子がそろったものは少ない。この先生はその三拍子がそろっているうえに、とくに患者に関してはピカイチだ。それはぼくが保証する」

と言って、蒲池は壁の時計に目をやって、「ぼくは、ちょっと病院の方に用事があるので失礼する」と部屋を出かかって美枝子に言った。

「あっそうそう、君は『パンの耳先生』の話をよく聞いておいた方がいい。リハビリテーションとは、どういうものかよくわかるよ。もっとも先生の話は思いを込めすぎるきらいはあるがね」

美枝子はこれまで取材をしてきて、カマチグループの原点は『教育』にあるのではないかと考えるようになってきた。蒲池も日頃からなにかというと「モア・ティーチング」という言葉を口にする。一九七五年、下関でわずか四十四床に増床したばかりの病院に、高校を卒業したばかりの十三人の勤労准看学生を抱え込み、夜間看護学校に通わせた。ほとんどが筑後地方の山奥から出てきた娘たちだった。その十三人を一人前の看護師に育て上げた実績がカマチグループの原点だ。それが積み重なって四十余年後に、看護学部とリハビリテーション学部を併せ持つ令和健康科学大学になっている。そういう意味でカマチグループの新しい大学には前から興味を持っていた。蒲池はもともと教育者としての才能も持ち合わせていた。

蒲池が去った部屋に、初対面でお互いに予備知識がない二人が取り残されて、多少気まずい思いをしたが、思い切って美枝子が尋ねてみた。

「どうして三十八歳で医者になられたんですか」

「先ほど蒲池先生は苦学生と言われましたが、ぼくらが育った時代はすでに高度成長も始まっていて、それほど貧乏な時代ではなかった。小学生のときには東京オリンピックもありましたしね。家は裕福ではなかったが、食うのに困るというほどではなかったな。高校時代はラグビーをやったりオートバイを乗り回したり、けっこう楽しくやってましたよ。勉強はしなかったけどね」

「それがどうしてお医者さんに？」

「いちおう大学を出て、銀行の就職が内定していたんです。なんていうかな、青春の悩みというか、迷いというのか、このままスンナリと銀行員として社会に出ることに迷いました」

「お医者さんはエリートでステータスだから？」

「いえ、そういうのじゃありません」と稲川はきっぱりと否定してから「ぼくの場合は祖父の死が原点にあるんです。ちゃんとしたリハビリ病院がありセラピストがいたら、祖父はあんな辛い最期は迎えなかったと思います。それで最初は理学療法士になったんです。そのときすでに二十七歳でした。病院のリハビリ現場で働いていて、いろいろと現場の矛盾を実感して改めて医者を志しました。これが医者になるが遅くなった理由です」と淡々と語った。

「稲川さんがセラピストになられた当初とは、リハビリテーションの考え方やあり方も随分変わってきていますね」

「あの当時は、脳卒中や事故で後遺症の残った患者さんを社会復帰させることが中心のリハビリでしたが、今は終末期を迎えた緩和ケアの患者さんにもリハビリを行います。最後まで人間として尊厳ある生き方をするということにもリハビリは積極的にかかわるようになりました。どんな障害があっても、いかなる病気になろうとも、最後まで尊厳ある生き方ができること。それがリハビリテーションの目的になっています」

諄々と話す稲川は終始、笑みを絶やさない。若い頃、パンの耳をかじりながら苦労したという翳りは微塵もみられない。痩せぎすながら引き締まった身体には精気が漲っている。六十九歳だというが、まだこれからやり残したことをやるという気持ちが溢れている。

「終末期医療にもリハビリが必要なんですか。痛みや苦しみをできるだけ和らげて、安らかに看取ってやるのが終末医療ではないでしょうか」と問いながら美枝子は、終末医療の保険の点数はいったいいくらになるのだろうと、よからぬことを考えていた。だが口に出しては訊かなかった。

「緩和ケアのリハビリを始めた当初、私は若いセラピストから『なぜ亡くなる人にまでリハビリするのでしょうか』という質問を受けました。そのたびに『目の前の人が、あなたのお母さんだったら、あなたの子どもだったら、あなたはどうしてやりたい？』と言って問いかけます。それから議論して一緒に考えることにしました」

「で、どういう結論が出ましたか」

「これといった正しい結論はないでしょう。でもぼくは終末ケアでもリハビリは続けるべきだと思っています。死ぬとわかっていても人間は身体の動くところを動かさないことほど苦痛はありません。膝や足などの関節を動かしたり寝返りをするなど、身体の一部を動かすことで夜間の良眠が得られますし、痛み止めのモルヒネの量も減ります。最後までかかわってくれる人がいる、という安心感は患者さんにとって何よりの薬だと思っています」

「死期を迎えたときの苦しみや心の痛みは、まだ四十二歳のわたしは想像だけで、実感できませんが、若くて身体に障害がある人の苦しみは理解できますし、リハビリの必要性も実感できます。そんな人の障害を取り除いてやれたときのリハ医の喜びを聞かせてもらえませんか」

「そうですねぇ、どの例を話したらいいかな。あっ、この話がいい。二十歳のときに信号待ちをしていて大きな交通事故に遭った娘さんの話です」

そう言って稲川は前にいた病院の患者のことを話し始めた。

「その娘さんはかろうじて命はとりとめましたが、脳が広範囲に損傷されて重度の意識障害と四肢麻痺が残りました。自分で呼吸ができないので気管を切開され人工呼吸器をつけ、意識がほとんどないまま一年が経過しました」

「まあ意識がないまま一年間も。後遺症も大変だったでしょう」

「その後、意識は少しずつ回復し、呼びかけに応じてかろうじて目を開くまでになりました。

一年半が経過して人工呼吸器が外されるのを契機に、ぼくのリハビリ病院に運ばれてきた。在宅療養をするための準備目的の入院でした。入院当初は経鼻カテーテル、気管カニューレ、尿道カテーテルを挿入したままでした。誤嚥がひどく、口から入れたものが気管カニューレから噴き出してくる状態でした」

「ちょっと待ってください、気管カニューレってなんですか」

「気道を確保するための人工の管のことです。喉を切開しその管を直接気管まで挿入して呼吸ができるようにします。つまり彼女の障害は非常に重かった。寝返りも嚥下もまったくできず、意識もほとんど改善しない状態で三か月が過ぎました」

「寝返りも嚥下もできず意識も改善できない状態で、どうやってリハビリをするんですか」

「意識を改善するために座位の姿勢をとってもらいました。座る練習をしたんです。そして、顔や口への刺激を与えながら食べる練習を始めました。嚥下がしやすいように経鼻カテーテルを抜き、そのかわり胃瘻をつけました。胃瘻から栄養を提供しながら嚥下訓練を続けたのです。そして娘さんのお母さんには介護の方法を学んでもらいました。胃瘻から栄養を摂れるようになり、病状が安定したところで自宅の環境を整え、支援体制を組んで娘さんは退院しました。事故に遭われてからすでに三年が経っていました」

「退院できたとはいうものの、娘さんもお母さんもそれからが大変ですね」

「自宅に戻ってからは訪問看護や訪問リハビリを続けました。そこには歯科医師と歯科衛生士の訪問診療も加わり、発声・発話の訓練や流涎《りゅうぜん》をなくすための口腔リハビリも続けました。何とか口から食べられるようになってきたので、気管カニューレを抜去し、気管切開の穴を閉じることにしました。不安定だった娘さんの座位も少しずつ安定し、なんとか左手にスプーンを持って自分で食事ができるようなりましたが、ここに来るまで事故から四年経っていました。自分で食事ができるようになると、徐々に流涎も少なくなり、簡単な会話もできるようになりました」

「まあ、四年もかかったんですか」

「なんとかしゃべれるようになった娘さんが、お母さんに言った言葉は何だったと思いますか」

「さあ、『お母さんありがとう』かしら」

「『ねえ、お母さん、わたし、なんで生まれてきたの。わたし、死にたいよ』だったそうです。意識が改善し、娘さんは自身の障害に気づいてきたんですね。落ち込むと、何度もその言葉を繰り返したそうです。両親もそのたびに心が潰れそうだったといいます。それからどうなったと思います？」

「さあ、ますます苦しい生活になっていったんでしょうか？　それからあともリハ医の仕事なんですか」

「もちろん。まだ胃瘻も抜去していないし、流涎も残っている。時々発熱することもあるので全身管理は続けなくてはいけない。在宅でかかわっている訪問看護師や訪問リハビリ、歯科医師、歯科衛生士などのスタッフとも力を合わせていかなくてはなりません」

「娘さんやお母さんの苦しい生活をチームで支えていくのですね」

「そうですね。ぼくたちは各職種でいろんな角度から、患者さんや家族にかかわらせてもらいます。そんな中で、いろんな変化が起きてくる」

「えっ、それはどのような変化ですか?」

「そんな辛く苦しい日が続いていたある日、幼いころから『花が好き、絵が好き』だった娘さんに、お母さんがクレヨンを用意して娘さんに持たせました。すると娘さんは不自由な左手で花の絵を描き始めた。それから毎日、夢中になって何枚も何枚も花の絵を描きました。訪問リハビリのスタッフもそれを応援しました。娘さんは花の絵を描き続けているうちに、麻痺していた左手がさらに動くようになっていきました」

「それはすごい、彼女の可能性が芽生えてきたのでしょうね」

「食事に関しても改善が見られてきました。誤嚥が減り、柔らかいものであればほとんど口から食べられるようになりました。口から食べられるようになり胃瘻を抜去したのは、なんと事故後六年目のことです。そのころになると、歯科医師や歯科衛生士の根気強い治療のおかげで、言葉もうまくしゃべれるようになり、流涎もなくなった。流涎がなくなれば、いつも着けていた前垂れが不要になりました。前垂れが不要になれば、娘さんは誰もがするようにおしゃれを始めました。白いブラウスを着て、お母さんが作ってくれたビーズのネックレスを着けました。おしゃれをすると、外出する気持ちが芽生えてきました。そして、事故にあって初めてお母さんと一緒にスーパーに買い物に出掛けるようになりました」

「ここまでくれば、もうリハ医の仕事は終了ですね」

「いえいえ、これからさらに重要な出来事がおこります。医師としても貴重な経験になりました」

「娘さんとお母さんは買い物の帰りに、ふとしたことから車椅子で入場できる小さなギャラリーを見つけてそこに立ち寄ったんです。娘さんはそこに展示されている絵を食い入るように観ていました。その姿をみて、お母さんは嬉しくなり、『きっと無理だ』と思いながらも、『一年後、この娘の描く花の絵で展覧会をさせてもらえないでしょうか』とギャラリーのオーナーに尋ねました。答は予期せぬOK。それから一年、娘さんは花の絵を描きつづけました」

「それはすごい、ギャラリーのオーナーさんはとても理解のある方ですね。それからどうなりました？」

「一年後、娘さんの作品展が実現しました。チューリップやパンジー、コスモス、福寿草など、ギャラリーの壁一面に娘さんの描いた花が掲げられました。何百もの花たちが空に向かって咲いていました。会場には多くの人が訪れました、ぼくもスタッフと一緒に駆け付けました。だれが知らせたのか、地元の報道陣も加わっていました。会場のだれもが嬉しそうで、幸せそうな顔をしていましたね。もちろん一番嬉しそうだったのは車椅子の娘さんとお母さんですが」

稲川はさらに付け加えた。

「リハビリの仕事は単に障害を持った人を社会復帰させるだけではないんです。重度の障害があっても好きなことができるということ、些細なことであっても、その願いが叶うということは、本人だけでなく、かかわる周囲の者にとって大きな価値を生み出します。人が望みをかなえようとする気持ちは、周りの人の心を動かし、ひいては地域を変えていこうとする力にもつながるものだと思います。今お話しした娘さんは何年もかかって少しずつ自分らしさを取り戻していきました。そして、周囲の人たちに生きることへの感動を与えるまでになりました。かかわらせてもらったぼくたちも『リハビリはその可能性を絶やさないこと。あきらめないことなのだ』と娘さんとお母さんから教わりました。地域には姿、形は違っても、この娘さんのような方がたくさんいらっしゃると思いますよ」

美枝子は、かつてこんなことを言う医師に出会ったことはない。いったいこれまでどんな生き方をしてきた人のか、詳しく知りたくなった。

2 祖父の死が原点

稲川利光は幼児期から『おじいちゃん子、おばあちゃん子』として育った。

祖父は戦前、満州（中国東北部）で南満州鉄道に勤務していた。敗戦後、祖母と後に利光の母となる養女との三人で福岡に引き揚げてきた。利光の父は日本軍の特務機関に属していたのでシベリアに五年間抑留され、帰国後、母と結婚し、兄と利光が生まれた。父も母も盆正月なく働いた。そのため兄と利光は必然的に祖父母に育てられた。小学校時代は雪の降る寒い夜は、暖かい祖父母の布団に潜り込んでいつも一緒に寝た。裕福な家庭ではなかったが、兄も利光もスクスクと屈託なく育った。

中学時代の利光は勉強はあまり好きな方ではなかったが、初恋の女の子の気を引くために俄か勉強をして、辛うじて高校は福岡市では有数の進学校である筑紫丘高校に進んだ。

高校に入ってからは勉強に身が入らず常にビリから数えられる劣等生だったが、クラブ活動には熱心で、ラグビー部に所属しセンターを務めた。ラグビーをしていないときは、オートバイを乗り回し、授業にはあまり出なかった。このころから祖父が膝を悪くして、ほとんど寝たり起きたりの状態になり、風呂やトイレに行くにも介護が必要になった。介護保険などない時代だったので、祖父の介護はすべて祖母が行った。大きな身体の祖父を背中の曲がった小さな祖母が介護するのは大変なことだった、

利光は何度も補講や追試を受けながらビリから二番で高校を卒業した。当然、大学に進むだけの学力はなかったので、同じ高校が運営する予備校で基礎からやり直した。

このころから祖父の認知症がだんだんひどくなってきた。深夜、祖父が勉強している利光のもとに這って来て、寝巻とシーツで丁寧に包んだものを手渡し「これは軍の大切な物資だから、始発の貨車で必ず奉天に届けるように」と言う。祖父の記憶は深夜になるといつも満鉄時代の駅長

に戻った。利光は祖父の差し出す軍の物資を大切に保管するふりをして包みをほどく。それは尿でいっぱいの尿瓶《しびん》である。利光は何食わぬ顔をしてトイレに行き、尿を捨て尿瓶を洗い、それを祖父のベッドの足元に戻した。すると祖父は何ごともなかったかのようにまたその尿瓶で用を足した。このようなことが幾日もつづいた。元気で働きものだった祖父のこのような姿を見るのは、悲しかった。とても受験勉強どころではなかった。

夜間の祖父の対応に家族のみんなが疲労困憊しているとき、祖母が体調を崩し、心不全の状態で救急搬送された。祖母の入院で、日中の祖父は一人きりになる。家族で悩んだ末、リハビリテーションを標榜している近くの病院に入院させることにした。家族はリハビリテーションとはどういうものか知らなかったが、「もしかしたら祖父が日常の生活を一人で出来るまでに回復するかもしれない」という一抹の希望があった。しかし、戦前、戦中、戦後と苦楽をともにしてきた『おしどり夫婦』が、人生の最後になって別々に引き裂かれてしまうことを考えると胸がちぎれる思いがした。こういう状況のとき、利光は佐賀大学理工学部に合格した。だが、二人のことを思うと家を離れられず、間もなく佐賀大学を辞めた。そして、祖母と祖父の二つの病院を行ったり来たりしながら、自宅から通える大学に入学するための受験勉強を再び始めた。

入院してから祖父の認知症はますますひどくなった。入院した晩から、祖父は「帰る、帰る」と叫んで床を這いまわった。それを見て医師は「同室の患者の迷惑になる」と鎮静剤の注射をした。目が覚めると祖父はまた「帰る、帰る」と騒ぎ回る。すると、また鎮静剤を打たれた。この繰り返しで、祖父はあっという間に衰弱した。医師に問えば「当院に不満があるなら、連れて帰ったらどうですか」と言われた。そうまで言われたら家族はどうしようもない。利光も兄も両親も、医療に対する強い不信、看護や介護に対する不満や怒りが残った。しかし、それ以上に、どうすることもできない家族の無力さともどかしさが重苦しくのしかかって来た。

こういう逆境においての受験勉強は不思議と功を奏するものである。翌春、利光は九州大学農学部に入学することができた。病院に行き合格を祖母に伝えると「あんたいつも見舞いに来てくれて、よく合格したねえ」と喜んでくれた。そしてベッドの横の床頭台を指さして「そこの引き出しの中の財布からすきなだけ持っていけ」とお祝いをくれた。利光はそこから二千円だけ抜き取り、祖父の好物のカステラを買って祖父の病院に行った。大学に合格したことを伝えると、かすかに笑顔がうかんだ。「合格祝いに買ったから一緒に食べよう」と言って、カステラを小さくちぎって口に入れてやった。口のなかはカラカラに乾いていてカステラのかけらは舌の上に乗ったたままだった。祖父はもう何も食べられなくなっていた。飲み込んで気管に入り窒息してはいけないので、割り箸でそっとカステラのかけらを取った。

その数日後、祖母が他界した。そして祖母が亡くなって二週間後、祖父も息を引き取った。祖母八十四歳、祖父八十六歳だった。祖父は看護師が見回ったとき、大部屋の片隅でひとりぼっちで息絶えていた。兄と利光が駆け付けたときには祖父の顔にはすでに白いガーゼがかけてあった。兄と二人で祖父の旅立ちの支度をした。しかし、祖父を棺に納めるとき、祖父の両膝は強く曲がり、棺の蓋が閉まらないくらい拘縮していた。かかとや仙骨部に大きな褥瘡もあった。リハビリテーション病院という看板を信じて入院させたのに、結果としては柩の蓋が閉まらない。リハビリというのはいったい何なのだろう。後で利光の母が「なんでリハビリしなかったのか」と担当の医師に問うた。医師は冷たく言い放った。「ここに入院させる方が悪い。リハビリできる患者さんにはリハビリはするが、この患者は歩けんからしょうがない。それにこの患者は痴呆症でもあったし」

3 迷い道

九州大学を卒業する段階になっても、稲川はなかなか自分の進路を決めかねていた。専門は農学部の機械工学だったが、積極的にその方向に進む気はしなかった。

友人が「福岡県に本店がある銀行の就職試験を受ける」というので、ひやかし半分で一緒に受けたところ、その友人は不合格になったが、稲川の方が合格してしまった。

簡単に自分の進路が決まってしまい、稲川は肩透かしを食らったような気がした。まだ日本経済のバブルが弾ける前で銀行マンといえばエリートコースだった。母も「できん坊主の利光が銀行に行くとは思いもしなかった。夢のようだ！」と喜んでくれた。でも、果たしてこのままでいいのだろうかと利光は迷った。そんなとき兄の発した言葉が、胸を突いた。兄は重度の障害のある子どもたちのための施設で働いていた。

「そんなことで、お前は自分の人生を決めていいのか。おれは自分の仕事をとおして、子どもたちやその親たちが少しでも住みやすい地域をつくりたいと思っている。これからはリハビリテーションが重要な分野になってくるぞ。リハビリテーションというのは障害を負った人たちとかかわりながら、その人たちが住みやすい地域をつくっていく仕事なんだ。障害を負う人が住みやすい社会というのは、誰にとっても住みやすい社会だから、リハビリテーションは社会を変えていく実践なんだ」

兄の思いを聞きながら稲川は祖父の褥瘡で剥けた皮膚や硬直して曲がったままの膝が目に浮かんだ。

「銀行員もいい仕事だが、お前はリハビリの仕事のほうが向いていると思う。お前も地域を少しでも変えていけるような仕事ができるといいんだが」と言って、兄は稲川の手元にリハビリ学校の入学願書を置いて行った。たしかに銀行マンよりリハビリのほうが、患者やその家族や地域にとって重要な仕事だという思いがした。そう思い始めると、銀行に入職するか、リハビリの学校に入り直すか、どちらの道を選ぶべきか迷い続けることになった。

その学校は小倉にある九州労災病院の附属の九州リハビリテーション大学校だった。同校は国が理学療法士や作業療法士などセラピストの必要性を認め、日本では二番目にできた学校だった。一九七〇年代、全国で国立のリハビリ専門学校は数校あったが、私立の専門学校はまだなかった。

リハビリに力を入れるカマチグループが小倉と下関、千葉県八千代に三校同時にリハビリテーション学院を開校させたのは二〇〇四年四月のこと。このころより二十年近く後のことになる。国はリハビリの必要性を認めていたが、民間ではリハビリのためのセラピストはあまり浸透していない時代であった。その九州リハビリテーション大学校は三年制の専門学校で授業料はただというこことで、合格率は二十三倍という難関だったが、稲川は理学療法学科に合格した。だが銀行マンになるか理学療法士になるか、その迷いは銀行の入社式当日まで続いた。稲川は入行式で新入行員を代表して答辞を読むことにもなっていたのだが、その入行式当日になっても、まだ踏ん切りがつかなかった。銀行の前にある喫茶店でどうしようかと迷いに迷った末、店の公衆電話から銀行に「辞めさせてもらいます」という意味のことを言った。電話の向こうから「今頃になって勝手に辞めるとはなにごとだ」という人事課長の罵声が聞こえた。電話を替わった人事部長は「これからどうする」と尋ねてくれた。「これから小倉のリハビリテーション学校に行って、理学療法士になろうと思います」と答えると、「そうか。今日になって辞めるというのは、これまでよっぽど迷ったんだろうね。迷った末に自分で決めたんなら頑張りなさい」と言ってくれた。

それから三年間、小倉にある九州リハビリテーション大学校に通うことになった。博多の自宅から学校まで片道三時間の通学だったが、まじめに通った。その学校の同期には、年齢もさまざまでいろんな人生を歩いてきた個性的な仲間がたくさんいて、楽しく学ぶことができた。

九州リハビリテーション大学校を卒業し理学療法士になったとき、稲川は二十七歳になっていた。当時、理学療法士は全国にまだ千八百人程度しかいなかった時代である。

稲川は福岡市にある急性期病院に就職した。

その病院で理学療法士の免許を持っているのは稲川一人で、あとは目の不自由なマッサージ師などであった。急性期病院だったので脳卒中や頭部外傷、骨折や切断など多様な患者がたくさんいた。まだ介護保険もなく、訪問リハビリなどの健康保険の点数もない時代だったにもかかわらず、稲川は看護師たちと一緒に在宅支援に向けて積極的に行動した。さまざまな疾患を持った患者と急性期からかかわり、自宅復帰に向けての家屋改造、交通機関の利用、退院後の生活の安定化、さらに患者会の支援に至るまで、理学療法士として幅広い仕事を経験したのである。その仕事を通じて稲川は、「理学療法士は、運動機能の改善や生活機能の向上を中心としながら、患者さんの生活を終わりまで支えるための重要な仕事だ」と実感するようになった。

稲川はこの病院で三年間働いた。この時期はちょうど同じ頃、蒲池真澄が小倉の小文字病院で訪問看護に力を入れていた時期と一致する。当時、看護師である蒲池の妻昭子は訪問看護の先頭に立って走り回っていたが、その姿が稲川の姿とダブる。

蒲池が当時、訪問看護に乗り出した理由は二つある。一つは、蒲池の救急救命医療に対する基本的な考え方だ。救急車が運んできた患者が治ったら後は面倒みないというのは、本来の医療のありかたではない。心臓病や脳梗塞、脳卒中で倒れた患者はなんらかの形で後遺症が残る。直接、生命の危機は脱したといっても、その後の病状と生活を診ないというのは病院のモラルに反すると蒲池は考えた。もちろん当時、公立病院は訪問看護までは手が回らない。やろうという発想があっても、地元医師会から「大きな病院が往診（訪問診療）を始めたら地元の開業医の生活を脅かす」という反発を食う。そこで民間で小回りがきく小文字病院が実験的に「二十一世紀医療の先取りとして」訪問看護に乗り出した。

もう一つは、原因というよりきっかけといった方がいいが、一九八三年（昭和五十八年）に老人保健法が改正されたことだ。当時老人の医療費は膨れ上がる一方だった。そこでそれに歯止めをかけるために、それまで原則として無料だった老人医療の一部に、自己負担制度を導入し、症状が安定してきた患者はなるべく早く退院させて自宅治療を勧めようとする政策だ。そのためには訪問看護にもある程度の保険の点数を認めようというものだった。

小倉の小文字病院のベテラン看護師昭子は、まだ幼い二人の息子を人に預け、たった一人で訪問看護を始めた。退院患者の家を訪問し、床ずれ予防やガーゼ交換の仕方の指導、導尿カテーテルの管理指導、人工栄養カテーテルの指導管理など全部一人でやった。院長夫人が自ら訪問看護に訪れるのだから、患者本人よりも患者を抱えている家族の方がどんなに心強く思ったかしれない。とてもよその病院では真似のできないことだった。昭子の体当たり的な訪問看護が口火を切った格好になり、やがて小文字病院内に自然発生的に「地域診療室」ができた。看護師四人とリハビリチームが主体となったが、看護師は現役をいったん退いて再就職したママさん看護師が当たった。スタートして三年目には、一年の訪問看護の件数が千件にまでなった。自治体病院の訪問看護への反応は鈍く、民間の小文字病院が年間千件の実績を挙げているのに、北九州市自治体病院の訪問看護の実績は年間六百件程度にすぎなかった。

蒲池昭子が看護師として病院外で行っていたことは『訪問看護』といったが、理学療法士の稲川が病院外でやっていたことは『在宅リハ』と言えるもので、患者や家族を支えることにおいてはやっていることはほぼ同じことだった。昭子にとっては看護師として充実した日々だったが、稲川にとってはまだ「理学療法士として何を目指していくか」本当の目的が定まらずやみくもに病院外での在宅リハに徹して働くことで我を忘れていた。幸い在宅リハも病院の方針の一つだったので稲川は比較的自由に行動することができた。

ちょうどそのころ福岡市内に東福岡リハビリテーション学院が出来た。稲川はそこの非常勤講師をすることになった。その学院の一期生に座小田孝安がいた。座小田は卒業後作業療法士として小文字病院に勤め、主に池友会グループの老人福祉施設の開設を担当。後にこの事業が池友会グループから株式会社シダーをとして独立するが、その二代目の社長になる。この一期生の座小田と非常勤講師の稲川の交流関係は続き、やがて稲川はカマチグループの一員になる。だがこの福岡市東区の病院で働いていた時期の稲川は、福岡市に進出してくる前の小倉の小文字病院の存在も蒲池の存在も知らない。

稲川が勤めていた病院は立派な経営理念をもった病院だったが、どうしてもそりの合わない上司の医師がいた。とても優秀な医師だったが難しい気分屋で、「こういう人にずっと使われるのは嫌だな」と思いながら三年間勤めた。これはこれでいい人生経験で勉強になったと稲川は思っている。病院にいると、立場や地位で医師との間に大きな差を感じ、それが医師の権威として稲川らリハビリチームの上に覆いかぶさってくる。リハビリの方針などで医師と理学療法士との間で意見が違っても、最終的には医師の意見が優先された。医学的な知識では医師にはかなわない。医師に対する劣等感も生じてきた。そんなネガティブな感情を抱きながら、仲間と酒を飲めば愚痴が出る。

そのうち愚痴の内容よりも、愚痴を言っている自分が嫌になった。稲川は「愚痴を言うくらいなら、いっそ自分が医者になろう。勉強して、知識を得て、医者になって、のびのびと仕事をしよう」と思った。稲川の学業成績を知る友人たちは、「お前が医者になれるわけがないだろう」と呆れながらも「お前のことだから、一、二度チャレンジだけでもしてみないと気がすまんのだろう」と言ってくれた。

三年間勤めて、また迷い道だ。いや今度は違う。あのときは銀行マンになるか理学療法士になるかの二者択一の迷い道だったが、今度は違う。医者になろうと決心したのだ。

4　三十八歳で医師になる

医師になろうと決意して一年間勉強して共通一次試験（現大学入学共通テスト）を受けてみたら

一〇〇〇点満点の四〇〇点だった。ふつう医学部を受ける学生は共通一次で八〇〇点以上採るのが常識だった。箸にも棒にもかからない。

だが稲川は諦めない。「三年間実社会で働いていながら四〇〇点もとれたのは上出来だ」と考えることにした。そして「今年四〇〇点なら来年は六〇〇点採れるはずだ。そして再来年は八〇〇点になるだろう」と勝手に楽観的な計画を立ててみた。翌年は予想通り六〇〇点採れたが、医学部合格には程遠いことには変わりなかった。さすがに三年目は一人で勉強するのが不安になり、福岡市内の予備校にモグリ込んで授業を受けたがすぐにモグリだと見つかった。「もう三十歳を過ぎているが、どうしても医者になりたい」と事情を話すと、「予備校にも『特待生制度』があるから試験を受けてみろ」と言われ、試験を受けたらなぜか合格した。特待生になれる点数ではないと自分では思ったが、たぶん予備校側が事情を考慮して下駄を履かせてくれたのだろう。お陰で授業料を払わず堂々と予備校に通うことができた。

三年目の共通一次は七〇〇点台で、八〇〇点台には手が届かなかった。共通一次の配点の低い大学を調べ、香川医科大学（現香川大学医学部）なら何とかなるかもしれないと思った。香川医科大学の面接試験では試験官が長々と稲川の話を聞いてくれた。そして「あんた今までよう頑張ったなあ」と言ってくれた。そうして香川医科大学に合格した。

合格したものの、稲川の全財産は七万円しかなかった。授業料も払えない始末で、だいいち日々の生活費にもこと欠いた。当時、福岡の母親は小さな店を開いていたが借金もあり稲川に仕送りする余裕はない。母親は「よう頑張ったね」と喜んでくれたが「でも私はなんもしてやれん」と悲しそうな顔をした。大学に相談すると「学業成績は優秀ではないけど、まじめに勉強するなら」という条件付きで、授業料免除にしてくれた。三十二歳の大学一年生のスタートだった。

住まいに関しては必死になって安いアパートを探した。探し当てたアパートは電気、水道代と共同風呂込みで月一万五千円の古いアパートだった。隣は八十七歳、向いも八十歳に近い一人暮らしの高齢者。ふつう学生はそんなところには入らない。人なつっこい稲川は、すぐお年寄りたちと仲良しになった。字が読めないおばあちゃんには手紙の代読をしてやった。市役所からの医療費通知の味気のない手紙でも、「岸本よしみさんお元気ですか、風邪を引いてはいませんか、ちゃんとご飯食べていますか」などと読み始め、そして本文のところは「ところであなたの今月の医療費は○○円です。これは国の保険で賄われていますから、具合が悪くなったらいつでも安心して受診してくださいね」と温かい文章に脚色して読んであげる。おばあちゃんは喜んで、次の日、魚を焼いて持って来てくれる。というわけで食費が浮くことにつながるが、それ以上に稲川もおばあちゃんもともに心が癒される。アパートでは、おばあちゃんたちとはそんな付き合いができた。

食事代に関しては節約するために随分工夫した。学生食堂の定食見本をもらって食べたり、近くのパン屋でパンの耳をもらってきて食べた。当時はパンの耳をただで分けてくれるパン屋があった。稲川の『パンの耳先生』の謂われはこの時代のことだ。確かに貧乏ではあったが不自由なだけで、稲川には貧しいという気持ちはまったくなかった。医者になるという目的のある生活はなんでも乗り越えられるもので、腹は減ってもいても夢を食って生きていける時代だった。

大学での六年間、土・日曜は高松市内の病院や老健施設で理学療法士としてアルバイトをした。収入は月八万円になり、それで生活し食っていけた。

まだ医学部の学生であったが、病院のケースワーカーや特別養護老人ホームの指導員たちと『四国老人ケア研究会』をつくり、地域のスタッフとも交流した。

理学療法士として勤務していた時、稲川は高齢者の集団訓練にも力をいれた。「個別の苦しい受け身の訓練よりも、集団での身体を使った遊びをとおして主体的に楽しく身体を動かした方がより効果が上がる」として、風船バレーや空き缶ボウリングやすごろくゲームなどのゲームをおこなった。稲川はこれをＥＴ（エンターテイメント・セラピー）と名付けた。「ＰＴ（理学療法士）やＯＴ（作業療法士）も必要だが、まずは心を動かすためのエンターテインメント・セラピー、つまりＥＴが大切なのだ！」と唱え、宮崎で開催された地域リハビリテーション研究会で発表したところ、このＥＴが受けに受けた。当時、スティーヴン・スピルバーグ監督の映画『ＥＴ』が流行っている最中だったこともある。この「ＥＴ宣言」の輪は広がり翌年、福井で『第一回日本ＥＴ学会』が開催された。このＥＴ学会のことは新聞や雑誌にも報道された。

医学部三年のとき、稲川は九州リハビリテーション大学校時代からの仲間とＥＴの取り組みを持ち寄り、『遊びリテーション―障害老人の遊び・ゲームの処方集―』というタイトルで本を刊行した（医学書院）。

大学四年の春、妻美保と結婚した。美保は同じ理学療法士仲間で、稲川が勤めていた病院を辞めるとき、そのあとの仕事を継いでくれた。稲川は三十五歳になっていたが、いわゆる学生結婚だった。その後、娘が二人生まれ、医大入学時は一人だったが、卒業するときは四人家族になっていた。

いよいよ国家試験まであとひと月というとき、それまでの無理がたたり持病の腰の椎間板ヘルニアが悪化した。左脚全体が麻痺し、耐えられない強い痛みで救急搬送され、ついに試験の一週間前に緊急手術となった。万事休す。最後の最後になって、国家試験も受けられない最悪の事態になった。稲川は悔しくて泣いた。

大学は「なんとか寝たままで試験は受けられないものか」と厚生労働省に働きかけてくれた。結果、試験の三日前になりベッドに寝たままでの受験が許可された。稲川自身はもちろん嬉しかったが、友人たちも「稲川さんが受験できるぞ」と喜んでくれたのが励みになった。友人の一人は太宰府天満宮で買ってきたという鉛筆を手渡しながら言ってくれた。「いいか稲川さん、よう聞けや。こんな問題の尋ね方はたいがい『×』やで。五者択一でわからんときは『C』がいちばん確率が高いんや。それでも迷ったときは、この鉛筆を転がすんや」手渡された鉛筆は六角形面の上の方を削ってそれぞれの面にＡＢＣＤＥと書かれていた。残りの一面には「イナチャン、ファイト」と書いてあった。

この年の医師の国家試験は高松市内で行われた。稲川はストレッチャーに寝たまま病院から会場まで運ばれた。会場に着くと待ち構えていた後輩たちがストレッチャーを押してくれた。稲川個人の受験場は医務室に設けられ、リースの電動ベッドが用意された。部屋は手術後の身を案じて、ストーブで暖められていた。稲川には試験官が四人もついた。分からない問題があると、稲川はオーバーテーブルの上で太宰府天満宮の鉛筆を転がしたが、そのたびに試験官が「どうしました。大丈夫ですか」と聞いて来るのには閉口した。休み時間には外で待っていた妻の美保が、部屋に入ってきて尿瓶で小便を採ってくれた。

二日間の試験を終えて医大の病室に戻って自己採点をしてみると八割以上の正解率だった。太宰府天満宮の鉛筆のご利益だと思う。

こうして家族と多くの友人たちに守られて稲川は医師の国家試験に合格した。

5　リハビリの心と力

香川医科大学を卒業する時、これからの進路について毎晩のように伊豆にいる恩師の大田仁史に電話で相談した。大田は稲川を直接指導した教官ではなかったが、稲川が『四国老人ケア研究会』をつくる際、いろいろと面倒をみてもらった経緯がある。大田はリハビリテーション医学の草分け的な医師で、当時は伊豆逓信病院（現ＮＴＴ東日本伊豆病院）の副院長をしていた。大田は

「君はいずれリハ医を目指すことになるのなら、整形外科より循環器疾患を勉強しておくことが大切だ」とアドバイスしてくれた。学生のときから循環器は苦手な学科だったが、「今しか循環器を勉強する時期はない」と思い直し、循環器を扱う第二内科に入局した。しかし、教授を頂点とした大学の医局の雰囲気にどうしても馴染めず、一年半で医局を飛び出し、大田が副院長をする伊豆逓信病院に赴任した。大田と一緒に仕事をすることは稲川にとって大学の医局では味わえない有意義な時間だった。患者に対する大田の思いを肌で感じることができ、仕事の空き時間を見つけては、大田の診察室に行き大田の診察ぶりを観察した。整形外科医の大田は手術や神経ブロックの手法が得意だった。稲川は褥瘡の手術なども手伝った。

「褥瘡などのように障害から生じた患者は、生活の環境や障害の改善があって手術が生きてくる。障害のある患者の生活を総体としてとらえるなかで、手術の意味を考えることが大切なんだ。どんなにうまく手術して褥瘡を治しても、また褥瘡ができるような環境に戻したんではなんにもならない」と大田は常に患者の生活に目を向けて治療していくことを強調した。稲川は頷きながら褥瘡と関節拘縮をともなって亡くなった祖父を思い浮かべた。

稲川と大田の関係は、蒲池眞澄と鶴崎直邦の二人がともに恩師として崇める赤岩道夫の存在と似ている。九州大学の封建的な医局にうんざりしていた二人は、時期は違うが北九州市の新小倉病院で外科臨床医の基礎技術を徹底的に叩きこまれた。蒲池と鶴崎が腹部切開手術の手ほどきを受けたのは、九大医学部の医局ではなく派遣先の赤岩のもとでだった。やがて二人はヒエラルキーの権化の九大医局を飛び出しそれぞれの道を歩き、恩師赤岩の縁で一緒に仕事をするようになった。二人は池友会を成功させてからリタイアした赤岩を池友会に招聘し、亡くなるまで恩師として厚遇した。

稲川と大田が、伊豆の医療現場で一緒に仕事ができたのは、この一年間だけだった。大田は一九九五年、茨城県立医療大学に教授として赴任していった。伊豆病院を去るとき大田は「君はここにいるといい。ここはいい環境だし、子育てにも最高の場所だ」と言い残した。稲川は東京のNTT東日本関東病院に転勤するまでの十二年間、この伊豆の病院でリハビリの臨床を学んだ。伊豆に来たときは四人家族だったが、伊豆で二人の子どもが生まれ六人家族になった。

二〇〇五年四月、稲川はNTT東日本関東病院にリハビリテーション科の部長として転勤することになった。子どもの教育のことも考えて、東京には引っ越さないで伊豆から新幹線で通勤した。

伊豆では回復期のリハビリを中心に生活維持期や在宅リハビリ医療に携わってきたが、関東病院では超急性期のリハビリに携わることになった。関東病院は全患者の平均在院日数が十日ほどの急性期の病院で、稲川が赴任した時点で脳外科、神経内科、放射線科、リハビリテーション科の連携で脳卒中の超急性期の医療チーム・脳卒中センターが新設された。

その一方で、関東病院には当時二十床程の緩和ケア病棟があり、ここでのリハビリも受け持つことになった。緩和ケアのリハビリは急性期のリハビリとは大きく異なり、患者に残された時間をいかに有意義に過ごすかが重要なテーマとなった。

ＮＴＴ関東病院に勤めながらも、稲川は福岡にいる父親が気になってしかたがなかった。父親はここ数年、多発性脳梗塞や腰椎疾患などによる歩行障害があり、屋内をやっと歩ける状態だった。それでも囲碁と古書を楽しみ、電動カートに乗ってスーパーへ買い物に出掛けるのが趣味だった。ところが二〇〇九年にスーパーの入口で転倒し、それが原因でほとんど動けなくなっていた。病院で硬膜下出血の緊急手術を受けた結果、脳梗塞も併発し、四肢の麻痺に重度の嚥下障害を伴う状態になった。父は家に帰りたい一心でリハビリをして伝い歩きが出来るようになり、食事も摂れるようになった。そして自宅に帰り、その二週間後、テレビを観ながら他界した。八十九歳だった。

父親が亡くなった翌年、稲川は祖父や父の死を背景にリハ医とて患者にかかわった経験をまとめた『リハビリの心と力』（学研メディカル秀潤社）を出版し、かなりの反響を呼んだ。このころ稲川は三年間にわたりＮＨＫ福祉ネットワーク『にっぽんリハビリ応援団』に出演し、リハ医として現場に即した全国的な活動をしていた。

二〇一〇年代前半といえば、カマチグループが八千代リハビリテーション病院を拠点にしてみどり野リハ病院、蒲田リハ病院、宇都宮リハ病院と関東のリハ病院を展開し始めた年である。

カマチグループの病院に初めてリハビリテーション部門が設けられたのは、開院二年目の一九七五年（昭和五十年）のことだった。僅か十九床のカマチ医院の院長の蒲池眞澄は三十四歳、リハビリ担当の山崎喜忠は盲学校を卒業したばかりの十九歳、二人の出会いがカマチグループのリハビリテーション病院のスタートだった。稲川はまだ九大農学部の学生になったばかりの年である。

蒲池が小倉に小文字病院を立ち上げてから、リハビリ部門も徐々に大きくなっていった。最初は山崎一人だったリハビリ担当も、十年後には小文字病院のリハビリ部門は十二人になった。そのうち半数以上が理学療法士、作業療法士の資格を持つが、トップの山崎は資格を持たなかったにもかかわらず、スタッフをうまくまとめて効率的に使った。そのころから山崎には経営者としての才能があったのだろう。

二〇〇一年、老朽化した下関第一病院（下関カマチ病院を改称、七九床）をリハビリテーション専門の病院に改装して下関リハビリテーション病院にした。七九床程度の老朽化した中小病院では競合する近隣の大病院に負けてしまうから、一時は閉院にすると理事会で決まりかけていたが、蒲池が一人猛反対した。

「時代の役割を終えたから潰すとはなにごとだ。下関カマチ病院があったから、小文字病院ができ、和白病院ができたのではないのか。儲からないといって潰してしまうことは、おれの情が許さない。だいいち、これまでそこで働いてきた地域の職員に対する責任はどうする。絶対に潰してはいけない」

「でもこのままでは池友会運営の足を引っ張るばかりです。なにかいい対案はありますか。対案のない反対はありませんよ」

「対案のない反対はありえない」というのが鶴﨑直邦の口癖だ。

「下関第一病院をリハビリ専門病院にしようと考えている。そのための経営改革を図るため、小文字のリハビリ部の山崎を事務局長として送り込もうと思う。この考え方はおれだけの発案でなく、山崎からも同じような提案があった」と蒲池は語った。二人の意見は図らずも一致していたのだった。

「採算のめどは立ちますか」と鶴﨑。

「七十八床程度の救急病院が、周囲の大病院と競合しながら生き残るのは難しい。むしろ市の中心部にあるという利便性を生かして、退院後のリハビリまでやれる『都市型リハビリ病院』に転換すれば、地域のニーズに応えられるという考え方だ。このためには周囲の大病院との病病連携も重要になってこよう。かならず採算がとれるという確約はないが。この『都市型』というのがミソだ。これまでのリハビリ病院は、比較的土地が安い静かな郊外にあるのが常識だったが、都市に住む患者や家族にとっては不便すぎる。試みてみる必要があると思うが、どうだろうか」

この意見に対して強硬な反対意見はなかった。こうして閉院になるはずだった下関第一病院は八億円の改装費をかけ回復期リハビリ専門病院としてスタートした。事務長には山崎が就任した。再スタートして三年目の二〇〇〇年には介護保険制度ができ、厚生労働省は脳卒中患者や骨折患者の寝たきりを防ぎ自宅への復帰を促すために回復期リハビリ病棟の新設を積極的に進め、新しい保険給付も設定した。下関リハビリテーション病院は二〇〇三年、下関診療協会彦島病院を吸収合併して百六十五床に増床した。同じ年、福岡市東区に郊外型の香椎丘リハビリテーション病院を開設した。

回復期リハビリ病棟が増えれば、当然、理学療法士、作業療法士、言語聴覚士が不足する。そこで蒲池はリハビリ専門学校を新設して対応した。二〇〇四年四月、小倉と下関と千葉県八千代で三つのリハビリテーション学院を同時開校させた。三校とも理学療法学科（昼間四十二人、夜間四十二人）、作業療法学科（同）の二学科制で昼間は三年制、夜間は四年制をとっている。二〇〇七年四月には和白病院のすぐ横に福岡和白リハビリテーション学院が開校する。

この年、全国回復期リハビリテーション病院協議会によれば、全国の回復期リハビリ病棟は九百三十七棟（四万二二七四床）に達していた。すでに東京や大阪ではアメニティーではホテル顔負けの初台リハビリテーション病院や千早リハビリテーション病院ができ話題になっている。

下関リハビリテーション病院を成功させた山崎は、次に「退院した高齢者にリハビリを提供できるのは、病院周辺に住む患者に限られる。もっと広い地域で多くの人にリハビリを提供したい」と考えた。タイミングよく二〇〇〇年から介護保険法が施行され、民間会社に介護事業参入の道が開かれた。山崎が蒲池に介護事業への参入を持ち掛けると、蒲池が「長い間、救急医療と回復期医療の二人三脚で一緒にやってきたが、君がやりたいというのなら、君がやれ」とゴーサインを出した。蒲池は山崎の経営能力を評価していたので、新規事業をカマチグループから独立させて、すべてを山崎に任せることにした。スタート時の資金調達方法や会社運営のノウハウは、蒲池が指導した。二〇〇〇年十月、『株式会社シダー』を設立し、代表取締役に山崎が就任した。シダーとは英語で杉。杉は英米では『長寿の樹』を意味する。

翌年一月には下関市、北九州市、福岡市、豊前市に五つのデイサービスセンターを開設した。翌年からは福岡県内だけでなく千葉県や滋賀県へ進出。二〇〇五年三月には会社設立から僅か五年足らずでジャスダックに株式上場するという勢いで伸びた。このとき資本金二億五千五百五十万円からほぼ倍額の四億三千二百二十八万円に増資した。

シダーのデイサービスセンターの特長は、その規模の大きさでは半端ではない。一般的な通所介護事業の三倍以上の広さで、利用定員は最大で百三十人。これだけの規模になると稼働率を維持できないという見方もあるが、山崎の発想は逆だ。スペースを広く確保しているからこそ、様々な機械・設備を用意でき、多くの利用者のニーズに応えられるという考え方だ。室内には各種筋力トレーニングマシンを設置し、理学療法士、作業療法士が機能訓練を指導する。ちょっとした回復期リハビリ病院並みだ。さらにカラオケや映画鑑賞、マージャン用の個室や喫茶コーナーまである。利用者は毎回異なるレクリエーションを選べるため利用意欲が高まり、大半のセンターの稼働率は八割を超えている。

このシダーのデイサービスセンターと社長の山崎は日経BP社が発行している月刊誌『日経ヘルスケア21』（二〇〇五年十月号）で「リハビリ柱に通所介護大型事業所で効率運営」という見出

しのトップ記事で大きく取り上げられている。

日経BP社の『日経ヘルスケア21』では経営者としての山崎を「山崎がリハビリを柱に据えた通所介護の事業モデルを構築した原点は、シダー創業前の病院勤務時代にある」と評して「一九七五年に医療法人池友会の下関カマチ病院に入職した山崎は、リハビリ職員として従事。その後、グループの小文字病院に移り、リハビリ部門の責任者となった。転機は九八年に訪れる」と記している。あのとき池友会の理事会で老朽化していた下関第一病院を潰すことが決定していたら、山崎が下関リハビリテーション病院の事務長にならなかったら、今の山崎はなかった。いや、その前に三十四歳の蒲池と十九歳の山崎の出会いがなかったら、今のシダーも山崎もあり得なかった。

シダーの山崎社長とカマチグループ時代から一緒に働いていた作業療法士の座小田孝安も、山崎が独立すると行動を共にした。今は山崎が社長で、座小田が専務だ。座小田は稲川が非常勤講師をしていた東福岡リハビリテーション学院時代の第一期生の教え子だった。座小田は同学院卒業後も稲川との接触は続いていた。稲川がリハビリ専門医になってから、座小田はカマチグループのリハビリテーション病院への勧誘を続け、トップの蒲池眞澄にも「面白いリハ医がいる」とリクルート話を何度も持ち込んでいた。

シダーの独立と成功とは別に、カマチグループは独自に二〇一〇年の蒲田リハビリテーション病院を皮切りに、東京都下を中心に都心型リハビリテーション病院を展開していく。稲川がNT

T東日本伊豆病院からNTT東日本関東病院に移るとき蒲池が自ら伊豆の稲川の自宅を訪れて、「ウチの病院に来ないか」と誘ったこともある。自ら伊豆まで足を運んだ理由はシダーの代表の山崎から「カマチグループがこれから本気でリハビリテーション病院に力を入れるつもりなら是非、稲川先生をグループに入れておいた方がいい」としつこいほど薦められたからだ。

伊豆の稲川の家には香川医科大学時代に生まれた長女と次女、それに伊豆で生まれた三女と長男の四人の子どもがいた。長女は今度中学生になる年で、下の子たちは小学生と幼稚園児だ。これからの子育てが忙しくなる時期だ。なけなしの金で買った中古住宅はやんちゃな子どもたちが暴れ回った跡が生々しい。蒲池は荒れ放題の家を見渡して「ウチに来て、もう少し落ち着いた生活をしてみんかね」と口説いた。稲川は、子どもたちも伊豆の生活にすっかり馴染んでいてこれからも伊豆にいて成長するまで見守ってやりたいこと、今度NTT関東病院に転勤することになったが、リハビリ部長という重職なのでその期待に応えらねばならないこと、などなど理由を述べて丁重に断った。蒲池は残念そうに引き揚げていったが、その後もカマチグループからの勧誘は続いた。その後、蒲池の依頼で下関リハビリ学院や小倉のリハビリ学院で講演をするなど、稲川とカマチグループとの縁は十年以上続いていた。

稲川には父親が亡くなって以後、残された母親がいる。福岡の兄と同居しているが、出来れば自分も母親の傍に居たいと思っていた。しかし、四人の子供たちのことを思うと決断がつかなかった。

結局、ＮＴＴ東日本伊豆病院に十二年、ＮＴＴ東日本関東病院に十二年、合わせて二十四年いた。そして、六十三歳の時に原宿リハビリテーション病院の副院長としてカマチグループの一員になった。

二〇二二年に令和健康科学大学が開校し、稲川はそこのリハビリテーション学部の学部長に就任した、月曜日は原宿リハビリテーション病院で、火曜日は東京品川病院でリハ医として働き、夜の航空便で福岡へ飛ぶ。学部長・教授として大学での学生教育に熱を入れながらも常に医療現場に立っていたい。「人は必ず老いて、やがては死んでいく。だからこそ、今あるこの時間をその人が望む生活につなげていくリハビリが必要なのです。これからのカマチグループのリハビリ部門をどうしていくか、およばずながらぼくも前を向いて進みます」と『パンの耳先生』の気持ちはまだ老け込んではいない。

ＪＲ博多駅方面から和白の令和健康科学大学に車で向かうと、博多湾にそそぐ石堂川を渡って国道を右にカーブを切ればすぐ右手に千鳥橋病院の病院ビルが見えてくる。稲川が四十年前、理学療法士として働いた病院だ。石堂川沿いのこの周辺は『在宅リハ』でよく回ったから今でもよく憶えている。車を止めて、しばらくその病院に見入っていた。当時は石堂川沿いの終戦時に発祥した貧民街が、近代的マンション群に生まれ変わろうという時期だった。ここでの経験がなかったら、今の自分はなかったと稲川は思う。医者になろうと決意したのもこの場所だった。病院ビルの向こうには九州大学病院もあるはずだが、ビル群に遮られてよく見えない。そういえば蒲池先輩も九州大学医局に反発して医局を飛び出したと聞いた。蒲池先輩は三十三歳で独立してカマチグループのスタートを切ったというが、おれは三十三歳のときはまだ香川医科大学の二年生だった。自分は今、不思議な縁でこのカマチグループで東京の病院と福岡の大学を行き来し、充実した日々を送っている。

過去の思い出を現在につなげながら稲川は、和白の令和健康科学大学に向かってアクセルを踏んだ。

＜著者紹介＞

渋田哲也（しぶた・てつや）

1942年、福岡県生まれ。慶応義塾大学卒業。福岡、東京で20年間の新聞記者生活の後、フリーライターとして独立。著書に「『国鉄マン』がつくった日韓航路」（日経ビジネス文庫）「下駄ばき ICU PART Ⅰ、PART Ⅱ」（西日本新聞社）などがある。

小説・池友会病院
下駄ばき ICU PART Ⅲ
カマチグループ50年の軌跡――病院再生と東京進出

2024年 9 月20日　初版第 1 刷印刷
2024年 9 月30日　初版第 1 刷発行

著　者　渋田哲也
発　行　福岡和白病院
　　　　福岡市東区和白丘 2 丁目 2 番75号
　　　　TEL　092-608-0001
発行人　鶴﨑直邦
発売所　論 創 社
　　　　東京都千代田区神田神保町 2-23　北井ビル
　　　　tel. 03（3264）5254　fax. 03（3264）5232　web. https://www.ronso.co.jp/
　　　　振替口座　00160-1-155266

装幀／野村 浩
組版・印刷・製本／精文堂印刷
ISBN978-4-8460-2400-0　Printed in Japan
落丁・乱丁本はお取り替えいたします。